Nik Cohn

MANHATTAN BABYLON

Aus dem Englischen
von Eike Schönfeld

Carl Hanser Verlag

Die Originalausgabe erschien erstmals 1996 unter
dem Titel *Need* bei Secker & Warburg in London.

1 2 3 4 5 03 02 01 00 99

ISBN 3-446-19775-3

Satz: Satz für Satz. Barbara Reischmann, Leutkirch
Druck und Bindung:
Franz Spiegel Buch GmbH, Ulm
Printed in Germany

Für Vera und Norman Cohn
und natürlich für Michaela

DAS ERSTE

Was Willie sah, war eine dicke weiße Frau.

Sie trat aus Ferdousines Zoo mit einem silbergrauen Vogel auf dem Handgelenk, einer Art Kakadu oder Sittich, und stand groß und breit auf dem Gehsteig, ihr Riesenleib über und über pink und cremefarben in einem geblümten Baumwollkleid, das gerade geschnitten war wie ein Hemd oder vielleicht auch wie ein umfunktioniertes Bettlaken mit herausgeschnittenen Armlöchern. Es war noch kaum Tag.

Bis auf Willie D und Anna Crow in seinem roten Spyder, der in der zweiten Reihe vor einem Hydranten parkte, war die Straße verlassen. Es gab nur die Hitze und ein prasselndes Müllfeuer, und es roch nach verbranntem Gummi.

Und der Vogel fing an, Kunststückchen zu machen.

Er fächelte die Luft mit ausgestreckten Flügeln, vollführte einen Salto rückwärts, glitt dahin wie ein Drachenflieger. Fiel dann wie ein Stein auf die Bordkante, spielte tot. Schwirrte hektisch wieder auf. Sein Gefieder war blaßgelb, durchsetzt mit Zimt, auf jeder Wange hatte er einen leuchtendorangefarbenen Fleck, und wenn er flatterte, ließen seine Flügelfedern versteckte Farben aufblitzen, nicht nur silbrige, sondern auch Farn- und Buttertönungen.

Von Willies Auto aus gesehen waren die Blumen auf dem Kleid der Frau wie Ringelblumen oder vielleicht auch eine Gänseblümchensorte. Wenn sie lachte, sah er einen Spalt zwischen ihren Vorderzähnen, und der Vogel wühlte in ihren Haaren, gab ihr kleine Küßchen auf die Wange. Dann wirkten sie wie ein Liebespaar, und die Frau spielte mit dem Vogel wie mit einem Ball an einem Gummiband. Schnippte ihn von der linken Schulter und ließ ihn auf dem rechten Knie landen. Klemmte ihn unter einen Maurerarm und ließ ihn da zappeln und kreischen. Stupste ihn mit der Nase am Schnabel als Kuß.

Welke Haarsträhnen, metallicgrau, klebten verschwitzt an ihrem Hals. Als sie die Hand hob, um sie wegzustreichen, erblickte sie Willie D in seinem Spyder.

Der graugefleckte Vogel hatte sich zwischen ihre Brüste gekuschelt, und ihre schweren Beine waren nackt. Den einen Fuß flach auf dem Boden, den anderen auf Zehenspitzen erhoben, halb aus dem plüschig blauen Schluffen gezogen – in dieser Haltung blickte sie Willie mitten ins Gesicht und schien glatt durch ihn hindurchzusehen.

Als sähe sie nichts. Als gäbe es gar nichts zu sehen. Der Vogel, der unbedingt weiterspielen wollte, zupfte unablässig an ihrem Kleid. Geistesabwesend fegte die Frau ihn weg wie Flusen, trat wieder in den Zoo, und weg war sie.

Anna Crows Hand schob sich in Willies Schritt. Es war eine verschlagene Schlängelhand, die Hand eines schmutzigen Mädchens, die abgekauten Fingernägel schwarz lackiert. Willie konnte damit nichts anfangen.

Wie die Frau durch ihn hindurchgeblickt hatte.

Als der Vogel an ihrem Kleid gezupft hatte, war das geblümte Hemdkleid über den Hüften, dem Blähbauch straff geworden. »Wer ist denn dieser Kugelfisch?« sagte Willie.

»Kate Root, ich kann sie nicht ab. Sie hat das Zimmer unter mir, wir leben mehr oder weniger zusammen, aber sie spricht kaum mit mir, grüßt mich nicht mal, glotzt mich bloß immer so eiskalt an wie ein Basilisk, so heißt das, glaube ich, und gibt mir den bösen Blick, unrein, unheilvoll. Hab gehört, sie war mal ne Hexe.«

Als sie die Beine verlagerte, furzten die Unterseiten ihrer Schenkel gegen den schwarzen Ledersitz. »Komm, wir gehn ins Bett«, sagte sie.

»Mach dich nicht so billig«, sagte er. »Das macht dich älter.«

Es war, als hätte man ihn ausgezogen. Wie in so einem ekligen Kindertraum, wo man plötzlich nackt vor der Klasse oder auf dem Schulhof steht. Instinktiv blickte er rasch an sich hinunter, suchte nach Flecken oder Falten, und da sah er, was sie mit seinen Schuhen gemacht hatten.

Total ruiniert nämlich.

Seine Olivgrünen mit der Flügelnaht aus butterweichem Wildleder von Manzio, handgenäht, Toreroabsatz, mit Straußenbesatz und Retro-Valmenon-Lasche. Erst gestern früh hatte er sie mit einem neuen Monofildrahtkamm von Beddoes & Wine ausgebürstet, hatte sie gestreichelt und gehätschelt, bis ihr Fell wie das eines aufsässigen Vollbluts geschimmert hatte. Und nun waren sie tot.

Jemand hatte sie gekillt, exekutionsmäßig. Das Oberleder war mit Öl und Asche verschmiert, die Laschen waren an der Wurzel ausgerissen. Sie hatten gar nicht gemerkt, wie ihnen geschah.

Was für ein Perverser wohl so was tat? Und wie kam es, daß der sich einfach so hatte verpissen können? Das letzte Mal, als Willie sie noch lebend gesehen hatte, waren die Schuhe auf der Messingstange im Sheherazade abgestützt gewesen, auf beiden kein Fleckchen und kein Stäubchen. Also mußte es sie im Chez-Stadion erwischt haben. Irgendwann, als er in der Besprechung war oder Anna ihm die Ohren vollgesülzt hatte, sabbelsabbel, und er seine eigenen Gedanken nicht hörte. In dem trüben Hinterzimmer, das wie eine fensterlose Zelle war, da konnte man kaum die Hand vor Augen sehen. Schon gar nicht einen Killer, der sich einem an die Füße ranschlich wie so eine kriechende Schlange.

Willies Bauch wölbte sich, er hätte gleich an Ort und Stelle einen Unfall haben können. Aber so leicht war er nicht kaputtzukriegen, vielmehr setzte er Anna am Hydranten raus und fuhr los.

Genaugenommen gehörte der Spyder gar nicht ihm. Bernice hatte ihn ihm an seinem letzten Geburtstag für ein Jahr verpachtet. Zur Belohnung, daß er zwanzig geworden war, und gleichzeitig ein Abschiedsgeschenk, bevor sie loszog, um ihren falschen französischen Marquis oder Viscount oder so was zu heiraten, Graf de Pennies, hatten sie ihn immer genannt, der, der die Farm für Dicke in Rancho Mirage hatte. Jetzt lief die Pacht noch ganze drei Wochen. Noch achtzehn Tage, dann saß Willie ohne Auto da.

Und Regina war auch keine Hilfe. Wenn sie nur auf die Vernunft gehört hätte und nicht auf diese ganzen Verleumdungen und Lügen, dieses ungewaschene Straßengerede. Wenn sie nur nicht ihre Schlösser hätte auswechseln lassen und damit auch seine Schuhe drin eingesperrt hätte, alle achtundzwanzig Paar.

Also: keine Karre, keine Schuhe und auch nichts Bares. Drüben in der South Bronx, beim Yankee-Stadion, gleich hinterm Major Deegan Expressway, besaß Pacquito Console eine Oben-ohne-Autowaschanlage, eine potentielle Goldgrube war das, garantiert, das konnte jeder sehen, bloß war sie im Moment unterfinanziert, und Pacquito war auf Investorenfang. Für zehn Riesen gäb's zehn Prozent. Bis dato hatte Willie fast die Hälfte gebunkert. Aber da konnte er nicht ran. Natürlich nicht. Das war wie seine Mitgift.

Blieb nur noch das Kleingeld in seinen Taschen. Vierzehn Möpse und der Kleinkies. Damit kriegte er keinen brandigen Turnschuh.

Während er in östlicher Richtung durch den Central Park fuhr, drückte er den Kippschalter an der Konsole, und der Spyder fing mit seinem programmierten Ballett an. Die Seitenscheiben fuhren runter, die Viertelscheiben verzogen sich ins Dach, die Verschlüsse oben an der Windschutzscheibe lösten sich, die hintere Abdeckung ging auf wie eine Muschelschale, das klappbare Stahldach hob sich, um sich gleich darauf hinter die Rückbank zu verziehen. Lässige zwanzig Sekunden, und das Coupé hatte sich in ein Geschoß verwandelt, 320 Pferdchen, 24 Ventile, Doppelturbo.

Auf der Sheep Meadow hatte sich ein Irrer die eigenen Haare angesteckt. Oder vielleicht war es auch bloß eine Perücke.

Das mit der Oben-ohne-Waschanlage, gut, sein Traum war's nicht gerade, aber immerhin ein Sachwert. Was Deacon Landry einen Anfang nannte; den ersten Schritt auf dem Weg zu einem ausgeglichenen Anlageportefeuille, und was war daran schlimm? Warum rollte Anna Crow dabei mit den Augen und machte so ein Kotzgeräusch wie eine strangulierte Gans? Sie nannte es Lachen. Und warum hatte jede Zicke, die mal im Mädchenpensionat gewesen war, danach verstopfte Nebenhöhlen? War das eine Art Diplom?

Vierzehn Dollar und ein paar Zerquetschte.

Als die ersten Sonnenstrahlen auf die Dächer von Midtown prallten, zeigte die Uhr an einem verspiegelten Turm 6.49, dann 33°. Ein Anfang, weiter nichts. *Du mußt scheißen, bevor du krabbeln kannst.* Das hatte ihm mal sein Vetter Humberto gesagt.

Obwohl Willie D keine Hitze spürte, schloß er den Spyder wieder; die Straßen wurden enger. Ließ die ganzen Stangen und Kolben wieder arbeiten, ließ sich einsperren. An den meisten Tagen kam er sich dann vor wie der Junge in der Blase, immun. An diesem Tag nicht.

Über die Brooklyn Bridge, dann rechts ab, er glitt in einen weißen Tunnel. Das erste, was er sah, als er reinkam, war die dicke Frau, wie sie einen silbergrauen Vogel von der linken Schulter schnippte, ihn auf dem rechten Knie landen ließ. Ihn mit der Nase am Schnabel stupste, als Kuß.

Die Stadt war wahrhaftig voll mit häßlichen Leuten.

Bildete er es sich nur ein, oder roch er was Verdorbenes? Schwer zu sagen bei all den Feuern und dem Gestank nach verbranntem Gummi überall. Als er auf den Belt Parkway bog, sah er eine Rauchglocke wie giftigen gelben Smog über Manhattan hängen. So ein Sommer war das. Die Jahreszeit der dicken weißen Frauen und der ruinierten Schuhe.

Auf Schuhwerk hatte er schon immer gestanden. So weit er zurückdenken konnte, hatte es da gefühlsmäßig ein Band gegeben. Nicht daß andere Bekleidung bei ihm zu kurz gekommen wäre. Was an ihn dran kam, seien es Hemden, Hosen, sogar Pullover, wurde bald ein Teil von ihm. Dennoch ging seine Vorliebe für Schuhe über alles. Mehr als nur Kleidung, waren sie seine stummen Partner. Seine Antriebsräder, die ihn genau richtig steuerten.

Wie jede andere Liebe, hatten sie ihm auch Kummer eingebracht. Sogar Schikanen. In dem Jahr, als er vierzehn wurde, hatte seine Tante Guadalupe, deren Liebling er war, ihm ein Paar Brunswick Glides gekauft, eisblau und mit einem Glanz, der selbst die Sonne blendete. Als er sie das erste Mal in der Schule der Heiligen Märtyrer trug, war der Schulhof hin und weg. Starr vor Neid. Man spürte förmlich, wie die Gehässigkeit in flimmernden Wellen aufstieg wie Hitze von Beton und Teer, doch keiner regte sich. Zunächst nicht. Erst nachdem er die Füße auf einen Abfalleimer gestellt hatte, erst den linken, dann den rechten, um die Schuhe auf Staub zu untersuchen. Er sah sich im Spiegel, er war hinreißend. Wenn es einen Augenblick in seinem Leben gab, in dem er genau wußte, daß er etwas Besonderes war, sich abhob, dann war es der. Dann kam Schwester Teresa vorbei. Schwer atmend und wütend wie immer, die roten Männerhände ausgebreitet, die spatelförmigen Finger platt und vernarbt. Und sie hatte Willie beim Träumen erwischt; versunken. Also packte sie ihn an der Nase, hielt sie einen Augenblick lang zwischen Daumen und bloßem Zeigefinger und brach sie wie einen Zweig. Um ihn vor der Vollkommenheit zu bewahren, wie sie sagte.

»Sack Zement«, sagte Willie nun in seinem Spyder, dachte an Geld, dachte an hartes, bares Geld. Er hatte in Brighton Beach geparkt, in Little Odessa unter den Gleisen der El, die in acht Meter Höhe verliefen, wo alle Leute samt ihren Gesichtern und ihren Zeichen russisch waren, und als er hochging in ein Zimmer mit gelben Dielen, aß Ivana gerade ein Thunfischsandwich. »Da war ein Mann«, sagte sie. »Der wollte mir zusehen, wie ich Suppe schlucke.«

Versionenmädel nannte er sie. Eine erhabene und gerötete Narbe wie ein Drahthalsband lief um ihren Halsansatz, wo ein Chirurg sie wegen der Schilddrüse aufgeschnitten hatte, und sie erzählte ständig nur Geschichten. »Hat mir 'n Hunni gegeben, damit er sich hinten in den Wagen setzen und mir zusehen kann, wie ich Scharf-Saure esse. So eine Art Russe, sah aus wie ein Bär in der Mauser. Roch auch wie einer. Hatte die Suppe in einem Metallkanister wie eine Urne oder eine chinesische Thermoskanne mit aufgemalten Schlangen und feuerzüngigen Drachen, und drinnen war es siedend heiß. Ein Schluck, und ich hab mir die Lippen verbrannt, ich hab geglaubt, ich sterbe. Also, ich hab gekreischt, so: O *Goott*. Aber der hat nichts gesagt, keinen Mucks getan. Hat mir immer bloß Zwanziger hingeworfen, hat sie mir ins Top gesteckt. Der hat sich angefühlt wie Narbengewebe. Also hab ich wieder einen Schluck genommen. Dann hat er mir den Kanister übers Gesicht gehalten und ihn allmählich gekippt, ganz langsam. Und was komisch war, beim vierten oder vielleicht auch fünften Schluck hab ich vergessen, überhaupt was zu empfinden. Als hätt ich mir Zähne und Zahnfleisch und den ganzen Hals innen mit Koks eingerieben. Nichts tat weh, und ich schmeckte nichts. Die Suppe lief mir über Kinn und Hals, voll über die Brust, und der Russe, der hat angefangen, sie abzulecken. Hat mir einen seiner dicken Finger an den Hals gehalten, fest an die Schlagader gedrückt, damit er spürte, wie der Puls ausschlug, wenn wieder ein Mundvoll runterging. Ich hab gedacht, vielleicht erwürgt er mich gleich. Gedacht, vielleicht schrei ich lieber gleich mal. Aber der hat gar nicht zugedrückt. Hat mich einfach bloß mit Suppe gefüttert, noch mehr Suppe, bis ich den Kanister ausgetrunken hab.«

Beim Erzählen zog sie sich aus. Rosa Spandex-Hotpants und ein rückenfreies Top, glänzendschwarze schenkelhohe Stiefel, und suchte sich nach Schäden ab. »Kannst mir glauben, es war eine einzige Sauerei«, sagte sie. »Heiße Suppe in den Haaren, durch die Hose geweicht. Also fang ich an, mir die Lippen nachzuziehen, und der fette Russenbär, was macht der, heult plötzlich Rotz und Wasser. Küßt mir die Hände, will nicht mehr aufhören. *Ich liebe dich*, sagte der immer wieder.«

»Die haben mir meine Schuhe allegemacht«, sagte Willie.

»*Ich liebe dich*«, sagte Ivana. Sie rollte die Unterlippe ein und betrachtete sie in ihrem Taschenspiegel, eine Konstellation leuchtend purpurner, weiß geringter Kreise. »Was war das für 'n Spruch?«

Die Hochbahn lief direkt am Fenster vorbei, und bei jedem Zug, der vorbeirumpelte, erzitterte der ganze Raum. Hinter den heruntergelassenen Jalousien waren die Wände mit einer Entenjagdszene tapeziert, grün und gelb auf verblaßtem Grünblau – eine Ente flog auf, zwei weitere hockten im hohen Schilf, und der Jäger saß in seinem Ruderboot, die Flinte über den Knien, ein kugeliger Mann, aufgebläht wie eine vollgefressene Zecke mit Ohrenschützern und einem Walroßschnäuzer.

Ein weißer Tupfer verschlierte das linke Auge des Jägers. Es mochte ein Fehler beim Druck gewesen sein, sah aber aus, als würde er schielen. »Was soll ich denn jetzt tun?« fragte Willie.

»Von Glutamat krieg ich Nesselausschlag.«

»Etwa barfuß durch die Straßen gehen?«

»Dann schwellen meine ganzen Drüsen an, und ich seh aus wie ein Frosch.«

»Die Füße in Lumpen wickeln?«

»Das heißt, nicht wie ein Frosch. Eher wie ein Salamander.«

Nackt ging sie in die Hocke und begann, hinter einer Fußleiste nach ihren Drogen zu wühlen. Bei dem Winkel, in dem sie da kauerte, zusammengekrümmt, den Hintern in die Luft gereckt, überblickte Willie die ganze gespannte Bogenkurve von der Rosette ihres Arschlochs bis zum Anfang ihres langen Halses, wo die pinkgefärbten Haare in Flaum, weich wie Gänsedaunen, übergingen und die Enden ihrer Narbe sich nicht trafen.

Unter dem Kissen auf dem Metallbett lagen zwei suppendurchweichte Zwanziger, ein Zehner und ein paar Einer. »Feuerresistent«, sagte Ivana und schnellte hoch, und Willie D ging raus auf die Straßen von Little Odessa.

Im dunklen Kanal unter der El waren die Morgenzeitungen in Kyrillisch gedruckt, und an den Straßenständen wurden Piroggen und Kwaß verkauft. Selbst bei dieser Hitze bevorzugten die Männer, die in den Ladeneingängen lehnten, Wollhemden, dicke kratzige Socken, Zweireiher mit breitem Revers. Im Café Yalta löffelten alte Frauen mit Kopftüchern Marmelade in Gläser mit Zitronentee. Und alle sahen die ruinierten Schuhe. Das Öl und die Asche, die zungenlosen Mäuler; eine solche Blamage hatte er noch nie erlebt.

Jeder Zug, der oben vorüberdonnerte, versprühte seinen eigenen Funkenregen. Ein Pulk Tauben wirbelte gereizt in Willies Blick. Hinter dem Getrommel ihrer Flügel sah er, wie der silbergraue Vogel wie ein Stein herunterfiel, tot spielte.

Jetzt fing er wohl an, böse zu werden.

Was nicht sein Stil war. Da konnte man jeden fragen, mit dem er Geschäfte machte, Deacon Landry, Mouse Williams, egal wen, die sagten einem alle, das ist ein Gentleman. Geschmack und Klasse, das gute Leben, er glaubte an die schöneren Dinge. Was aber nicht hieß, daß er leicht umzuhauen war. O nein, in seinem Vertrag stand nicht, daß er stillhielt und zuließ, daß eine alte Schnalle und ihr Vogel ihn zum Affen machten. Durch ihn hindurchstarrten wie Rotz am Ärmel, das war nicht richtig. Kein Respekt.

Im Spyder, der auch sein Büro war, waren die Sitze aus weichem, verziertem Leder, die ihm den Rücken polsterten und die Pobacken hätschelten, und zu seiner Entspannung gab's Lesekassetten. Bevor Regina die Schlösser ausgetauscht hatte, hatte sie ihm eine Selbsthilfebibliothek gekauft. *Der weniger befahrene*

Weg, Hühnersuppe für die Seele und *Befreie den Gefangenen: Ihr heimliches Ich und Sie*. Er folgte dem Gesagten nicht, doch der Klang der Stimmen beruhigte ihn, mal was anderes, nicht immer nur Rap.

An einen Satz erinnerte er sich allerdings. Aus *Befreie den Gefangenen*, wie er meinte: »In Streßzeiten sagen Sie sich immer wieder vor: DU BIST DER LÖWENGOTT.«

Er probierte es aus; so richtig prickelte es nicht. Entlang der Wohnsilos von Coney Island, an denen er auf dem Rückweg in die Stadt vorbeibretterte, brannten noch immer einige Feuer von der letzten Nacht. Vierzehn Dollar plus ein paar Zerquetschte, dazu zwei Zwanziger, ein Zehner und ein paar Einer. Also im ganzen runde siebzig Eier. Dafür gab's keinen Slipper von Gucci und auch keinen Oxford mit Flügelnaht. Es half also nichts. Obwohl er sich geschworen hatte, es nicht zu tun, nie mehr, fuhr er zu Mrs. Muhle.

Ihre Wohnung mit Blick auf den East River bestand aus schimmerndem Stahl und Glas, und sie backte gerade Zucchinibrot. Mehl hatte ihre Haare, ihre geröteten Wangen weiß überpudert. Als sie Willies Schuhe sah, sagte sie nur: »Du armer Junge. Ach, du armer, armer Junge.«

Sie war eine Frau ohne Kleidung unter der Kleidung. Bei jeder Bewegung, selbst als sie die Hand hob, um ihm über die Wange zu streichen, wogte und flappte loses Fleisch, kollerte wie umherpurzelnde Hündchen. »Ich habe einen bedeutsamen Salat gemacht«, sagte sie. »Mittelmeerhuhn *aux herbes*.«

So wie sie das Rezept rezitierte, klang es wie ein erotisches Gedicht. »Eine mittelgroße gelbe Zwiebel, geschält und geviertelt. Zwei Karotten, geschält und gehackt«, seufzte sie und begann, ihm das Hemd aufzuknöpfen. »Eine Lauchstange, nur der weiße Teil, gesäubert und geschnitten.«

»Ich brauche ein Kilo«, sagte Willie.

»Ein Teelöffel getrockneten Thymian, ein Lorbeerblatt, sechs Petersiliezweiglein, zwölf schwarze Pfefferkörner, vier Nelken. Salz nach Geschmack.« Ihre Hände waren feucht, leicht ölig, wie ihr Brot. »Drei ganze Hähnchenbrüste, etwa drei Pfund. Drei Eßlöffel Olivenöl – extra vergine –, zwei Teelöffel getrocknetes Oregano, zwei Eßlöffel abgetropfte Kapern und eine Tasse importierte Oliven, am besten aus Nizza.« Dann war sie mit dem Mund auf ihm, nuckelte. »Der Saft einer frischen Zitrone«, sagte sie.

Durch die Glasscheibe sah er auf der Terrasse wieder den silbergrauen Vogel mit ausgestreckten Flügeln flattern. Er vollführte einen Salto rückwärts, glitt dahin wie ein Drachenflieger. Die dicke weiße Frau sah ihm mitten ins Gesicht. »Acht Kirschtomaten, halbiert. Ein Viertelpfund grüne Bohnen«, sagte Mrs. Muhle. Doch da war Willie D schon wieder auf und davon.

Den ganzen Nachmittag fuhr er ziellos durch die Gegend, ließ sich durch fremde Viertel treiben, Flatbush, Crown Heights, Bed-Stuy, wo keiner sein Gesicht und seinen Namen kannte, bis er an einen Park kam mit einem rotzgrünen Teich darin, in dem man mit nackten Füßen planschen konnte, und dort blieb er inmitten von Kindern, die Modellschiffe schoben, und alten Frauen, die die Enten fütterten, wartete darauf, daß das Licht weich wurde und verging, daß der Abend kam und ihn beschützte.

Es wurde schon dunkel, als er im West Village vor einer Boutique mit einem Idiotennamen aus dem blubbernden Spyder stieg. A Shoe Like It, irgend so eine Wortspielerei.

Die ungebundenen Schuhe drinnen dufteten üppig, unbändig nach Wild. Das Mädchen, das ihn bediente, hieß Mariella, der Name stand aufgedruckt auf ihrer Brust, und sie sagte, sie komme von den Philippinen. Aus Cerveza, so ähnlich jedenfalls, aber Willie war sich da nicht ganz sicher, ihre Stimme war so leise, und sie verschluckte die Wörter. Wenn sie den Kopf neigte, um ihm behilflich zu sein, war ihr Haar ein langer schwarzer Schleier, der ihre Hände und auch seine Füße verbarg.

Ihre Berührungen waren wunderbar sanft. Wie ihre Finger über seine Knöchel liefen, dann über den Spann, das war wie Geflüster im Dunkeln, und ihre Haare rochen nach Pferdeshampoo.

Roberta Golds Geruch.

In seinem ersten Highschool-Jahr muß es gewesen sein. Dem Jahr, in dem sie ein Pult vor ihm gesessen hatte. Amerikanische Geschichte oder Algebra. Die einzigen Mädchen, die er davor gerochen hatte, waren die ausrangierten Miezen seines Vetters

Humberto gewesen, und die hatten alle Perücken oder Dauerwellen gehabt oder ihre Haare mit beleidigenden Substanzen besabbert. Bei dem ganzen Müll, den sie draufsprühten, konnte man nie ihren eigenen Geruch von dem aus den Flaschen unterscheiden. Roberta Gold dagegen, bei der wußte man gleich, das war alles unverfälscht. Sie trug die Haare oben dicht und wuschelig, an den Wangen kurz geschnitten, auf der einen Seite zu einem Halbmond aufgedreht, die Struktur irgendwie grob. Man wußte sofort, daß ihre Möse ein Ako-pad war. Doch ihre aschblonden Haare auf dem Kopf waren nur struppig; ein dichter Pelz.

Nicht daß sie hübsch gewesen wäre. Wenn sie sich umdrehte, war sie nur noch ein verwöhntes jüdisches Mädchen mit Zahnspange und Pickeln und einer Figur wie ein Hydrant. Nur ihre Haare waren was Besonderes, und wie sie nach Pferd roch, und der kleine süße Wirbel auf dem Kopf, wie eine Knospe, ganz weiß.

Von seinem Platz aus konnte Willie jede einzelne gebleichte Strähne zählen, wie sie da aus den offenen Poren dieser Knospe sprossen. Er hätte nur hinzulangen und zu zupfen brauchen.

Was er aber nie tat.

Oder sie gegen den Strich drücken. Die Haare steif hochstehen lassen wie das Nackenfell beim Hund oder der Flor auf dem Rücken einer Katze. Oder beide Hände bis zum Gelenk drin vergraben und kratzen, bis er zufrieden war.

Niemals.

Seine Erektion in A Shoe Like It war weniger schüchtern. Sie pochte gegen Mariellas Wangenknochen, ihre Ohrmuschel. Dennoch war sie ihm ungerührt weiter zu Diensten. Die toten Schuhe wurden in einer schlichten weißen Schachtel, nichts Protziges, zur Ruhe gebettet. Muzak lief, und kühle Luft besänftigte seine Sohlen. Wie er so durch die dunklen Kaskaden von Mariellas Haar hinabblickte, erhaschte er jungfräuliches Reptil.

Wie sagte noch Mouse Williams? »Gute Schuhe reden, klasse Schuhe gehen.« Willie D hatte nie so recht gewußt, was er damit meinte, erst jetzt. Als der Mund des Gürteltiers seine Ferse küßte und er spürte, wie er hineinglitt, sein linker Fuß ganz verschluckt wurde. Und dann der rechte, glatt wie Öl, süß wie Tupelo-Honig.

Und als sie ihn von sich aus emporhoben, Zwillingskräfte, so stark, daß er sie nicht beherrschen konnte. Als sie mit ihm gratis hinaus- und weggingen und Mariella sich nicht rührte.

Auf den Straßen war jetzt Nacht, und alles begann bei Null. Im Spyder, in dem er nach Norden rollte, schien die metallne Mittagshelle Tage her, alle ihre Botschaften blinder Alarm. Willie fühlte sich ausgelaugt, blutleer, aber friedvoll. Gürteltiere umhüllten seine Füße, und alles übrige an ihm war ruhiggestellt. *Null ist nichtig.* Das hatte Sandman Ames ihm gesagt. Oder Warren White?

Das mattblaue Licht im Sheherazade glomm auf der Hälfte eines Neonblocks in der Eighth Avenue, eingezwängt zwischen einem Pfandleiher und einem Pornoladen, zwei Stock über einem Nudelladen.

Oben war hinter einem Perlenvorhang ein Raum, der mit Ankern, Fischernetzen und griechischen Reisepostern ausstaffiert war; das war noch aus der Zeit, als der Club die Taverna Phaedra war. Anna Crow trank Brandy an einer Bar, die mit Bazoukis und orangefarbenen Keramiklobstern dekoriert war.

Sie stand in Tänzerpose da, den linken Fuß ausgestellt, den straffen Bauch vorgereckt. Unter dem Geringel ihrer wilden Hennahaare war ihr Gesicht kalkweiß. »Mein Liebster, mein Herz«, sagte sie.

»Pernod und schwarze Johannisbeere«, sagte Willie D.

Anna war weniger gekleidet als vielmehr kostümiert mit ihrem langen schwarzen edwardianischen Kleid mit den Spitzenrüschen vorne runter, einem roten Schal und den spanischen Kämmen in den Haaren. »Rate mal, das rätst du nie«, sagte sie. »Ich hab nen Job.«

»Mit einem Zitronenkringel«, sagte Willie.

»So ein Verse-O-Gram. Ich muß bloß dahin, wo man mich hinschickt, keine Fragen stellen und bei Geburtstagen, Jubiläen, zu Weihnachten oder Ostern antanzen, nach Wunsch gekleidet, und deren Lieblingsgedicht vortragen, zum Beispiel *Trees* oder *Blowin' in the Wind*, am St. Patrick's Day *The Lake Isle of Innisfree*, oder sogar einen Shakespeare-Monolog, wer weiß? Heute zum Beispiel war ich bei einem Iren, dessen Frau gestorben ist, sie war eine Gogarty, und ich mußte ins Downey's, wo alle seine Kumpels tranken und sangen und ganze Eimer vollheulten, bloß er nicht, der saß da vor einem Ginger Ale, das Gesicht wie ein gepflegtes Grab, aber wessen Schuld war das, meine jedenfalls nicht, es war aber trotzdem ein niedliches Gedicht.«

In einem Scheinwerferrund, das als Bühne diente, machte eine Frau in durchsichtiger Unterwäsche einen Bauchtanz für einen Tisch mit japanischen Touristen und einen weiteren mit betrunkenen Matrosen. »*Werd einst wohnen in Ringsend*«, sagte Anna Crow und drückte das Kreuz durch, »*mit ner rothaarigen Hur', wo's vom Oberlicht schimmert zur Tür hin im Flur, und ich horch jede Nacht, wie sie schrill sich beschwert, wenn rein sie geschlampt kommt und die Pubs sich geleert*. Komisches Wort, *geschlampt*, wo war ich stehengeblieben? *Pubs sich geleert*, genau. *Das wilde Herz dann beruhig ich mit meinem alten Lied, bis frei sie es findet von Unrecht perfid, von Unrecht, phantasiert und gemein und stupid. Sonst tu ich nichts mehr, bis zuletzt Frieden ist*. Jetzt paß auf. *Wenn das kleine Licht blüht wie eine Rose auf dem Mist, und über den Garten weht das Geräusch zu mir her*, und jetzt kommt meine Lieblingsstelle, jetzt: *vom verfließenden unbefleckbaren flüsternden Meer*, ich weiß zwar nicht so genau, was das bedeuten soll, aber es klingt irgendwie edel und traurig, findest du nicht? Ich schon.«

Willie hätte gar nicht erst herkommen sollen.

Er hatte es schon vorher gewußt. Jedesmal wenn er sie sah, kriegte er die Krise. *Yakety-yak, don't come back*, von wem war das Gedicht? Und sie vögeln war noch schlimmer. Überall Kanten und Knochen, wo keine Knochen sein sollten, schwarze Nägel, die ihm über den Hintern kratzten. »Morgen ist Coleridge dran«, sagte sie. »*Der alte Matrose*, eine Herrenrunde für die Söhne Neptuns, da geh ich als Meerjungfrau und schwinge meine Titten, meine Melonen, meine Himmelskugeln.«

»Welche Titten?«

»Ich hoffe, du brüllst, wenn du stirbst.« Ihr Atem stank, als sie ihn küßte, wie halb verhungert. Scheiß-Meerjungfrau stimmte. Oder hätte gestimmt, bloß hatte Deacon Landry ihm mal erzählt, Powermänner redeten nie unflätig, nicht mal im Schlaf, das zehrte an ihrer Kraft.

Die bauchtanzende Frau löste ihren BH und schleuderte ihn quer durch die Spots. Er landete auf einem der betrunkenen Matrosen, hakte sich über ein Ohr, baumelnd am weißen Träger. Immer wenn Willie die Zehen wie Krallen einzog, sie dann langsam wieder löste, spürte er, wie die Gürteltiere mitgingen, ihre weichen Körper im Rhythmus sich wellten und dehnten, geschmeidig wie Schlangen.

Den Blick auf den Ankern und Fischernetzen, betrachtete er die Brüste der Tänzerin, wie sie träge wogten wie Bojen bei Ebbe, und betastete die unverbrauchten Scheine, die in seiner Gesäßtasche steckten. DU BIST DER LÖWENGOTT, dachte er, trank einen Schluck, und sogleich drehte sich ihm der Magen um, spülte Galle in seinen Mund.

Der Vogel. Die dicke weiße Frau. »Was bildet sich die Zicke eigentlich ein?« schrie Willie D.

In dem Jahr, als sie siebzehn war und bei Mrs. Sweetwater in Charleston schon im letzten Schuljahr, gab es Tage, da tanzte sie in einem hohen weißen Raum unter zwei Kronleuchtern Ballett, und Nächte, da tanzte sie als Nebenbeschäftigung auf Theken in der King Street in rotem Straps und G-String, und als der Frühling kam, fuhr sie heim nach Savannah mit dem Mustang, den ihr Vater ihr geschenkt hatte, weil sie den Bassisten von Easy Greasy nicht geheiratet hatte.

Ihr Vater war damals Chief Wigwam, er stellte Spielzeug und Krimskrams her, indianischen Krempel wie Gummitomahawks und Federkopfschmuck, Büffelköpfe aus Bronze und flammende Speere, aufblasbare Squaws komplett mit Geschlechtsteilen. Seine Familie nannte ihn Arnold, und sie lebten in einer Villa im spanischen Stil namens Camp Pocahontas, gleich beim Bonaventure-Friedhof.

Einen zusammengekniffenen Mund hatte er, steif war er wie einer seiner Holzindianer, und obwohl er bei der Parade am St. Patrick's Day Federn und Kriegsbemalung trug, zum Lebensunterhalt Plastikfriedenspfeifen verkaufte und zum Frühstück Tierkräcker aß, nannte er seine Tochter eine Hure. Was gelogen war, sie trieb sich halt ein bißchen rum, mehr war nicht.

Doch das war eine Sache, eine andere war, daß sie auf Monsignor Bayliss kotzte, den Bentley in den Swimmingpool setzte, mit der Hilfskraft kokste, eigentlich alles bloß Initiationsriten, doch Chief Wigwam nahm es persönlich, sagte, das würde ihn noch umbringen, was es dann auch tat, mitten beim Lunch, er aß gerade Buchstabensuppe und lief plötzlich dunkelrot an, richtete sich halb vom Stuhl auf, sagte: »Das soll wohl ein Witz sein«, und fiel tot um, wie er gelebt hatte, das Gesicht in der Suppe, wo

Anna ihn fand, gerade zurück von Mrs. Sweetwater, wie die sich schuldig fühlte, das glaubte man nicht.

So sehr war ihr das in die Glieder gefahren, daß sie auch nach dem Begräbnis und dem ganzen Rummel nicht wieder zur Ruhe kam, an eine Rückkehr nach Charleston war gar nicht zu denken, nicht mal mehr tanzen wollte sie, sumpfte bloß herum im Camp Pocahontas mit den Türmchen und Kolonnaden, den efeubekränzten Balkonen, dem englischen Labyrinth und der chinesischen Pagode, und so kam es, daß sie eines Tages am Bootsteich – die Azaleen standen in voller Blüte – einem Jungen namens Chase begegnete, der gerade dabei war, ein Kanu zu Wasser zu lassen. Und dieser Junge, halb nackt war er, nur Shorts und Turnschuhe, erdbraune Haare bis über die Schultern, und sein Fleisch dasselbe gebrannte Braun, nicht von der Sonne, sondern brüniert wie was Wildes, vielleicht auch Gefährliches. »Schöner Tag«, sagte Anna, und der Junge sah zu ihr her über den glitzernden Teich, blinzelte sich Schweiß aus den Augen, das Gesicht schwarz verschmiert mit Asche oder Fett. »Ganz schön«, sagte er, und da war es um Anna geschehen.

In jenen Tagen war sie natürlich die Schönheit in Person, ein Rennpferd, sehnig und kraftvoll, lange Tänzerinnenmuskeln, und der Arsch so keck und knackig, eine volle Tasse Earl Grey hätte sie auf der Kruppe tragen können, ohne einen Tropfen zu verschütten. Fast keinen Tropfen.

In der Mitte des Teichs stand auf einem Felsen die Betonpagode, in der Chief Wigwam die Federn für seinen Kopfputzkram in einem gewaltigen Kupferfaß, größer als die meisten Häuser, gelagert hatte. Und so paddelten sie in ihrem Kanu los, brannten durch. In der Pagode war ein Balkon mit einem schmiedeeisernen Geländer, der auf rund sieben Metern Höhe um das Faß mit den Federn herumlief, und wenn man von da hinuntersah, war es, als ertränke man in Farben, es gab jeden nur erdenklichen hellen Ton. Doch Chase sah nicht hin, nicht einmal kurz, legte nur eine Hand aufs Geländer und schwang sich hinaus, wirbelte mit rudernden Armen und Beinen in den Kupferschlund hinab, eine Federfontäne brandete auf, die Faßwände donnerten wie der Geräuschemacher bei *Macbeth* hinter der Bühne bei Mrs. Sweetwater während des Hexensabbats, und weiter sauste er hinab, rollte und kugelte auf den Bauch, auf den Rücken, auf seinen närrischen Kopf, wühlte sich immer tiefer hinein wie magnetisch angezogen, bis er behaglich drinsteckte, wie im Mutterschoß vielleicht, wenn man das so sagen wollte, und dann hatte sich alles wieder gesetzt, nur eine grüne Feder nicht, halb zwischen chartreusegrün und aquamarin, die trieb hoch und wehte direkt in Annas Hand.

Was konnte sie tun? Welche Wahl blieb ihr? Aufs Geländer stieg sie und sprang hinab, aus der Hocke gehechtet, Schwierigkeitsgrad 2,5, so formvollendet, daß es nicht spritzte, als sie eintauchte, und sie sank bloß hinab hinab hinab und kam nicht wieder hoch.

Tage-, wochen-, monatelang nicht. Sicher gab es Momente, da sie wegen Nahrung oder körperlicher Bedürfnisse nach oben kamen, anders ging es ja nicht, doch daran hatte sie keine Erinnerung, keine Empfindung für alles außerhalb des Fasses, in dem weder die Zeit noch sonstwas eine Funktion hatte, wo nur die großen Federwehen schwebten und wogten, dann wieder in langsam sich bauschenden Wellen in all ihren wilden Farben mit all den wilden Namen umhertrieben, Karneol und Gummigutt, Graphit und Azulen, Heliotrop Gelbwurz Milori, Indigo Malachit Verdigris Pflaume. Und noch heute, dreizehn Jahre danach, gab es Tage, wenn Anna auf dem Weg zur Arbeit durch Ferdousines Zoo kam, wenn Kate Root die Vögel fütterte und ein Ara oder eine gescheckte Ammer daherstolzierte und die Schwingen spreizte, sich plusterte, da mußte sie sich in die Hände beißen, bis zehn zählen, um nicht richtiggehend darüber herzufallen und das Leuchten mit bloßen Händen auszureißen, es sich ins Gesicht zu reiben, auf den Bauch, die Fotze, für all die Male, die sie sich um ihn wie um einen stehenden Baum, einen dunklen und gefährlichen, geschlungen hatte, und wenn Chase dann abschoß, schrie er verzückt. *Weh, weh, die große Stadt,* sagte er dann.

Seltsam war das gewesen, auf so was zu kommen.

Vielleicht auch nicht. So wie es mit der Welt da stand, war es vielleicht nur vernünftig. An dem nämlichen Abend, als sie nach dem Leichenschmaus aus Downeys kam, hatten ihr zwei Jungen, kaum alt genug, um abzuspritzen, den Weg versperrt und durch ein Megaphon skandiert: *Und ich trat an den Sand des*

Meers und sah ein Tier aus dem Meer steigen, das hatte sieben Häupter und zehn Hörner und auf seinen Hörnern zehn Kronen und auf seinen Häuptern Namen der Lästerung. »Wie ihre Mütter das wohl fanden?« sagte Anna.

Doch Willie gab keine Antwort. Das tat er kaum einmal. An solchen Abenden fragte sie sich, warum er sich überhaupt blicken ließ. Wo er sie doch eigentlich kaum ausstehen, kaum einen Kuß oder gar eine Berührung von ihr ertragen konnte. Stand einfach da wie eine Parkuhr und wartete darauf, es reingeschmissen zu kriegen, und sie war natürlich so blöd, es ihm reinzuschmeißen. Plapperte immer nur drauflos, *rate mal, da kommst du nie drauf,* widerlich war das. Sprudelte nur wie eine Klospülung oder das verfließende, unbefleckbare Meer, und wofür das alles? Eine Handvoll Gibma, einen Mundvoll Dankedanke.

Wo er doch nicht mal ihr Stil war.

Aber das vergaß sie ständig. Daß sie Tänzerin war, und eine Tänzerin Athletin, und eine Athletin zu anderen Athleten gehörte. Gewichtheber und Sportler waren ihr Fall, Preisboxer, sogar Trucker, große Fleischbrocken mit ordentlich Bizeps und Trizeps, Abdo und Gluteo. Männer mit locker-lässigem Grinsen und roten Händen, die sie so richtig nahmen, sie wie einen Kuhfladen schmeißen konnten. Dumpfe Tiere, die nur die dumpfe Tiernummer draufhatten. Nicht dieser halbgare Wicht, der sich für Kid Dignify oder einen Powermann hielt, wo er doch bloß ...

... schön war, fand sie.

Na, zugegeben. Aber hübsch wie ein Mädchen, eine Jungfer, eine Scheiß-*Trulla*, Herrgott, mit seinen mandelschrägen Odaliskenaugen, feucht und klebrig wie Melasse, und dem olivfarbenen Fleisch, das hellblau und grün im Schein ihrer Nachttischlampe schimmerte, so daß er amphibisch aussah, ein Fischjunge, und selbst sein Schwanz war nahezu hermaphroditisch, glitschig und verschlagen wie eine Schlange.

Aber seine Haare. Das war der Punkt, an dem sie nicht vorbeikam, *der Wärter ihrer Seele*, von wem war das Gedicht? Mitternachtsschwarz und rennpferdglatt, Seide, wenn sie mit den Fingern hindurchfuhr, Zuckerwatte, wenn sie sie zu einer Pompadourfrisur aufplusterte, schwarze Schwingen, wenn sie sich verlor. »Was bildet sich die Zicke eigentlich ein?« sagte Willie.

»Welche Zicke?«

»Der Kugelfisch. Die Schnalle mit dem Vogel.«

»Was ist mit der?«

»Was bildet die sich ein?«

»Hab sie nicht gefragt«, sagte Anna Crow. »Hätt sie mir auch nicht gesagt.«

»Warum hast du dann gesagt, sie wär ne Hexe?«

»Hab ich halt so gehört, frag mich nicht, wo, vielleicht hab ich's auch erfunden, gut möglich, so wie die einen auf der Treppe ansieht, so starr, das weiße Mondgesicht genauso ausdruckslos wie Monterey Jack, wär das denn so schlimm?«

Der betrunkene Matrose, von dessen Ohr der betroddelte BH herabhing wie ein schiefer Lampenschirm, kniff auf seinem Weg zur Herrentoilette oder vielmehr zum Steher, wie das Schild im Sheherazade verkündete – bei Damen stand Sitzer, so ein Laden war das –, kniff also der fetten Tänzerin in den Arsch, und Anna quiekte extralaut, um das Thema zu wechseln. Denn wenn es ein Thema gab, mit dessen Erörterung sie jedenfalls nicht die Nacht zu verschwenden beabsichtigte, dann war dieses Thema Kate Root, die alte Fledermaus, *die Schnalle mit dem Vogel*, das mußte sie sich merken.

Sechs Abende die Woche tanzte sie selbst in diesem Loch, sie war Zenaide aus Zonguldak, der Türkische Taifun, heute war aber ihr freier Abend, sie wußte gar nicht, was sie hier sollte. *»Fly me to the Moon«*, sagte sie. »Wenn das nicht geht, dann zum Chez-Stadion.«

Das war ihr Lokal. Ein schmuddeliges düsteres Loch aus Plastik und Kunstleder, an dessen finsterer Decke Wolken aus Nylonschmetterlingen befestigt waren, auf deren gespreizten Flügeln Glitzerstaub schimmerte, und immer wenn einem die Bedienung ein frisches Glas brachte, löste sich ein Funkenschauer, golden und blau, rieselte herab wie Schuppen auf die Schultern und ins Glas.

Die Männer, die dort zusammenkamen, hatten Namen und Tätigkeiten wie aus einem schlechten Krimi, Mouse Williams und Sandman Ames, Deacon Landry, Warren White, Willie nannte sie Unternehmer, doch Anna wußte, was das bedeutete, Luden mit Ambitionen, weiter nichts. Die Sorte ältere Männer, die nicht reifer waren, eben bloß älter. Schlunzis, die ihr Verfallsdatum überschritten hatten, mit Goldketten und Armbändern behängt, und die Wirtin war in Tights und Frack aufgedonnert, Shanda Lear hieß die.

Das passende Wort war vermutlich *louche*.

Damals in Charleston hatte sie im Low Country in einer Revue namens *Louche Lips Sink Ships* getanzt, und als die Kadetten von der Zitadelle in einem rasenden Keil die Bühne gestürmt hatten, hatte Anna geglaubt, sie würden sie in Stücke reißen. »'n Kuß wär jetzt nicht schlecht«, sagte sie. »Anna will ein Küßchen.«

»Das mit der Waschanlage ...« sagte Willie D.

»Nimm mich doch wenigstens in' Arm, du Sack.«

»Was ich mir gedacht hab, die braucht 'n Aufhänger, was Scharfes, damit sie auffällt. Vielleicht die Mädels als Blumen aufmachen, und wenn das Wasser an sie drankommt, fallen die Blütenblätter ab.«

»Was für Blumen?«

»Ich hab gedacht, Rosen wären ganz nett. Schichtweise rosa und gelbe Rosen. Aber dann hab ich überlegt, was das kostet. Wie wär's mit Lilien? Und dann den Namen entsprechend ändern? Wie wär's mit Tyger's Topless Carwash. Mit dem Ypsilon kriegt das ein bißchen Klasse. Dann könnten die Mädels die Tygerlilien sein.«

»Na toll«, sagte Anna. »Ganz toll.«

Wie das Chez-Stadion beleuchtet war, pro Sitzgruppe gab's nur eine schwache Birne, kaum mehr als ein Nachtlicht in Form einer Eistüte und krapprosa koloriert, eine Farbe wie die Painted Desert bei Sonnenuntergang auf einer Vierziger-Jahre-Ansichtskarte, und deren Schimmer fiel schräg über Willies Schläfe, direkt auf den Rücken seiner gebrochenen Nase, da, wo sie dick wurde, wo die schwach rötliche Schwiele in Form einer Pfeilspitze war.

Sie war der Teil von ihm, nach dem Anna sich am meisten sehnte, der Makel, der ihn vollkommen machte. Über die Sitznische hinweg, während Willie weiter über Tygerlilien schwadronierte und wie jeder irgendwo mal anfangen müsse und daß auch Riesen klein angefangen hätten, Lincoln Stämme gespalten, Elvis Lastwagen gefahren, Berry Gordy in der Autofabrik gearbeitet hatte und sogar Deacon Landry mal Botenjunge gewesen sei, konnte Anna den Worten kaum folgen, so sehr verlangte, dürstete es sie danach, die Stelle zu berühren, sie auszupressen.

Die Pfeilspitze stand auf dem Kopf, zeigte nach oben. Als Shanda Lear Willie seinen Pernod mit schwarzer Johannisbeere brachte, löste sie mit ihrer Perücke ein Glitzerstäubchen, es landete auf der Pfeilspitze, blieb daran haften wie eine vergoldete Schneeflocke.

Sah gerade so aus wie Schorf.

Und Schorf war Annas Leidenschaft. Mitesser ausdrücken war gut, Gift aus Bienenstichen saugen war besser, aber Schorf war am besten. In den Jahren, die sie mit Padgett verheiratet war, wenn er da abends vom Austernschälen nach Hause kam, war seine Geldhand ein Puzzle aus Kerben, Schnitten, offenen Wunden, und darauf stürzte sie sich wie ein Bussard, kein Verband konnte sie bremsen, auch kein Gefluche, es war Liebe.

»Warren White züchtete Wüstenspringmäuse in Staten Island, Mouse Williams leckte Briefmarken«, sagte Willie, und er kippte sein Glas ex, ein jäher Alkoholstoß, der seine Körpertemperatur erhöhte. Wangen und Hals wurden rot, auch seine Nase, wodurch das Glitzerstäubchen schmolz, mit der Pfeilspitze darunter verschmolz, und die rote Schwiele schien unter Annas Augen anzuschwellen und hart zu werden. Nicht daß sie darauf gestanden hätte, o nein, aber schließlich war sie ja ein Mensch, und in Mrs. Sweetwaters Schlafsälen wurden Mädchen manchmal zu Jungen, die konnten nicht anders, und auch sie nicht. Und so schlängelten ihre Finger sich von ganz allein hin und betasteten den angeschwollenen Knubbel, nicht größer als eine Mücke. »Entschuldige«, sagte Anna, hörte sie sich sagen. »Du hast eine Klit auf der Nase.«

Willie schlug sie nicht. Er sah ihr nur ins Gesicht. Prüfte die Haut, die dreiunddreißig war, na gut, neunundzwanzig, aber schon zu straff über den Wangenknochen, das wußte sie, zu schlaff um den Mund herum, zu viele blaue Adern zu dicht an der Oberfläche, täglich konnte eine platzen, und wo wäre sie dann? Nicht bei Willie D, das war klar. Nicht in der Falle seiner schwarzen klebrigen Augen und seiner Unbewegtheit, die eigentlich gar keine Unbewegtheit war, eher ein wütendes In-Schach-Halten: »Sandman Ames war Klistiervertreter«, sagte er.

Irgendwo draußen im Barrio war ein Hahnenkampf angesetzt. Deacon Landry hatte einen Vogel dort, ebenso Warren White. Als sie das Chez-Stadion in Richtung Arena verließen, folgte Willie ihnen.

Den ganzen Weg im roten Spyder sagte er kein Wort, drückte nur ständig den Kippschalter, ließ sämtliche Fenster rauf- und runterfahren, das Dach zurückschwingen und wieder zuklappen, während eine Stimme auf der Kassette mit reichlich Schmalz im Mund eine Ode an die Ermächtigung anstimmte und Anna ihre Lippen nachzog. »Nun sieh dir diese Brände an! Mein Gott, so was hab ich ja noch nie gesehen«, sagte sie, aber das war gelogen, einmal war sie an Halloween in Detroit gewesen, als die ganze Stadt wie Zunder brannte, zweihundert Brände zugleich, dreihundert, vier, Holzlager und leerstehende Häuser, Slumimmobilien, die ihre Besitzer wegen der Versicherung abgefackelt hatten, Speicher und Fabriken, Unterkünfte, ein Holocaust war das, und seine Schönheit hatte ihr den Atem geraubt.

Die Arena war in einer leerstehenden Turnhalle hinterm Kanawah Political Club aufgebaut, der Platz mit rohen Holzwänden umgeben und fünf Ränge darum, die waren so steil, daß man meinte, man sähe direkt hinunter auf die Vögel, die sich da bekriegten.

Morgens um drei war es, als Willie reinschlurrte, Anna zwei Schritt hinter ihm. Gerade kämpfte ein Tulsa Red gegen einen Butcher Boy. Kaum hatten die Besitzer ihre Hähne losgelassen, stoben sie sofort aufeinander los, prallten mitten in der Luft zusammen, die Stahlsporne blitzten wie Sporen an ihren Beinstümpfen. Ein paar Sekunden waren sie in einem Gewirr von blutgetränkten Federn vereint, untrennbar, dann war der Red oben, der Butcher Boy fiel wirbelnd auf den Rücken, einer der Stahlsporne des Red hatte ihm das rechte Auge durchbohrt, er war tot, bevor er den Boden berührte.

»Sieger ist Cordovas Red. Neunzehn Sekunden im dritten Durchgang«, verkündete der Schiedsrichter. Die Ränge waren ein grünes Banknotengestrudel, jemand warf eine Flasche an die Wand, es klang wie ein berstender Molotowcocktail, und in der Arena pickte der Red geruhsam an dem verschmierten Kopf des Butcher Boy herum, krähte seinen Sieg hinaus.

In Savannah, wo sie zur Schule gegangen war, waren Hahnenkämpfe was fürs Landvolk und für Nigger gewesen, am Victory Drive gab's so was nicht. Anna knibbelte zum Trost an ihren schwarzen Nägeln herum. Deacon Landry beobachtete sie. »Dein erstes Mal?« fragte er, nicht unfreundlich, ein kaffeefarbener Mann mit einem Diamantring am kleinen Finger und einem schmalkrempigen Hut auf dem Kopf, ein Auge gegen unsichtbaren Rauch zusammengekniffen. Auf seinem Handgelenk putzte sich der Hahn seiner Träume.

Er hieß Diablo. Er war ein Landry Grey, eine Rasse, die Deacon über ein Dutzend Jahre hinweg verfeinert hatte. Brust und Schal waren in einem Granitton, die Spitzen seiner langen Flügel ein flammendes Zinnoberrot, ebenso seine Schenkel und Kopffedern, und sein hochgeschwungener Schwanz leuchtete pfauenblau. Der Schnabel war zitronengelb, Füße und Beine orange. »Diesen Vogel schlägt kein Vogel. Kein lebender Vogel«, sagte Deacon Landry.

»Hast du ihn segnen lassen?« fragte Willie.

»Ich wollte zum Babalawo, aber der war außer Haus.«

»Hättest ihn segnen lassen sollen.«

»Weiß ich«, sagte Deacon. »War eben nicht da.«

Der Hahn warf den Kopf zurück, krähte Anna laut ins Gesicht und schlug die Flügel zusammen. »Ich könnte ihn ja segnen. Würd mich stolz und glücklich machen«, sagte sie. »Ich bring ihm Glück, pures Glück, war schon immer so bei mir, einmal hab ich die Georgia Bulldogs gesegnet, darauf haben sie elfmal hintereinander gewonnen, ist wohl so ein Talent.«

»Echt?«

»Kannst's ja nachprüfen.«

In der Turnhalle war die Luft von lauter Einreibemittel und Rauch so dick, daß sie kaum atmen konnte, sie spürte, wie sie ganz rot im Gesicht wurde, und die roten Flecken auf ihren Wangen sprossen wie bei der Schwindsucht, und sie stützte sich mit der Hand auf Willies Ellbogen, der aber zeigte ihr nur sein linkes Profil. Unter der schmalen Krempe von Deacon Landrys Hut spannten sich die schrägstehenden Augen zusammen, prüften sie. Sie aber segnete den Vogel trotzdem, »*Gesundheit*«, sagte sie. Aus vollem Herzen, bitte schön. Und Diablo verstand, das wußte sie. So wie er sie ansah mit seinem leuchtendgelben, schwarzgerahmten Auge, so stolz und klar, so etwas konnte man nicht mißverstehen, ging gar nicht.

So auf den Rängen zu sitzen, auf Diablos Kampf zu warten und in die Arena hinabzustarren, das war, als säße man in einer Trommel, wo die Banknoten von Hand zu Hand huschten, die Flaschen in braunen Papiertüten herumgingen, die Füße auf den Holzbrettern wie Donner grollten, dann die Hitze, die schlechte Luft, die Männer, die schwitzenden, fluchenden, Gott anrufenden Männer, und Willie D, der noch immer von seiner Waschanlage redete und redete, von Kapital, einem ausgeglichenen Anlageportefeuille, bis sie meinte, der Kopf würde ihr vor stummen Schreien platzen, und ihr die Augen wegrutschten. Dann sah sie seine neuen Schuhe, großer Gott, was waren denn das für Dinger? Straßenkiller?

Der Hahn, gegen den Diablo antreten mußte, war ein Palmetto Muff, ein zernarbter, gewiefter Typ mit einem abschätzigen Blick, man sah gleich, daß der sich für ein Geschenk Gottes hielt, und kaum losgelassen, verwandelte er sich in ein Gewirr aus Bewegung, ein Getänzel und Gestelze wie bei Muhammad Ali, nicht Cassius Clay, er schoß vor und zurück mit stiebenden Flügeln, ließ scharfe kurze Hiebe mit beiden Spornen regnen, zu schnell, als daß Diablo sie hätte kontern können.

Nach der Art, wie Diablo strauchelte, glaubte Anna, er sei krank, und wer hätte es ihm verübelt? Unmittelbar vor der ersten Runde hatte Deacon Landry ihm Zigarrenrauch in die Augen geblasen, nicht mal ne anständige Havanna, sondern was Fieses aus einer Schachtel White Owl oder El Producto, es war eine kalkulierte Beleidigung, wenngleich Willie D sagte, deshalb werde er wie ein Verrückter kämpfen, aber er wirkte gar nicht wütend, bloß benebelt. Dieser schöne Hahn, pfauenblau und granitfarben und flammenrot, mit seinem stolzen Kopf der geborene König, sie konnte es kaum ertragen. Mit anzusehen, wie er sich orientierungslos quälte und blamierte, während der Palmetto Muff um ihn herum und über ihm wirbelte und tollte, sich im Kreis drehte, hoch in die Luft sprang, mit dem einen Stahlsporn nach der Brust hackte, mit dem andern nach der Kehle, dem dritten nach dem Schädel selbst. Bis Diablos Kamm, der so ein volles Rot gehabt hatte, nun wäßrigrosa wurde und sein Gefieder blutverschliert. Doch dessenungeachtet rannte er weiter an, ohne jede Chance, hieb nach Schatten um sich, blind. Der Muff dagegen starrte ihn bloß an mit seinem kalten höhnischen Blick und hüpfte zur Seite, ließ ihn sich müde kämpfen, erhob sich dann steil wie eine Felswand und rammte ihm einen Sporn ins Rückgrat, tief, tief hinein, nagelte ihn in den Staub, lähmte ihn, und dann formte sich Diablos Schnabel zu einem letzten Picken, er gähnte und starb.

Als Deacon ihn aufhob und wegbrachte, hing sein langer Hals schlaff herab, und sein Kopf knallte gegen die Tribünenstufen. »Schöner Segen«, sagte Willie.

Erst am Broadway löste sich ihr Kummer. Im Spyder leierte in einem fort die Stimme eines Mannes mit reichlich Schmalz im Mund. Sie wurde nicht schlau aus den Worten, doch sie waren von so einer geduldigen Lustlosigkeit wie einem Idioten gegenüber, wie sie aber auch nur die Bematschten selbst draufhatten. *»Sonst tu ich nichts mehr, bis zuletzt Frieden ist«*, sagte Anna. Und so kamen sie zu Ferdousines Zoo.

In Kate Roots Zimmer brannte noch ein Nachtlicht.

In der zweiten Reihe vor dem Hydranten stehend, es war wie ein Déjà-vu, hielt Anna die Hände in die Achselhöhlen geklemmt, sie fühlten sich an wie versengt. »Wenn keine Hexe, was dann?« fragte Willie.

»Das weiß nur Gott, ich nicht.«

»Sie muß doch essen. Durch Hungern ist sie nicht so dick geworden.«

»Ach, das«, sagte Anna. »Sie macht für den alten Ferdousine den Zoo, füttert wahrscheinlich die Tiere, hält sie sauber und ordentlich. Manchmal schneidet sie im Hinterzimmer Haare, selber hab ich das noch nicht ausprobiert.«

»Ist das alles?«

»Ich glaube, sie war mal beim Zirkus. Oder beim Varieté? Irgendeine Messernummer.«

»Was für Messer?«

Doch Anna war nicht mehr da, sie war schon halb über die Straße getaumelt, stolperte wie eine Schlafwandlerin durch die Tür und den Gang entlang, die schmale steile Treppe hoch, sechzehn Stufen an Kates, an Ferdousines Tür vorbei, dann noch einmal vierzehn Stufen zu sich hoch.

Auf dem Treppenabsatz gegenüber war das Zimmer, wo der arme Godwin mit seinen schiefen Metaphern mal gewohnt hatte, und ganz oben in der Mansarde war natürlich Crouch, und als sie sich vorbeugte, um den Schlüssel ins Schloß zu bugsieren, stand Willie hinter ihr und drückte ihr den Mund auf den Hals.

Was seltsam war, bis heute hatte er nie hier hochkommen wollen. In den zwei Monaten, seit sie ihn erstmals dabei erwischt hatte, wie er sich im Spiegel hinter der Bar im Sweeney's bei der Lektüre des *Wall Street Journal* zusah, hatte sie ihn in Türeingängen und Autos und Kinos gefickt, bei der Messe, auf der Rennbahn und dem Scheißhaus, eigentlich überall, nur nicht im Bett, ihrer Kiste mit der durchgelegenen Matratze und den Laken, die sich nicht sauberwaschen ließen, immer so graugelb wie Eierpulver rauskamen, da hatte sie ihn nie gefickt.

Nie vor dieser Nacht, wo sie schon kaputt war, ihn eigentlich gar nicht brauchte, ihn aber trotzdem nahm, was blieb ihr schon übrig? Im Schein des Feuers war ihr Zimmer ein trübes Purpur wie ein blauer Fleck. Sie schloß die Augen, wollte das Zimmer und Willie nicht sehen, sie hätte sich nur aufgeregt, und die Hände tief in seine Haare wie in eine Mähne verkrallt, ritt und ritt sie, bis sie fertig war, schlief schon, als sie kam.

Als sie wieder aufwachte, war es heller Tag, und Kate Root war schon eifrig im Zoo zugange. Anna hörte das Geräusch von Plattfüßen, die über die Bretter schlappten, das Quietschen von Käfigtüren, die auf- und zugeschoben wurden, das Hintergrundgeplapper vom Frühstücksfernsehen. Annas Hals und Schultern waren steif, gerädert, als sie sich auf den Rücken rollte, und ihre geballte harte Hand scheuerte über Willies Kinn. Seine Augen waren weit aufgerissen. Auch sein Mund. »Was für Messer?« fragte er.

Als Kate auf einem Hocker stand und, den einen Arm hochgereckt, einen weißbrüstigen Amazonenpapagei mit Raps und Hirse fütterte, blickte sie zufällig durchs Oberlicht und sah, daß das rote Auto wieder da war.

Es sah verwegen aus.

Es sah ganz wie ein Auto aus, mit dem eine Frau, wenn sie bloß ein Mädchen wäre mit niedlichen Fesseln und Beinen bis zum Hals, im kleinen Schwarzen mit hundertsechzig und wehenden Haaren übern Highway brettern könnte und, wenn sie Benzin brauchte, einfach nur an einer Kreuzung auf dem platten Land auf die Bremse steigen und in einer roten Staubwolke schleudernd zum Stehen kommen müßte, worauf die Jungs auf der Veranda mit heruntergeklapptem Kiefer zu ihr hinstarren würden, wie sie die Tür aufmacht, ein gebräuntes Bein rausstellt, über die Sonnenbrille hinweg zu ihnen hinblinzelt, sich die Lippen leckt, verführerisch seufzt und sagt: »Bitte, ich hab mich verfahren. Ob einer von euch großen starken Männern mir wohl bitte helfen könnte?«

Von wegen kleines Schwarzes.

Der Zoo war ein Minidschungel voller Schlangen und Tropenvögeln. Ferdousine, der sich nicht gern als einen sah, der Tiere im Käfig hielt, hatte versucht, die Stahlstangen zu tarnen, indem er einen Versandhausregenwald hochzog. Lianen und Zebrina kletterten über die Wände, die Durchgänge waren ein Macarangalabyrinth, und auf einem Ficus saßen drei Sittiche, deren Gefieder durch die dunklen, tropfenden Blätter scharlachrot und bronzen schimmerte.

Sogar bei dieser Bullenhitze – die Anzeige vor der Chemical Bank war bei 34° – glommen Gasheizungen in jeder Ecke. Die Wände verströmten Schweiß, die Dielen quatschten. Von Kate, die Weichschnabelkörner reichte, tropfte der Talg wie von einer Kerze.

Den ganzen Vormittag hatte sie miese Laune gehabt, schon seit dem Vormittag davor, um ehrlich zu sein, von Gasen geplagt, und zwar von denen, die sie am widerlichsten fand. Gasen, die mehr so gärten, die sich nie zu einer ordentlichen Fülle sammelten, so daß man sie abrülpsen konnte, sondern die sich tagelang hielten, alles zu Säure machten. *Lieber ein leeres Haus als ein unwillkommener Mieter.* Vielleicht galt das aber mehr für Fürze.

Sie war nicht mehr in Übung. Es hatte eine Zeit gegeben, Jahre war das her, da waren solche Gase ihre Lebenspartner, aber das war vor dem Zoo gewesen. Zehn Jahre lang hatte sie nahezu keine Visionen gehabt und nicht gelogen, war praktisch schmerzfrei gewesen. Hatte nur die Tiere gefüttert, die Käfige geputzt und sich auf die Seifenopern konzentriert. Die einzige Sorge, die sie sich gestattete, galt *Days of Our Lives* – warum Roman mit Marlena Partei ergriff gegen Sami, die mit Alan ging, und wie es kam, daß Lucas wegen Mordes an Curtis verhaftet worden war, während Billie entlastet schien, obwohl Curtis' Geist Billie während einer intimen Situation mit Bo erschien.

Das Grundübel bei Billie, das konnte jeder Trottel sehen, war, daß sie so verschossen war. Wie eine Frau, die äußerlich so schick war, mit solchen Schlehenaugen und glänzigen Marshmallowlippen, sich so zum Idioten machen konnte, das war völlig unbegreiflich. Manchmal hätte Kate ihr deswegen am liebsten eine geschmiert. Aber was hätte das gebracht? Eine solche Frau stand irgendwie unter einem bösen Stern. Auf die konnte man einreden, bis die Kühe blau wurden, die war einfach so.

Die letzte Geschichte mit Bo war das schlimmste überhaupt. Schön und gut, in den engen Hosen sah er wirklich klasse aus, und seine Augen brannten auch wie geschmolzene Kohlen, aber dennoch war er eine doppelzüngige Schlange, nicht wert, Billie die Stiefel zu küssen. Und dabei wurde Billie, da brauchte man sich gar nichts vorzumachen, auch nicht jünger. Was sollte denn einmal aus ihr werden? Das trieb Kate um.

Manchmal, wie gestern, wachte sie morgens von dieser Sorge auf. Selbst wenn sie mit Pearl draußen auf dem Gehweg war, dem Vogel seinen morgendlichen Verdauungsspaziergang gönnte, mußte sie einfach immer darüber grübeln. Ihre Gedanken waren ein solches Durcheinander gewesen, daß sie ganz vergessen hatte, sich zu schützen. Hatte sich völlig gedankenlos umgedreht und das rote Auto am Hydranten gesehen. Anna Crow und dieser hispanische Ganove, auf den sie stand, der, der aussah wie Prince oder Glyph oder wie der sich nannte. Gut, er hatte hübsche Haare, aber ihr Fall war er nicht. Wie auch, wo der Junge, den sie in ihm sah, erst sechs Jahre alt war?

Dieser Junge hatte nackte Beine, die in einer kurzen Khakihose steckten, er trug ein Menudo-T-Shirt, die Haare waren sträflingskurz geschoren, und er fuhr auf einem blauen Dreirad die Gänge einer dunklen labyrinthischen Wohnung auf und ab. Über den meisten Möbeln lagen Tücher, und an den Fenstern hingen schwere Samtvorhänge von der Farbe abgefallener Kastanien, immer zugezogen, obwohl draußen heller Tag war. Im mittleren Zimmer saßen unter einer Gesimsdecke zwei Frauen an einem Kartentisch, die eine alt und zittrig im Rollstuhl, die andere in Schwesterntracht. Sie redeten nicht, knallten immer nur Karten auf den mit grünem Fries bezogenen Tisch. Diverse Katzen hockten zu ihren Füßen, auf den Tüchern, krallten sich die Samtstores hoch. Das Kind ließ sein Dreirad stehen und scheuchte sie. Als er eine in die Enge getrieben hatte, eine Perserkatze, ritzte sie ihm die Wange auf. Und Kate bekam Gase.

Mehr als alles andere war es die Peinlichkeit. Das war immer ihr Fluch gewesen. Als sie im Ansonia lebte, damals, als sie ihren Lebensunterhalt noch mit Visionen verdiente, war sie von anderen Medien umgeben gewesen, das ganze Haus war voll davon. Spiritualisten und Paranormale, Telepathiker und Psychokinetiker, Tischklopfer, Tranceschreiber, Tarotkartenleser und Kristallkugelhändler, die ganze Palette. Und was für ein dämliches Volk das war. Die meisten jedenfalls. Ein paar waren gar nicht mal so schlimm, verdienten sich ihre Brötchen, wie sie eben konnten. Aber die anderen, heilige Mutter der Leiden! Wie die dick taten, was die sich nicht für eine Aura gaben. Diese ganzen verdunkelten Zimmer und die schaurigen Stimmen, dieser Jargon, dieses Gewäsch. Emanationen und Auren, psychische Frequenzen. Die Gabe.

Schöne Gabe.

Was war das denn überhaupt? Wenn man die Requisiten und die Posen und das Blabla einmal beiseite ließ und sich die Sache genau ansah? Bloß Sehkram. Ein Haufen Schnappschüsse. Und die meisten Schnappschüsse noch nicht mal gut. Nichts, womit man prahlen konnte. Wenn überhaupt, dann im Gegenteil.

Sie erinnerte sich an Madame Vronsky, die über sechzig Jahre lang Visionen gehabt hatte, auf ihre Art kein schlechter alter Klepper, auch wenn sie wie die Makrele von letzter Woche roch, und wie sie mal zu ihr sagte: »Die fünfte Dimension, meine Liebe«, hatte sie gesagt, »so doll ist die auch wieder nicht.«

Und Madame V war eine, die immer Glück gesehen hatte, unverhoffte Glücksfälle, große dunkle Fremde, Hündchen. Wohingegen Kate nichts als Trümmer sah.

Das war der Schlüssel, das Entscheidende. Wenn sie nur eine Seherin gewesen wäre, die auch mal ein gutes Ende sah, dann hätte sie bestehen können. Doch ein böswilliges Schicksal hatte sie zur Leichenbestatterin gemacht. Jedesmal wenn sie ein Bild erhielt, ging wieder einer den Bach runter. Herzschläge und Schlaganfälle, böswilliges Verlassen, Bankrotte, Serienmorde – die Friedhöfe waren voll mit Kate Root Specials. Todesstrafen zu dreißig Mäusen die Sitzung, Spenden nach Belieben.

Wäre Ferdousine nicht gewesen, sie würde da wohl noch immer drinhängen. Oder, was wahrscheinlicher war, sich die Radieschen von unten ansehen. Als sie ihm das erste Mal begegnet war, war sie gerade auf der Flucht vor einem Bild von einer Ballerina, die bald bei einem Skiunfall ein Bein verlieren sollte. Das Ansonia und alles Drum und Dran bedrückten sie so, daß sie am liebsten aus dem Fenster gesprungen wäre. Was nicht ihr Stil war. Also ging sie lieber zum Cricket.

Dieses Spiel war immer eine Zuflucht für sie gewesen. Fred Root, ihr Großonkel, hatte in den zwanziger Jahren für England geworfen, und einen Sommer, da war sie vierzehn, hatte sie bei ihm in Wolverhampton verbracht, einer schmutziggrauen Stadt in den Midlands, und über seinem Süßwarenladen an der Ecke hatte sie gewohnt. Er war damals schon ein alter Mann, siechte an einem kranken Herzen dahin, seiner *lahmen Pumpe,* war schon zum Skelett abgemagert. Seine Hände aber waren riesig. Sie selbst war ja nicht gerade petite gewesen, schon damals nicht.

Doch Fred Roots Finger hatten ihre verschluckt wie eine Schlange, die einen Wurf rosa Mäuse verdrückt. Und wie sie sich anfühlten, so schuppig weich, das war auch wie Schlangenhaut.

Wenn er ein paar Bierchen intus hatte, hielt er die rechte Hand gegen das Licht, seine Wurfhand, und biß sich in die Fingerspitzen, ähnlich wie etwa ein Goldsucher einen Nugget testet. »191 598«, sagte er dann. Die Anzahl der Bälle, die er während seiner erstklassigen Karriere versenkt hatte. »Dreiunddreißig englische Sommer, und kein einziger Halbvolley«, sagte er und prostete sich selbst zu. Eine sentimentale alte Saufnase. Sie hatte ihn geliebt.

In seinem Garten mit den Lobelien und dem Fingerhut und den Studentennelken und all den anderen faden englischen Blumen in ihren säuberlichen Beeten hatte er ihr den *in-swinger*, den *leg-break*, den *googly* beigebracht. Das waren Fertigkeiten, die man nie vergaß. Statt sich also im Ansonia die Pulsadern aufzuschneiden, war sie mit der Broadway Local in die Bronx gefahren und hatte den Westindern im Van Cortlandt Park beim Spielen zugesehen.

Ferdousine hatte neben ihr im Liegestuhl gesessen. Wie ein adretter kleiner Herr hatte er ausgesehen, aber schon damals hoffnungslos fehl am Platz und in der Zeit, aufgeputzt als englischer Gentleman auf einem Landhauswochenende mit seinem Tweed und den derben Schuhen und den groben Wollsocken. Er sprach durch die Nase mit dem Akzent eines Vorkriegsprivatschülers, die Vokale gedehnt, die harten Konsonanten ausgespuckt wie Traubenkerne.

Das paßte alles überhaupt nicht zu seiner dunklen und teigigen Haut, den vergilbten Augen und der Adlernase wie die des Mahdi in *Gordon of Khartoum*. Auf die ersten Bemerkungen, die Kate riskierte, antwortete er knapp, als hätte sie sich aufgedrängt. *Fatzke*, dachte sie, und sie sammelte schon ihre Sachen ein, um sich woanders hinzusetzen, als ein *cover-drive* in hohem Bogen auf sie zugeflogen kam, ein Wurf, der geradewegs zum Parkplatz unterwegs war, nur daß sie mit der freien Hand hochlangte und ihn sauber wie eine Kirsche herunterpflückte.

»Mein Großonkel war Fred Root«, sagte sie.

»Ein ganz großer Werfer«, entgegnete Ferdousine. »Wahrhaftig, ein ganz großer Werfer.«

1931, als Fred Root Profi bei Worcestershire war, vielleicht schon ein wenig jenseits seines Zenits, aber noch immer ein As, war Ferdousines Vater Geschäftsträger an der persischen Botschaft gewesen und Ferdousine selbst ein cricketverrückter Externer am Westminster. »War's schön da?« fragte Kate.

»Eigentlich nicht«, sagte er. Diesmal aber nicht so brüsk, nur als Antwort auf ihre Frage. Er erzählte ihr von der Botschaft, dem Hofritual beim Schah und davon, wie man eine Fliege bindet. Pingelig, staubtrocken, war er genau das, was sie gesucht hatte.

Bis Spielende hatten sie dagesessen wie Gefährten und hatten später einen englischen Teesalon in Greenwich Village aufgesucht, wo sie Shrimps im Tontopf mit Fischpaste, Rosinenbrötchen und Sherry Trifle aßen.

Es waren die Speisen der Kindheit. Kates Mutter hatte jedes Jahr zu Charley Roots Geburtstag englischen Brotaufstrich gemacht. Schon damals hatte sie sie scheußlich gefunden, und jetzt schmeckten sie noch schlimmer, aber sie würgte sie dennoch hinunter. Wie ein Exorzismus war das. Und Ferdousine tat es ihr gleich, Bissen um gräßlichen Bissen, während er ihr Geschichten vom Westminster erzählte. »Ich war der zahme Kameltreiber in einem Nest von Kryptofaschisten«, sagte er. »Einmal zwangen sie mich, einen ganzen Nierenfettpudding aufzuessen.«

»Warm oder kalt?«

»Lau.«

Kate konnte sich das nicht vorstellen. Mehr noch, sie wußte, sie würde es nie können. Mit Ferdousine hatte sie endlich einen kennengelernt, der keinen Schatten warf.

Er schien nichts zu brauchen. Außer Sahnetorten und Meringen nichts zu wünschen. Hatte keine bettelnden Hündchenaugen, keine Hände, die sie am Ärmel zupften, sie um Gewißheit anflehten. Menschen in ihrer Not, die waren der Fluch der Branche. Eigentlich der Fluch der Existenz. Es kam so weit, daß sie das Wort nicht mehr hören konnte. *Ich brauche, du brauchst, sie brauchen* – am liebsten hätte sie geschrien. Aber das tat sie natürlich nicht. Dafür wurde sie ja nicht bezahlt.

Doch welche Erleichterung ihr das Fehlen dieses Wortes verschaffte. Bei Ferdousine war der Druck von ihr genommen, irgendeinen Scheiß sehen zu müssen. Vielleicht vergaß sie sich auch deswegen. Oder vielleicht war sie auch nur von der Weintorte betrunken. Wie auch immer, ihr kam jedes Gefühl für Selbstzensur abhanden, und sie erzählte ihm von Charley Root.

Das mußte man ihm lassen, der Mann zuckte nicht mit den Wimpern. Unterbrach nicht den Rhythmus seiner Kaubewegungen. Ließ sie nur, den dunklen Kopf seitlich geneigt, die gelben Augen wie die eines neugierigen Vogels, zu Ende reden, und als sie das erste Mal Atem schöpfte, fragte er sie ruhig: »Haben Sie schon einmal von einer gewissen Katerina Rhute gehört? Rein zufällig?«

Das war also das.

Er kannte die ganze Geschichte, von vorn bis hinten. Ehrlich gesagt war er besser informiert als Kate selbst. Dingen, die keinen Sinn ergaben, einen Sinn zu geben, das sei sein Lebenswerk, sagte er, während er ein Würstchen im Schlafrock mampfte; aus seinen Funden hatte er eine ganze Bibliothek aufgebaut. Ausschnitte und Ausrisse, in vierzig Jahren gesammelt, in rotes Maroquin gebunden. Rotierende Sonnen und brennende Monde. Stigmatisierte, fliegende Nonnen. Krötenregen und blutende Statuen, explodierende Wale und Poltergeister, die ganze Palette. Und natürlich Katerina Rhute.

Bis zum Ellbogen in Dundeekuchen, hörten sie erst auf, sich vollzustopfen, als der Teesalon schloß; und am Sonntag darauf trafen sie sich wieder im Van Cortlandt Park. Den ganzen Sommer lang sahen sie Cricket und schlugen sich beim Nachmittagstee den Bauch voll. Als der Herbst kam und damit das Ende der Saison, war es Kate nur natürlich erschienen, das Ansonia zu verlassen, den Broadway zum Zoo zu überqueren. Sie hatte keine Kinder, kein wahres Land. Das hatte keiner von Ferdousines Mietern. Sie waren ihre eigenen Kinder, wie sie annahm, und sein Haus war ihre Nation.

Neun Jahre, acht Monate und vierzehn Tage.

Wie's ihnen ergangen war? *Come see, commissar,* wie Fred Root immer gesagt hatte. Auf die Gasöfen und den falschen Regenwald hätte sie gut verzichten können. Andererseits wirkte das Einerlei auf sie einschläfernd. Die zweimaltäglichen Wiederholungen des Fütterns und Putzens, das Gezirpe und Geraschel und Gezische, die Gerüche, die Dampfhitze – dazu noch *Days of Our Lives,* und sie hatte ihre eigene Sorte Prozac.

Kein Theater, keine Getue. In dem Haus war sie langsam und füllig geworden; in dem Haus hatte sie gelernt, nichts mehr zu sehen. Immer mal wieder spürte jemand sie auf, der sie vom Ansonia her kannte, und versuchte, ihr was über den betrügerischen Liebhaber, die sterbende Mutter, egal was, aus der Nase zu ziehen. Doch sie hatte gelernt, mit solchen Leuten umzugehen. Zeigte ihnen ein Gesicht wie ein Stiefel, ein Lächeln wie ein Fahrscheinautomat. Und wandte sich wieder dem Plattschweifsittich und dem Goldstreifensalamander zu.

Doch dann dieser Junge. In seinem blöden roten Auto.

Diese Unverfrorenheit, das hatte ihr die Sprache verschlagen. Daß ein Fremder zu ihrem Haus kam und sich derart entblößte, sie auf offener Straße anblitzte – wäre es die *New York Post* oder das Boulevard-TV gewesen, sie hätte gesagt, sie habe sich vergewaltigt gefühlt.

Vergewaltigt und schmutzig. Einfach mies. Bei jeder Bewegung, bei jedem Schritt durch den Dschungel machten ihr die Gase zu schaffen, daß sie sich zusammenkrümmte, und dann mußte sie die Schlangen füttern, um sich wieder aufzurichten.

Deren Käfige standen in einer Laube aus Farnen und Orchideen. Der Duft der Orchideen war für sie wie ein Einbalsamieröl, und in Verbindung mit dem brackigen Gestank der Schlangenscheiße wirkte er zuverlässig lindernd. Schweiß rann ihr träge über den Bauch, die Schenkel, und sie überraschte die kalifornische Peitschenschlange, *Masticophis lateralis*, mit einer Extramaus.

Es war ihre Lieblingsschlange. Viele Reptilien waren ihr mehr oder weniger gleichgültig, die gehörten eben zur Einrichtung. Die Peitschenschlange aber war bildschön – oben schwarz, dazu ein cremefarbener Bauch und an jeder Flanke ein orangener Streifen, an der Unterseite zum Schwanzende hin ein Korallenrosa, am After geteilt, glatte Rückenschuppen. Als die Schlange auf die Maus wartete, hielt sie den flachen breiten Schädel seitlich geneigt wie Ferdousine, das gelbumrandete Auge blitzte wie ein Messingring von Woolworth.

Jenes übergroße Auge war der Zauber, der Grund dafür, daß Kate sie Peitsche genannt hatte. Andere Schlangen hatten Knopfaugen, böse Augen, hungrige Augen. Nur ihre wirkten ironisch, entrückt. Wenn alle um sie herum klapperten und zischten, rührte sie sich kaum, ließ nur die Zunge schnellen. Dann schien ihr Auge, auch wenn es kein Lid hatte, sich zu senken, schwer zu werden. Ein Film gleich einer durchsichtigen Glückshaube mattierte dann die schwarze Pupille, und die gelben Ringe bebten, als lachte die Schlange in sich hinein.

Es war der Blick des Salonlöwen. Mausgesättigt, hatte Peitsche ihn jetzt. Im Zimmer über ihr die ersten Takte eines Tangos, *Hernando's Hideaway*, und dazu erklangen Scharrgeräusche, zwei Schrittpaare auf einem gehärteten Fußboden, das eine schlurfend und unsicher, das andere leicht und huschend. Anna Crow gab Ferdousine seinen Tanzunterricht.

Bei dem Geschlinger und Geruckel des Tangos hob sich Kate der Magen, und all die eingesperrten Gase brachen mit einem Mal aus ihr heraus. Die Eruption war so heftig, daß sie schützend den Kopf einzog und sich mit der flachen Hand auf den Bauch schlug, um sie zu binden. »*Regina Angelorum*«, sagte sie. Anna Crows Junge überquerte gerade, Hände in den Hosentaschen, den Broadway. Dann zog er die rechte Hand raus, hielt sie hoch in die Luft, eine Geste fast wie eine Segnung.

Und Kate sah Messer.

Harvey McBurnettes, die würde sie überall erkennen. Es waren die gleichen Klingen, die Charley Root immer benutzt hatte. Bowiemesser aus rostfreiem Stahl, fünfundzwanzig Zentimeter lang, mit elegant geschwungener Klinge, beidseitig geschliffen, mit schwerem Messinggriffschutz, schwarzem Lederheft. Er hatte sie immer seine Susie Qs genannt.

Während der Jahre, in denen sie auf Tour waren, bewahrte er sie in seinem Nachttischchen auf, zusammen mit seinen Manschettenknöpfen und der Pomade. Sie ruhten in einem eigenen, mit mitternachtsblauem Crash-Samt ausgekleideten Teakkasten, und wenn Charley Root sie vor dem Auftritt herausholte, waren die Klingenspitzen ölig, bösartig, wie die Augen einer Sonoraschaufelnase, *Chionactis palarostris*.

Aber da trat Charley Root schon nicht mehr in Clubs und Theatern auf, sondern reiste mit einer Zeltshow umher, zog im Pfannenstiel Floridas über die Dörfer. Er trank zuviel Rebel Yell, und seine Hand hatte angefangen zu zittern. Es war so schlimm, daß seiner Frau, Kates Mutter, die Nerven flatterten. Kaum war sie festgeschnallt und sah das erste Messer in Charley Roots behandschuhter Hand aufblitzen, verlor sie die Kontrolle über ihre Blase, was die ganze Vorstellung ruinierte. Und so hatte sie aus der Nummer aussteigen müssen, und Kate nahm ihren Platz ein.

Da war sie elf, ging auf die zwölf zu, geboren in den Kiefernwäldern von Osttexas, zur Schule gegangen in Arkansas und Louisiana; lebte dann in Fruitville, ein paar Meilen außerhalb von Sarasota, wo Charley Root einen Bungalow im Ranchstil gemietet hatte. Wenn sie nicht unterwegs waren, hatte Kate nach Einbruch der Dunkelheit nichts anderes zu tun, als auf der Verandaschaukel zu sitzen und Leuchtkäfer zu zählen. Ein grobknochiges Mädchen schon damals, *stramm* war das freundliche Wort. Einhundertundfünfzig Pfund, unverwüstlich und voller Saft und Kraft, zu voll des Guten. Sie fürchtete nichts Lebendes und auch nichts Totes. Schon gar nicht eine Handvoll geölter Messer.

Schließlich war sie ein Paradiesvogel.

Auf der Bühne trat sie in einem Federkostüm auf, jede Farbe des Regenbogens war darin, und wenn die Combo *Cherokee* spielte und die Messer angeflogen kamen, wurden diese Federn nach und nach, Glied um Glied, abgehackt, bis sie enthüllt dastand. In natura. Nun, nicht ganz natura. Im Body oder einem fleischfarbenen Trikot. Doch der Schein des Spots war so grell, daß niemand im Publikum es so recht unterscheiden konnte. Was wirklich sie war und was gelogen.

Der Paradiesvogel war nicht die einzige Nummer, die Charley Root im Repertoire hatte. Er warf nicht nur auf Federn, er warf auch maskiert. Er war nicht nur maskiert, sein Ziel war auch noch auf einer rotierenden Platte befestigt. Und diese Platte rotierte nicht nur, sie wechselte auch das Tempo, wurde mit jedem Messer, das einschlug, schneller, bis sie sich schließlich wie ein Kreisel drehte, kaum mehr als ein schwirrender Umriß war.

Immerzu Nebenstraßen, immerzu Provinznester. Dade City und Destin, Trilby, Yalaha, Frostproof, durch Manatee County, Polk County und auch Hardee, dann weiter nach Winter Haven. In Mulberry waren sie an dem Abend, als ein Mann im Schottenkaro auf die Bühne sprang, Kate die Federn büschelweise ausriß, bis Charley Root ihm mit seinem letzten Messer die Hand an die rotierende Platte nagelte, sauber wie einen präparierten Schmetterling. Oder Boca Grande, als die Vorstellung aus war und sie von der Platte wegtrat, um ihre Verbeugung zu machen, nur um statt begeisterter Pfiffe Gelächter zu hören, worauf sie herumwirbelte und sah, daß die Messer statt der üppigen Schönheit die Kontur eines buckligen Zwergs gezeichnet hatten.

Oder Tarpon Springs.

Eine halbe Meile vor der Stadt war ein Stoppelfeld draußen hinter Little Ollie's O-Boy Eats, gegenüber an der Landstraße eine Färberei, und in einer Bachsenke suhlten und wälzten sich Schweine. Die Risse in der Wand des Wohnwagens sogen gemischte Gerüche von Kohlenteer, brennendem Fett und Schweineschlempe auf, und Charley Roots Korsett stand auf seinem Schminktisch.

Er war ein wabbeliger Mann mit blutendem Zahnfleisch und blutenden Hämorrhoiden, das schlaffe Fleisch hing ihm über den edelsteinbesetzten Gürtel, doch abends mutierte er, verwandelte sich in einen maskierten Rächer, die Reinkarnation von Lash Larue. Die sporenbewehrten Schaftstiefel und das schwarze Cowboyhemd mit den Perlmuttknöpfen, die schwarze Hose, im Schritt zu eng, und die Rheinkiesel auf der schwarzen Fassadenklisterermaske. Pomade und Puder, das Kölnischwasser Limes de Buras. Die schwarzen Handschuhe wie eine zweite Haut. Und als letztes dann die Zähne.

Es war ein heiliger Ritus, jeder Schritt genau so vollzogen, und immer in genau derselben Reihenfolge. Außer in Tarpon Springs, einer Stadt voller Griechen, wo das Ritual zerbrach.

Alles lief wie am Schnürchen, bis Charley zu den Zähnen kam. Doch als er nach seiner oberen Gebißplatte griff, begannen die Schweine zu toben, und durch das plötzliche Spektakel zuckte seine Hand. Die Prothese sauste in hohem Bogen auf den Boden, wo dann die Platte brach. Hintere und vordere Backenzähne kollerten durch die Gegend, und Charley mußte auf Hände und Knie gehen, mit hochgerecktem Hinterteil unter den Schminktisch kriechen. Wursthäutig in schwarzem Leder, sah er überreif aus, als würde er gleich platzen; und Kate fing an zu lachen. Quer übers Bett ausgebreitet, halb in ihren Federn, packte sie ein Lachanfall, und sie konnte nicht mehr aufhören.

Charley Root drehte sich zu ihr um und verfluchte sie. Doch er hatte einen steifen Rücken, oder sein Korsett saß falsch. Egal, er blieb auf halbem Weg stecken. Und so blieb er, erstarrt in ihrer Erinnerung, über die Schulter blickend wie ein beim Baden überraschtes kokettes Ding, eine aus dem Leim gegangene alte Schlampe mit seinen eingefallenen Wangen voller Make-up-Placken und Rouge, die Lippen kirschrosa angemalt.

Da hatte er ihr etwas antun wollen, das wußte sie. Er hätte sie umbringen können, doch dazu war keine Zeit. Die Susie Qs schimmerten verschlagen und fettig in ihren Crash-Samtbetten, draußen bollerten ständig Schweine gegen die Wohnwagenwände, und im Zelt wurde schon *Goodbye Cruel World* gespielt. Gleich ging die Vorstellung los.

Das Zelt, auf Ollie O'Boys Parkplatz aufgebaut, war kaum zu einem Viertel voll. Als der Vorhang aufgezogen und der Paradiesvogel ganz in Gold und Karmesin und Mitternachtsblau sichtbar wurde, hörte Kate keine einzige Hand klatschen.

An den meisten Abenden sah sie, wenn die Platte sich dann drehte, nichts mehr. Spürte nur den kühlen, glatten Kuß der Klingen, den Stoß, wenn sie sich hineinbissen. Bei den ersten zwei, drei wurde ihr immer sexy zumute. Danach driftete sie einfach ab. Dachte an Elvis oder Seidenstrümpfe oder daß sie sich eine Dauerwelle machen lassen wollte. Dieser Abend aber war komisch, sie konnte nicht loslassen. Selbst als sie rasend schnell herumgewirbelt wurde, wollte ihr Blick nicht verschwimmen. Durch den heißen rosa Strahlenkranz der Bogenlichter sah sie die Messer, aufgefächert in Charley Roots behandschuhter linker Hand, aus der sie von der rechten eins nach dem anderen herausgezogen wurden. Sie sah jede Klinge, wenn er sie über die Schulter hob, wenn sein Arm zum Wurf ausholte, wie in einer Nahaufnahme erstarrt. Sie konnte die lange ausschwingende Kurve unten sehen, das abgeschnittene Kopfende, und jede der geprägten Wellen, oder waren es Farne? Sie flogen träge auf sie zu, ostentativ. Sie machten Sauggeräusche, wenn sie vorbeiglitten. Jede Klinge langsamer, großspuriger als die vorige.

Das letzte Messer kam am langsamsten, schien im Flug fast stehenzubleiben. Als wüßte es nicht so recht, könnte sich nicht entscheiden, sie zu stechen oder an ihr vorbeizufliegen.

Es war eine unangenehme Situation. Arme und Beine weit gespreizt, spürte sie die Narben und Scharten der rotierenden Platte am Rücken, die Eisenbänder, die sie festhielten, und sah, wie Charley Root sich für seine Verbeugung bereitmachte. Maskiert, aber zahnlos, mit gespannten Hemdknöpfen und weißen Korsetthaken, die hindurchlugten, begann er, sich die schwarzen Handschuhe abzuziehen. Noch immer lief *Cherokee*, und die schlenkernde Messerspitze wurde dunstigblau wie Rauch.

Dann hatte sie einen bitteren Geschmack im Mund, ihr war, als sei sie in ein Luftloch geraten und falle nun schwerelos hinab. Sie biß die Zähne gegen eine aufstürmende Übelkeit zusammen, schloß die Augen, und dabei blickte sie kurz, irgendwo jenseits der Messerschneide, auf das Bild einer Straße in einer Stadt am hellen Tag.

Sie sah eine Reihe flacher Holzgebäude im Regen, eine Bar, ein Schaufenster voller Krücken und Halskrausen, Bruchbänder, alle möglichen Wunderheilmittel.

Es war, als blickte sie in ein Diorama: ein Mädchen lehnte an der Scheibe, es aß Pommes frites aus einer Papiertüte, stand da im Regenmantel ohne Strümpfe und ohne Mütze gegen die Nässe, nur die Morgenzeitung überm Kopf, aufgeschlagen bei den Kleinanzeigen. Sie sah immer wieder auf die Uhr, wartete auf den Bus, wirkte aber nicht ungeduldig, lediglich neugierig. Als der Bus kam, stellte sie einen Fuß in einem weißen orthopädischen Schuh auf die unterste Stufe, dann mußte sie gespürt haben, daß sie beobachtet wurde, daß jemand ihr nachspionierte, denn sie blickte über die gedrehte Schulter zurück, dieselbe kokette Haltung, die Charley Root eingenommen hatte, als er hinter seinen Zähnen her unter den Frisiertisch gekrochen war, nur daß das Mädchen unter der Abendzeitung ohne Rouge und nicht geschminkt war, sondern in Licht getaucht.

In dem Augenblick hatte der Schock des Erkennens Kate wie eine Peitsche über die Augen geschlagen; sie hatte aufgeschrien. Doch ihr Schrei blieb stumm. Der einzige Laut war das fette Tock der Susie Q auf dem Brett hinter ihrem linken Ohr und tröpfelnder Applaus, während sie das Bewußtsein verlor.

Wie konnte das sein? In Tarpon Springs an ein Brett gefesselt zu sein und dennoch ein Mädchen auf offener Straße zu beobachten, beides im selben Augenblick? Viel später hatte Kate versucht, dies Fred Root zu beschreiben. *Was soll der Blödsinn*, hatte er gesagt, und sie hatte ja auch versucht, nicht blöd zu sein, doch es gab Augenblicke wie diesen, da konnte sie nicht anders. Blödsinn war ihre Natur, dazu war sie erschaffen worden.

Sie hatte also Gase. So schlimme und gemeine, daß sie fast in die Knie ging. Als sie sich wieder gefangen hatte, war es fast schon wieder Zeit für *Days of Our Lives*.

In der gestrigen Folge hatte Stefano von Celeste erfahren, daß Tony sich blind stellte, um John und Kristen eine Falle zu stellen, und Sami und Lucas hatten sich zusammengetan, um Austin und Carrie auseinanderzubringen. Unterdessen weigerte sich Bo, Billies Behauptung zu glauben, daß Gina einer Gehirnwäsche unterzogen worden war. Woraufhin Billie, am Boden zerstört, Bo den Ring zurückgegeben hatte.

Doch Kate konnte sich nicht konzentrieren. Als Bo Gina einen Kuß raubte, dieses Ferkel, fühlte sie sich nicht betrogen. Eigentlich fühlte sie gar nichts. Sie konnte immer nur an einen kleinen Jungen auf einem blauen Dreirad denken, an Samtvorhänge und Perserkatzen und Tarpon Springs und an die Zähne, die Schweine, die Messer, das Mädchen, das an der Bushaltestelle wartete, und daran, wie das Mädchen den Kopf gedreht hatte. Und Kate bekam das nicht auf die Reihe. Zuviel war zu schnell, zu heftig über sie hereingebrochen. Panik durchströmte sie, es machte sie krank. Sie taumelte durch den Dschungel zu Pearls Käfig, öffnete weit die Tür. Öffnete auch noch die Zootür und bedeutete ihm, er solle wegfliegen. Doch der Vogel weigerte sich. Statt die Freiheit zu wählen, flatterte er nur hilflos im Kreis herum, schlug mit dem Kopf gegen Wände und Decke, versengte sich die Flügel an einem der Gasöfen und landete schließlich mit dem Kopf nach unten und zappelnd in einem wilden Wein.

Das war doch kein Leben.

Überhaupt kein Leben. Kate konnte nicht bleiben und das mit ansehen, keinen Augenblick länger. Und so überließ sie den Vogel seinem Schicksal, sollte er sehen, wo er blieb. Sie machte sich nicht einmal die Mühe, die Tür zu verschließen, trat einfach in ihrem Hausmantel und in Flauschpantoffeln auf den Broadway und ließ sich mit dem Strom treiben. Vorbei am Wettbüro und

La Perla *botanica*, vorbei an der Nu-U-Saftbar, Regans Bestattungsinstitut, dem Blanco y Negro und der Chemical Bank, auf der die Uhr nun 38° anzeigte, bis sie fast schon bei Sweeney's war, wo sie stehenblieb, um zu verschnaufen und sich umzusehen.

Auf der Straße lag ein Kind.

Zur Mittagszeit saß John Joe Maguire im Sweeney's und trank ein Bud vom Faß. Komisches Bier hatten sie in diesem fernen Land, Katzenpisse, um genau zu sein, doch die Bar war kühl und dunkel, und im Fernseher lief eine Geschichte von einem Mädchen, das man einer Gehirnwäsche unterzogen hatte, und einem Mann, der vorgab, blind zu sein.

Es war erst sein dritter Tag in der Stadt, er hatte noch keinen Boden unter den Füßen. Weihnachten, als Juice Shovlin nach Scath heimgekehrt war, rotgesichtig und mit leuchtenden Augen in einem gemieteten Daimler, und bei Tigh Neachtain eine Runde nach der anderen schmiß, hatte der Mann seine Visitenkarten wie Konfetti verstreut. *The Shovlin Group, Property and Pride* stand auf den Karten. »Mußt mich mal besuchen kommen«, sagte Juice.

»Mach ich«, sagte John Joe.

»Guter Junge«, sagte Juice und reichte ihm eine Zigarre in einer Alurõhre, nicht so eine piefige Hamlet oder Whiff, sondern ein Torpedo, so dick und lang wie die schmutzigen Zeichnungen in Tigh Neachtains Klohäuschen, auf dem John Joe später schlecht wurde.

Da lebte seine Mutter noch, saß aufgestützt im Bett bei Onkel Frank mit ihrem Konfekt und ihren Liebesromanen von Mills & Boon. Doch am Morgen nach ihrem Begräbnis kam er spät zum Frühstück herunter, sein Koffer war schon gepackt.

»Wenn du heut noch nach Amerika willst, mußt du ordentlich frühstücken«, sagte Onkel Frank.

»Ich hab keinen Hunger.«

»Könnte dich nicht ne Scheibe Speck reizen?« fragte seine Tante Phyllis. »Oder wenigstens ne Scheibe Blutwurst?«

»Nein.«

»Warum nicht? Ist schon bezahlt«, sagte Onkel Frank, während er den Fußballteil studierte. Draußen regnete es, an der Küchentür zog Vetter Declan seine Stiefel an. »Down hat ja ganz schön den Hintern vollgekriegt«, sagte Vetter Declan.

»Möcht ich wohl meinen«, sagte Onkel Frank.

Die Shovlin Group hatte ihr Büro in der Park Avenue, im einunddreißigsten Stock. Als Juice Shovlin John Joe und seinen Koffer erblickte, brach er in Gelächter aus. »Der Große Maguire«, sagte er. »Was zum Teufel führt dich denn hierher?«

»Du hast doch gesagt, ich soll kommen.«

»Du kriegst die Motten«, sagte Juice.

Die beiden Tage und Nächte seitdem hatte John Joe im YMCA verbracht. Viel Ruhe hatte er da nicht, denn zu allen Tages- und Nachtzeiten sprangen seltsame Männer zu ihm ins Bett und wieder heraus, er konnte kein Essen bei sich behalten, und die Hitze machte ihn fertig. Aber war er niedergeschlagen? Keine Spur. Juice Shovlin hatte ihm eine leitende Stellung angeboten, jetzt am Nachmittag sollte er anfangen. Gerade noch Zeit auszutrinken, und schon trat er auf die Straße.

Einen Augenblick lang blendeten ihn die Hitze und das grelle Weiß. Als er wieder klar sah, war zu seinen Füßen ein Kind.

Ein kleiner Junge, sieben oder acht Jahre alt, lag auf der Seite wie im Schlaf, die Füße auf dem Gehweg, der Kopf hing über den Bordstein, eine Hand ins Licht gestreckt, die Finger lose gewinkelt, als bettelten sie um Almosen.

Von Sweeney's Tür aus war nur ein Auge zu sehen, und das war zu. John Joes erster Gedanke war: *Dieses Kind ist vor seinen Schöpfer getreten. Es ist in einer besseren Welt.* Sein zweiter, daran vorbeizugehen. Schließlich war er hier ja fremd, und die Straße war voller Leute. Jeder von denen könnte stehenbleiben und sich um das Kind kümmern. Bloß tat es keiner.

Immerhin hatte das Kind Schatten. Es lag dicht am Hinterrad eines geparkten Lieferwagens, eigentlich schon fast darunter, ein paar Meter entfernt von der Bodega Blanco y Negro. In dem Hitzegeflimmer über ihm reichten zwei Männer in blauen Overalls Kisten mit Boar's Head-Schinken und -Mortadella herunter und ließen sie auf einer Metallrutsche quer über den Gehweg in die Kühle des Kellers rutschen. Der Besitzer des Blanco y Negro massierte, während er den Lieferschein prüfte, einen leuchtendroten Apfel an seinem Ärmel und sagte unablässig »Scheiße«. Einer der Männer in Overalls zeigte ihm, wo er unterschreiben sollte. Er sagte lauter »Scheiße« und ließ den Apfel unberührt fallen, und der rollte die Straße entlang, traf auf eine Rille und drehte schräg zum Bordstein ab, wo er am Körper des Jungen liegenblieb, eingebettet in der Beuge hinter seinen nackten Knien.

John Joe hob ihn auf.

Er biß davon ab. Der Apfel schmeckte süß, aber fad, mehlig, und er steckte den Rest in die Gesäßtasche, für später. Dann ging er in die Hocke, betastete den Hals des Jungen. Das war seine Pflicht.

Er konnte keinen Puls fühlen. Allerdings hatte er auch keine Ahnung, wo er danach suchen sollte. Das Fleisch unter seinen Fingern fühlte sich kühl an, nicht kalt, und als er drückte, das Schlüsselbein, die Brust befühlte, zeigte sich kein Tropfen Blut. Dennoch rührte sich das Kind nicht und gab auch keinen Laut von sich.

»Geben Sie ihm Luft. Lassen Sie ihn atmen«, sagte ein Mann. John Joe legte Daumen und Zeigefinger an die Lippen des Kinds, versuchte, die Zähne aufzustemmen, doch sie wollten sich nicht öffnen. Seine Finger fühlten sich feucht wie Schnecken an, obszön. Als er das geschlossene Lid hochzog, war der Augapfel milchweiß. »Der Kleine kriegt keine Luft«, sagte ein anderer Mann. »Verdammt, lassen Sie den Kleinen doch atmen!«

Da empfand John Joe nur noch Schuld. Er sah seine kauernde Gestalt, das Kind, reglos unter seiner Hand. *Nicht vor diesen ganzen Leuten hier,* dachte er. Als hätte er den Jungen selbst niedergeschlagen. Vielleicht hatte er es ja. Er legte den Kopf auf die Brust des Jungen und horchte, angestrengt, doch das einzige, was er hörte, war das Rucken seines eigenen Herzens. Dann wollte er den Jungen schütteln, ihn schlagen, ihm irgendwie weh tun. Doch das ging nicht. *Nicht hier,* dachte er. *Nicht jetzt.*

Im Nachbarhaus des Blanco y Negro saßen zwei Männer im Anzug in einem Bestattungsgeschäft und schauten zu. Auch die beiden Männer im Overall sahen zu, ebenso der Mann, der den Apfel hatte fallen lassen, sowie eine alte Frau mit einem Gehbock und ihre schwarze Pflegerin, drei junge Mädchen in

Hotpants und rückenfreiem Top, da ein Mann, dort noch einer, und da noch eine stämmige Frau in einem geblümten Morgenmantel.

Als diese stämmige Frau sich neben dem Kopf des Kindes hinkniete, hörte John Joe sie ächzen, hörte, wie ihr Korsett knarrte. »Was soll der Blödsinn?« sagte die Frau.

Und das Kind stand auf. Es erhob sich wie ein angepfiffener Windhund in einer einzigen flüssigen Bewegung und drehte das Gesicht dem Licht zu. Seine geöffneten Augen waren haselnußbraun mit goldenen Flecken, doch sie schienen John Joe nicht zu sehen, auch nicht die stämmige Frau. In der Tür des Blanco y Negro stand noch eine Frau, und sie schrie. Eine dunkle Frau, die etwas in einer Sprache rief, die John Joe nicht verstand, und ihre Finger waren übersät mit Ringen, rubinroten und smaragdgrünen, und die packten das Kind und trugen es weg.

Allein mit der Frau, deren Korsett knarrte, angelte John Joe den roten Apfel aus seiner Gesäßtasche und biß noch einmal hinein, doch es war sinnlos, er schmeckte noch immer fade, überhaupt nicht knackig. »Warum das Geld aus dem Fenster schmeißen? Da kannst du genausogut Watte kauen«, sagte die Frau. »Oder gezuckerten Holzschliff, warum nicht?«

Seinem ersten Eindruck nach war sie eine dicke, sogar fette Frau, doch als er jetzt wieder hinsah, wirkte sie nur drall, gedrungen wie eine Frau vom Land. Kräftige Arme mit Grübchen und ein grobknochiges rosafarbenes Gesicht voller Sommersprossen, graue Kochtopfhaare, Schweißperlen auf der vollen Oberlippe, grüne Augen und zwischen den Schneidezähnen ein Spalt. Im grellen Weiß der Straße wirkte ihre Haut rosig und aufgerauht, wie grob geschrubbt an einem Wasserhahn im Freien an einem kalten Morgen. *Ein Landei*, dachte John Joe.

Die grünen Augen musterten ihn von oben bis unten mit einem festen und abschätzigen Blick, der ihm überhaupt nicht behagte. »Eine Möhre wäre besser. Dann kannst du im Dunkeln besser sehen«, sagte die Frau. »Das heißt, wenn dir was dran liegt, im Dunkeln zu sehen.«

»Hätt nichts dagegen.«

»Gut. Das ist gut.« Doch in Gedanken war sie schon wieder woanders, das spürte er. Sie stöberte in der Tasche ihres Morgenmantels und entdeckte eine halbgerauchte Camel. »Mein Vogel ist davon. Hängt im wilden Wein fest«, sagte die Frau.

Eine seltsame Stimme hatte sie, ohne jeden Ausdruck, unmoduliert, die knirschte von zu vielen Kippen wie ein kaputtes Getriebe, eigentlich kein englischer Akzent, aber dennoch erinnerte er John Joe an dieses Land, an die Touristen, die während der Feriensaison aus Birmingham, Coventry und so weiter durch Kilmullen kamen. »Waren Sie schon mal in Leamington Spa?« fragte er, doch sie gab nicht zu erkennen, daß sie ihn gehört hatte, sondern hakte sich einfach bei ihm ein, obwohl sein Apfel erst halb gegessen war, und ging mit ihm los, die Straße entlang. Ihre dicken Beine waren nackt, ihre blauen Pantoffeln an den Zehen offen. »Ich heiße Kate«, sagte sie. »Du darfst Miß Root zu mir sagen.«

Der Ort, an den sie kamen, versetzte ihm einen Schock. Er hatte das reinliche Zimmer einer alten Jungfer und einen Wellensittich erwartet, nicht aber, in den Amazonas zu stolpern, ohne jede Vorwarnung in eine Welt der Schlangen und Echsen, offenbar fleischfressenden Pflanzen und phantastischen Vögel wie aus einem Tarzanbuch, der Papageien und Aratingas und habichtköpfigen Aras zu geraten, die alle mit leuchtenden, leuchtenden Augen aus Leibeskräften durch die dunklen und tropfenden Blätter tschilpten und schrien.

Ein perlmuttgescheckter Vogel hockte auf dem Ladentisch und starrte auf den leeren Schirm eines tragbaren Fernsehers. Als er Miß Root erblickte, flog er ihr auf die Schulter und pickte sie in den Haaren und auf die Wange.

»Der Vogel hängt doch gar nicht im Wein fest«, sagte John Joe.

»Hing aber«, sagte Miß Root. »O ja.«

Als Ausrede war das ziemlich mager. Der Tag schritt voran, die Zeit schoß dahin. »Juice Shovlin erwartet mich«, sagte John Joe.

»Wie fändest du's, zehn Mäuse zu verdienen?«

»Ich habe schon eine Stelle.«

»Zehn Mäuse für nichts. Fast nichts.«

»Nachtpförtner in einem Lagerhaus.«

»Sagen wir zwanzig.«

Schön für sie, aber eigentlich was für einen alten Knacker. Er sollte nur ein wenig mit dem Besen durchgehen, ein paar aufsässige Kletterpflanzen stutzen, während Miß Root Camel rauchte und mit ihrem Vogel fernsah.

Der Mann, der vorgab, blind zu sein, sah einen Mord, die Frau, die man einer Gehirnwäsche unterzogen hatte, sprang schreiend von einem Dach. Als John Joe von seiner Arbeit aufsah, musterte Miß Root ihn erneut mit ihren stumpfen grünen Augen, so durchdringend, wie er es seit Mrs. Connolly in Chemie nicht mehr erlebt hatte. Eine Art hatte die gehabt, als würde sie einen auf einem Objektträger befestigen, als wollte sie sagen: *Solange wir sprechen, bleibt dein Hosenschlitz zu, Junge, aber dann, o ja, aber dann.*

Die Hitze in dem Raum war die Hölle. Die Gasöfen hatten Gitter wie kupferrote Zahnreihen, und die Dielen quatschten wie ein Sumpf, wohin John Joe auch ging. »Ich bin soweit. Alles fertig«, sagte er.

»Und jetzt werden die Haare geschnitten«, sagte Miß Root darauf zu ihm.

An einer Wand hing ein schwerer Samtvorhang, auf der anderen Seite war eine abgetrennte Kammer. Ein Salon, konnte man sagen, oder einfach ein Friseurladen. Waschbecken, Spiegel und ein altmodischer Barbierstuhl waren unter einem Deckenventilator aufgebaut, und an der gegenüberliegenden Wand hing eine rotierende Stange.

»Ich war aber erst Freitag beim Friseur«, sagte John Joe.

»Nur ein klitzekleines bißchen oben weg«, sagte Miß Root. »Einen schnellen Schnips um die Ohren.«

Was hatte sie vor? Timmy Mallory, der *Haarkünstler*, hatte ihm in Glenties am Morgen des Begräbnisses seiner Mutter einen Fassonschnitt verpaßt. Timmy nannte das seinen Alcatraz Special, der garantiert einen Kalendermonat hielt. Und inzwischen wartete Juice Shovlin auf ihn, einunddreißig Etagen über der Park Avenue, in seinem guten Anzug und sauberen weißen Hemd und mit einer gepuderten Fleischrolle im Nacken, leuchtend pink wie Kaugummi, wo der Kragen zu eng saß. Es gab keinen Grund, hierzubleiben, nicht den geringsten plausiblen Anlaß. »Wenigstens einmal ordentlich Rasieren«, sagte Miß Root, und John Joe stieg auf den Barbierstuhl, neigte ergeben das Haupt.

Der Deckenventilator surrte stetig, sinnlos; kein Lufthauch regte sich darunter. Von ganz nah roch Miß Root nach Tierkäfig und Sägespänen, Camel, Karbolseife, und ihre Finger auf John Joes Gesicht fühlten sich nicht unbedingt wie die einer Frau an. Unpersönlich, brüsk klatschten sie ihm Rasierschaum drauf wie ein Gipser, der eine Schuppenwand spachtelt. Bei jedem Strich rieselte ihm ein frisches Häufchen Zigarettenasche auf Stirn und Lider. Dann hörte er, wie ein Rasiermesser abgezogen wurde, und ein Kissen, das ein Busen sein mochte, bettete sanft seinen Hinterkopf.

Der Raum hatte die Form eines langen, schmalen Trichters, ähnlich einem Schießstand, an dessen Ende anstelle von vorüberziehenden Blechenten ein vergittertes Fenster war. Das Fenster ging auf eine Backsteinmauer hinaus, und der Fenstersims stand voll mit Bechern, gebrauchten Teebeuteln und einer halben Schachtel Highland-Shortbread. John Joe versuchte so gut er konnte, dieses Bild festzuhalten, es nicht wegzulassen. Doch es war sinnlos. Unter Miß Roots Händen hatte er keinen Willen, kein Ich. Durch den Ascheregen spürte er, wie sein Fleisch nach Belieben gedreht und neu gestaltet wurde. Das Rasiermesser schnitt ihm ein neues Paar Wangenknochen, ein festeres Kinn und einen kräftigeren Kiefer.

Hinter dem Samtvorhang stöhnte ein Tier im Schlaf. »War das ein Affe?« fragte er.

»Das wäre ja noch schöner. Schmutzige Tiere«, sagte Miß Root und packte ihm ein dampfend heißes Handtuch aufs Gesicht, versengte, blendete ihn. Dann gab es nur noch das Geräusch ihres Einatmens, Ausatmens sowie das ruckartige Knarren ihres Korsetts, ein Schlepper, der vor Anker lag.

In diesem Dunkel spürte John Joe so gut wie nichts. »Dad hatte mal einen Affen«, sagte er.

In Duchess Gardens war das nämlich, als er sieben war und sie vier Stock hoch über einem mit einem Vorhängeschloß verriegelten grünen Garten wohnten. Es gab da ein hellerleuchtetes Zimmer, in dem seine Mutter Radio hörte; ein anderes Zimmer, vollgestellt und dunkel, war seins. Ein langer schmaler Korridor wie ein Tunnel, wie ein Seil, das in einen schwarzen Brunnen hinabgelassen war, führte woandershin. John Joe ging da nicht durch.

Seine Mutter hieß Bernadette, sie hatte schwarzblaue Haare und schwarzblaue Augen. Er konnte sich nicht vorstellen, wie ihr Gesicht damals war, nur daß morgens, wenn er zu ihr ins Bett kroch, ihre Haare wild über die Kissen wucherten, Sonne und Schlafwärme in der Halsbeuge, dazu die Victor Sylvester Quicksteps, die leise auf dem Nachttisch dudelten, und die rosa Strickjacke, die sie im Bett trug und in deren verfilzter Wolle die gezuckerten Düfte der Nacht hingen. Bier mit Limonensaft, Rosenwasserseife, Jasminblütenparfüm – Dad verachtete diese Düfte; er meinte, sie machten eine Frau billig. Doch Dad, der war an jenen langsamen Morgen gar nicht da.

Wo war er? Beim Lauftraining, in seinem Taxi, auf einen Tee im Tiny Doyle's. Er war Preisboxer, ein Krieger, ein Mann mit dicken purpurn angelaufenen Lippen und einer krummen Nase, Narben auf beiden Wangenknochen, Narben über beiden Augen und darum herum. Wenn er kämpfte, wurde er als Kid Ojeah angekündigt, doch Bernadette nannte ihn Moses.

Im Haus redete er kaum, und wenn er redete, dann komisch. Er stand immer vor Tagesanbruch auf, zog sich im Dunkeln an. Wenn die Wohnungstür aufknarrte, war einen Moment lang Stille. Dann fing Dad an zu pfeifen, tirilierte fröhlich und flatterig wie ein Nachtvogel. *Stop! In the Name of Love* pfiff er und tanzte die Stufen hinab auf die Straße.

Einmal jedoch war er in John Joes Zimmer gekommen und hatte ihn davongetragen in seinem Boxermantel, roter Satin, auf dem in goldenen Lettern aufgeprägt stand: KID OJEAH, DER KEILER AUS LAGOS.

Es war ein kalter Morgen kurz vor Weihnachten, der grüne Garten war schwarz, und an der Ecke stand ein schwarzes Taxi. Der Satinmantel fühlte sich glitschig-kalt an, als John Joe allein auf der Rückbank saß und seine bloßen Füße baumeln ließ. Pfeifend und lachend fuhr Dad durch leere Straßen unter hohen Lampen. Nebel machte das Licht schwefelig, die Straßen schienen voller Löcher. »Ich will in mein Bett«, sagte John Joe.

»Das geht nicht«, sagte Dad.

Wo sie ausstiegen, war ein Schaufenster, in dem die Weihnachtsauslagen schimmerten; dahinter war das Tiny Doyle's. In Dampf gehüllt saßen da weiße Männer und schwarze Männer in

Bomberjacken und aßen Ei, Würstchen und Fritten, tranken Becher süßen Tee. Als sie Kid Ojeah in der Tür sahen, riefen sie seinen Namen wie eine Lobpreisung.

Ein lebensgroßer Weihnachtsmann fuhr mit seinem Schlitten und den Rentieren über eine Wand. Quer durch den ganzen Raum zogen sich bunte Lichter und schillernde Kugeln, Flitterstränge und Papierketten als Regenbogen.

»Wer ist das?« rief ein Mann und zeigte auf John Joe.

»Das ist der Champ«, sagte Dad.

Für alle sichtbar, wurde er hoch oben auf den Schultern seines Vaters durch den Raum gewirbelt. Die schwarzen und die weißen Männer brüllten Worte, die er nicht kannte, und eine Frau, die Speck briet, grapschte ihn am Schenkel und machte mit leuchtendorangenen Lippen Kußgeräusche. »Großer Kopf, große Eier«, sagte die Frau. Dann waren sie durch die Hintertür, allein in einem ummauerten Hof. Eine scheckige Mischlingshündin schlief auf schmutzigem Stroh. Als sie an ihr vorbeigingen, öffnete sie ein Auge.

Am Ende des Hofs führte eine weitere Tür in eine Kapelle. Es war eine schwere Eichentür, und die Kapelle hatte eine hohe Decke und war bitter kalt. Unter einem Buntglasfenster, auf dem der heilige Georg den Drachen erschlug, war ein Boxring aufgebaut. Ein Mann war beim Seilspringen, ein anderer beim Schattenboxen. Das Morgenlicht auf dem Buntglas verwandelte das Schwert des heiligen Georg in flammendes Gold.

Dad nahm John Joe an der Hand und führte ihn auf bloßen Füßen über den Kapellenboden. Neben einer Reihe Metallspinde stand ein durchgesessenes Sofa an der Wand, dessen Eingeweide durch die Federn quollen. Auf dem Sofa lag hingelümmelt ein dicker Mann mit einem Schlapphut und einem Armeemantel und aß Erdnüsse. »Der Mann da, Tiny Doyle, das ist dein bester Onkel, setz dich auf ihn«, sagte Dad und setzte John Joe sorgsam dem dicken Mann auf die Brust. Der Mann sagte nichts und regte sich auch nicht, spuckte nur Schalen aus. »Mein Sohn hier muß mich endlich mal kämpfen sehen«, sagte Dad und trat durch einen zerlumpten Vorhang in einen Umkleideraum.

Der Mann, der zwei Minuten später wieder erschien, trug hohe weiße Stiefel mit Bommeln, eine weiße Boxerhose mit der

Aufschrift KO. Als er in Boxstellung ging, die Fäuste ballte, blitzte einer seiner Schneidezähne golden auf. »Seht euch diesen Mann an«, sagte er. »Ist er nicht großartig?« Er verlagerte das Gewicht auf den Ballen des rechten Fußes, posierte, ließ die Muskeln spielen, tänzelte langsam einen Halbkreis, sein Rücken ein gespannter Bogen, Waden- und Schenkelmuskel wie Taue, sein Bizeps gewölbt wie mit Riesenlollis vollgestopfte Zwillingsmäuler. »Welcher vom Weibe geborene Mann könnte diesen Mann wohl schlagen?« rief er. »Welches Geschöpf Gottes?«

»Jimmy Partridge«, sagte Tiny Doyle. »Hat dich in drei Runden eingestampft.«

»An dem Abend war ich krank. Indisponiert.«

»Arthur Crufts. Big Boy Williams. Lester Digges.«

»Krank, sage ich dir.«

»Tony Majors. Stoker Watts.«

»Krank«, sagte Dad. »Krank, krank.«

Durch die Kapelle schnalzte und sirrte das Sprungseil, Füße tänzelten auf Segeltuch, die beiden Trainierenden schnauften und ächzten. »Wickle mich«, sagte Dad und streckte ihm die Hände zum Bandagieren hin. »Mach mich stark.«

»Du große Kacke«, sagte Tiny Doyle.

Was kam dann? Ein schwarzer Fremder sprang und wirbelte über den Kapellenboden, drehte sich durch Schattenbalken und Lichtstreifen, die Bommeln an seinen Schuhen tanzten, die Arme stampften in karminroten Handschuhen, ein Lederhelm wie ein Käfig, silbrige Gischt, die nach hinten sprühte, ein goldenes Flammenschwert.

Als sie dann wieder nach Hause kamen, war John Joe siedend heiß, eiskalt. Seine Mutter stand oben an der Treppe, die Haare aufgelöst, die Nägel unlackiert, und wartete auf sie.

»Wir sind rumgefahren«, sagte Dad. »Zwei Männer, zwei Männer.«

»Und er nichts an den Füßen«, sagte Bernadette.

»Er hatte meinen Mantel. Dem war nicht kalt«, sagte Kid Ojeah, ein lachender Mann. Doch seine Frau, die langen Nägel gezückt, harkte ihm mit der Hand über die Wange, daß es blutete.

»Du blöder verdammter Gorilla. Du ungeschliffener Affe«, sagte sie und steckte John Joe in die Badewanne.

Das Wasser war so heiß, daß er vor Schreck aufschrie. Sogleich untergetaucht, strampelte er und stieß um sich, um hochzukommen, doch seine Mutter hielt ihn nach unten gedrückt, weigerte sich, ihn auftauchen zu lassen. Erst als er sich fügte, ließ sie ihn los. Ihre Hände seiften ihm in trägen Kreisen die Brust ein. »Augen zu«, sagte sie, und er machte die Augen zu. »Jetzt bist du sicher«, sagte seine Mutter, und er flutete die Badewanne mit Pisse.

Als er herauskam, war Dad weg.

Das einzige, was noch da war, waren die Wohnung und das Zimmer seiner Mutter, ihr laufendes Radio, ihr warmes Morgenbett. Etwas stimmte mit seiner Brust nicht, etwas Schwaches, was ihn nach Atem ringen ließ. Seine Mutter gab Tiny Doyle die Schuld und ließ John Joe nicht in die Schule gehen. In einem schmalen Lichtviereck las sie ihm an ihrem Fenster Geschichten vor, lehrte ihn mechanisch Wörter. »Amboß, Ambra, Ambulanz«, sagte sie. Gemeinsam tanzten sie Foxtrott und langsamen Walzer, tanzten irische Jigs. An der Wand beim Bett seiner Mutter, neben dem Kruzifix, waren farbige Bilder von Cockerspaniels und Spielzeugpudeln, roten Settern, Terriern. »Ameise. Amen«, sagte sie. An der Anrichte bürstete sie sich die schwarzblauen Haare aus, hundertmal mit der linken Hand, hundertmal mit der rechten. Sie trank Wodka Orange, sie kaute Pfefferminzbonbons; sie besprengte sich die Haut mit Almond Temptation Plus. *Geheimnisvolle Salben des Orients* stand auf der Plastikflasche. Unten in den grünen Gärten gingen zahme Hunde an der Leine. »Ich will einen«, sagte John Joe.

»Amme.«

»Eine scheckige Hündin.«

»Ammer. Amok«, sagte seine Mutter. »Amor.«

An seinem Geburtstag waren seine Geschenke statt des Hundes ein Bilderbuch namens *Heilige: Abenteuer voller Mut*, eine Schneekugel mit dem Kalvarienberg darin, ein Paar Häschenpantoffeln. Nach Einbruch der Dunkelheit lag er im Bett seiner Mutter und sah ihr zu, wie sie sich feinmachte.

Sie kleidete sich für den Tanzsaal: pfirsichblütenrosa Seidenschlüpfer mit passendem Stütz-BH, weißer Petticoat, ein rückenfreies hellblaugraues Kleid. Als sie sich auf Pfennigabsätzen drehte, fächerten sich Petticoat und Kleid aus, ließen ihre Beine bis zur Hüfte sehen. »Gar nicht schlecht für so ein spätes Mädchen«, sagte sie. Sie beugte sich tief über das ungemachte Bett und küßte John Joe auf Augen, Hals und Haare. Ihre nackte Schulter an seiner Wange war schläfrig warm wie Fell. »Tanz mit mir«, sagte sie.

»Mach ich nicht«, sagte Dad.

Er stand in der Tür, schwarz in schwarz, auf seiner Schulter saß ein ringelschwänziger Affe. Der trug ein rotes, goldbesetztes Samtjäckchen, zitterte vor Kälte, das Gesicht grau und schrumplig wie bei einem alten Mann. »Ich habe in Leamington Spa gekämpft, acht Runden mit Houston McBee«, sagte Kid Ojeah. »Ich war unbesiegbar.«

»Raus aus meinem Haus«, sagte Bernadette.

»Und trotzdem hauen sie mich nach Strich und Faden übers Ohr, der Ringrichter ist ein Strauchdieb, ich lauf in meine Garderobe wegen Preisgeld. Tiny Doyle aber, ein Klassemanager, rückt nix raus. Keinen Shilling, keinen Penny, keinen müden Farthing als Entgelt. Das einzige, was er mir rüberschiebt, ist dieser wertlose Affe. Für die Ehre, behauptet er. Für die Schande, sag ich.«

»Ich rufe die Polizei.«

»Machst du nicht.«

Als Dad näher kam, war sein Gesicht zerschnitten und zerschlitzt wie ein Stück Leder, an dem ein Rasiermesser abgezogen wurde, seine geschwollenen Augen waren rote Halbmonde. »Du bist betrunken«, sagte Bernadette.

»Stimmt«, sagte Dad. »Betrunken wie ein bleiches Pferd, betrunken wie ein betrunkener Hahn. Betrunken, wie ein Vater nur sein kann.«

Auf der Straße, wo der Regen schräg gegen die hohen Lampen peitschte, bedeckte er sie, alle drei, mit einem schwarzen Regenmantel, einem Nachtwächtercape. Der Affe, der im Dunkeln steckte, fing an zu wimmern und zu toben. Er stank nach Fäule und Urin, einer muffigen Krankheit; er zwickte John Joe mit scharfen Zähnen. »Frei werden wir sein«, sagte Dad und nahm das Cape weg, und dann waren sie in einem Bekleidungsgeschäft, einem blau und orange beleuchteten Souterrain, wo ein Mann mit einem Scheitelkäppchen saß und *True Detective* las.

Das Bild auf dem Umschlag zeigte eine halbnackte Blondine in panischer Angst, eine Hand mit einem bluttriefenden Messer. »Mein Sohn braucht was zum Anziehn«, sagte Dad. »Dieselbe Größe wie für mich ist gut.«

Das Lied, das er danach pfiff, war *Walk on By*. Die Melodie waberte und flirrte, die Zähne des Affen klapperten, John Joe platschte durch Pfützen in Schuhen, die ihm sieben Nummern zu groß waren. Schwere Zeitungspapierkeile waren um seine Füße gewickelt, und alle seine Sachen wurden von Sicherheitsnadeln gehalten, dennoch besaß er die Statur eines verkleinerten Mannes; eines Kriegers.

Sie gingen über Seitenstraßen und Gäßchen durch Notting Hill, hinter Paddington. Zu einem Pub namens Bonaparte's Retreat, wo John Joe Chips aß, Dad Bitterbier trank. »König Napoleon starb auf Elba, Kid Ojeah verschied in Leamington Spa«, sagte er. »Nie mehr Sandsack für 'n paar Kröten. Nie mehr Affen für Ehre. Nie mehr.«

In den tiefsten Tiefen des Nachtwächtercapes steckte ein Whiskyflachmann, an dem er nuckelte und dann John Joe weiterreichte, doch John Joe wollte nicht trinken. Das brachte seinen Vater in Rage. »Du kommst nach deiner üblen Mutter. Du kapierst nichts Wahres«, sagte er. »Wegen dir vergeh ich vor Scham.«

Später kamen sie in eine Gegend mit Rangiergleisen, aufragenden Schuppen, abgestellten Personen- und Güterwaggons. Auf einer Brücke, hoch über den Gleisen von Paddington, blieb Dad auf halbem Weg stehen und hob John Joe auf die Arme, drückte ihn fest und wild an sich.

»Du willst nix von mir trinken, dann nimm meinen Affen«, sagte er.

»Der stinkt.«

»Alles stinkt. So ist das eben.«

Tief unten, unsichtbar wegen der Nässe, wurden Güterzüge rangiert, an- und abgekoppelt. Dad zog den Affen aus seinem Unterschlupf und setzte ihn auf die Eisenbrüstung der Brücke. Sein Fell war durchweicht, sein Samtjäckchen zerrissen und beschmutzt. Sein graues Altmännergesicht lugte fragend hoch, dann packte ihn eine jähe Bö, und er schrie auf. Verzweifelt suchte er nach einem Halt, schlitterte über das glatte Eisen, taumelte über der Kante. »Ehre«, sagte Dad und versetzte ihm einen Stoß.

Doch das war ein anderes Land gewesen. Hier in New York, in dieser neuen Welt, wurden John Joe mit einer heißen Pinzette die Haare aus den Nasenlöchern gezupft, wurden seine Wangen mit einem Spray mit Zitronenduft besprüht. Barnabas hatte der Affe geheißen. »Perverse Ferkel«, sagte Miß Root. »Die können sich doch bloß einen runterholen.«

»Kurz Barney«, sagte John Joe.

»Ich würde doch nicht meinen Laden besudeln.«

Als das Dampftuch von seinem Gesicht geschält wurde, kam John Joe sich enteignet vor. Er gehörte nicht zu denen, die der Erinnerung besonders trauten, schon gar nicht der Vergangenheit, doch im Schutze der Dunkelheit hatte das wohl nicht geschadet. Kaum aber war er entblößt und dem Licht zurückgegeben, fand er alles faul. Die rotierenden Streifen der Barbierstange machten ihn schwindelig, das abgewetzte rote Leder des Sitzes kratzte ihn am Po, die Emailarmlehnen schmierten und katzbuckelten unter seinen Händen. Als er nach seinem Gesicht griff, um es zu betasten, fühlten sich die Flächen und Knochen seltsam anders an. »Einmal Rasieren zehn Mäuse, plus Steuer, plus Trinkgeld, sagen wir zwanzig, dann wärn wir quitt«, hörte er Miß Roots brummeln, dann versuchte er aufzustehen, doch seine Beine versagten ihm den Dienst.

Drei Tage ohne Kompaß – die lange Reise von Scath nach Manhattan, Bus, Bahn, Flugzeug, und Juice Shovlin in einem engen weißen Kragen, kein Schlaf, ständig kam ihm das Essen wieder hoch, diese Hitze, und sein Bett im YMCA von Fremden bevölkert – dies ganze Bündel erhob sich nun wirbelnd vor ihm und versetzte ihm einen linken Haken in den Solarplexus, und er fiel um wie ein gefällter Baum.

Miß Roots Sommersprossen waren, als sie sich über ihn beugte, ein waberndes Feld Sandflöhe. Ein Tabakkrümel hatte sich in der Spalte zwischen den Schneidezähnen eingenistet. Sie versuchte immer wieder, ihn wegzusaugen, doch er rührte sich nicht vom Fleck. »Bett«, sagte sie.

»Ich muß gehen.«

»Du kannst das Zimmer des armen Godwin haben.«

»Juice Shovlin erwartet mich.«

»Hoffentlich stört dich fleckige Bettwäsche nicht.«

Vogelfutterkörnchen hingen in ihren Haaren, und die Schweißperlen auf ihrer Oberlippe waren dick und prall wie Regentropfen an einem Draht. »Paß auf, wo du hintrittst, da ist irgendwo eine lose Diele«, sagte sie. Ihre Pantoffeln schlappten auf der Treppe bei jedem Tritt, ihr Hausmantel hing unförmig wie Sackleinen an ihr. Von unten sah sie aus wie eine alte Frau, die sich hochschleppt. Doch als sie den Kopf umwandte und John Joe die grünen Katzenaugen sah, den Tabakkrümel, der noch immer zwischen den Schneidezähnen steckte, hatte sie das Gesicht eines Schulmädchens. Dann war er in einem quadratischen Zimmer ohne Möbel, nur mit einer Matratze auf einem Bettgestell vor einem weiteren vergitterten Fenster. Miß Root schaltete das Licht an, doch die Birne knallte durch. »Macht nichts«, sagte sie. »Nur ein böses Geschlecht verlangt ein Zeichen.« Und sperrte ihn im Dunkeln ein.

DAS ZWEITE

Ertrinken, nicht winken, das hatte Stevie Smith geschrieben, und es war nur allzu wahr. Platsch, platsch, gluck, gluck. Erst heute morgen hatte Verse-o-Gram wegen eines Auftritts im Washingtoner Fleischmarkt bei ihr angerufen, sie sollte den Schwestern bei einem Bond-in im Clit Club Sylvia Plath und »Lesbos« nahebringen, und Anna war begeistert, sie verehrte diese Frau, und zwar schon seit ihrer Zeit im Shalimar, nachdem Chase seinen Unfall hatte und dieser nette Dr. Bone ihr, statt sie nach ihrem Vater zu fragen, die Ariel-Gedichte vorgelesen hatte. Aber was anziehen? Die Garderobe bei Verse-o-Gram für das London der sechziger Jahre war strikt Minirock und weiße Courrège-Stiefel à la Twiggy, was wohl kaum in Frage kam, aber was kam überhaupt in Frage? Die einzigen Fotos, die sie je von Sylvia Plath gesehen hatte, waren schwarzweiß und zeigten sie wetterfest eingemummelt bei jemand im Garten, ein einziges Nerven- und Wollebündel. Also Minirock und Mod-Stiefel, dazu eine unscheinbare Ponyperücke, die sich wie eine Fuller-Bürste anfühlte, egal, die Schwestern würden das schon schlucken. *Jetzt bin ich still, Haß bis zum Hals, dick, dick.* Und *O Säurevase, voller Liebe bist du,* da wurde nicht gebuht.

Cash auf die Kralle, schnell zur Tür rausgeknickst. *Ich sag, vielleicht komm ich wieder. Du weißt, wozu Lügen gut sind.* Und danach war sie im Fleischmarkt rumgelaufen. Es war kurz vor Betriebsschluß, die Laster rollten auf die Little West 12th unter der stillgelegten Hochbahn, die Männer in ihren blutigen weißen Kitteln wuchteten die letzten Rinderhälften über die rissigen Gehsteige, die Stahlrolläden rasselten herab wie Gazevorhänge vor Green Turtle Products und Royale Veal, Spartan Meats und Adolph Kusy's Pork Specials, der Laden hatte den besten Slogan: *Unser Fleisch macht Schwung,* einfach den besten, und es roch nach Sägespänen und Pökellake, überall tiefgefrorenes Gemetzel, davon kam sie ein bißchen ins Träumen, es war so unmittelbar nach Sylvia und *In der Nacht, da der Mond seine Bluttasche zog,* da wollte sie nur noch ins Bett.

Sie stand also an der Ecke gegenüber vom Liberty Inn, wo die ganzen Transenhuren ihre Freier abschleppten, noch immer in Minirock und Stiefeln, und versuchte, ein Taxi ranzuwinken, als ein farbiger Herr an sie herantrat, eine Venus von mindestens hundert Kilo in mitternachtsblauen Hotpants und passender Perücke, um einen Knöchel hing ein Liebesamulett, und sie kleinmädchenartig anlispelte. »Du bist genau mein Fall, Süße«, sagte er.

An einem anderen Ort und zu einer anderen Zeit hätte sie darüber gelacht, *So ein lustiges Mißverständnis! Ist das nicht köstlich!,* doch aus dem Mund dieses Mannes an dieser Ecke in diesem bestimmten Augenblick, gerade eben noch der Clit Club und all die toten Kühe an den Fleischerhaken, da lähmte es sie fast. »Ich möchte dir nichts tun. Ich kann dir aber was tun«, sagte der Mann, und was das Ärgerlichste war, er klang nicht mal feindselig, trug nur ein Infomercial vor, wie ein Hochstapler einem anderen.

Aber da kam, gelobt sei der Herr, ein illegales Taxi in einer Staubwolke rangeschleudert und trug sie davon, bevor sie da noch tiefer reingeriet, doch der Szenenwechsel brachte noch keinen Filmwechsel mit sich. Denn als sie wieder zu Hause im Zoo in ihrem Zimmer war, wo sie für sicheres Wohnen bezahlte, war da immer noch der Spiegel, der wie der beschissene George Washington nicht lügen konnte, *einer, der nicht lügt, der hat nichts zu sagen,* hatte Waycross Martin immer gesagt, doch darum ging es nicht, wo war sie stehengeblieben? Ach, wo war sie stehengeblieben?

Vor dem Spiegel, splitternackt bis auf ihre Sylvia-Perücke, die ihr wie ein totes Kaninchen in die Augen hing, mit dreiunddreißig Cape Cadaveral mit Pony, das Ergebnis von zu vielen Fastenkuren, zu vielen Diätpillen, zu vielen Infusionen und Magenspülungen, zu vielen Tanzstunden und nicht genug Tanz, ein gerupftes Huhn, das sagte: »Ich möchte dir nichts tun. Ich kann dir aber was tun«, aber das doch ziemlich schwach klang, um mal ganz brutal ehrlich zu sein, es klang nach rein gar nichts.

Wenn sie erst mal anfing zu reden, da konnte sie alles erzählen, was sie wußte, aber bloß nicht. So zürnte und schäumte sie im Bett unter dem gräulichweißen Laken und blickte aus dem Fenster über die Dächer zum Hudson River und sah einen Funkenschauer, doch sie war nicht in Stimmung; eigentlich war sie gar nicht da, sondern wieder im Shalimar, wo sie kaum was gespürt hatte, so ruhiggestellt von Arschloch bis Augapfel, wie sie war, in dem sauberen weißen Zimmer und den sauberen weißen Gängen, und nachts auf ihrem Balkon, wo die Frösche alle im Chor quakten, ebenso die Zikaden, ein nächtlicher Chor, während sie die Gedichte auswendig lernte, die der nette Dr. Bone ihr gegeben hatte, Henry Vaughan und John Clare, Elizabeth Bishop und natürlich Hopkins, *Wildnis und Wasser – o laßt ihr Geprang!*, und *Die Ballade von Rudolph Reed*, wie ging das noch, *Mich hungert nicht nach Beeren, und Brot geb ich gern dran*, genau, *Bin hungrig auf ein Haus, wo nachts im Bett ein Mann*, im Shalimar, da hatte sie so gut geschlafen, *Nie hören mag den Putz sich winden unter Qualn*, ja, *Nie hören mag die Schaben wie fetter Regen falln*, im Shalimar, da hatte sie geschlafen.

Als sie aufwachte, war es dunkel, sie kam sich selber wie eine tote Kuh vor, und als sie durchs Fenster lugte, sagte ihre Stimme automatisch: *Ah-oh*, einfach so: *ah-oh*. Dann war sie aus dem Bett und auf dem Treppenabsatz, polterte durch die Tür zum armen Godwin hinein, vergaß in der Eile ganz, daß Godwin schon lange dahin war, war nicht mal verblüfft darüber, an seiner Stelle den Körper eines anderen Mannes vorzufinden, hoffte nur, daß er atmete oder wenigstens nicht steif war. »Verzeihen Sie, bitte«, sagte Anna. »Ich will ja nicht stören, ehrlich nicht, aber ich hab geschlafen, na ja, nicht richtig geschlafen, eher gedöst, geträumt irgendwie, Sie wissen schon, und da seh ich so zufällig zu Kate Roots japanischem Garten rüber, so nennt sie ihn jedenfalls, die reinste Platzverschwendung, wenn Sie mich fragen, wär besser, wenn sie ein hübsches Paar Babysocken häkeln oder stricken würde, jedenfalls guck ich da hin, und vielleicht lieg ich ja falsch, ich lieg oft falsch, aber ich glaub, das Dach steht in Flammen.«

Der Mann im Dunkeln sagte nichts, zerrte nur mit einer Hand das Hemd vorn über die Unterhose, während er mit der anderen nach seiner Jeans griff. »Natürlich müßt ich's von Rechts wegen

Crouch sagen, schließlich ist der ja für so was zuständig, aber was würd das bringen, der würd keinen Finger krumm machen, am Arsch vorbei ging's dem, bestimmt wieder besoffen, wenn nichts Schlimmeres, also war ich so frei, auch wenn ich es Scheiße find, jemand zu wecken, aber immer noch besser, als bei lebendigem Leib zu verbrennen, Crow heiß ich, Anna Crow, und wer, wenn ich fragen darf, bist du?«

»John Joe Maguire aus Scaith-na-Tairbhe.«

»Nie gehört.«

»Dreieinhalb Meilen von Croaghnaleaba, fast fünf von Lergynascaragh«, sagte John Joe. Im Flurlicht wirkten seine Beine knochig und dürftig, dürre Stelzen, als er sich in seine Jeans zwängte, und mitten auf seinem linken Oberschenkel war eine dunkle erhabene Schwiele, mehr oder weniger in der Form eines Vogels mit ausgebreiteten Flügeln und hochgerecktem Hals. »Du meine Güte, was ist das denn?« sagte Anna.

»Nur ein Muttermal. Das hab ich schon mein ganzes Leben lang.«

»Sieht aus wie eine Ente, nein, ein Schwan.«

»Wie war das mit dem Dach in Flammen?«

»Ein schwarzer Schwan«, sagte Anna. Sie kauerte sich neben dem Bett hin und kratzte mit ihren schwarzen Nägeln an dem Mal, überzeugte sich, daß es nicht abging, während ihre rotgefärbten Haare im Dämmer kastanienbraun und rotmeliert, zinnoberrot, nieswurzrot schimmerten. »Das Zeichen des Tiers«, sagte sie. »Na, sieh mal einer an.«

Draußen auf dem Treppenabsatz führte eine Leiter zur Mansarde hoch, dort lag ein Mann, in eine Decke eingerollt, und brummelte, ein Mann von der Farbe gebrannten Tons. »Ich bin so frei«, sagte er, als er Anna sah, und setzte seine Zähne ein.

»Gott verfluche und kastriere dich, wir könnten inzwischen alle schon in unseren Betten rösten, und du wärst noch immer quietschvergnügt hier und würdest von Gratis-Mittagessen träumen.«

»Verbindlichsten Dank«, sagte Crouch.

In einer Ecke stand eine Statue von Marilyn Monroe, das Kleid so weit oben, daß man ihr Höschen sah, und dahinter war ein Fenster mit Blick auf den Dachgarten, der vollstand mit Zwergkiefern, Betonrehen, Töpfen mit Lobelien und Portulak, einer Pappmachépagode und einem gußeisernen Kohlenbecken, aus dem Flammen schlugen.

Von Crouchs Mansarde aus gesehen schienen die Flammen hoch und wild in den Nachthimmel zu lodern, doch als John Joe hinauskletterte, um sich die Sache genauer anzusehen, waren da nur Pappkartons, Altpapier, ein verkohltes Paar Turnschuhe und ein toter Sperling.

»Dann piß endlich drauf, worauf wartest du?« sagte Anna.

Als das Feuer gezischt hatte und zu Rauch geworden war, führte sie ihn die Leiter hinunter in ihr Zimmer, das eher einem Trödelladen glich als dem Boudoir einer Dame, so vollgestopft bis unters Dach war es mit Tinnef und Nippes, alten Ansichtskarten und ausgestopften Tieren, burmesischen Tüchern, chinesischen Pantoffeln, elfenbeinernen Gewürztöpfen aus Nagaland, Claddagh-Ringen, Fin-de-siècle-Schuhleisten für Pariser Kurtisanen, goldgerahmten Spiegeln, nach Vetiveröl duftenden Kerzen, venezianischen Fächern sowie vielen, vielen Bildern von Anna Crow – als Cheerleader, als Playboy-Bunny, in G-String und Slip, in kirschrotem Voile, in Haremshose mit Schleier und fast lebensgroß in *Schwanensee*, wie sie bei Mrs. Sweetwater matt dahinscheidet. »Gerade erst siebzehn geworden, ein schmächtiges Mädchen, ein süßer Käfer, eine richtige Nervensäge, *Eitel wie das Blatt auf dem Strom und launisch wie ein unsteter Traum*, Sir Walter Scott, dieser Lahmarsch, den konnte ich noch nie ab«, sagte sie. »Aber immerhin siebzehn.«

In diesem Zimmer war das Licht trübe, aber es reichte aus, daß sie John Joe ganz sehen konnte – ein Kerl mit schwefliger Hautfarbe, Mitte Dreißig, mager, spindeldürr, die Haare sträflingskurz geschoren, Klopapierfetzen über die ganze Visage verteilt, hatte sich wohl beim Rasieren gesäbelt. Und mit seinem rechten Auge stimmte was nicht. Das Lid stand auf halbmast, die Wangenmuskeln waren gespannt, und die Haut um das Auge wirkte wund. »Gott noch eins«, sagte Anna. »Was hast du denn mit deinem Glupscher angestellt?«

»War ein Unfall.«

»Na klar.« Wie stets, wenn sie verwirrt war, nahm sie diese Haltung ein, den linken Fuß abgespreizt, die Knie sprungbereit, das

Kreuz durchgedrückt. »Und im übrigen sieht man's kaum, das fällt fast gar nicht auf«, sagte sie. »Fast überhaupt gar nicht.«

»Ich hatte mal nen Frosch.«

»Mußt mir nicht erklären, überhaupt nicht, wieder mal meine große Klappe, kann sie einfach nicht halten, aber der schwarze Schwan, der hat mich ganz durcheinandergebracht. Natürlich ist das keine Entschuldigung, aber trotzdem.«

»Hab ihn immer um Pennies hüpfen lassen.«

»Schön für dich«, sagte Anna. Und so meinte sie es auch tatsächlich. Obwohl sie diesen Mann noch kaum kannte – womöglich war er ja ein Axtkiller oder irgend so ein hirntoter New-Ager –, hatte er was, was sie beruhigte. Mit dem rosa Ring um das Auge sah er aus wie ein Panda, das heißt, nein, eher nicht wie ein Panda, eher wie ein Köter, eine Töle. Wofür sie schon immer eine Schwäche hatte, ein Faible, und warum auch nicht, verflucht? Tölen schnappten nicht und bissen einen nicht bei jeder Bewegung, die waren dankbar für jeden Fitzel, die wußten die Schnauze zu halten und zu lieben. »Scheinst mir aber ein netter Junge zu sein, harmlos«, sagte sie. »Hast du schon mal die Bar gemacht?«

»Bloß bei Pansy Keanes Hochzeit.«

»Na, keine Sorge, jeder fängt mal irgendwo an. Ich hab mir überlegt, da, wo ich tanze, da könnten sie einen gebrauchen, ein Dreckloch ist das, aber die Getränke sind gratis, und du würdest meine Möpse sehen.«

Doch die konnte John Joe, das wußte sie, schon jetzt sehen, steuerfrei, eingerahmt von dem lockeren V ihres schlackernden Pyjamas, in dem sie glockenförmig, halbreif baumelten. »Mein Freund findet mich schön, mein Freund fährt nen Spyder, mein Freund hat eine Zauberflöte«, sagte Anna mit Singsang-Stimme. »Ich lieb den Kerl bis auf den Tod.« Gegenüber dem Foto von ihr als sterbender Schwan war ein mit Nymphen und Ganymeden verzierter Art-nouveau-Spiegel, vor dem sie sich immer die blauen Schatten unter den Augen, die fiebrigen Flecken wie TB-Male von den Wangen wischte. »*Spend all you have on loveliness*, daß ich nicht lache«, sagte sie. Ihr langer, federnder Fuß, nach außen gestellt, zurückgebogen, war von Sehnen und geschwollenen Venen überzogen. »Wie alt bin ich?«

»Ich würde sagen, neunundzwanzig.«

»Heirate mich«, sagte Anna. »Das wär doch was.«

Im Sheherazade roch es stark nach Räucherstäbchen, aber stärker noch nach Desinfektionsmittel. Bani Badpa, der offizielle Besitzer, saß beim Ouzo und brütete über seinen Verlusten. »Das ist John Joe Maguire, er arbeitet für dich«, sagte Anna. »Du schuldest ihm vierzig Dollar.«

»Ich bin am Ende«, sagte Bani Badpa.

Der Lagerraum, den Anna ihre Garderobe nannte, war hinter den Küchen, die Regale voller Kichererbsen in Dosen und Kakerlakenfallen, verdreckten Tischdecken, Bonbons, Insektokill.

Eine Wand war bepflastert mit Tanzschrittfolgen aus *Belly or Bust*, die die Bewegungen des Cairo Snap, des Floating Veil, des Anatolian Shimmy erklärten, und dann gab es ein hektographiertes Zitat aus Serena, mit Mastix an die Wand geklebt, das lautete: *Schwebe in Unschuld. Bestehe im Alter. Verführe unermüdlich die Welt*, und durch die Wand drang das Geräusch einer Klospülung, die nicht spülen wollte, und ein Gefluche, *Khar Kosseh, Khar Kosseh*. »Letztes Jahr, als ich hier anfing, war ich Xanthia, die weinrote Rose der Ägäis, dieses Jahr bin ich Zenaide aus Zonguldak, die verschleierte Huri, und das Klo ist noch immer im Eimer«, sagte Anna. »Aber was ist hier nicht im Eimer? Mein letzter Mann verkaufte Sand, tonnenweise, genug für eine Wüste, aber der Hurrikan Hugo wehte alles zum Teufel, alles weg, bis auf Kneipenrechnungen und Blasen. Was sollte ich da tun? Ich fuhr mit dem Greyhound nach Norden. Suchte Trost und fand Ma Root.«

Quer durch den Lagerraum war an zwei Nägeln eine Schnur gespannt und mit Chiffontüchern drapiert, so daß eine Behelfswand entstand, hinter der sie sich umzog. »Willst du eine blöde Geschichte hören? Ich hatte mal nen Kerl, der hieß Chase, und wir lebten in einem Faß voller Federn, und alles war spitze. Aber dann kam Weihnachten, und ich kriegte Lust, mich anzuziehen und in die Kirche zu gehen, und obwohl ich wußte, daß ich das nicht tun sollte, bin ich trotzdem hin. Johannes der Täufer zur Mitternachtsmesse, wir Crows sind natürlich alle Katholen, obwohl es, wie ich gehört hab, auch andere Religionen gibt, hab sie sogar schon im Fernsehen angeguckt. Also hab ich mich hingekniet und gebetet und gesungen, bis ich heiser war, *Stille Nacht, heilige Nacht* habe ich gesungen und mich wieder verzogen. Bin zurückgedüst zu dem Federfaß und reingesprungen, endlich wieder zu Hause, aber als ich am Boden ankam, was hab ich da gefunden? BH-Einlagen von ner anderen Frau.«

Durch die Wand drang lautes Hämmern und Ruckeln, ein Kraftmensch schlug in seiner Leidenschaft gegen ein Rohr. *Khar Kosseh*, sagte die Stimme des Mannes immer wieder. »Iraner, die wissen nie, wann sie's gut sein lassen sollen, wenn's genug ist, genau wie Ferdousine, der alte Ziegenbock mit seinen beiden linken Füßen und den krabbelnden Händen, sieh dir nur meine armen Zehen an, grün und blau, mein Arsch dunkelrot gekniffen, und seine Pfoten, Herrdumeinegüte, eiskalt wie der Tod oder's Finanzamt oder gefrorene Hummerscheren, die könnt ich essen, bis ich kotze, einfach lecker, wo war ich stehengeblieben?« sagte Anna.

»In dem Faß. Voller Federn.«

»Mit dem Schaumgummi von ner anderen Frau, richtig. Und Chase war nicht mal da, hab ihn dann im Garten entdeckt, wie er in Khakihose und Alligatorhemd in einer English-Leather-Wolke die Hecken stutzte, und da wußte ich, daß ich ihn verloren hatte, also was blieb mir da übrig, ich hab mir einen Pfeil und Bogen von Chief Wigwam geholt und ihm ins Herz geschossen, na ja, hatt ich vor, aber ich hab danebengezielt und ihn statt dessen in den Hals getroffen.«

»War er verletzt?«

»Kein bißchen. Ist einfach gestorben.«

Im Flur kickte Bani Badpa Blechdosen, hämmerte gegen verschlossene Türen. »Zwei Minuten«, sagte er.

»*Khar Kosseh*«, entgegnete Anna. »Das war einfach so gemein. Also, ich hab ihn ja kaum berührt, bloß seinen Adamsapfel angeritzt, grade mal ein Nadelstich, ein Blutbläschen; dann bin ich nach Charleston, zwei Wochen lang besoffen auf der King Street, Knarre geklaut, und als ich endlich die Kaution zusammengekratzt hab, hatte er auch schon den Löffel abgegeben.«

»Dreißig Sekunden.«

»War bloß der Rost an dem Blechpfeil. Blutvergiftung, *caries sphacelus*, und hin war er.«

Nahöstliche Musik brandete auf, wehte durch die Küchen, und Anna stand, als sie die Wand aus Chiffontüchern beiseite stieß, vor den Regalen mit Kichererbsen, türkischem Honig und Insektokill in Pose mit goldenen Sandalen und einem türkisfarbenen Schleier, einem schimmernden Lamérock, bis zur Hüfte geschlitzt, einem edelsteinbesetzten Haarband, das eine schwarzgesprayte Perücke umschloß, einem BH voller Pailletten, und in ihrem Nabel steckte ein grünes Stück Glas wie ein Smaragdauge.

Im Spiegel war sie ein dunkles Mädchen, füllig und geschmeidig, das Fleisch olivgrün schimmernd eingeölt. »Hab dir ja gesagt, es ist ne blöde Geschichte«, sagte sie.

Das Sheherazade um Mitternacht war nicht gerade brechend voll, nur vierzehn Männer sahen ihr beim Tanzen zu, und acht davon waren Bani Badpas Verwandtschaft. Dennoch wurde das Stück Tanzfläche, das als Bühne diente, dunkel, ein Trommelwirbel erscholl, und eine körperlose Stimme wie Sirup oder ein verstopftes Klo verkündete: »Bani Badpa Productions in Zusammenarbeit mit weltberühmtem Sheherazade präsentieren voller Stolz und als Weltpremiere *Unschuld hinter Gittern*, geschrieben und inszeniert von Bani Badpa in alleiniger Regie. Dieses einzigartige Werk zeigt eine unschuldige Jungfrau, welche wird gefangengehalten von eine viel böse Wesir, obwohl ihre Liebe ist schon einem Bauernjungen aus ihrem Dorf versprochen. Dennoch will der Wesir sie nicht aus der Unterwerfung unter seine lüsternen Begierden entlassen. Allein mit ihre kummervolle Gedanken in die Zelle, sucht die Jungfrau Zuflucht bei ihre Träume. Aufgeführt heute abend exklusiv als besondere Genuß für Sie, meine Herrschaften, exklusiv von die mit internationale Preise überhäufte *danseuse orientale*, die SENSATIONELLE ZENAIDE!!!«

Hier lief also nichts in einem türkisfarbenen Schleier, eingesperrt in einem umgitterten Kreis mit einem matten Spot als Mond und dem schwachen Getrommel einer Darabukka auf dem Soundtrack. Ihr fiel nichts ein, was sie mit sich anfangen sollte, wahrscheinlich bloß mit den Fingern wackeln und kummervoll agieren. Bani Badpas Programmanweisungen verlangten »gezischte Seufzer wie eine leichte Brise«, was ja ziemlich einfach war, die nächste bitte, aber wenn's darum ging, ihren »rosengleichen Busen bocken« zu lassen, den Mund »mit Hecheln aufzusperren«, dann stand sie vor einem Rätsel, wofür hielt er sie? Halt, nein, nicht beantworten. Nicht nach diesem Tag und dem Liberty Inn. Wo diese Transennutte sie angefaßt und rumgewirbelt hatte, um ihr Gesicht zu sehen, der verwirrte Blick in seinen Augen, als wollte er sagen: *Ich kenne Männer, ich kenne Frauen, ich kenne Männer, die Frauen sind, aber was im Namen von Fisch und Fleisch ist das?* Wo die Hitze so heiß war, daß sie kaum Luft bekam, und dann die Männer mit ihren blutbesudelten weißen Kitteln, und *Lesbos* lief ihr ungereimt wie eine miese Laune durch den Kopf: *Ich packe die harten Kartoffeln wie gute Kleider, ich packe die Babys, ich packe die kranken Katzen*. Was sollte man noch dazu sagen?

Nicht eben viel, verflucht.

Nicht wenn die Darabukka an Tempo zulegte, die Oud zu jammern begann und die gefangengehaltene Jungfer sich »wie eine wachsame Schlange beim Erwachen« regen, sich wiegend aufrichten, den Bauch wie Wackelpudding wackeln und aus seinem Smaragdauge Licht blitzen lassen sollte. Die Hüften ausstellen, während sie das Rückgrat langsam in einer glatten Bewegung zurückbog, bis ihre Perücke den Kerkerboden berührte. Gott noch eins, wie ihr das Blut in den Kopf schoß, fast wurde ihr schwarz vor Augen, doch dazu war jetzt keine Zeit. Die Kemancha hatte angefangen zu kreischen wie besessen, die Oud drehte durch, und nun raste die sensationelle Zenaide auf ihr großes Finale zu, »dann tritt ein irrer Wahnsinn ein«, wo die Jungfer sich gegen die Stäbe warf und die Stäbe sie zurückwarfen und sie sich wieder dagegenwarf und wieder, »flackerhaft wie ein Leuchtkäfer trudelt sie in dem grausamsten aller Käfige, o weh! Das zarte Fleisch des berückenden Mädchens wird von bösen Banden infernalisch gezerrt«. Bis sie endlich auf die Knie sank, ihre Freiheitsträume zerstört, das reizvolle Köpfchen geneigt in der Niederlage, während die Musik leise mit gebrochenen Flügeln flatterte, die Kemancha mit einem letzten Kreischer erstarb und die Jungfer wieder da war, wo sie angefangen hatte, hol sie aus der Röhre, sie war durch.

Nicht viel Applaus, eigentlich keiner. Als dann die Saalbeleuchtung wieder anging, saß Bani Badpas Verwandtschaft in der Küche und trank Wild Irish Rose, und die anderen Figuren waren alle nach Hause ins Bett gegangen, wo Anna selbst schon wäre, wenn sie auch nur einen Mückenschiß Verstand hätte. Blieb nur noch John Joe Maguire, der sich wie ein Holzindianer hinter der Bar bei den Busukis und den Keramikhummern in einem roten Smokingjackett sowie passend fleckiger Fliege rumdrückte.

Und Willie D.

In einem Yachtblazer von Ralph Lauren, marineblau, zweireihig, auf den Messingknöpfen aufgeprägte Anker für den Look, der von Salz, von Gischt kündet, trank er etwas Dunkles und Fieses, und in seinem Gesicht war Gewitter. »*Mi corazon*, was bekümmert dich?« fragte Anna.

»Die Ische hat meine Asche«, sagte Willie.

Krank. Krank war das.

Da hat man Vertrauen gezeigt, und das war dann der Dank. Man hat ein wenig Mitleid gezeigt, und die Kühe haben es als Schwäche gewertet, haben einen eingerollt und zu Tampons gemacht.

Als er daran dachte, wie er sie das erste Mal gesehen hatte, vor dem Lincoln-Tunnel im Regen und im Schneetreiben auf Freier wartend, sie mit ihrer schlappärschigen Freundin, da wäre jeder andere einfach weitergefahren. Jeder, der bei Verstand war, hätte gesagt: *Das geht mich nichts an. Den Ärger brauch ich nicht.* Aber er war schon immer auf Verlierer reingefallen. Mouse Williams meinte, das sei seine Achillesferse, sein verhängnisvoller Makel, aber er konnte nicht anders. Also fuhr er mit seinem El Dorado rechts ran, mitten in der Tunneleinfahrt, dem Loch. *Du hast gerade im Lotto gewonnen,* sagte er zu ihr. *Steig ein und bring deine Nadelfreundin mit.*

Damals nannte sie sich Trish, und ihre Freundin war Sammi Jo; sie kamen aus irgendeinem Kaff in Jersey. Wieder so ein Paar Junkies, die für ihre Sucht auf den Strich gingen. Schnieften und krächzten den ganzen Weg bis Downtown; sagten, sie hätten Grippe, und er war damals noch so ein Pfadfinder, er lachte nicht mal.

Die Wahrheit war doch, er hatte sie verwöhnt. Nahm sie mit zu sich nach Hause, machte sie sauber, gab ihnen Methadon und frische Unterwäsche, gab ihnen neue Namen, Ivana und Marla, und machte sie zu Schwestern, kaufte ihnen schicke Sachen und Schuhe vom Feinsten, zeigte ihnen, wie man Spargel ißt, führte sie in der ganzen Stadt ein, führte sie bei den Powermännern ein, Sandman Ames und Patsy O, sogar bei Deacon Landry, in die Welt der Macher und Beweger, und warum das alles? Weil er ein Herz hatte, darum. Und eine Vision. In dem Sekundenbruchteil, den es dauerte, am Lincoln-Tunnel an ihnen vorbeizufahren, hatte er etwas Lebendiges aufblitzen sehen, einen Funken, und er hatte nicht die Kälte in sich, die den Funken zum Erlöschen gebracht hätte.

Hatte ihn bis ins Mark getroffen, und was tat er dann? Vertraute auf das menschliche Herz, und wenn das eine Sünde sein sollte, na, dann fuhr er eben zur Hölle. Er hätte es also wissen müssen. Klaro. Aber so war er eben. Und noch heute, nach allem, was er erduldet hatte, schämte er sich dessen nicht. Als Marla an diesen schnöseligen Maurer aus Queens geriet, verlangte er nicht einmal seine Investition zurück, schrieb sie einfach als Lehrgeld ab. Aber Ivana? Mit der war es bitter. Sie war ihm als erste aufgefallen, ihr hatte er sich immer am nächsten gefühlt. Der Alpha-Hund, die durfte er nicht verlieren. Denn dann würde er auch einen Teil seiner selbst verlieren.

Viertausendachthundert Kröten, um genau zu sein.

Die hatte er in dem Zimmer in Brighton Beach gebunkert, zusammengerollt in dem hohlen Fuß ihres Eisenbetts, der Entenjäger mit dem Silberblick konnte ein Auge drauf haben. Nicht daß er abergläubisch gewesen wäre. Im Gegenteil. *180 Grad*, wie Deacon sagen würde. Die Leute dachten, wenn man Puertoricaner ist, dann dreht sich alles bloß um Altäre und Asche und Hühnerblut trinken, dann kann man sich nicht in der Nase bohren, ohne vorher den Babalawo zu befragen. Was alles andere als die Wahrheit war. Das alles hatte für ihn keine Bedeutung. Aber bei einem Silberblick lag die Sache anders. Dessen Kraft war labortechnisch bewiesen, das war eine bekannte wissenschaftliche Tatsache. Das konnte einem jeder Arzt sagen.

Das Zimmer war sein geschützter Hafen gewesen, so sicher wie eine Bank. Sicherer noch, mal ehrlich, wo Patsy O wieder in der Stadt war. Jedesmal wenn er was abgegriffen hatte, wartete er ab, bis Ivana arbeitete oder pennte, und steckte dann die Knete weg. Wollte geduldig anhäufen, bis er zehn Riesen zusammenhätte, dann könnte er sich Tyger's Topless vornehmen.

Er hatte einen Traum gehabt. Nun war der Traum zu Pedigree Pal geworden. Und wer steckte dahinter? Tja, wer wohl. Seit diese dicke weiße Frau ihn so angeglotzt hatte, trug er die Hosen verkehrt rum.

Als hätte er sich ein Ding eingefangen. Oder ein Fluch hatte ihn erwischt, wer weiß? Vielleicht hatte Anna Crow doch dieses eine Mal recht, wie eine stehengebliebene Uhr, und diese Kate Root war tatsächlich eine Hexe. Wie man's auch drehte, sie war ungut. Da lief alles ganz locker, alles im grünen Bereich. Und im nächsten Moment war Chaos. Die ruinierten Schuhe, und dann dieser Vogel, der ihm durch die ganze Stadt folgte. Und natürlich die Messer.

In dem Moment, als Anna sie erwähnte, hatte er gewußt, daß sie ein Zeichen waren. *Irgend ne Nummer mit Messern,* hatte sie gesagt, und in ihm blitzte ein Bild mit der dicken Frau in weißen Strumpfhosen und einem Fischbeinkorsett auf. Sie sah genauso aus wie die auf diesen Sepiafotos, die er mal auf dem Speicher gefunden hatte, als er in der Sechsten war.

Er hatte sie sich immer angesehen, wenn es draußen regnete oder wenn er sich verloren vorkam. Eine der Frauen war längs auf einen weißen Hengst mit lodernden Nüstern und wehender Mähne gefesselt. Adah Isaacs Menken, den Namen wußte er noch heute. Sie trug Strumpfhosen, die dermaßen fleischfarben waren, daß man ganz genau hinsehen mußte, um zu erkennen, daß sie nicht nackt war. Und genau hingesehen hatte er. Überall mottenzerfressene Klamotten und kaputte Kinderwagen und verschimmelte Bücher, Staub in Nase und Augen, Regen, der aufs Dachfenster prasselte, seine kleinen Schwestern, die in ihrem Zimmer unten einen Terror veranstalteten, und die ganzen scharfen Luder, die schon hundert Jahre tot waren, mit ihren knackigen Schenkeln, den Wespentaillen und den Titten, fett wie noch was, wahre Ballons, und Warzen, daß einem die Augen tränten.

Seit Jahren hatte er nicht mehr an diese Bilder gedacht. Adah Isaacs Menken, *Mazeppa*. Und Evelyn Nesbit, *der arme Schmetterling*, und Lilian Russell, die Jersey Lily. Da sie aber nun wieder in sein Hirn geschlichen waren, kriegte er sie nicht mehr los. Die ganze Zeit, während er es Anna besorgte, hatte er im Geist nur immer Kate Root gesehen, ein Linebacker mit Titten, und die Messer umsurrten sie wie die Bienen. Kein hübscher Anblick, sollte man meinen. Aber davon wurde er so hart, daß es weh tat.

So wie es nun um ihn stand, hatte er keinen eigenen Willen

mehr, keine Gewalt über sich. Als wäre er irgendwie gekidnappt worden. Als hätte man ihn gestohlen.

Mit einem Rohr, das nicht mehr weich werden wollte.

Danach hatte er den ganzen Tag mit überm Schoß gefalteten Händen durch die Stadt laufen müssen. Er konnte nicht geradeaus denken, konnte kaum mal Luft holen, so heiß war er. Der reinste Rohrkrepierer, das war's; solche Qualen, daß er fast schon Tia Guadalupe aufgesucht und eine dieser Elegguas, an die er nicht glaubte, abgegriffen hätte. Alles nur, um sich ein bißchen Erleichterung zu verschaffen, um den Fluch umzukehren.

Als es dunkel war, schaute er im Chez-Stadion rein, trank Cocktails mit Deacon Landry und den anderen. Einen Herzschlag lang war er fast versucht, sich ihm anzuvertrauen, so weit war es mit ihm gekommen. Aber was sollte er ihnen denn sagen? *Liebe Abby, da ist so eine fette Schnalle, so ein weißes Stück Fleisch, wenigstens fünfzig, die hat mich bloß einmal angesehen, und jetzt sehe ich immer nur, wie Messer auf ihren Kopf geworfen werden, und ich bin so hart, da könntest du die Stars & Stripes dran aufhängen, welche Medizin würdest du vorschlagen?* Lieber nicht.

Und so saß er schweigend, leidend da, während die andern am Tisch sich zuprosteten und quatschten und Mouse Williams die Geschichte von einer Hippietusse zum besten gab, die sein Onkel Cyrille ihm aus Hotlanta geschickt hatte, Ruby Redd hieß sie. Wie sie im Reisemantel ohne einen Fetzen drunter zu ihm ins Zimmer gekommen sei, über den Boden gewirbelt sei und pirouettiert habe wie so ein fröhliches junges Bambi beim Kotillonball und gesagt habe: »Was meinst du? Bin ich nicht schön?« Und Mouse, der habe sie bloß angestarrt mit seinem Friedhofsblick und gesagt: »Schön?« habe er zu ihr gesagt. »Schön ist erst, wenn der Blinde lächelt.«

Wenn der Blinde lächelt – für Willie war das, als würde ein Schalter umgelegt. Da führte ein Weg aus dem Dunkel, und plötzlich konnte er klar sehen, was er zu tun hatte. Um von den Messern exorziert zu werden, brauchte er eigene Messer. Und er kannte auch schon den Blinden, der sie ihm besorgen würde.

Er ging, ohne zu lachen, fuhr raus nach Coney Island. Doch sein Schwanz gab noch immer keine Ruhe. Stechende Schmerzen wühlten in seinen Lenden, seinen Eiern, so übel, daß er nicht mal richtig lenken konnte. In diesem Zustand konnte er unmöglich mit einem Blinden verhandeln. Also machte er einen kleinen Abstecher nach Brighton Beach, den Tunnel unter der Hochbahn entlang, vorbei an den russischen Zeitungskiosken und den Kwaß-Ständen, und schaute bei Ivana rein, um sich Erleichterung zu verschaffen. Nur um festzustellen, daß sie weg war.

Als wäre sie nie dagewesen. Ihre Klamotten und Perücken, ihr Make-up, ihre Drogen, ihr Besteck, sogar ihr Geruch, alles wie weggefegt. Und auch Willies Sparstrumpf.

Sie hatte sich nicht einmal die Mühe gemacht, ihre Spuren zu verwischen. Das Eisenbett war zerschlagen und zerfetzt, der hohle Fuß baumelte herum wie eine abgebrochene Krücke. Drinnen, wo das Geld hätte sein sollen, war jetzt bloß eine Pfütze scharf-saure Suppe.

Wie hatte sie das nur geschafft? Den Silberblick abgedeckt, so nämlich. Neunundvierzig Entenjäger in Ruderbooten wiederholten sich auf der Tapete, mit ihren Walroßschnäuzern und der Flinte auf den Knien, und jeder trug nun eine Augenklappe, irischgrün, draufgemalt mit einem Magic Marker.

Da war der Kummer groß.

Anna Crow hatte ihm mal die Geschichte von einem Jungen erzählt, den sie erschossen hatte, natürlich hatte er kein Wort davon geglaubt, aber er wollte nicht ungehobelt sein und fragte sie also, wie sie sich da gefühlt habe, und darauf hatte Anna bloß »alt« gesagt. Was ihm damals sinnlos vorkam, wie ja praktisch alles, was sie sagte, aber nun fiel ihm das Wort wieder ein, wiederholt wie ein Sabrett's Frankfurter. Und da war sein Schwanz wieder schlaff.

Nicht bloß schlaff, sondern verschwunden. Als wäre er in Eiswasser getaucht worden oder in ein Becken voller hungriger Piranhas. So geschrumpelt war er, ihm hätte schlecht werden können vor Scham. Doch das war nicht drin. Wenn Powermänner in die Enge getrieben wurden, waren sie am gefährlichsten. Muhammad Ali war so einer gewesen, auch Richard Nixon. Und Willie war aus demselben Holz. Blut hin, Blut her, noch eine Runde, und er würde gleichziehen.

Zeit, Anna Crow zu besuchen.

Als er ins Sheherazade schritt, machte sie gerade ihre blöde

Käfignummer, und hinter der Bar stand ein Neuer, der sah aus, als hätte er Gelbsucht. Und als hätte ihm einer ein Brenneisen aufs Auge gedrückt, doch Willie konnte sich in seinem Zustand nicht danach erkundigen.

Der Schock saß so tief, daß er sich nicht mehr erinnern konnte, wie sein Lieblingsdrink hieß, nicht mal daran, wie er schmeckte. Irgendwas Dunkles, Süßes, Klebriges, mehr fiel ihm nicht ein, also ließ er sich schließlich Cognac mit Traubensaft bringen, was gut schmeckte, nicht so gut wie das Zeug, dessen Namen er vergessen hatte, aber was machte das jetzt noch? Wo die Ische seine Asche hatte und getürmt war.

Er dachte es betäubt, nicht wütend. Dann hörte er, daß er es laut gesagt hatte. Was peinlich war. Auch wenn er von hinten eins drübergekriegt hatte, war er doch nicht so bematscht, daß er seine Angelegenheiten in der Öffentlichkeit ausbreiten wollte. Deacon Landry und die anderen würden ihn mit dem Arsch auf den Grill setzen. Nur zum Spaß, klar, und im Geiste guter Kameradschaft. Dennoch legte er keinen größeren Wert darauf, nein, bitte lieber nicht. Also hielt er den Mund mit Traubensaft gefüllt und überließ das Reden ihrer Hand, die strich und striegelte Richtung Süden, doch was brachte ihr das an dem Abend? Keine Regung. Kein Zucken.

So wie sie sich an ihn klammerte, hätte man meinen können, nicht sein Haus sei abgebrannt, sondern ihres. Ihr Make-up war da, wo sie geschwitzt hatte, zu Bächlein und Strudeln zerlaufen, vorn am Hals war eine kakaogeränderte Sandbank, es sah aus wie Rockaway Beach bei Ebbe. »Ich hab gedacht, du kommst nie. Ich hab gedacht, du kommst nicht mehr«, sagte sie. »Warum das tragische Gesicht?«

»Todesfall in der Familie.«

Anna fragte nicht weiter, kippte nur ihren Brandy, legte dann die gespreizten Finger seiner Hand auf ihr Herz. »Wie sehr liebst du mich?« fragte Willie und knabberte an ihrem Ohr.

»How deep is the ocean? How high is the sky?«

»Fünfzig Kröten?«

»Sagen wir vierzig, und jetzt verpiß dich.«

Kein Lufthauch regte sich auf der Straße, der Rauch stieg senkrecht auf. Wo der Spyder geparkt stand, brüllte ein Mann durch ein Megaphon, er sah aus wie ein maisgepäppelter Collegeboy aus Iowa oder Idaho, einem jener Orte, von denen man glaubte, die gäb's gar nicht, bis sie einem dann plötzlich vor der Nase auftauchten. *Denn es ist gekommen der große Tag seines Zorns, und wer kann bestehen?* schrie er.

Willie D beehrte ihn nicht mit einer Antwort.

Auf der Rückfahrt über den East River nach Brooklyn legte er eine von Reginas Selbsthilfekassetten ein. *Wassergedanken* hieß sie, irgend so eine New-Age-Muzak-Sinfonietta. In der Regel konnte er diese Schwuchtelkotze nicht ertragen, aber an dem Abend lief nichts nach der Regel. Das leise Lecken des Synthesizers, sein unablässiges Kreiseln, ihm war, als triebe er schwerelos in einem Faß voll Ahornsirup. Das schadete nicht weiter, aber Appetit machte es auch nicht. War längst nicht so derb wie Schmerz.

Vielleicht war sie ja lesbisch.

Das würde vieles erklären. Ja, genau. So wie die zusammengeklappt war, als Marla abzischte, ihr ganzer Pep, ihre Power völlig darnieder, keine Spur von dem Funken, mit dem er sie beim ersten Mal gesehen hatte. Lag bloß den ganzen Tag in der Wohnung rum, kratzte sich und gähnte, kein Wunder, daß die Freier wegblieben, und er hatte sie aus Manhattan abziehen müssen, sie in Brighton Beach bei den Russen wegstellen, die kannten es nicht anders.

Ne Klitschnüfflerin.

Er hatte keine Chance gehabt. Die hätte keiner gehabt, nicht mal Deacon Landry. Keine Macht der Welt hätte sie an der Kandare gehalten oder verhindert, daß sie ihn abzog. Es war keine Schwäche seinerseits. Sondern *180 Grad*. Je mehr Mann er war, desto zwangsläufiger mußte sie ihn betrügen. Das lag in der Natur dieses Biests.

Einfach als höhere Gewalt abhaken. Oder, noch besser, als Betriebsunfall. Ein Ehrenzeichen. Aber wer hätte das gedacht? Das Mädchen hatte ein Bild von Jon Bon Jovi im Schrank, sogar das hatte sie mitgenommen. *Eislaufen gehen,* wie Anna Crow sagte. Die Muzak, die aus den Bodenboxen wallte, plätscherte an seine Füße, kroch langsam an seinen Beinen hoch, warm und klebrig. Als er hinabblickte, sahen seine neuen Schuhe, seine nagelneuen

Gürteltiere zu ihm hoch. *Schön ist erst, wenn der Blinde lächelt.* Das war ein wahrer Satz.

Er kannte Coney Island von früher. Von dem Sommer her, als er zehn wurde, damals, als Billy Martin wieder Trainer bei den Yankees wurde, als die Eurythmics *Sweet Dreams* aufnahmen und Angie Crane, ihr Vater machte Zahlenlotto, mit ihm in den Heizungskeller ging. Sie trug ein Höschen mit purpurnen Herzchenaufnähern drauf, und auf ihrer Hüfte saß ein Leberfleck, der aussah wie eine Kaulquappe, sie roch nach aufgeweichtem Teer, und da starb auch sein Onkel Sanchez.

Sie waren einander nie besonders nahe gewesen, Willie wohnte einfach in seinem Haus, und er war ein alter Mann, der zusehends verfiel, ein Sabbelsack, der kein Wort Englisch sprach, nur am Zahnfleisch saugte und in Erinnerungen an sein Dorf schwelgte, die Tanzfeste, Hochzeiten und Leichenschmäuse. Er saß immerzu in einem mit tausend Kissen ausgepolsterten Sessel, dessen Sprungfedern gebrochen waren und auf dem blaue Rosen in voller Blüte prangten, las *El Diario* und rauchte und kaute seine Rob-Roy-Zigarren, bis sie Brei waren. Das Widerlichste, was man je gesehen hatte. Hundesabber und Mus, und so starb er auch, mitten bei den Boxergebnissen. Legte die Zeitung hin, hustete noch mal, dann nippelte er ab.

Als sein Kiefer runterklappte, fiel die Zigarre raus, er hatte sie noch kaum bearbeitet, und rollte unters Klavier, wo Willie saß und guckte.

Am Abend des Leichenschmauses war die Küche voller Leute mit fettigen Händen und fettigem Mund, sie aßen *pastellilos* und *arroz con grandules*, sahen aus wie ein Leib mit vierzig Köpfen, und er verkroch sich im vorderen Salon, wo Onkel Sanchez, Scheiß auf die Gesundheitsvorschriften, in einem Kiefernsarg, von Duftkerzen umgeben, aufgebahrt war, inzwischen wohlbehalten zu Hause in Banos de Coamo.

Er war Willies erste Leiche, und von dem Gestank der Callas und Räucherkerzen, der sich mit dem der Einbalsamierflüssigkeit vermischte, mußte er fast kotzen, doch statt dessen stellte er sich auf Zehenspitzen und hängte sich über den Sargrand. Nur daß Onkel Sanchez nicht drin war; an seiner Stelle lag ein Fremder drin. Ein Mann aus gelbem Wachs mit schwarzgefärbten

Haaren, die man ihm quer über den kahlen Schädel gekämmt hatte; blutrote Lippen wie bei Dracula, die sich über einer Garnitur ladenfrischer, nie von Zigarrenrauch verfärbter Perlweißer kräuselten; und ohne Augen.

Das heißt, seine Augen waren mit Silberdollars bedeckt. Und da mußte Willie druntergucken. Als er forschend hinablangte, fühlten sich die Silberdollars an seinem Daumenballen lauwarm an, ein wenig glitschig, die Lider darunter aber kühl und trocken, etwa die Konsistenz schwarzer Traubenhaut.

Nur ein Schlitz Augapfel, mattgelb, war am unteren Rand der Augenhöhlen sichtbar, und wenn man die ganze Pupille sehen wollte, mußte man das Lid zurückpulen wie bei einer rohen Krabbe. Ein Tier, das Willie noch nie ertragen hatte. Und so hing er da über dem Sarg, die Silberdollars in der Hand vergraben. Ein Betrunkener sang in der Küche *Dias y Noches Perdidas*, dann sprach eine Männerstimme hinter seinem Rücken. »Was machen denn die Yankees?« sagte sie.

Sein Vetter Humberto. Der größte Mann, mit dem Willie je in einem Zimmer war. Ein beinharter Bodybuilder, von der Bräunlampe hellorange gebacken, auf Schultern und Armen tätowierte Wildpferde, und jedesmal, wenn er die Muskeln anspannte, schwangen die Pferde den Schweif und stoben los.

Er hatte ein Kofferradio dabei und setzte sich in Onkel Sanchez' Sessel, um die Übertragung zu hören. Die Sprungfedern knarzten und ächzten, die Kerzen flackerten, gingen aber nicht aus. Es war am Ende des achten Innings, und die Orioles führten 3:2, die Yankees kamen mit Schlagen dran. Doch Vetter Humberto war keineswegs besorgt. »Die gehen nicht ein. Jedesmal wenn du meinst, die sind am Boden, schlagen sie brutal zurück«, sagte er und zog an seiner Zigarre, und Willie steckte sich seine an, den zerkauten Stumpen, den er unterm Klavier hervorgeholt hatte, so rauchten sie beide schweigend.

Kein Wort, nur Humbertos knackende Knöchel und das ferne Gemurmel des Spiels, dazu das gelbe Wachs, ausgestreckt im Sarg, und der Gestank von Einbalsamierflüssigkeit in Willies Augen, an seinen Händen, unter seinen Nägeln, die beiden Silberdollar sicher in der Manschette verstaut, und Nettles schlägt ins Rightfield, ein Tribünenschuß, Randolph und Don

Baylor punkten, Righetti macht den Win, Goose Gossage fängt klasse.

Da war er also zum Mann geworden, und drei Tage später, als Tante Sanchez ihren Haushalt auflöste, nahm Vetter Humberto ihn für den Sommer mit, brachte ihn nach Coney Island, wo Humberto als Ausschreier bei der Todeswand arbeitete und mit seiner Freundin Oceana in der Surf Avenue wohnte, dritter Stock nach vorn raus in einem abbruchreifen Wohnblock voller Mutanten: einem Jungen mit Eidechsenhaut, einer Frau mit rotem Bart, einem Mann mit Ziegenhufen, Zwillingen mit Röntgenaugen.

Diese und noch viele andere waren im Besitz von Mr. Sy Stein, der eine Schaubudenkette mit Namen Stein's Amazements auf der Strandpromenade und in den Gängen betrieb. Ein Mann, aufgemacht als Buffalo Bill in Kavalleriestiefeln mit silbernen Sporen, hirschlederner Fransenjacke, einem Ziegenbart und gewichstem Schnäuzer und schulterlangem Silberhaar. Und dazu noch einer übergroßen schwarzen Sonnenbrille. Denn der Mann war blind.

Von seinem Fenster aus sah Willie den ganzen Rummelplatz ausgebreitet vor sich, die Achterbahn und das Teufelsrad, die Schießbuden und die Mädchenshows, die Wahrsagerinnen, den Liebestunnel, das Haus der Heiterkeit, Blaubarts Schloß, all die Lichter und Farben und das blinkende Neon, alles ein großer Glanz in seinen Augen. Doch er durfte nicht raus, er mußte den ganzen Sommer über in Mr. Steins Haus eingesperrt bleiben bei Bones, dem lebenden Skelett, und Stretcho, der menschlichen Brezel, und Marvin Dobbs, dessen Gesicht der Länge nach gespalten war wie mit der Axt, wodurch er zwei Stirnen, zwei Nasen, zwei Münder hatte, und Abigail Alicia, der bebildertsten Frau der Welt, die auf jedem Zentimeter mit Szenen aus der Bibel bedeckt war, ihr Rückgrat hinauf ging's paarweise zur Arche Noah, auf einem Schenkel die Auferweckung des Lazarus, auf dem anderen stürzte Jericho ein, aus ihrem Nabel wurde Luzifer vertrieben, und über ihrem Hügel predigte Moses. Die Tätowierung zwischen ihren Brüsten lautete *Mein Freund ist hinabgegangen in seinen Garten, zu den Würzgärtlein*, doch über ihrer Arschfurche stand, wenn sie sich umdrehte, um sich dort zu kratzen: *An den Strömen von Babel, da saßen wir und weinten, yea, wenn wir an Zion dachten.*

Im ganzen Haus gab es Frauen, die sich danach verzehrten, ihm zu essen zu geben. Manche gaben ihm Plätzchen, manche Süßigkeiten, manche Kuchen. Sogar Oceana gab ihm Snickers und ließ ihn zusehen, wie sie badete, die Frau hatte Brustwarzen wie Babydaumen.

Das Zimmer, in dem Oceana mit seinem Vetter Humberto lebte, war wie ein Fitneßraum mit Hanteln und Übungsmaschinen, und wenn Humberto vom Ausschreien an der Todeswand nach Hause kam, stemmte er Gewichte in der Badehose, sein rasierter Körper von oben bis unten eingeölt und eingefettet, im Radio die Yankees, und die Wildpferde bäumten sich auf und fielen nieder, gerieten außer Rand und Band. An manchen Abenden zähmte er sie und strich ihnen über die Mähne, ließ sie seine Hand beschnuppern, an anderen ritt er mit ihnen voll gegen die Wand, das hing immer davon ab, welche Pillen er nahm und wie Reggie Jackson spielte.

Wenn er gegangen war, bezeichnete eine Schlangenspur Sonnenöl jede Stelle, wo er gewesen war, und Oceana saß in einem alten Morgenmantel da und trank Tee, nähte Pailletten auf ausgepolsterte Badeanzüge für die Traverse Triplets, während Abel Bonder Messer an die Wand warf.

Dieser Mann hatte eine verkümmerte rechte Hand. Oceana zufolge war er vor Jahren mal ein Star gewesen, einer der Größten im Geschäft, doch er hatte einen Unfall oder so was gehabt, jedenfalls war seine Hand hin, und nun mußte er sein Gewerbe von Grund auf neu lernen, sich beibringen, links zu werfen. Ein kleiner Hüpfer war er, immer in einem frischgebügelten schwarzen Anzug mit schwarzer Krawatte, schwarzen, spiegelblank polierten Schuhen, er sah aus wie ein Bestattungsunternehmer, und den ganzen Tag warf er Messer in verschiedenen Mustern, mal als Fächer oder Pyramide, manchmal als Herz. Doch die Messer wollten nie so richtig fliegen. Statt das Ziel klar zu treffen, flatterten und eierten sie wie sterbende Wachteln, das Radio immer auf *Tanzparkett der Träume* eingestellt, die ganzen blöden alten Songs ein einziger tiefer Seufzer, *Mona Lisa, Deep Purple, Stardust,* während Willie wie festgeklebt im Fenster saß.

Auf dem Tisch neben ihm stand eine Flasche spanischer Brandy mit einem Bild von einem Hof im alten Sevilla drauf: in einem Orangenbaum eine rote Laterne, eine junge Zigeunerin mit einem Fächer und Kämmen im Haar, die aus einem Kristallkelch trank, und ein maskierter Caballero in einem flirrenden Cape, der sich über sie beugte und ihr eine blutrote Rose darbot.

Auf dem Etikett muß irgendwas Besonderes gewesen sein, vielleicht fluoreszierende Farbe, irgend so ein Trick. Jedenfalls, wenn Oceana anfing zu trinken und der Schnapspegel fiel, erstrahlte der ganze Hof, erglommen die Laternen, schienen der Fächer der Zigeunerin zu flackern und zu tanzen, die rote Rose zu entflammen.

Und Abel Bonder überreichte Willie seine Messer. Zeigte ihm, wie er sie zu halten hatte, wie man visierte und zielte. Ein *Naturtalent* nannte ihn Abel Bonder. Dann ging der Mann spazieren und kam nicht mehr lebendig wieder. Da waren die Messer verwaist.

Von Rechts wegen hätten sie nun Willie gehören müssen, das hätte der Verstorbene so gewollt, doch Mr. Stein nahm sie für die Miete in Zahlung. Weil er eben so war, wie er war. Eine blinde Elster, die jedes Souvenir hortete, das sie zu fassen kriegte, die Stoppeln der Frau mit Bart, Schuppen und Schorf des Jungen mit der Echsenhaut, er konnte es einfach nicht ertragen, sich davon zu trennen. Und so pfändete er Abel Bonders Messer und schloß sie in seinen Safe, und bald war die Saison vorbei.

Marvin Dobbs und Abigail Alicia siedelten nach Florida um, und Oceana nahm eine Stelle bei Nathan's an. Dann trank niemand mehr von dem spanischen Brandy, der Hof erstrahlte nicht, die rote Rose entflammte nicht mehr. Allein gelassen, saß Willie an einem von Sonnenöl verschmierten und verschlierten Fenster, blickte hinab auf die verlassenen Fahrgeschäfte, die Reihen der mit Eisengittern verschlossenen Buden. Dachte an Abel Bonder und an Abel Bonders Messer, die Messer, die eigentlich ihm gehören sollten. Bis seine Tante Rosario ihn abholte, womit Coney Island vorbei war.

Seitdem war er kaum einmal wieder hingekommen. Nur dran vorbeigefahren auf dem Weg nach Brighton Beach, wenn er durch die Kriegsgebiete düste. Doch an jenem Abend parkte er und stöberte durch die paar Gänge, in denen noch etwas lief. Wandmalereien von Madonna und Snoop Doggy Dogg waren von verrammelten Fenstern umgeben, unter seinen Füßen knirschten Glasscherben, und auf dem Schild an der zugeketteten Tür von Stein's Amazements stand: MANN MIT ZWEI KÖPFEN WEGEN RENOVIERUNG GESCHLOSSEN.

Mr. Stein selbst saß in der Bar nebenan und trank Pfefferminzschnaps, war bis auf die fehlenden Kavalleriestiefel noch immer als Buffalo Bill aufgemacht. Seine grotesk angeschwollenen Füße steckten nun in Hauslatschen mit abgeschnittenen Kappen, und vereinzelte Schnapströpfchen hingen in seinem Ziegenbart, dem gewichsten Schnäuzer.

Der Blick die Bar entlang auf die Promenade war eingerahmt wie ein überdimensionaler Fernseher. Vor den Augen Willies zog ein nicht enden wollender Strom von Muskelmännern in Bodysuits vorbei, dazu schlurfende alte Juden mit Jarmelkes und Mädchen mit viel Sommerhaut, italienische Männer in Bermuda-Shorts, russische Frauen in weiten Röcken, Kate Root in weißer Strumpfhose und Korsett, Ivana lesbennackt, Entenjäger mit grünen Augenklappen.

Mr. Stein hielt seine Sonnenbrille zum Licht gerichtet, den Mund halb geöffnet, das anzügliche Grienen des Blinden darauf, doch beim Geräusch von Geld, zwei Zwanziger hinter ihm auf die Theke geklatscht, drehte er den Kopf. »Wer da?« fragte er verschreckt, als Willie herantrat. Eine lange Locke seines Silberhaars hatte sich unter seinem Stetson hervorgestohlen, baumelte über seiner Wange wie eine aufgezogene Rebe. »Tu mir nichts«, rief Mr. Stein.

Dieser unaufhörliche Lärm, es war wie im Tollhaus, wie sollte sie das nur aushalten? Bei den Vögeln, die im Zoo Radau machten, und *Little Brown Jug*, was über ihr dröhnte, Ferdousines Füßen, die nervtötend auf dem Holzfußboden umhertappten, und diesem Wahnsinnigen auf der Straße, der durch sein Megaphon das Ende aller Tage verkündete: *Und ich hörte eine große Stimme aus dem Tempel, die sprach zu den sieben Engeln: Gehet hin und gießet aus die Schalen des Zorns Gottes auf die Erde* – wie sollte sie sich da auf Billie und Bo konzentrieren?

Schlimmer noch, der Fernseher spielte verrückt. Ein 14-Zoll-Zenith, schwarzweiß, schon ewig hatte sie den, und jetzt ließ er sie hängen. Jedesmal wenn diese Billie lauter sprach, wurde sie zu Schnee. Und sie sprach oft lauter. Was nur menschlich war; ihre ganze Zukunft stand auf dem Spiel. Wenn man bedachte, was sie schon alles durchgemacht hatte, der Inzest, die Drogensucht, die Pornofilme, ganz zu schweigen davon, daß man sie wegen des Mordes an Curtis verhaftet hatte, da war es schon erfrischend, wie gut sie sich gehalten hatte. Doch waren ihre Schwierigkeiten wirklich vorüber? Würde Bo je über Hope hinwegkommen? Oder würde da immer dieser Schatten sein?

Wie er so in Hopes BH und Höschen herumlief, das war kein gutes Zeichen, wahrhaftig nicht. »Setz den Schweinepriester vor die Tür«, sagte Kate, und da kam dieser Junge mit dem leuchtendroten Auto herein.

Halb stolzierte, halb schwebte er herein, in pechschwarzen Torerohosen von Yohji Yamamoto und einem amethystfarben changierenden Seidenhemd, ein Lederköfferchen in der Hand, das er auf den Ladentisch neben Pearl stellte, der von dort auf den Schneesturm auf dem Bildschirm starrte.

»Hab gehört, Sie kennen sich mit Messern aus«, sagte er.

»Anna Crow«, sagte Kate. »Ich bring die Schlampe um.«

Ohne die Tarnung seines Wagens sah Annas Freund doch eher wie ein Junge aus, ein schleimender Schuljunge. Wilfredo Diliberto heiße er, aber sie könne Wilfred zu ihm sagen. Seine Stimme, die sanft war, fast ein Flüstern, klang immer ein wenig verzögert, nicht so recht im Rhythmus. Das verlieh ihr etwas Verschlagenes, etwas heimlichtuerisch Anspielerisches, als verhüllte alles, was er sagte, einen Subtext und als bedeuteten die meisten seiner Worte das Gegenteil. »Ich hatte nie was mit Messern am Hut, fand ich immer zu gefährlich«, sagte er. »Aber vielleicht könnten Sie's mir ja beibringen. Mir einfach ein paar Sachen zeigen.«

»Auf gar keinen Fall.«

»Was Leichtes, mehr nicht.«

Beim Sprechen blickte er zur Seite, ein schräger, aufreizender Blick. Doch als er neben ihr stand, konnte Kate sehen, wie die Adern an seinem Hals, an seiner Schläfe hüpften, und dann sah sie ihn in einer Mansarde kauern und schmutzige Bilder angucken, einfach widerlich.

Dann hatte sie ganz hinten im Hals den Geschmack von Ollie's O-Boy Eats – Chili-Mais-Würstchen, Pfannkuchen, verdorbene Milch –, und sie hielt sich ihre Seifenoper-Zeitschrift vor den Mund.

»Ich kann auch bezahlen«, sagte Wilfred.

»Nein«, sagte Kate. »Bitte nicht.«

Als Billie Bo einen Zungenkuß gab, zuckte und kräuselte sich ihre gerichtete Nase wie bei einem hungrigen Kaninchen. Das Dumme bei solchen Lippen war, in einer Einstellung sah man wie eine Liebesgöttin aus und in der nächsten wie Die kleine schnaufende Lok. »Kann ich Ihnen wenigstens mal meine Ausrüstung zeigen?« sagte Wilfred. »Das schadet doch nichts. Was soll das schon schaden? Einen kleinen Blick auf ein Messer zu riskieren?«

Das Lederköfferchen auf dem Tresen war aus weinrotem, auf alt gemachten Maroquin, an den Ecken abgestoßen und abgewetzt, und die Messer darin waren, als er sie dem Licht aussetzte, voller Rostflecken, die Spitzen stumpf. Doch der satte Schwung ihrer Kurve war noch immer schön. Wie sie so in dem purpurnen Crash-Samt gebettet lagen, hatten sie was Religiöses.

Harvey McBurnettes.

Was konnte sie da machen? Rein gar nichts. Nur so tun, als hätte sie es nicht bemerkt, und wegsehen. Auf einen Hocker steigen und sich mit einem Vogel beschäftigen. »Natürlich müssen sie geputzt werden, bißchen Spucke und Politur«, sagte der Junge. »Bißchen Zuwendung, dann sind sie wie neugeboren.«

»Raus aus meinem Zoo«, sagte Kate.

Das kam nachdrücklich, aber nicht schrill, keinesfalls als Gekreisch. Lediglich als Anweisung, als sie wieder auf Fußbodenebene getreten war und ihm eine Hand auf die Brust drückte, flach, die Finger oben, ein Stoppzeichen. Dann ein Dauerstoß nach hinten, und Kate hatte ihn durch die Tür und auf die Straße hinausgeschoben.

Ohne seinen Messerkasten wirkte er verloren, wie ein verlorenes Kind. »Das wird Ihnen noch leid tun«, sagte er.

Das tat es schon. Als sie wieder an den Ladentisch kam, war *Days of Our Lives* bereits zu Ende, und sie wußte nicht, wie, und schon hatte sie den Boden unter den Füßen verloren, hing in der Luft. An anderen Tagen hätte sie sich mit *Guiding Light* oder *As the World Turns*, was im Anschluß kam, getröstet, doch für beides hatte sie jetzt keinen Sinn. Auf nichts konnte sie sich konzentrieren, weder auf die Seifenoper noch auf die Abendfütterung der Vögel, nicht mal auf eine Camel. Sie wollte nur noch raus. Doch das wäre für den Jungen zuviel der Ehre gewesen. Einfach voller Panik abzuhauen wie ein kopfloses Huhn, das wäre nicht angemessen.

Also saß sie fest, eingesperrt mit einer Schar Vögel, einem Nest voller Schlangen und deren angesammelter Scheiße, die Ferdousine die *Frucht ihrer fäkulenten Heimsuchungen* nannte. Deren Lärm und Gestank und der Hitze, dieser immerwährenden Schwüle. In der Regel nahm sie sie kaum wahr, nahm sie als gegeben. Heute aber fühlte sie sich davon erdrosselt.

Schlaff wie der Salat von letzter Woche, das hatte Fred Root immer gesagt. Doch er hatte vom englischen Sommer gesprochen, der bei 21 Grad brütete. An dem Tag, als er sie zum Cricket mitnahm, einem Samstags-Ligaspiel hinter der Bellamy-Brauerei. Die beiden saßen in ungemähtem Gras, das nach Brown Ale und Barley Wine roch, tranken süßen Milchtee aus der Thermoskanne, er mit seinen Corn-flakes, sie mit ihren Space-Blasters-Bonbons, und quer überm Feld das Brauereischild: *Bellamy-Bier ist beliebt und belebt.* »Heiß wie im Hades«, sagte Fred Root, ein Wort, das sie noch nie gehört hatte. Als sie an seinem nickenden Kopf vorbeischaute, sah sie den rostroten Ball hoch aufsteigen, zu einem rotgeflügelten Vogel werden.

Abartige Phantasien.

Sie mußte mal einen Tag raus, weiter nichts. Oder auch nur einen Nachmittag im Van Cortlandt Park im Liegestuhl sein und Punkte zählen. Oder einen Ausflug aufs Land zu den vierzehn Hektar bei Glen Falls, das könnte sie auch mal gebrauchen, das hatte sie noch nie geschafft, da mal hinzufahren, obwohl sie diese Hektar schon seit bestimmt fünfzehn Jahren besaß. Mindestens seit der Zeit im Ansonia, als Prince Claessen zu ihr gekommen war und sie nicht wußte, ob sie ihn mit Hoheit oder einfach mit Sire anreden sollte. Sie war in heller Aufregung gewesen, bis sich herausstellte, daß Prince gar kein Titel war, sondern nur ein Vorname, der der Eitelkeit seines Vaters entwachsen war, und daß der Mann eigentlich Rennpferde trainierte.

Was natürlich einiges änderte. Kate wurde ständig von Pferdewettern heimgesucht, die den Sieger wissen wollten. Das ging allen Hellseherinnen so, sonst hätten sie gar nicht ihre Miete bezahlen können. Ein Trainer aber, das war was Neues. Und dazu auch noch ein Trainer mit Fortüne. Mit Jaipur Johnnie hatte der schon das Wood-Memorial-Rennen gewonnen, und auch das Travers in Saratoga, und beim Great Suburban war er Favorit. Den Galopper des Jahres hatte er praktisch in der Tasche, und dann noch Millionen an Zuchthonoraren. Dazu hatte der Mann eine phantastische Frau, einen Partner, dem er blind vertraute, eine Familie, die ihn anhimmelte. Seine Existenz war so vom Glück begünstigt, daß ihm angst und bange wurde. Also kam er zu Kate, damit die nach einem Makel suchte.

Ein Blick genügte, und sie hatte ihn natürlich gefunden. Sie sah seine Frau mit seinem Bruder durchbrennen, sah Jaipur Johnnie sich ein Bein brechen, sah seinen Partner wegen Unterschlagung auffliegen, sah seine Familie zu Schakalen werden und Prince selbst tot, Selbstmord, Pistole im Mund. Doch das sagte sie ihm nicht, nicht so detailliert; das wäre schlecht fürs Geschäft gewesen. Sie riet ihm lediglich, um Waffen einen Bogen zu machen, und wünschte ihm einen schönen Tag. Doch so unbedarft war der Mann nicht; er roch den Braten. Fing an, Fragen zu stellen, und wollte nicht mehr aufhören. Je ausweichender sie antwortete, desto mehr bohrte er nach. Wenn seine Sitzung um war, nahm er noch eine und dann noch eine. Bald konnte er keinen Schritt mehr ohne sie tun. *Was für Waffen?* fragte er immerzu. *Pistolen*, sagte sie ihm schließlich, worauf er bezahlte und nach Hause ging. Machte in seinem Testament einen kleinen Zusatz, ging dann in Jaipur Johnnies Box und ließ sich tottrampeln. Alles nur, um dem Abzugshahn ein Schnippchen zu schlagen. Er hinterließ Kate die vierzehn Hektar bei Glen Falls, dazu einen Wallach namens Baloney Breath. *Für erwiesene Dienste*, stand in dem Zusatz.

Nimm es, wie's gemeint war, hatte Ferdousine gesagt. Doch es war ihr nie klar gewesen, wie es gemeint sein konnte, und so waren die Farm und der Gaul ungenutzt geblieben. Baloney Breath war, wie sie letztens gehört hatte, noch immer quicklebendig. Kate dachte an ihn mit leisem Widerwillen.

Heute jedoch nicht. An diesem Nachmittag wäre sie den ganzen langen New York State Thruway langgetrampt, nur um mal ordentlich Matsch zwischen den Zehen und einen Hauch heißer und kräftiger Pferdescheiße zu spüren. Und das bedeutete Gefahr. Wenn eine Frau ihres Alters, die Gras nicht von grünem Teppichboden unterscheiden konnte, anfing, sich nach Mutter Natur zu sehnen, dann war es womöglich an der Zeit, die freundliche Kugel abzuschießen. *Frauen am Äquinoktium*, nannte Ferdousine sie. Den alten Suppenhühnern war nicht zu trauen.

Aber wie konnte sie überhaupt die Fliege machen? Wo sie doch wußte, daß der Zoo ohne sie am Ende wäre, zusammenbrechen würde, kaum daß sie nicht mehr da war? Denn mal ehrlich, wer sonst war dazu in der Lage, ihn über Wasser zu halten? Crouch? Maguire? Ferdousine selbst? Na, wer wohl? Die Last lag auf ihren Schultern, auf ihren ganz allein.

Schade wegen Maguire, aber wozu sich was vormachen? Als sie ihn erblickt hatte, dachte sie im ersten Moment, er könnte sich als nützlich erweisen, aber im zweiten wußte sie, daß es nie gutgehen würde. *Einfaltspinsel* war ein schönes Wort, *Tolpatsch* auch. Dennoch schien er irgendwie dahin zu gehören. Er paßte ins Farbschema, zu sämtlichen neunundneunzig Schattierungen. Als er erst mal da war, schien es undenkbar, ihn wieder rauszusetzen. Und dann wirkte er in einem bestimmten Licht auch schon vertraut. Hatte wohl mit seiner Haltung zu tun, wie er den Kopf hielt vielleicht. Das heißt, nein, sie konnte es nicht genau sagen, womöglich lag sie völlig falsch. Höchstwahrscheinlich war er auch bloß so ein Verirrter von der Straße. Noch ein Klotz am Bein.

Terribilis est locus iste ...

Hinter dem Farn bewegte sich etwas. Ein Vogel konnte es nicht sein, dazu leuchteten die Augen nicht genug, es mußte ein Kunde sein. Ein seltener Anblick in diesen Hundstagen, die Hitze hielt sie sonst weitgehend fern. Der heißeste Juli seit Menschengedenken, wie Ferdousine sagte, mit den schlimmsten Bränden und den meisten Herzanfällen. Doch diese Gestalt schien sich dabei ganz wohl zu fühlen. Ein untersetzter Kerl mit Bart und Hängebacken, seine Wampe fiel in Kaskaden aus seinem Lollapalooza-Sweatshirt, in der Hand hielt er eine Dose King Cobra, dessen Ausdünstungen er über die zebraschwänzige Eidechse und die Mojave-Klapperschlange hauchte. »Vierzig Grad im Schatten, draußen fallen sie um wie die Fliegen«, sagte er, während er einen fetten Finger durch die Stäbe einer schlafenden Strumpfbandnatter, *thamnophis cyrtopsis,* steckte. »Ist die giftig?«

»Tödlich«, sagte Kate und blies einen Ring in die Luft. »Sie verreibt ihr Gift im ganzen Käfig, eine Berührung, und man ist Fischfutter.«

Terribilis est locus iste hic domus Dei ...

Wieder allein, wandte sie sich erneut dem Fernseher zu. Ein blutender Mann in einem weißen Nachthemd stieß gerade eine Krankenschwester in einen leeren Aufzugschacht, seine Gummihandschuhe lagen um ihren Hals, sie kreischte, doch kein Ton kam heraus. *General Hospital,* dachte Kate. War es schon so spät? *Hic domus Dei et porta coeli.*

Auf dem Ladentisch neben Pearl, der im Stehen schnarchte, stand der geöffnete rote Maroquinkasten, die rostigen Messer glommen matt in ihren Crash-Samtbetten. Die brachten ihr nichts, das wußte sie. Von denen würde nichts Gutes kommen, eigentlich sollte sie die sofort in den Müll werfen. Doch das überstieg ihre Kräfte. Sie konnte ihnen genausowenig widerstehen wie einem Nest voller Schokoladentrüffel. Und keiner sah was, keine Menschenseele konnte was wissen oder sagen. Ihre Finger krümmten sich zu Krallen. Schwebten über einem Dolch, dann über einem anderen, ließen sich auf einem dritten nieder. Lösten ihn heraus, Griff zuerst, wogen ihn auf dem Handteller. Spürten seine Balance, die Harmonie seiner Teile. Drückten die abgenutzte Spitze in den Daumenballen, sie war stumpf wie ein Gumminippel. Ließen ihn baumeln und schwingen, ein Pendel, ein Weihrauchfaß.

Sein grauer Schimmer war im Dunkel des Zoos fett und zynisch wie das Auge einer Peitschenschlange. Am Ende des Hefts hatte der letzte Besitzer seine Initialen eingeritzt. Sie waren mit dem Alter verwischt und matt geworden, Kate konnte sie nur mit Mühe erkennen. *AB*, las sie schließlich. Abel Bonder. Dann war ihre Hand weggezuckt, und sie blutete, und Pearl wollte nicht aufhören zu kreischen.

»Eine Makrone?« sagte Ferdousine.

»Ein Schwindelanfall«, sagte Kate.

»Oder eine Scheibe Toast?«

Sie waren in Ferdousines Wohnzimmer. Jeden Nachmittag nahm er hier seinen Tee ein, eingerahmt von einem Bühnenbild, das sich als Gelehrtenstube ausgab. »Ein Scone mit Butter?« sagte er, die Stimme noch im Vorkriegswestminster verhaftet. Alles genäselte Vokale und gespuckte Konsonanten, und vor jeder Wendung ein Schnüffeln, als genösse er ihren Wohlgeruch. »Ein Gurkensandwich?« sagte er. »Oder vielleicht einen eingelegten Shrimp?«

Es war keine Inszenierung, die mit dem Alter besser geworden wäre. Über die Jahre war Ferdousines Trockenheit verstaubt, seine Subtilität zu Getue geworden. Er bastelte immerzu an den Details – ein aufgestellter gestärkter Kragen hier, ein Goldrandkneifer dort –, doch die Pose des persischen Weisen als englischer Gentleman schien zunehmend unhaltbar. Die Wendung, die Kate für sich selbst benutzte: *Er klang nicht echt*. Doch sie hatte nicht den Mut, es ihm zu sagen. Außerdem war es dafür zu spät. Denn welche andere Rolle sollte er in seinem Alter noch beherrschen können?

Wenigstens die Staffage war solide – die hohen geraden Fenster, der Parkettfußboden, die antike Seidenbrücke aus Schuschtar, die Cricketdrucke von Spy und die Szenen aus der persischen Mythologie, alles nur Gemetzel und Sex. Schwere Eichenregale waren gesäumt mit Nachschlagewerken, vom *Buch Thoths* bis hin zu *Magie von Abra-Melin dem Magier*; maßgefertigte Kiefernschränke quollen über von Akten. Ein Kompendium der Wunder und ihrer Medien: Conchita Gonzalez von Garabandal und Joseph von Copertino, Marija von Medjugorje, Padre Pio, die weinende Statue von Syrakus. Kram, der Kate zu Tode langweilte, aber auch etwas Beruhigendes hatte, sie konnte da immer so schön dösen.

Nur um eines hatte sie immer gebeten, nämlich nichts zu sehen. Und in diesem Raum fühlte sie sich wie mit verbundenen Augen, sicher. Also stopfte sie sich mit Schweinepasteten und Frühstücksfleisch voll, während Ferdousine an einem *sohan* lutschte, einer großen flachen Karamelscheibe mit zerdrückten Pistazienkernen, die sein Vetter ihm aus Isfahan schickte. Es machte ein Geräusch wie brechende Vogelknochen, wenn er daran knabberte, so richtig rasche, pickende Bisse.

»Und dieser junge Mann, John Joseph, glaube ich, heißt er«, sagte Ferdousine schnüffelnd. »Welche Absichten verfolgen Sie bei ihm?«

»Einen Mann aus ihm zu machen«, entgegnete Kate.

»Hi, hi.« Er hielt den Kopf noch immer seitlich geneigt, doch die neugierigen Vogelaugen war jetzt nicht gelb, sie waren spülwassergrau. »Einen Mann«, sagte er und schnüffelte wieder. »Hi, hi.«

Das Projekt, an dem er zur Zeit arbeitete, drehte sich um eine gewisse Magdalena Santos aus Alajuela in Costa Rica, die, gerade zwölf Jahre alt, im Bad vom Teufel überrascht worden war und darauf mit solcher Wucht rückwärts flog, daß sie glatt durch die Badhauswand brach, quer über den Hinterhof und hinaus auf die Straße sauste, wo sie nur knapp einem vorüberfahrenden Lastwagen entging, und schließlich auf den Stufen der örtlichen *can-*

tina zu liegen kam, voller blauer Flecken und reichlich mitgenommen, ansonsten aber unversehrt, ihre Seife noch immer fest umklammernd.

Auf Ferdousines Arbeitstisch lag ein kleines Gebirge Zeitungsausschnitte, Briefschnipsel, mit Zahlen versehene Schildchen für Querverweise sowie große Bögen gelbes Briefpapier, mit purpurroter Tinte handbeschrieben wie die Speisekarte einer Brasserie. Verdecktes Licht fiel auf seine mit Leberflecken überzogenen Hände und die arthritisch verkrümmten Finger. »Ein höchst bemerkenswertes Simulacrum«, sagte er. »Ein beispielloses Eidolon.«

»Kann ich mal die Marmeladentörtchen haben?« sagte Kate.

»Man denkt dabei an Charmaine Dupont aus Maine, vielleicht an Isabella Moffo.« Doch sie hörte nicht mehr zu, keine noch so vielen Marmeladentörtchen konnten sie bestechen. All diese bluttriefenden Geschichten, diese Friedhofsspekulationen, das war nicht anständig. *Nur ein böses Geschlecht verlangt ein Zeichen.* Zu wem hatte sie das gesagt?

Sie hatte wohl zu schnell gegessen, ihr Kopf hatte angefangen zu pochen. Vielleicht würde es besser, wenn sie die Augen schloß. Vielleicht aber auch nicht. Dieser leisetreterische Schuljunge war schon schlimm genug gewesen, sein Messerkasten noch schlimmer. Aber Abel Bonder? Das überstieg jedes erträgliche Maß.

Der flüsternde Tod, so war er immer angekündigt worden. Auf der Bühne waren seine Bewegungen so gezügelt, so verhalten, daß die Messer wie von selbst zu fliegen schienen, und wenn sie das Brett trafen, hörte man kaum einen Ton. Nur ein Zischen, ein ersticktes Seufzen, ein Fisch, der in kochendes Wasser glitt.

Die Saison, in der sie ihn erlebt hatte, das war das Jahr nach Tarpon Springs gewesen. Da hatte Charley Root sich schon zurückgezogen, kein Promoter wollte ihn mehr haben, und sie wohnten in Palmetto über einer Bäckerei. Im Hinterzimmer lag Kates Mutter im Sterben.

Kate hatte sie nicht gut gekannt, sie hatten nie viel geredet. Als sie noch arbeitete, hatte sie nur wie eines von Charley Roots Anhängseln gewirkt, eine Gestalt in einem anderen Zimmer, die sich vor Spiegeln bekreuzigte und beim Anblick von Messern ihre Federn durchschwitzte. Doch als sie dann bettlägerig war, schien sie die ganze Wohnung in Beschlag zu nehmen. Das Gemurmel ihrer Gebete, der übelsüßliche Geruch der Kerzen und aufgeblühten Blumen auf dem Altar, den sie bei sich im Zimmer hatte – vor lauter Heiligkeit kriegte man gar keine Luft.

Selbst Charley Root hielt es in der Wohnung nicht mehr aus. In seiner Garage hatte er ein Wettbüro aufgemacht, vor allem Windhunde und Jai-alai, und ließ sich mit Rebel Yell vollaufen. Wenn andere Messerwerfer durch die Stadt kamen, wohnten sie immer in Kates Zimmer, dann mußte sie unten auf einem ausklappbaren Sessel schlafen.

Messerwerfen war nur ein Umgangsbegriff. Der Fachausdruck dafür war *Impalement*, das Wort, das die Profis benutzten, wenngleich Kate *blading* bevorzugte, irgendwie klang das sportlicher. Sie war erst kurz zuvor zwölf geworden, hatte das Gesicht voller Sommersprossen und trug eine Zahnspange, dazu das schlaffe englische Geknödel, das sie bei Charley Root gelernt hatte, ein Infekt, den sie nicht mehr los wurde. Doch Abel Bonder schien das nicht zu stören. Er stand in der Tür, feilte sich die Fingernägel und schaute ihr beim Fernsehen zu. Ein magerer, abgezehrter Mann – *klingendünn*, wie Charley Root spaßeshalber immer sagte – in schwarzem Anzug und schwarzen Lackschuhen.

Er hatte wunderschöne Hände. Nicht gerade viel Spannweite, aber lang und schmal mit spitz zulaufenden Mädchenfingern, und die Möndchen der Nägel waren ein fahles Geisterblau. Ein Symptom für eine Herzkrankheit, wie Kate gehört hatte, aber wie konnte das sein? Wenn er ein Herz gehabt hätte, dann hätte Charley Root ihn nicht bewundert. Hätte ihm nie seine Messer zum Geschenk gemacht. Nicht seine Harvey McBurnettes.

Elvis war in der Steven Allen Show, der Jimmy Dorsey Show. Doch wenn Abel Bonder sie beobachtete und Charley Root Rebel Yell nuckelte und dazu noch der Sterbegeruch ihrer Mutter aus dem Hinterzimmer kam, da konnte Kate sich nicht ungestört die Beine cremen. Also suchte sie unten in der Bäckerei Zuflucht.

Pasquale Brito's Sweet Tooth. Ein bleichgesichtiger Mann mit einem Raucherhusten, einem Lächeln wie geborstenes Glas, man hätte nie geglaubt, daß er so viel Triebkraft in sich hatte. Oder Puderzucker. Doch er war der beste Bäckermeister im Pfannenstiel von Florida. Geflochtene Laibe und Sauerteigherzen, Hochzeitsbrot voller Zimt und wildem Honig. Und seine Kuchen. Heilige Mutter der Leiden, diese Kuchen! Erdbeer und Rhabarber, Mandelcreme, Schokocreme, hundert verschiedene Aromen. Alles nur Erdenkliche mit Zucker. *Beignets* und *Brioches*, *Cannoli*, *Pain perdu*, *Bullfrogs*, Marzipanbarren, *Pinocatte alla perugina* und *Cornetti con panna montata* und *Biscotti di Novara*. Und *Ma'amouls*. Natürlich, seine Orangeblüten-*Ma'amouls*.

Die waren seine Spezialität; von Kissimmee bis St. Pete war er dafür prämiert worden. Kleine Törtchen, nicht größer als ein Daumen, gefüllt mit Mandeln, Walnüssen, Pistazien und Datteln, dick beschmiert mit weißer Creme aus Rosenwasser und gestoßenem Bois de Panama, die nannte Pasquale Brito *Naatiffe*. Das Rezept hatte er von seiner syrischen Freundin bekommen, einer Krankenschwester mit der Statur eines Mack-Trucks, die besuchte ihn immer spätnachmittags, wenn die Sprechstunde um war, dann verzogen sie sich in seine Küche. Und ließen die Bäckerei in Kates Obhut zurück. Bis zu den Titten in Meringen.

An dem Nachmittag, draußen dichter, suppiger Regen, die Bäckereifenster zugedampft, hatte sie dagesessen und *Heartbeat* oder *Teenflame* gelesen, welches, konnte sie nicht mehr sicher sagen, und als sie aufblickte, stand da Abel Bonder in der Tür und mampfte eine Melassepastete.

Er sah aus wie eine schwarze Sonne. Oder wie eine Art Jüngster Tag. Stand da in schwarzem Anzug und schwarzer Krawatte und guckte, die schwarzen Schuhe zu Flügelkappenspiegeln poliert, und schnüffelte nur. Sog den Duft des feuchten Brots ein, das wie ein backofenfrischer Wickel war, den hereinsickernden Dampf des Regens und des letzten Schubs frischer Pasteten, die auf dem von ihren Ausdünstungen dunkel verfärbten Kiefernladentisch ausschwitzten. Lehnte da starr und steif, das verkniffene Totengräbergesicht halb zur Seite gedreht, leicht schräg gehalten, wodurch er Kate an einen Blinden mit weißem Stock erinnerte, der nach Licht tastet; und sie lachte. Aber bloß, weil sie verlegen war. Hochrot und verschwitzt, wie sie war, krebsfarben, dachte sie, ein sommersprossiger Krebs, und ihr Mund von Spangen gekreuzigt. Dennoch lachte sie. Und Abel Bonder faßte sie an. Er legte ihr die Dolchhand auf die Brust und warf sie auf den Rücken. Daß sie strampelnd in die *Ma'amouls* krachte, durch das Bois de Panama schlitterte. Stieß sie so heftig, daß sie hampelnd und fuchtelnd vom Tresen flog, sich die Ellbogen und die Knie aufschürfte, doch das scherte sie nicht, sondern ab durch die Tür war sie und auf und davon, und das war's dann mit dem Flüsternden Tod.

Aber nicht mit seinem Gepäck. Am nächsten Nachmittag ging Kate mit Maria und Bobbie Jane, das waren ihre besten Freundinnen, von der Schule nach Hause, sie kamen gerade an McMurdo's Eisenwarenladen vorbei, als sie ein verlottertes rotbraunes Toupet erspähte, das verlassen auf dem Schaufenstersims lag.

Den ganzen Tag, schon seit der Frühmesse, hatte sie sich schwindlig und abgekoppelt gefühlt, als sei nichts an seinem rechten Ort. Als sie also dieses Haarteil sah, ging sie nicht weiter, wie sie es hätte tun sollen, sondern blieb stehen und nahm es in die Hand. Ein ganz unheilvoller Gegenstand, normalerweise hätte sie ihn bei Charley Root nicht angerührt, doch ein böser Geist lag auf ihr, an diesem Tag konnte sie sich nicht zurückhalten.

Was sie von den Auslagen in McMurdos Schaufenster noch am besten in Erinnerung hatte, das war eine Feuerzange aus rostfreiem Stahl, und in dem Augenblick, als ihre Hand das Toupet berührte, flammte diese Zange auf. Beim ersten Flackern dachte sie, es sei ein Susie Q, doch das stimmte nicht, da schimmerte kein Messer, es war nur das Mädchen aus Tarpon Springs, das mit dem Plastikregenmantel. Genau dasselbe Mädchen, gar kein Zweifel. Nur daß es den Regenmantel jetzt nicht anhatte. Es war Sommer in Palmetto, die Sonne brannte hell und grell. Daher trug das Mädchen Dreiviertelhosen und dazu ein rückenfreies Top.

Es lehnte im Eingang von McMurdo's im Schatten, leckte an einem Eis, es mochte ein Rocky Road gewesen sein, die weißen Schultern und der Bauchnabel nackt, und die langen nackten Beine so hinreißend, da fehlten einem die Worte. Dann drehte es den Kopf, sah das Toupet wie ein totes rötlichbraunes Kätzchen auf Kates Hand, und da ging das Ding in Flammen auf.

Jedenfalls glaubte sie es. Sie hätte es beschwören können. Doch als sie wieder zu sich kam, sagten Maria und Bobbie Jane nichts über die Matte, bestritten rundheraus, etwas davon bemerkt zu haben. Was seltsam war, um das mindeste zu sagen. Weil Kate gespürt hatte, wie ihre Hand brannte, der ganze Handteller war versengt, wo sie das Ding angefaßt hatte. Der Schmerz war so heftig und wahr, daß sie bis Anfang September einen Verband auf der Wunde hatte.

Und bei der Hitze war das nicht lustig. Doch Abel Bonder ging es schlechter. Besoffen klemmte er sich in einem Hotel in Tampa eine Hand im Toaster ein, röstete sie knusprig, worauf die Hand einschrumpelte, und da gab es keinen Dolch mehr, den sie in seinem ganzen Leben noch einmal halten oder werfen konnte.

1958. Juli.

Fast vierzig Jahre war das her, und noch immer konnte sie kein *Ma'amoul* sehen; vermutlich würde das immer so bleiben. Und jetzt war das Arschloch wieder da. Beschmutzte den Zoo, legte sich mit Pearl an, störte sie bei Billie und Bo. Nicht mal in diesem Zimmer konnte sie ihn loswerden.

»Ein Früchtebrot?« sagte Ferdousine.

»Kandierte Kirschen. Kriegt man Krebs von.«

»Das war mir nicht bewußt.«

»Hab ich in *Geraldo* gesehen«, sagte Kate. »Die bringen einen um.«

Anscheinend gab es keinen Ort mehr, an dem sie sich sicher wähnen konnte. Als sie hinabblickte, um die Krümel aus ihrem Schoß zu wischen, hörte sie von unten ein gedämpftes Schieben, etwas Gummiartiges, Matschiges, ein Knarren wie von einem lecken Schlepper, der bei Sturm vor Anker liegend schwankt. Es war ihr Hüfthalter, und der war nutzlos, er dämmte nichts. Im Zoo unten lärmten und schrien die Vögel, die Schlangen zischten nach ihrem Abendessen, die Prediger der Apokalypse auf der Straße sabbelten noch immer wirr über das Tier mit den sieben Häuptern und den Namen der Lästerung auf jedem Haupt, und jemand rumste und polterte auf der Treppe, jemand trat gegen die Tür. »Könnte ich Sie zu einem Rosinenküchlein verführen?« sagte Ferdousine. Sein haarloser Altmännerschädel wirkte unanständig entblößt. »Was hielten Sie von einer Siruptorte?«

Terribilis est locus iste . . .

Jemand oder etwas fiel.

Er hatte mit Juice Shovlin Froschwettspringen um Pennies gemacht, und sein Frosch hatte ständig gewonnen. Der Frosch hieß Alan Rudkin, nach dem Boxer, und wie der Boxer war auch er zu kurz geraten, nicht ganz richtig austariert. Ein Vorderbein war verformt, weswegen er humpelte und bei der Landung zuweilen umfiel. Juice Shovlin beschwerte sich ständig, behauptete, der Frosch sei betrunken oder gedopt, doch das entsprach nicht der Wahrheit, er war schlicht der geborene Champion, hatte das Kämpferherz eines Champions.

An dem Nachmittag hatte Rudkin fünf Runden hintereinander mit links gewonnen, ohne auch nur einmal ins Schwitzen zu geraten. Vier Pennies lagen neben John Joes Markierung, doch den fünften wollte Juice Shovlin nicht rausrücken, er war ein schlechter Verlierer. »Du hast den Frosch bis zu den Ohren vollgepumpt«, sagte er. Schon damals war er groß für sein Alter und rot, hatte feuchte, rote Lippen, deshalb nannten sie ihn auch Juice. »Du mieser Windhund, du mieser Schwindler«, sagte er. »Du gehörst an den Eiern aufgehängt.«

Sie spielten auf der Straße vor der Staatsschule, und dann fing es an zu schneien, also rannten sie nach Hause. Als sie Shovlins Tor erreichten, spuckte Juice John Joe auf die Schuhe, ein fetter Klumpen wie ein weißer Wurm. »Wart hier, dann hol ich dir deinen Penny. Dein scheißblödes Geld«, sagte er und rannte hinein.

Dann schneite es stärker, und dazu brach auch die Dämmerung herein. Rudkin machte kleine Hüpfer am Straßenrand, nur um in Übung zu bleiben. Dann kam Juice Shovlin wieder herausgerannt, trug einen Kupfertopf auf Armeslänge vor sich her. Seine Hände waren straff um den Stiel geklammert, die Knöchel ganz rot und rauh, und der Kupfertopf war voll mit kochendheißer Milch. Ohne das Tempo zu verlangsamen, hob er Rudkin auf und warf ihn hinein. Die Milch schäumte und blubberte. »Da, das schulde ich dir«, sagte Juice Shovlin, und seine roten Knöchel machten einen schnellen Dreh, der Topf kippte, und Rudkin flog, alle viere von sich, auf einer dünnen weißen Masse in die Luft. Sie schimmerte im Dunkel, die zischende Masse, und flog John Joe ins Gesicht. Dann wurde er zu Boden geworfen, und in seinem Mund war eine Münze.

Woran er sich erinnerte, war nicht Schmerz, da noch nicht, sondern der Messinggeschmack des Pennys, der samtige Geschmack des Schnees, der gallbittere Geschmack schwarzen Matschs. Dann ein dünner, saurer Geruch wie kalt gewordene Pisse. Fünf Wochen lag er im Zimmer seiner Mutter, in der gehöhlten Mulde ihres Bettes wie in einem Boot, den Kopf mit Ampferblättern umwickelt. »Wie sehr tut es weh?« fragte seine Mutter.

»Wie sehr soll es denn?« sagte er.

Fast zehn mußte er gewesen sein, sein zweiter Winter in Scath, der Winter, in dem sein Onkel Frank den Farbfernseher gekauft hatte, sein Vetter Niall Halbspieler bei Donegal war und seine Mutter, als John Joe ihr Bett räumte, sich selbst darin einrichtete.

Die Krankheit, die sie plagte, hatte keinen Namen. »Mein Leiden«, anders nannte sie sie nicht, und das einzige Mittel dagegen war Ruhe. An einem guten Tag machte sie vielleicht eine Runde durch den Gemüsegarten oder setzte sich ans Fenster und stickte. An bestimmten Samstagabenden fühlte sie sich stark genug, um zum Hollywood Ballroom tanzen zu gehen. Das rächte sich aber immer schrecklich, danach lag sie tagelang flach. Dr. McGill brachte ihr rote Pillen und rosafarbene und grüne. Die lagen aufgereiht auf ihrem Nachttisch; sie halfen nicht. Abends trug John Joe ihr das Abendessen auf einem Tablett hinauf, Fischstäbchen oder Schinkensalat, Dosenpfirsiche mit H-Milch, doch die Anstrengung des Kauens war zuviel für sie, sie schaffte nur die gelben Pfirsiche, die keine Mühe machten und ganz von allein runterrutschten.

Gemeinsam hörten sie Platten: Foxtrott, Quickstep, Paso doble. Wenn die Rhythmen zu lebhaft wurden, tat ihr das Atmen weh, und sie mußte sich ausruhen. Aufgestützt wie eine Puppe in ihrer plüschigen rosa Strickjacke, lutschte sie Black Magics zur

Beruhigung oder schlürfte das orangegefärbte Getränk mit dem komischen Geruch. Sie sagte, es bringe ihr die Rosen aufs Gesicht, wobei sie sich Parfüm hinter die Ohren und auf den Halsausschnitt tupfte, manchmal Jasminblüte, manchmal Mandelduft, während John Joe ihr vorlas.

Die Bücher kamen zweimal die Woche in der Fahrbücherei, die vor dem Schulgebäude hielt. Barbara Cartland, Virginia Holt, Georgette Heyer. Und *Rebecca*; *Rebecca* natürlich. So viele Male hatten sie es durchgeackert, daß manche Passagen bei ihm wortwörtlich hängengeblieben waren, die kriegte er nie wieder aus dem Kopf: *Das war Manderley, unser Manderley, schweigend verschwiegen, wie es immer gewesen war; das graue Gestein schimmerte im Schein meines Traummondes, die hohen zweiteiligen Fenster spiegelten das Rasengrün, die Terrasse wider. Die Zeit konnte das vollkommene Ebenmaß jener Mauern nicht zerstören und nicht die Harmonie der Lage – ein Kleinod in einer offenen Hand.*

Erst sein zweiter Winter. An dem Tag, als sie erstmals nach Kilmullen kamen, war Jahrmarkt gewesen, der Dorfplatz war so dicht mit Vieh zugekeilt, daß der Bus nicht durchkam, und so wurden sie zwischen drei Schafen und einer Färse abgesetzt. Es regnete, eine dünne Feuchtigkeit, die nicht zu fallen, sondern zu sickern schien, und die Rinnsteine standen voll mit angeleinten Tieren. Im Durchgang zwischen Chique Fashions und dem Eureka-Kino kamen sie an einer Kuh vorbei, die nach ihrem verlorengegangenen Kalb muhte. Ein ganz entsetzliches Geräusch.

Es war früh am Nachmittag, doch die Straßenbeleuchtung brannte schon. Die Lichter glommen wie Nebellampen durch den Dunst, ließen Mensch und Tier zu einer formlosen schwarzen Masse verschmelzen, die sich von der Nässe nicht beeindrucken ließ. Aus den Pubs fielen bernsteingelbe Lichtstreifen, ein torkelnder alter Mann fiel vor ihren Füßen hin. Da nahm seine Mutter John Joe bei der Hand und zerrte ihn in das Hotel Regina, wo sie früher als Zimmermädchen gearbeitet hatte.

Es war ein Ort der Dunkelheit – Eichentäfelung, in der Farbe brauner Windsorsuppe gebeizt, ausgestopfte Eulen in Kästen und *Der Tod des Robert Emmet* in Öl blickten auf löcheriges Linoleum herab. Trinkende Männer standen drei Reihen tief an einer dunklen Mahagonibar, handelten unter einem kaputten Fernseher mit Fleisch, die Gummistiefel schlammverklumpt, die triefenden Mäntel dampfend.

Einer von ihnen, ein habichtgesichtiger Mann mit gierigen blauen Augen und einer Hakennase, hatte fünf gelbe Zähne im Schädel. »Das ist dein Opa Maguire, sag Tag zu deinem Opa Maguire«, sagte Bernadette, worauf der Mann den Kopf drehte und ihn ansah. Ihn, den gelben Jungen mit der laufenden Nase, der sich mit der freien Hand den Schritt hielt. »Gott verfluch mich«, sagte sein Großvater. »Ich hätte früher sterben sollen.«

In Scath selbst, oberhalb der Schlucht, waren acht bewohnte Häuser, siebenundzwanzig verlassene, das Schulhaus, eine Kirchenruine, drei Steinmale, ein megalithisches Grab und einundvierzig Seelen. Jedes Haus hatte seinen Hund; nur die Maguires hatten keinen. Onkel Frank, der mal in England gewesen war, war allergisch dagegen geworden.

Er hatte zwei Wettbüros in Burton-on-Trent besessen, hatte eine Frau geheiratet, die trockenen Sherry trank, und als sie starb, kam er reich und mit zwei arbeitsfähigen Söhnen nach Hause. In Gemeinschaftsarbeit bauten sie ein viereckiges Betonhaus wie eine weiße Kaserne mit Tafelglasfenstern und sanitären Anlagen und holten Opa Maguire aus dem Häuschen vom Berg herab, wo sechs Generationen auf zwanzig Hektar Land gelebt und geackert hatten, auf Land, das sie dem Fels und dem Bergsumpf abgetrotzt hatten.

In diesem hundelosen Haus bekam Bernadette das Hinterzimmer oben und John Joe die Kammer unter der Treppe. Vom Fenster seiner Mutter aus konnte man ein Wäldchen aus Ebereschen und Buchen sehen, dahinter die neue Schweinezucht der Shovlins mit ihren sterilen Metallkoben. »*Manderley, unser Manderley*«, las er. Und las es immer wieder.

Unten in der Küche, wo die Familie aß, waren gerahmte Hochglanzbilder von Papst Johannes XXIII. und den Brüdern Kennedy. Opa Maguire und Onkel Frank und Vetter Declan und Cousine Niall und Tante Phyllis, die eigentlich gar nicht seine Tante war, die aßen alle von weißen Tellern mit hellblauem Rand, John Joes Teller dagegen war gefleckt wie ein schmutziges braunes Ei. »Damit es kein Durcheinander beim Abwasch gibt. Damit es keine Scherereien gibt«, erklärte Tante Phyllis.

Das war verständlich. In Scath gab es viele, die nicht in einem Raum mit John Joe hätten sitzen wollen, und noch mehr, die ihn vor allen weggeschlossen hätten. Dermot Blaney, der Mondkalbjunge, war ständig ans Bett gefesselt; nachts konnte man ihn heulen hören. Doch die Maguires wollten ja nur keine Scherereien. In der Stunde ihrer Not ließen sie die Schande klaglos über sich ergehen. »Wir sind zu Recht so bestraft«, sagte Opa Maguire. »Auch wenn wir unsere Sünde nicht erahnen können, nehmen wir unsere Maßregelung doch gern an.«

Wenn John Joe doch nur seine Blutwurst essen würde. Wenn er sie doch einfach verdrücken würde und dankbar wäre, dann würde kein bitteres Wort fallen. Doch in seinem Stolz weigerte er sich. Seit Juice Shovlin ihm erzählt hatte, daß die Pelle aus gebrauchten Parisern gemacht und um Schweinedärme und Maden herumgewickelt sei, war er sich zu gut dafür.

Die Porträts gefallener Helden blickten auf ihn herab, wie er vor seinem gefleckten Teller saß, vor sich eine Scheibe Preßwurst und eine Scheibe Blutwurst. »John Fitzgerald Kennedy«, sagte Onkel Frank. »Das war ein frommer Mann.«

»Ein begnadetes Kind«, sagte Opa Maguire.

»Ein Mann, der immer seine Blutwurst aß, wenn sie ihm auf den Teller kam, und sich daran freute, da wurde nicht geredet und auch nicht gerülpst.«

»Ein Mann, der das Wort Dankbarkeit kannte.«

»Das will ich meinen«, sagte Opa Maguire.

Vetter Declan nahm die Pfanne von der Herdplatte, ging damit um den Tisch herum und goß frisches siedendes Fett auf jeden Teller. Wo es auf John Joes Blutwurst rann, schlug das Fett Blasen wie eine offene Wunde. »Ein Mann, der als Märtyrer starb, den Kopf haben sie ihm weggeschossen«, sagte Vetter Declan. »Alles voll mit Hirn und Blut und Zeug.«

Als John Joe seine Würste zu Happen zerschnitten hatte, ergab das vierzehn Würfel auf seinem Teller, und die gabelte er sich einen nach dem anderen in den Mund, stopfte sich die Backen voll, bis er spürte, wie sie sich ausbeulten, elastisch wie Gummibälle. »Und seine schöne Braut neben ihm«, sagte Tante Phyllis. »Und in ihrem hübschen, sauberen Kostüm.«

»Ist nicht lange sauber geblieben«, sagte Onkel Frank. »Bloß bis der Kopf von ihrem Mann auf ihrem Schoß landete und das Blut eimerweise rausschoß.«

»Wie ein Geysir«, sagte Opa Maguire.

»Wie ein Schwein mit durchschnittener Kehle«, sagte Onkel Frank.

Da explodierten die Würste. Flogen wie ein schwarzer Fluch und dann wie ein weißer aus John Joes vollem Mund. Vierzehn säuberlich gewürfelte Häufchen auf den gedeckten Tisch. »Ich würde sagen, das war ein schlechter Abgang«, sagte Tante Phyllis.

»Das will ich meinen«, sagte Opa Maguire.

In dem verlassenen Häuschen auf dem Berg war das Strohdach undicht, alle Fenster ausgeschlagen, doch der Kamin war noch immer hergerichtet und bereit, und nichtausgeräumte Asche bedeckte noch den Rost.

Scaith-na-Tairbhe hieß der Berghang, der Unterschlupf des Bullen, wo Jahre zuvor der heilige Conall höchstselbst einmal Schutz vor einem Sturm gesucht hatte. Blitzruten hatten den Heiligen wie Speere übers Moor verfolgt, waren mit jedem Strahl näher eingeschlagen, und der einzige Schutz, den der Heilige sah, war eine Feste im Fels. Diese Feste war die Heimat eines blutdürstigen weißen Bullen, der mit einem Stoß aus seinen Nüstern jeden zu Spreu machen konnte. Der Hang war übersät mit versengtem Fleisch, gebleichten Knochen, doch der heilige Conall war ohne Furcht. Er reckte seinen Pilgerstab hoch in die Luft, schlug damit einmal auf den Fels und wurde in fließendes Wasser verwandelt. Dann, da es ihn dürstete, trank der weiße Bulle reichlich davon, und es durchströmte ihn eine große Freude. Mit einem Ruck seiner mächtigen Schultern warf er das ganze Gebiet um, Felsen, Tal, alles, und kanalisierte den Strom zu einem Zufluchtsort, fernab der Bahn des Blitzes. Als der heilige Conall in seinen Körper zurückkehrte, fand er sich in einem Wäldchen aus Ebereschen und Buchen wieder, und da lag der weiße Bulle zu seinen Füßen ausgestreckt und schlief, friedlich wie ein Köter vorm Kamin.

So jedenfalls wurde die Geschichte erzählt. Und der fließende Strom floß noch immer, und zwar in Juice Shovlins Jauchegrube. Doch John Joe hatte keinen träumenden weißen Bullen, er hatte nur ein Wieselmännchen namens Winstone mit einem fehlenden

Ohr und einer gequetschten Pfote, das er halbtot hinter einem Sack mit Samen entdeckt hatte.

Kaum hatte es John Joe gesehen, hatte das Wiesel sich auf die Hinterbeine gestellt, die Klauen an den Vorderpfoten ausgefahren, eine richtige Boxerstellung. Eines seiner Augen war noch übler zugerichtet als John Joes, das Fell darüber büschelweise ausgerupft, das Auge selbst blutunterlaufen. Dornenzweige hatten sich in dem zerrupften Fell festgekrallt, und wo Barthaare hätten sein sollen, waren nur noch abgebrochene Stoppeln. Dennoch hatte das Wiesel die Fänge entblößt, bereit, sich gleich wieder zu schlagen.

Wie es so dastand und ihm das Blut aus der Schnauze sickerte, sah es brandgefährlich aus, ein Krieger, der für Kid Ojeah oder jeden anderen harten Mann richtig war. Als John Joe sich zu weit näherte, trieb das Wiesel ihn mit einem Moschusstrahl aus seinem Hinterteil zurück, wie vergammelte Mottenkugeln roch das. Also setzte er sich vor den nichtausgeräumten Kamin und kaute auf einem Karamelriegel herum, und mit der Zeit beruhigte sich auch das Wiesel, leckte wieder seine Wunden. Es war Samstag vormittag, also keine Schule. Und so waren sie stumme Partner.

Winstone, so hieß ein Champion. Leichtgewicht; ein Waliser aus Porthcawl, schmal und geschmeidig ganz wie ein Wiesel, schön in der Bewegung. W. Barrington Dalby sagte im Radio, er habe eine ausgefeilte Linke. Doch er hatte einen entscheidenden Makel, er hatte keinen Punch. Immer wieder kämpfte er gegen Carlos Ortiz um die Weltmeisterschaft, und jedesmal schlug Ortiz ihn zu Klump. Dennoch konnte nichts sein Kämpferherz entmutigen. Kaum war er wieder heil, wollte er es noch einmal wissen.

Doch das Wiesel genas unvollkommen. Sein zerrupftes Fell wuchs in Büscheln nach, seine schlimme Pfote blieb verkrüppelt. Schlimmer als Rudkin war es dran. Beim Kaninchenjagen purzelte und hampelte es nur so herum, es war ein einziges Gewirbel von Gliedern, wie ein vierbeiniger Keystone Cop. Danach kam es schlammverklumpt und blutend wieder ins Häuschen getapert, sank ausgepumpt in das vergilbte Nest aus alten *Donegal Democrats*, das es sich neben dem Kamin gebaut hatte, und erledigte seine Beute mit steifen Kiefern, zuckte bei jedem Bissen, als bräche dabei ein Zahnersatz.

In der Fahrbücherei gab es ein eselsohriges Taschenbuch mit dem Titel *Frettchen und andere Freunde* von Finbar O Riain. Darin hieß es, daß das Wiesel in anderen Ländern Hermelin genannt wurde, *Mustela erminea,* eine Art aufgeblasener Marder, doch auf irisch war es ein *easog.* Vierzig Zentimeter von Schnauz- bis Schwanzspitze, und es war schneller als jeder vom Weibe geborene Mensch, konnte sich durch die schmalsten Ritzen und Spalten zwängen und den unzugänglichsten Baum erklettern, sich mit rasender Geschwindigkeit über und unter seinen Ästen umherschwingen. Diesem tödlichen Jäger, der seinesgleichen suchte, verliehen seine durchdringenden Augen eine Art Radarsicht, und seine halb im Fell vergrabenen runden Ohren konnten das leiseste Knacken in vertrockneten Blättern und den geringsten Stoß im Wind ausmachen. »Dann kommt rasch der Todesstoß«, schrieb Finbar O Riain. »Ein Gnadenbiß ins Genick, die langen scharfen Eckzähne oder Fänge bohren sich aufwärts durch die Hirnschale der Beute direkt ins Gehirn. Das führt wahrhaftig zu einem schnellen Tod.«

Als weitere Begabungen waren eine Fähigkeit zur Akrobatik aufgeführt, dazu ein hellseherisches Vorwissen von Feuer und Überschwemmungen, drohender Dürre. »Aufgrund seiner telepathischen Kräfte wird das *easog* mit Ehrfurcht, ja sogar Furcht betrachtet«, endete der Artikel. »Es ist eine Gattung für sich, würdevoll und unbestechlich.«

Auf dem Steinboden des Häuschens lag ein Teppich aus Vogelmist und verrotteten Zeitungen. Unter dem durchlöcherten Strohdach, auf dem Felberich blühte, *Totenfinger* sagten sie dazu, stopfte John Joe sich mit Sam-Spudz-Chips in der knallroten Tüte und mit Red-Hots-Bonbons voll, die ihm die Lippen verbrutzelten und von denen ihm der Mund wie ein nasser Schniepel pochte, während Winstone zwei Feldmäuse und eine Zwergohreule verputzte. Dann streiften sie über die Hügel, erklommen die hohen Felsen hinter Scaith-na-Tairbhe. Sie waren der Lone Ranger und Tonto, sie waren maskierte Räuber, sie waren einäugige Kerle. Sie waren beide verwundete Krieger.

Stechginsterbüsche zerrten an John Joes Beinen, Feldspat beschmutzte seine Kleidung. Von den Kliffs oberhalb von Malinbeg beobachtete er die kahlen nassen Köpfe der Seehunde, die in der Strömung wie schwarze Kappen hin- und hergeworfen wurden. Jenseits eines brodelnden Wasserwegs lag Inishconnell mit seiner eingefallenen Kirche, der Friedhof überwuchert von wildem Knoblauch und Portulak, man brauchte nur zuzugreifen. Wenn sie dahin gelangten, könnten sie sich sicher wähnen. Winstone würde Vögel und Fische zum Futtern fangen, John Joe würde ihm Fröschespringen beibringen, und sie würden nie vom Feuer oder von Überschwemmungen überrascht werden, jede Dürre würden sie kommen sehen.

Das einzige Problem war: Wiesel scheuten die Berührung mit Salzwasser. Winstone zischte und knurrte die leckenden Wellen an, spuckte wie eine gesengte Katze. John Joe watete, um ihm den Weg zu zeigen, drei Schritt ins Wasser und wurde plötzlich schenkeltief hineingesogen. Etwas Weißes und Lebendiges klammerte sich um seine Knie. Durchs Wasser gesehen sah es aus wie eine weiße Preßwurst. Oder vielleicht war es auch ein rundlicher, gepäppelter Frauenarm. Mit der Strömung davonwirbelnd, schrie er um Hilfe. Doch Winstone wich immer weiter zurück. Er mußte die Furcht in John Joes Stimme gehört, den Schiß gerochen haben. Darin lag keine Ehre. Also versteckte er sich im Ginster.

In der Nacht wachte John Joe auf, schweißnaß in seinem Bettzeug. Barfuß stahl er sich in seinem Pyjama aus der Kammer und den Berg hinauf zu dem abgelegenen Häuschen, doch Winstone war nicht anwesend. Kein Haufen abgekauter Knochen kündete von ihm. Nicht einmal ein getrockneter Blutfleck war noch da.

Die Nacht war ruhig und warm, erfüllt von Düften. In dem Eschenwäldchen hinterm Haus rann der Bach des heiligen Conall, schimmerte im Mondschein. John Joe kniete nieder, um sein erhitztes Gesicht darin zu baden. Als er ins Wasser blickte, war die Spiegelung voller Wiesel.

Sie gingen aufrecht auf den Hinterbeinen, zogen im Gänsemarsch vorbei, in Zweierreihen, ein Dutzend oder mehr. Ihr Anführer trug ein kleines Weibchen quer im Maul ausbalanciert, tot und steif war es, während die anderen den Leichenzug bildeten. Der Mond versilberte ihre weißen Brüste, die pelzigen dunklen

Köpfe sahen aus wie Mönchskapuzen. Gemessenen und langsamen Schritts bewegte sich der Zug schweigend durch das Wäldchen und über den Frischwasserstrom in den Schutz des Bullen und verschwand.

Winstone ging humpelnd im fünften Glied.

Und John Joe? An dem Morgen in Ferdousines Zoo wusch er sich am Waschbecken im Bad, verströmte noch den Geruch von muffigen Laken, Bettpfannen und Mandelduft. *Als ich am nächsten Morgen erwachte, kurz nach sechs Uhr, und aufstand und ans Fenster trat, lag nebliger Tau auf dem Gras wie Frost ... Hier in Manderley begann ein neuer Tag.* Vor der Tür wurden Scharr- und Prügelgeräusche laut, ein arhythmisches Geschiebe.

Jemand oder etwas fiel um.

Als er hinabblickte, sah er eine große, undeutliche Gestalt, die in ein limonengrünes Tuch gehüllt war und von einem Mann nach Feuerwehrmannsart über der Schulter getragen wurde.

»Vorsicht«, sagte Crouch. »Der Tod kommt herab.«

Sogar vornübergebeugt und stolpernd schien er Anmut, eine innewohnende Eleganz zu besitzen. Doch das limonengrüne Tuch war herabgerutscht und gab einen nackten Fuß, eine wohlgeformte Wade frei. »Kalt und immer kälter, während wir noch sprechen«, sagte Crouch. »Für jeden kommt einmal die Zeit.«

»Aber nicht auf meiner Treppe«, sagte Miß Root, die aus Ferdousines Zimmer aufgetaucht war, und versetzte ihm gestreckten Armes einen Stoß mit dem Handballen, von dem der Mann, ebenso wie seine Last, ins Taumeln kam.

Draußen auf der Straße posierte Anna Crow in Trikot und Legwarmers, ihre Blässe in der Sonne noch krasser, ihre wilden Haare noch lodernder. Ein Bein horizontal gegen die Wand von Nature's Nurture stemmend, dem Bioladen nebenan, ließ sie die Waden spielen und palpierte ihre Schenkel, ächzte leise bei jeder Anspannung. »Ferdousine, diese Mißgeburt«, sagte sie. »Gesellschaftstänzer, daß ich nicht lache. Eher ein lüsterner alter Sarg. *Ist es nicht wunderbar, daß die Begierde das Vermögen um so viele Jahre überlebt?* Heinrich der Vierte oder von mir aus auch Fünfte. Jeder Knochen im Leib tut mir weh, weil ich ihn von mir wegstoße wie einen Kraken oder Triffid, je mehr Arme man abschlägt, desto mehr wachsen nach, das glaubst du nicht, in welchem Zustand mein Hintern ist, was ist gelb und schwarz und kreischt?«

»Der Name der Lästerung«, sagte Crouch.

Er und John Joe standen auf dem Gehsteig herum, das grüne Tuch zwischen ihnen wie eine Hängematte, Crouch am Kopf, John Joe an den Füßen. »Dann kennt ihr euch ja schon, wie ich sehe«, sagte Anna, und sie packte Crouch gespielt verschwörerisch am Arm. »Ein ganz Mysteriöser, unser Maguire«, sagte sie, hörbar flüsternd. »Er hat so ein Muttermal auf dem Schenkel, eine erhabene Schwiele wie ein Brandmal bei einem Vieh, es zeigt einen schwarzen Schwan.«

»Erzähl keinen Scheiß.«

»Mit ausgebreiteten Schwingen«, sagte Anna. »Und den Hals gereckt.«

Schmuck war das Wort, das John Joe formte, als er Crouch erstmals bei Tageslicht sah. Selbst angetan mit Overall und einer Duschhaube lag so ein gewisses Etwas in seinen Bewegungen, die Feinheit, mit der er einen herabbaumelnden Arm unter das Tuch zurücksteckte, man wurde an einen Song-and-dance-Mann erinnert, so einen Tänzer in Anzug und Weste mit goldener Uhr und Kette, braunem Derby. »Tatsache?« fragte er.

»Schlag mich mit Zellulitis, wenn ich lüge.«

Als Crouch weiterging, war John Joe gezwungen, ihm zu folgen, es war seine Pflicht. Feuchte Stellen hatten sich in dem grünen Tuch gebildet, schleimiggelbe Verfärbungen, und John Joes Hände waren mit einer brackigen Brühe überzogen. Nichts in der Stellenbeschreibung hatte ihn darauf vorbereitet. *Sei doch bitte mein Gefangener*, mehr hatte Miß Root nicht gesagt. Kein Wort davon, daß der Tod herabkommen würde.

Als sie dann über den Broadway gezockelt und im Riverside Park angekommen waren, fühlte er sich schmierig wie geschmolzenes Wachs. Crouch hingegen war knochentrocken geblieben. An einem Hydranten blieb er stehen und ließ seine Last mit einem dumpfen Klatschen, einem leisen nassen Knacken fallen. »Das ist nicht rechtschaffen. Darin liegt keine Ehre«, sagte er und drehte den Hydranten auf. »Ein Job eben, weiter nichts.«

Der Wasserschwall flutete das grüne Tuch, spülte es beiseite. Darunter war die Statue von Marilyn Monroe.

In Crouchs Mansarde hatte sie am Abend davor noch ausgesehen wie aus Holz geschnitzt, doch im Park am Fluß offenbarte sie sich als Brei. Die Farben zerliefen, Fleisch und Stoff zerflossen zu einer dunklen Schmiere. Ganze Teile des Torsos waren schon zersetzt; Augen, Nasenlöcher und Mund waren zu einem einzigen Schlund vereint. Und am Boden dieses Morasts lugte durch Schlitze und Augen eine leuchtend kaugummifarbene Styroporfläche.

»*Dennoch ward zu der Zeit die Welt durch dieselben mit der Sintflut verderbt*«, sagte Crouch und lenkte den vollen Strahl aus dem Hydranten auf Marilyn, löschte jegliche Spur von ihr, von ihrem Gesicht, ihren Gliedern, ihrer Unterhose, selbst von dem goldenen Flaum, der die Innenseite ihrer Schenkel überzog, bis nur noch eine geschrubbte rosa Puppe übrig war.

Wieder gingen sie weiter, John Joe und Crouch, stiegen hoch über den Fluß, bis sie an ein kanaldeckelähnliches Eisengitter kamen, das Crouch anhob, dann stieg er ein und zog die Puppe hinter sich herein. Steile Steinstufen führten ins Dunkel hinab. Manche waren zerbrochen, manche fehlten ganz. Eisige Feuchtigkeit strich John Joe über Wangen und Hals. Er griff nach einem rostigen Rohr, um nicht zu stürzen, das Rohr löste sich unter seiner Hand, und als er auf den Boden aufschlug, befand er sich in einem stillgelegten Eisenbahntunnel, in dem in einiger Entfernung rot ein Feuer glomm, kaum hell genug, um sich daran zu orientieren.

»*Denn es ist gekommen der große Tag seines Zorns*«, sagte ein Fremder in dem Dunkel.

»*Und wer kann bestehen?*« antwortete Crouch.

Das einzige, was man von dem Fremden zunächst sah, waren seine Augen. Dann löste sich eine Gestalt aus der Dunkelheit und trat auf sie zu. Als John Joes Augen sich an die Finsternis gewöhnt hatten, erkannte er das Schimmern der Schienen und die Wände des Tunnels, in dessen Backsteine eine Unmenge kleiner Nischen geschlagen waren. Darin saßen und lagen Leute, sahen her. »Ich habe das neue Modell gebracht«, sagte Crouch und stieß die Puppe dem Fremden an die Brust. Doch der Mann schien sie nicht zur Kenntnis zu nehmen, er starrte unverwandt auf John Joes schlimmes Auge. »Was ist das für ein Mann?« fragte er.

»Er trägt das Zeichen«, sagte Crouch.

Das Feuer weiter hinten auf den Schienen zog einen Flammenring um die Gestalt des Mannes, dessen Rumpf sich dabei als eine große Kugel und dessen Schädel als eine kleinere abzeichnete. Er wog wohl 130 Kilo oder mehr, schätzte John Joe, sogar 300 Pfund vielleicht, und er trug etwas Gewickeltes, das in dem Dämmer fast als Mönchskutte durchging, sich dann aber als Schulmeisterumhang erwies, dessen weite Ärmel zerrissen und verschmiert waren. »Stimmt das?« fragte der Mann.

»Na ja, ist nur ein Muttermal.«

»Schwiele oder Striemen, ist doch alles dasselbe. Trägst du die Marke? Bist du mit dem Warenzeichen bedruckt?«

John Joe hatte keine Ahnung. Zudem klang ihm diese Art des Gesprächs nicht gut im Ohr. Viel lieber wäre er die Steinstufen wieder hinaufgestiegen, doch er konnte sie in den tropfenden Wänden nicht ausmachen. Er sah nur Backsteine und Augen und den Kopf des Fremden, der in das Licht vorstieß wie der eines Büffels, der ohne Hals oder Umschweife unmittelbar dem großen Dunkel seiner Brust zu entspringen schien.

Mitternachtspurpurn, darüber eine gestrickte Wollmütze, so sah dieser Kopf aus wie eine schwarze Gewächshaustraube, die kurz vorm Platzen war. Doch die Stimme, die daraus kam, war hoch, fast mädchenhaft. »Man nennt mich Meister Maitland, die Flammenflut naht heran«, sagte diese Stimme. *»In welcher die Himmel zergehen werden mit großem Krachen; die Elemente aber werden vor Hitze schmelzen, und die Erde und die Werke, die darauf sind, werden verbrennen.«*

Vor Jahren hatte es einmal in Dunkineely, diesem Kaff am Arsch der Welt, einen Mann gegeben, der die Dinge auf ähnliche Weise dargelegt hatte. Für einen höchst maßlosen Redner hatte John Joe ihn immer gehalten, so richtig von sich eingenommen. Ein bißchen ein Wichser, ehrlich gesagt. Und dieser Meister Maitland schien vom gleichen Schlag zu sein.

Unauffällig und gefällig, um niemanden zu beleidigen, trat John Joe den Rückzug an, doch der Mann hatte seinen Arm fest untergehakt, er konnte nicht weg. »Nur jene unter uns, welche befreite Seelen sind, allein jene sind davon ausgenommen und dürfen sich erheben«, sagte der Meister. »Wenn der Flammenstrom bei ihren Zehen ankommt, werden allein sie sich, mittels Flügeln, in die Luft erheben, und was wird dann aus ihnen?«

»Dazu würde ich eigentlich keine Meinung äußern wollen.«

»Sie werden zu Schwarzen Schwänen.«

DAS DRITTE

Ein Monat war vergangen. Es war nun Ende August, doch die Hitze ließ nicht nach. Willie D hatte wieder einen Traum, an den er sich nicht erinnern konnte. Dann war er zwischen Schlaf und Wachen, und wieder starb er an Kate Roots Bein, genauso, wie er in Ferdousines Zoo gestorben war.

Ihrem linken Bein, tiefer.

Sie stand auf einem Schemel, langte hoch über ihren Kopf, um einen Vogel zu füttern, und Willie betrachtete das Schwellen ihrer Wade. Sie war verblüffend gut geformt. Dick, aber fest und kräftig gebaut, der aufsteigende Muskelpacken noch immer elastisch. Das Fleisch trug zwei Farbschichten, erst üppig Creme, darüber dann eine grobe Lasur wie rosa Putz, und keine Spur von Behaarung, nicht einmal ein rasierter Stoppel. Bis auf eine kleine weiße Stelle unmittelbar über dem Sprungbein. Eine alte Narbe, die ihre Pigmentierung verloren hatte, schätzte er, und darauf sprossen aus den offenen Poren drei lange, geschmeidige Haare, rötlichgolden, wie Schilf. Und Willie wurde von einem heftigen Verlangen ergriffen. Sie anzublasen, sachte, sachte. Damit sie flirrten und sich wiegten.

Doch das ging natürlich nicht; sie würde es bestimmt merken. Also zwang er sich dazu, den Anstieg zu beginnen. Er erklomm den aufgerauhten roten Schiefer ihres Schienbeins, ging dann die träge, wie bei einem Drachenflügel nach außen führende Kurve darüber an. Doch diese Räume wirkten riesig. Es gab keinen Sauerstoff, keine Stelle zum Ausruhen. Als er schließlich die Fettrolle hinter ihrem Knie mit der törichten Falte erreicht hatte, die ohne jede Funktion, ohne denkbaren Sinn war, kam er sich vor wie ein Bergsteiger ohne Pickel und Steigeisen, der sich mit den Fingernägeln an einem eingefetteten Felsvorsprung festklammerte, durch seinen Schweiß und ihren immer wieder abrutschte, bis ihn schließlich die letzten Kräfte verließen und er durch die Luft stürzte.

Jedesmal passierte das gleiche. Nacht um Nacht der gleiche ruhelose Traum. Dann stand er aus schweißgetränkten Laken auf, stieß ihre Stricke und erstickenden Knoten von sich und versuchte erneut, aus dem, was ihm da widerfahren war, schlau zu werden.

Er wußte nicht, wo er anfangen sollte.

Der ganze Tag mit den Messern war die pure Anarchie gewesen. Eine Abfolge blinder Aktionen ohne jeden Sinn und Verstand. Mit Sicherheit konnte er nur sagen, daß es mit Pacquito Console in Crotona Park angefangen hatte. Sie waren in einer Besprechung wegen der Autowaschanlage, und Pacquito argumentierte gegen die Tygers. »Meerjungfrauen wären da eher angesagt«, meinte er. »Autowaschen, Wasser, Meer, Meerjungfrauen, das ist die konzeptionellere Linie.«

»Tygers sind aber dynamischer.«

»Aber Meerjungfrauen arbeiten nach Tarif«, sagte Pacquito, und Willie kam sich zu sehr runtergemacht vor, um sich mit ihm anzulegen. Er blickte über Pacquitos Glatzkopf hinweg auf den Wandkalender im Büro, Tremont Tool & Die, und Miß Juli war als Piratin ver- bzw. entkleidet. Er sah, daß sie eine Augenklappe trug; er brauchte frische Luft. Dann war er also auf dem Major Deegan Richtung Süden, und zwei Proletenärsche in einem Dodge Pick-up mit dem Aufkleber *God, Guns and Guts Made America – Let's Keep All Three* darauf drängten ihn ständig ab.

Der Fahrer drehte sein Fenster herunter und fing an, ihn und den Spyder unflätig zu beschimpfen, und dann lief bei denen auch noch Billy Ray Cyrus im Radio. *Achy Breaky Heart*. Willie haßte und verachtete diesen Song. Also nahm er seine Pistole und schoß dem Arschloch ein Loch in den Reifen. Oder war *Arschloch* ein Schimpfwort? Hart an der Grenze, schätzte er. Ansichtssache.

Und ihm lag nicht mal was an Waffen.

Nicht daß sie ihn gestört hätten oder so, sie paßten einfach nicht zu seiner Kleidung. Überhaupt trug er eine Waffe nur um des Respekts willen. Also hatte er eben eines von Deacon Landrys Dingern, eine Walther PPK-S in Edelstahlausführung. Das war die Lieblingswaffe von James Bond, die war geschichtsträchtig. Dennoch konnte man nicht sagen, daß sie ihm Spaß bereitete. Sie war ein Werkzeug, weiter nichts.

Ein Werkzeug, das er niemals hätte zeigen sollen, jedenfalls nicht in der morgendlichen Rush-hour, und schon gar nicht einsetzen. Das war politisch unklug, das wußte er. Überhaupt nicht sein Stil.

Aber was war denn noch sein Stil? Er wußte es nicht mehr genau. Jeder Schritt, den er unternahm, kam ihm fremd vor, er konnte sich nicht über den Weg trauen.

In der Welt, wie Deacon Landry sie sah, war das einzig Absolute Selbstbeherrschung. Man mußte Sicherheit ausstrahlen, sonst war man erledigt. Und natürlich rochen diese Schlampen einen Mangel daran in einer Nanosekunde. So kam es auch, daß Ivana den Nerv hatte, ihn auszunehmen. Von dem Augenblick an, als Kate Root ihn am Wickel hatte, mußte sein Geruch sich verändert haben, auch sein Geschmack. Saure Milch, labbrige Soße; schlaffe Scheiße. So hatte Ivana ihn auch betrügen können. Ihn ungestraft ausnutzen können. Und daran war bloß diese dicke Frau schuld.

Das einzige, was ihm dazu einfiel, war, ihr Druck zu geben. Sie in ihrer eigenen Höhle zu stellen und zu zwingen, ihn freizugeben. Während er vom Major Deegan herunterglitt, verstaute er seine Waffe und verordnete sich Gelassenheit. *Wassergedanken. Befreie den Gefangenen.* Dann war er in Ferdousines Zoo, und unterm Arm trug er Abel Bonders Messer, die säuberlich in ihren Betten steckten.

Kaum war er drin, wußte er, daß er einen Fehler gemacht hatte. Seine Schritte waren nicht geplant, er hatte es versäumt, sich vorzubereiten. Er hatte gedacht, er werde pfeifend hineingehen, die Messer blitzen lassen, vielleicht ein paar werfen und wieder hinausgehen. Dann würde Kate Root wissen, was sie von ihm zu halten hätte. Ihn nicht mehr komisch ansehen, aufhören, ihn zu nerven, und er hätte sie vom Hals. Ende der Geschichte.

Einfach. Doch das war es eben nicht. Zum einen hatte er nicht den Zoo selbst berücksichtigt. Tiere waren keine Spielzeugartikel, die in sein Gebiet fielen. Alte Frauen, Schwuchteln und Familien hatten welche, und er war nichts dergleichen. Daher war er im Umgang mit Tieren nicht geübt. Und als sie ihn dann plötzlich umzingelten, war er völlig wehrlos.

Allein schon der Gestank haute ihn um. Als er um sich blickte, sah er nur Vögel und Schlangen und jede Menge Pflanzen. Was er aber roch, das waren Katzen, dieser widerliche Gestank, der immer die Wohnung der alten Jüdin in der Fifth Avenue erfüllte, die seine Mutter gepflegt und mit der sie Karten gespielt hatte und wo er mit seinem blauen Dreirad den Gang auf und ab gefahren war. »Hab gehört, Sie kennen sich mit Messern aus«, hörte er sich sagen, doch seine Stimme kam nicht gut heraus, er klang weibisch. »Anna Crow, ich bring die Schlampe um«, entgegnete die Frau, sah ihn dabei aber gar nicht an, sie war zu sehr aufs Fernsehen konzentriert.

Irgendeine Seifenopfer. Dieser Müll tagsüber in der Glotze, so tief würde er nicht sinken, sein Gehirn damit zu beschmutzen, und dann auch noch so ein alter Schwarzweiß-Zenith, vor lauter Schnee sah man darauf gar nichts. »Ich hab nie was mit Messern zu tun gehabt, war mir immer zu gefährlich«, sagte er nun wie das letzte Weichei, so ein Jammerlappen; er schämte sich zutiefst. Doch jetzt wenigstens blickte Kate Root auf. Wenigstens zeigte sie ihm ihr Gesicht.

So alt war das gar nicht.

Eigentlich fast gar nicht alt. Als seine Augen sich an das Licht gewöhnt hatten und er an den grauen Kochtopfhaaren vorbeisehen konnte und bemerkte, daß sie keine Spur Make-up trug, kam sie ihm nahezu ungebraucht vor.

Was hatte er erwartet? Runzeln und Furchen, dramatische Schäden. Doch nur um Augen und Mund zeigte sich ein feines Flechtwerk wie die gemalten Risse auf den russischen Ziereiern, die sie unter der El in Brighton Beach verkauften, und alles andere war voller Sommersprossen; sie hätte ein Kind sein können.

Auch ihre grünen Augen waren kindlich. Sie standen weder schräg noch schief, sahen einfach nur an ihm vorbei auf etwas draußen. »Kann ich Ihnen wenigstens mal meine Ausrüstung zeigen?« sagte Willie, diesmal aber weniger wie ein Schwuler, eher wie ein arschkriecherischer Gebrauchtwagenhändler. Doch Kate Root weigerte sich hinzusehen, drehte ihm nur den Rücken zu.

Stieg auf den Schemel, der zu ihrem Vogel führte, und schloß ihn aus, ließ ihn stehen, durch die Gänge streifen.

Er versuchte, die Katzen aufzuspüren, der Gestank machte ihn kaputt, doch er konnte sie nirgends finden. Schließlich kam er an seinen Ausgangspunkt zurück, und da sah er sie dann: die weiße Stelle an Kate Roots Bein und die drei rötlichen Haare.

Nur einmal blasen. Ein bißchen pusten.

Ein Seufzer würde genügen.

Dann war er wieder aus dem Zoo raus. Und nun war ein Monat vergangen. Der Sommer, diese sengende Jahreszeit, war fast um, doch noch immer hockte ihm sein Verlangen im Nacken. Von diesem Trip kam er nicht runter.

Seine Geschäfte lagen in Trümmern. Bestimmt ein dutzendmal oder öfter hatte er mit Pacquito Console geplaudert, ein dutzendmal den Faden verloren, vergessen, was ihn hingeführt hatte oder warum er sich überhaupt Gedanken machen sollte. Tygers, Meerjungfrauen, Wüstenspringmäuse – das sollte doch ein anderer entscheiden. Die Pacht für den Spyder lief aus, die Miete in Brighton Beach war überfällig, sein linker Schuh drückte; das Reptil war am Absatz durchgewetzt und schiefgetreten. Und die schlichte Wahrheit war, es kratzte ihn null, ging ihm am Arsch vorbei. Das ging ihn alles gar nichts an.

Achtundzwanzig Paar Schuhe standen in Reginas Schrank. Plateaus und Flügelkappen, Slipper und Oxfords, Roscoe-de-Llama-Echsenledrige, Havana Flats von Miami Mort Amity, zweifarbige Berkeley-Musser-Wildledrige und Kahlil-Marengos mit Stahlabsätzen, olivgrüne Leinen-Piccozis, zweifarbige Just A Gigolos, schwarz-gelbe Phantasien, kokosnußbraune Lamourettes. Alles, was es überhaupt nur gab, bloß keine Bommeln, in solchen erwischte ihn keiner. Er ließ sich ja nicht kastrieren. Jetzt brauchte er nur bei Patsy O anzurufen, dann hätte er die ganze Kollektion wie der Blitz wieder da. Aber er konnte ums Verrecken nicht den nötigen Dime auftreiben.

Es gab Abende, da hatte er nicht mal Lust aufs Chez-Stadion, konnte dem Deacon nicht in die Augen sehen, und was Anna Crow anging, so konnte er nicht begreifen, wie er sie die ganze Zeit ertragen hatte, geschweige denn, ihr Sex zu liefern. *Tief im Innern magst du Frauen eigentlich gar nicht,* sagte sie ihm nun ständig. Was eine schamlose Lüge war. Frauen, Autos, Schuhe, das fand er alles klasse. Doch Pacquito Consoles Wort war korrekt: im Augenblick waren sie nicht angesagt.

Zu der Zeit verbrachte er die meisten Abende allein in Brighton Beach, verkroch sich im Zimmer neben der Hochbahn. Versuchte, zwischen den Zügen ein bißchen Schlaf zu finden. Oder, um genau zu sein, einen Traum.

Früher waren Träume mal seine Spezialität gewesen. Als er ein Kind war, konnte er sich anscheinend gar nicht hinlegen, ohne mit einem aufzuwarten. Er träumte immer so ausgiebig und lebhaft, daß seine Mutter das *Erfolgstraumbuch* von Prof. De Herbert stets am Bett liegen hatte, damit sie, gleich wenn er aufgewacht war, die Bedeutungen herauskriegen konnte und die Botschaften nicht verlorengingen. Noch jetzt konnte er die Entsprechungen in dem Buch auswendig sagen. »UNTERLEIB: ein sicheres Zeichen für Schmeichelei. GULASCH: in nicht allzu ferner Zukunft werden Sie Verdauungsbeschwerden haben. QUALLE: wegen eines Versprechers werden Sie Schwierigkeiten verursachen. HAFENARBEITER: Sie werden von Ihrem Arbeitgeber beim Stehlen erwischt. Aber trotzdem wird er Sie nicht bestrafen. FALLSCHIRM: Sie sind ein unerschrockener Mensch, und aus diesem Grund werden Ihnen alle Unternehmungen gelingen. SCHLACHTHOF: Sie werden sich Ihre Wünsche erfüllen können. VERZERRTER MUND: Ihre Nachbarn reden schlecht über Sie. UKULELE: Sie werden im Zuge der Jahre ein großer Sportler.«

Bei jedem Bild stand die entsprechende Zahl fettgedruckt, damit man es zu Geld machen konnte. Oft, wenn eine Lottoziehung anstand, saß ein Wolfsrudel aus Tanten und Nichten, angeführt von Tia Guadalupe, heulend im Nebenzimmer und wartete darauf, daß er einen PALAST träumte, einen HOF träumte, EINWICKELPAPIER träumte, und wenn er es hinkriegte, gaben sie ihm Nippes oder Süßigkeiten, manchmal sogar Dollars.

Damals war er der Herr auf seinem Gut gewesen, ein Begriff in seiner Familie. Wenn Bombo Garcia nicht gewesen wäre, hätte er sich selbst einen Blankoscheck ausstellen können.

Der Mann war irgendeine Art Vetter. Baseballhalbprofi, spielte als Rightfielder bei den Piscataway Pirates. Gott hatte ihm die

Anlagen geschenkt, um es bis ganz nach oben zu schaffen, er hatte alles, was dafür nötig war, nur nicht den Hunger. Er paßte in jedes beliebige Baseballklischee. Er schlug keine Homeruns, sondern Bogenlampen, sein Arm war ein Gewehr, und der Versuch, ihn mit einem Fastball zu passieren, glich dem Versuch, an einem halbverhungerten Wolf ein Lammkotelett vorbeizuwerfen. Spione der obersten Spielklasse beobachteten ihn und zogen mit wäßrigem Mund wieder ab. Er brauchte nur Training, dann hätte er der nächste Roberto Clemente sein können. Doch Training war nicht Bombos Ding. Dafür hielt er es zu sehr mit den Puppen, war die halbe Zeit zu verkatert und schlief die andere Hälfte. Also konnte man auch gleich sein Epitaph schreiben: *Er hatte den größten Schwanz in Piscataway, aber nicht den Arsch, um ihn damit zu stoßen.*

Die Puppen und den Schnaps hätte er überlebt, aber das Schlafen war sein Tod. Nie war ein Schlagmann so verpennt gewesen. Der Mann schlief unter der Dusche, im Schlagkäfig, auf der Bank. Sogar im Rightfield nickte er ein, döste unter trägen Flyballs. Scratch Johnson, sein Trainer, versuchte immer wieder, ihn wachzurütteln. *Du kannst dieses Spiel nicht im Schlummergang spielen. Du mußt 110 Prozent geben, wie wenn du mit dem Rücken zur Wand stehst, jeden Tag geht's um die Wurst, ein Morgen gibt's nicht. Du mußt glauben*, sagte er. *Du mußt einen Traum haben.* Die ganze brave Leier. Doch Bombo Garcia wußte nichts von Träumen, er kannte nur den Schlaf.

Schließlich gingen den Pirates dann Geduld und Kissen aus. Als sie ihn im Trainerzimmer beim Sägen erwischten, mitten im siebten Inning, setzten sie ihn mit dem Arsch vor die Tür. Darauf machte sich Bombo auf eine Sechstage-Sauftour. Er zog durch halb Jersey und wieder zurück, von Trenton bis Ashbury Park, Teaneck bis East Orange, tauchte dann zu Hause bei Willie auf, sein verlotterter Arsch hing ihm aus der Hose, sein Atem wie Kerosin. Brabbelte, er brauchte einen Traum, sonst würde er's nie schaffen. Und Willies Mutter, die blöde Kuh, fiel drauf rein. *Träume? Die haben wir im Dutzend billiger*, sagte sie. *Komm rein und ruh dich erst mal aus.*

Bombo brauchte man das natürlich nicht zweimal zu sagen. Bevor Willies Mutter die Tür auch nur halb geöffnet hatte, war er schon die Treppe hoch und lag im Bett, wo er innig die Matratze abhorchte.

Willies Zimmer lag direkt daneben, dazwischen war nur eine Sperrholzwand, kaum dicker als eine Leinwand, fast eine Membran, und er versuchte, ein wenig Schlaf zu bekommen. Wo so viel Druck auf ihm lastete, von Prof. De Herbert bis zu seinen Verwandten, die auf Zahlen von ihm warteten, bekam er nie die nötige Ruhe, konnte vor lauter Träumen gar nicht schlafen. Ein paar Minuten dösen, dann spuckte er auch schon seinen Traum aus wie eine Prüfe-dein-Gewicht-Maschine, und den Rest der Nacht verbrachte er dann damit, an die Wand zu starren, während ein endloses Tickerband mit SPARGEL, DIPHTHERIE, HUMMER, HAUSHAHN, TERPENTIN, KOTZE, ZICKZACK durch sein übernächtigtes Gehirn haspelte.

Egal, Szenenwechsel. Er konnte nicht beschwören, was dann geschah, jedenfalls nicht so genau, er mußte sich auf Tia Guadalupe verlassen. Aber es war wohl so, daß er versucht hatte, auf der einen Seite der Leinwand zu schlafen, während Bombo Garcia versucht hatte, auf der anderen einen Traum zu haben, und irgendwie müssen sie da auf ganz verrückte Weise durcheinandergeraten sein, so halb bei Bewußtsein, wie sie da waren, und Rücken an Rücken eingerollt wie siamesische Zwillinge. Durch irgendeinen blöden Zufall mußten sich ihre spirituellen Rückgrate verbunden und ihre jeweilige Chemie mußte die Seite gewechselt haben. Wie auch immer, als Willie aufwachte, war es übermorgen, und er hatte zweiunddreißig Stunden geschlafen. Danach konnte er sich nie wieder an einen Traum erinnern, und wenn's um sein Leben gegangen wäre. Bombo dagegen, der hatte Träume, er wußte nicht, wohin damit. Doch die handelten nicht von den Yankees oder den Orioles, die zeigten ihm nur eine chemische Reinigung in Canarsie mit einer Crackbude im Souterrain.

So jedenfalls war die Geschichte überliefert. Das Evangelium nach Tia Guadalupe. Was erklärte, daß Willie jetzt, wie er so auf seinem Bett in Brighton Beach ausgestreckt lag, einen Traum hatte, an den er sich nicht mehr erinnern konnte, und dann war er zwischen Schlaf und Wachsein und starb an Kate Roots Bein.

Als der nächste Zug vorbeirumpelte und das Messingbettgestell zum Rappeln brachte, setzte er sich traumlos auf, um sich von den neunundvierzig Entenjägern mit ihren Walroßschnäuzern und grünen Augenklappen umringt zu sehen, ihren neunundvierzig Flinten, die nicht schossen, und ein Satz stand klar wie eine Gedankenblase in seinem Kopf: *Ich bin nicht ich*.

Klar war er das nicht.

Sein wahres Ich ließe sich das nämlich nicht gefallen. Das hätte sich nie einfach so ausnutzen, aussaugen und wegwerfen lassen wie ein kaputtes Spielzeug. Aber vielleicht lief da ja ein krummes Ding.

Mal die Geschichte als solche betrachten, als wäre das alles einem Fremden passiert, einem völlig anderen Kameraden, und sehen, wie sie sich dann darstellte. Ein Machtmensch in seinem Alter ein Kugelfisch bei Kate Root – das Ganze paßte nur zusammen, wenn da noch eine andere Kraft am Werke war. Warum sonst wurde er auf die Knie gezwungen? Wegen dreier roter Haare den Mond anheulen?

Besessen war ein häßliches Wort.

Aber trotzdem sexy. In dem Moment, als es sich für ihn fügte, fühlte er sich wie neugeboren. Er wischte die Entenjäger weg, zog eine taubengraue Flanellhose, ein absinthgrünes Kambrikhemd an. Er bürstete und cremte und ölte die Armadillos ein, dann bürstete und cremte und ölte er sie noch mehr ein.

Tia Guadalupe wohnte in Morrisania, im fünften Stock des letzten noch bewohnten Mietshauses in einem ausgebrannten Ruinenblock. Die Wände waren so vergammelt, daß man glatt hindurchsehen konnte, Löcher waren da wie offene Wunden, doch Guadalupes Wohnung war in tadellosem Zustand, ein Santeria-Schrein.

Wenngleich mit Willie nicht blutsverwandt, war sie für seine Mutter und seine Tanten doch eine *madrina* gewesen, gehörte also fast zur Familie. Eine gewaltige Frau um die Siebzig, grell geschminkt wie eine holländische Puppe, in einem schlichten weißen Kleid, das wallte wie ein Gewand. Als sie ihn an der Tür sah, galt ihr erster Blick seinen Füßen, die von seiner U-Bahn-Fahrt mit Staub und namenlosem Dreck überzogen waren, den zweiten warf sie prüfend auf die Straße. »Was ist mit dem Spyder?« fragte sie.

»Besessen ist ein häßliches Wort.«

»Beschlagnahmt ist häßlicher.« Dennoch ließ sie ihn in ihren Flur ein, wo Kerzen brannten und eine Vitrine angefüllt war mit ihren Kriegern und Eleggua, eine weitere mit den *otanes* von Babalu-Aye, und sie brachte ihm ein Glas trübes Wasser, legte ihm die heißen Finger aufs Handgelenk. »Ein Sack voll Kummer«, sagte sie und zündete sich eine Zigarre an, eine White Owl. »Was willst du?«

»Ein Haar.«

Dicht neben Willies Fuß stand eine Trommel, mit Maishalsbändern drapiert, die sich locker über einen Altar ergossen, der aus einem Paar Babyschuhe, einem Modellauto, einem Satz Maracas und einem Bündel Holzäxten, rot und weiß zu Ehren Changos, des Gottes des Blitzes, bestand. »Ein männliches, weibliches oder sonstiges?« fragte Tia Guadalupe.

»Von einer Dame in einem gewissen Alter.«

»Kopf, Scham, Achselhöhle oder was anderes?«

»Bein.«

»Geld, Krankheit oder Liebe?«

»523«, sagte Willie D. »Hunger.«

Dann erzählte er ihr alles, vom Zoo, von den Messern, den Vögeln und Schlangen, dem schwarzweißen Zenith, den drei rötlichen Haaren, und Tia Guadalupe hörte ihm wortlos zu, regte sich erst wieder, als er geendet hatte. Sie paffte an ihrer Zigarre, griff in eine Holzkiste und förderte eine Miniflasche Rum und eine braune Papiertüte mit Räucherfisch, getrocknetem Opossum und Popcorn zutage. »Wo liegt das Problem?« fragte sie.

»Linkes Schienbein. Fünf Zentimeter oberhalb des Knöchels, vielleicht sechs«, sagte Willie, worauf Tia Guadalupe den Saum ihres weißen Gewands anhob. Ihn kokett wie die Klappe eines Zelts hochzog, wodurch sie gewaltige, felldicht mit schwarzen Haaren überzogene Beine entblößte, mit der Küchenschere drei abschnitt und in eine Plastiktüte fallen ließ. »Den Spyder hättest du nie sausenlassen dürfen«, sagte sie und schnaufte tief. »Wie kommst du denn ohne ihn von der Stelle?«

»Plattfüße.«

»982«, sagte Tia Guadalupe und schob ihn ins Treppenhaus, machte schon die Tür zu. »Ein Zeichen von Feigheit.«

In den Zoo reinzukommen war einfach. Anna Crow hatte ihm in einem schwachen Moment falscher Hoffnungen einen Schlüssel gegeben. Jetzt mußte er nur noch darauf warten, daß oben Kate Roots Leselicht ausging, dann ging's los.

Als er im Schein einer Taschenlampe vom Flur durch den Friseursalon und den Crash-Samtvorhang in die Menagerie schlich, waren seine einzigen Feinde der Geruch und die Grabesstille. Statt sich so herumzudrücken, hätte er viel lieber um sich getreten, Krawall geschlagen. Alles, nur um die Stille zu durchbrechen.

Seine Taschenlampe strich über die Reihen verhängter Käfige, den Rankendschungel, die Gänge, in denen unsagbare Gewächse wucherten. Jederzeit konnte sich eine Anakonda mit blitzender Zunge aus dem Dunkel entrollen oder eine fleischfressende Pflanze ihm an die Gurgel gehen. Na, unmöglich wäre es nicht. Doch das einzig wache Tier schien eine Schlange zu sein, und die war sicher hinter Gitterstäben.

Kalifornische Peitschenschlange stand auf dem Schild. Ein ziemlich schrilles Teil, schwarz mit rosa und orangenen Tupfern und einem gelbumrandeten Auge, das Willie ruhig musterte, ihn offenbar irgendwie amüsant fand.

Genauso hatte Kate Root ihn angesehen. Indem Willie die Peitschenschlange betrachtete, sah er die Frau – die Lücke zwischen den Schneidezähnen und ihre Sommersprossen, ihre breite flache Stirn, die keine Falten aufwies, ihre grünen Augen mit dem starren Blick, als studierte sie hinter einem das Schicksal oder Schwalbenschwänze, als hütete sie ein Geheimnis, das sie nicht verriet, und als könnten weder Geld noch gute Worte sie in Versuchung führen.

Der Blick einer Verschwörerin.

Das war's. Der Blick vertraulicher Angaben. Was sagten die FBI-Agenten immer im Film? *Vertrauliche Informationen. Wir sind nicht befugt, darüber zu sprechen.* Und ihre Schlange hatte denselben Quatsch drauf. Ihr steinerner Blick lähmte und taxierte ihn, saugte das letzte bißchen Entschlossenheit aus ihm heraus.

Dennoch konnte er nicht weglaufen. Wo er schon mal hier eingebrochen war, mußte er die Sache auch durchziehen. Er tastete und wühlte zwischen den Wurzeln eines Gummibaums, stieß auf lockere Erde, die unter seinen Händen nachgab, und darin begrub er die Flasche Rum, das Säckchen mit Popcorn, Opossum und Fisch. »Eine Opfergabe für Osain«, so hatte Tia Guadalupe die Sachen genannt. Wenn die Kate Root nicht schafften, dann verpaßten sie ihr wenigstens eine Denkpause. Die eine oder andere unangenehme Stunde, vielleicht auch eine Migräne. Auch Erbrechen und schlimme Krämpfe bei der Regel, oder hatte sie die schon hinter sich? Schwer zu sagen. Er kauerte sich nieder und spuckte auf Osains Gaben im flachen Grab, damit sie Glück brachten, und machte sich daran, sie zu bedecken. Die feuchte Erde fühlte sich an wie Schlamm, bösartig; der Würgegriff der Dunkelheit war wie ein Strick. Er verlor die Nerven, hastete von der Grabstätte davon, schlug mit dem Kopf gegen einen verhängten Käfig. Es klang wie das gedämpfte Läuten eines Totenglöckchens. Als er zurückprallte, sah er die Peitschenschlange lachen.

Na ja, nicht direkt lachen. Eher kichern. Jedenfalls machte sie sich lustig über ihn. Über seine Ungeschicklichkeit und Panik, die Furcht, die ihn hierhergetrieben hatte. 982: EINGESTÜRZTE GEWÖLBE: *ein Zeichen für Feigheit*. Und das war eindeutig der Fall. Hosenscheißer, Zimperliese. Wegen dreier blöder Haare sich so ins Hemd zu machen. Sich davon derart zum Kasper und Affen, so zum Ignoranten machen zu lassen. Weiche Knie zu kriegen wie ein Bauer, wie ein zahnloses altes Weib aus El Pajuil. Wo diese Haare doch keine Bedrohung, sondern eine Herausforderung hätten sein sollen. Eine Kraftprobe. Wie ein Heiliger Gral oder so was. Statt davonzulaufen oder ihre Vernichtung auszuhecken, hätte er ihnen die Zähne zeigen sollen. Sie anblasen sollen, als er die Gelegenheit hatte. Oder sonst etwas, wonach ihm gewesen wäre. Sie einsaugen, zerbeißen, durchkauen und wieder ausspucken. Von ihnen besessen sein, ja, wenn es nötig gewesen wäre.

Hätte ihn das umgebracht?

Wohl kaum. In seinem Selbstekel wäre er einen Herzschlag lang fast wieder hingegangen zu Osains Grab und hätte es ausgebuddelt. Doch die Vorstellung, wie ihm dieser schwarze Schlamm da über die Finger liefe, verbot es ihm. Vielmehr mußte er jetzt zurück nach Brighton Beach, sich auf seinem Bett neben der Hochbahn langlegen und versuchen, sich etwas von Bombo Garcias Schlaf zurückzuholen. Wenn er dann wieder auftauchte, würde er die Haare in einem neuen Licht sehen. Stark sein und mit ihnen fertig werden. Sie herumwedeln, daran zupfen oder sie starr und steif hochstehen lassen. Oder sie zurückbiegen, daß sie schief standen wie Weizengarben im Sturm. Die langen Stiele anmutig geschwungen. Drei Schwanenhälse, die darauf warteten, durchtrennt zu werden. Hilflos unters Beil geneigt. Guillotine. Oder ein Harvey McBurnette.

Die Vampire von heute, die hatten es allzu einfach. In Kate Roots Jugend war das Leben der Untoten ein einziger langer Herzschmerz gewesen. Wenn es nicht ein Kruzifix war, dann war es Knoblauch; wenn nicht das Morgengrauen, dann ein Pflock durchs Herz. Heutzutage hingegen waren die Verdammten, so schien es ihr, ein Haufen verwöhnter Primadonnen, schlimmer noch als Baseballspieler. Macht, Glamour, *la vie en rose* – die Welt lag ihnen zu Füßen. Ob sie das schätzten? Pustekuchen! Nichts als jammern, jammern, jammern, von der ersten bis zur letzten Seite. Dazu fehlte ihr die Geduld. Ganz ehrlich. Das Taschenbuch plumpste ihr aus der Hand, sie drückte ihre Camel auf dem Buchrücken aus und legte sich zum Schlafen zurecht.

Ihre Schlaflosigkeit war notorisch, vier Stunden pro Nacht, waren das höchste der Gefühle, doch in ihren mittleren Jahren hatte sie eine Strategie entwickelt, die manchmal half. Wenn alles andere versagte, spielte sie mit Fred Root in seinem Garten Cricket.

Kate schlug, er warf. Sie verwendeten einen Tennisball und als Mal eine Mülltonne, und sie sah zu, wie er vom Lobelienbeet herangerannt, vielmehr herangetrottet kam, ein fülliger, unvorteilhaft wirkender Mann mit einem Backsteingesicht in weiten Hosen mit Hosenträgern, die großen Füße in Pantoffeln, die nach außen zeigten, wenn er wie Charlie Chaplin watschelte. *Quanten* hatte er sie genannt, auf sie wirkten sie aber eher wie die Flossen eines Froschmanns. Platsch, platsch, platschplatsch machten sie, dann richtete sich ihr Blick auf seine rechte Hand. Er hielt den Ball zwischen Zeige- und Mittelfinger, wie Rindswürstchen erschienen sie ihr. Im Augenblick des Loslassens zuckte sein kleiner Finger nach außen, und er drehte das Handgelenk. Der abgewetzte graue Tennisball schwang abwärts, flog ihr entgegen, prallte dann aufwärts und senste geradewegs auf ihre Brust und ihren Hals zu. Das war ein *bodyline*. Sie versuchte gar nicht erst, ihn zu schlagen, es wäre sinnlos gewesen. Zerbrochene Scheiben waren sechs und aus. Ihr einziges Bestreben war, nicht getroffen oder verletzt zu werden. Den Ball sicher nach unten abzuwehren. Ihn reglos zu Füßen der Bartnelken abzulegen. Ihn zu töten.

Normalerweise bedurfte es zweier *over*, bis sie eingenickt war. Doch in dieser Nacht hatten die Vampire in ihrer Eitelkeit sie völlig leer gesogen. Schon beim dritten Wurf spürte sie, wie sie wegdriftete und wie der Schlägergriff ihr langsam aus den Fingern glitt, als sie hörte, wie sich unten etwas bewegte.

Ein zielloses und schläfriges Scharren, es klang wie eine schlafwandelnde Schlange. Vielleicht eine der texanischen Blindschleichen; Maguire mußte wohl ihren Käfig offengelassen haben. Er war eben doch ein irischer Trampel vor dem Herrn, den konnte man nicht mal einem Sittich den Arsch abwischen lassen. Nicht daß man einem Sittich den Arsch abwischen mußte, o nein. Aber wenn doch, dann hätte man es ihn nicht machen lassen können.

Die Treppe hinabstolpernd, ein Betäubungsgewehr in der Hand, der Morgenmantel ungegürtet, die Haare in den Augen, hatte sie schon fast die unterste Stufe erreicht, als ihr einfiel, daß es gar keine Schlange sein konnte; es klang eher nach einem Dieb in der Nacht.

Einen Moment lang gewann der gesunde Menschenverstand fast die Oberhand. Aber nur einen Moment. Dann ergriff eine Leichtfertigkeit von ihr Besitz, und sie platzte durch den Samtvorhang; sie tat drei Schritte in den Raum, das Betäubungsgewehr schwingend wie Excalibur.

Was spielte sie da? Sie war eine Supervixen. Im Stile eines Filmdesperados, der *Keine Bewegung!* und *Schön die Händchen hoch, du Schwein* schrie, Köpfe einschlug und in Hintern trat, die Schurken zu Brei verarbeitete. Hätte der Eindringling eine falsche Bewegung gemacht, sie hätte ihn eingestampft. Mit Vergnügen. Doch er regte sich nicht. Auf frischer Tat ertappt, tief über die Kasse gebeugt, die Langfinger darin, besaß er nicht den Anstand, die Hände zu heben. Er blickte nicht mal erschrocken, schon gar nicht entsetzt. Starrte einfach nur auf den Morgenmantel, der ihr gerade von den Schultern rutschte, auf ihre Gestalt unter dem rosa Nachthemd mit den himmelblauen Immergrün am Hals, oder waren es Vergißmeinnicht? Und ihre Beine, die nackten Beine, bis übers Knie entblößt. Und die Füße nicht mal in Pantoffeln, dazu hatte sie keine Zeit gehabt. Und ihre Brüste.

Er konnte ihre Brustwarzen sehen.

Wie hätte er sie übersehen können? Jedesmal wenn sie überhitzt war, irgendwie aufgewühlt, reckten sie sich hoch. Dunkel und geschwollen sahen sie aus, total verderbt.

Ihr erster Reflex war, die flüchtigen Säume ihres Morgenmantels einzufangen und zuzuziehen. Ihr zweiter war, das Gewehr wegzulegen, bevor noch jemand zu Schaden kam. Und während sie das Gewehr auf den Ladentisch legte, sah sie die Hände des Diebs. Sie hielten keine Banknoten oder gar alte Ausgaben der Seifenoper-Revue, die sie im Scheckfach lagerte. Ja, sie hielten überhaupt nichts. Dennoch wußte sie, was er gesucht hatte. Sie wußte genau, worauf er es abgesehen hatte.

Wilfredo Nochwas, Anna Crows Lieblingsdelinquent.

Natürlich wußte sie Bescheid. Wie konnte es auch anders sein? Wo die Augen des Jungen unter seinen hübschen Haaren doch noch immer auf ihr lagen, ganz verschwommen und schmierig sahen sie aus und furchtbar in ihrem Hunger.

Und da zerbrach etwas in ihr. Obwohl er ihr nur Aufregung gebracht, ihr Leben in eine Senkgrube verwandelt hatte, konnte sie diese Augen nicht auf sich ertragen. Ihr Zorn verflog. Ebenso die Verachtung. »Du armer Dummerling«, sagte Kate.

»Ich hab bloß ...« fing Wilfredo an, doch sie hatte keine Zeit für seine Entschuldigungen oder Erklärungen oder sonst ein Gequengel. Schon hastete sie hinter den Ladentisch, stieß dabei Säcke mit Vogelfutter und getrocknetem Raps beiseite, öffnete den Safe, der hinter dem Poster von Billie und Bo verborgen war. »Morgen abend. Sieben Uhr«, sagte sie und reichte ihm Abel Bonders Messer in ihrem rotledernen Kästchen, und ein zweites Mal scheuchte sie ihn aus dem Zoo.

Sie war geschafft.

Obwohl sie wieder sicher oben im Bett lag, hörte das Zucken nicht auf. Ihr Zimmer war eine Zelle, vier Meter im Quadrat, mattweiß gestrichen. Das einzige Kunstwerk darin hing schief, ein handkoloriertes Foto von Fred Root, das vergrößerte Frontispiz aus seiner Autobiographie *Das Schicksal eines Cricketprofis*, das einen Mann mit einem Gesicht wie vierzig Meilen schlechte Straße zeigte, das durch ein Ödland aus Furchen, Schlaglöchern und Rillen hindurch schief griente. 1926, in Worcester, am allerersten Sommertag, hatte er an einem einzigen Vormittag Australien das Herz herausgerissen, danach zum Mittagessen ein Beefsteak, eine ganze Kalbspastete sowie vier Flaschen Helles niedergemacht. Doch jetzt war er ihr keine Hilfe.

Sie machte sich nicht die Mühe, ihn geradezuhängen. Das einzige, was auf diesen Wänden zu sehen war, waren Schmierer und Narben, eine so triste Landschaft, daß sie ihr Nachtlicht ausknipste, lieber noch die Dunkelheit vorzog.

Unermeßlichkeit. In der ein Knabe schwamm, fötal zusammengekauert, das Rückgrat gegen eine Sperrholzwand gedrückt. Im Nachbarraum das Wachsmodell einer Männerleiche, umgeben von Plastiklilien, von einer bebilderten Frau bewacht. Eine Flasche Brandy stand auf einem Tisch an einem offenen Fenster, das über einen Rummelplatz hinweg auf die El und ein Schlafzimmer voller Enten blickte. Das heißt, nein, keine Enten. Bei genauerem Hinsehen waren es Kampfhähne mit Stahlspornen an den Beinen. Einer der Sporne durchbohrte ein Auge. Ein einzelner Tropfen Blut erschien, und da knipste Kate dann wieder ihr Licht an, sah sich im Spiegel an ihrem Bett: eine Vogelscheuche, gerötet und verschwitzt, die Haare eine einzige Katastrophe.

Aber begehrt.

Ein Objekt der Begierde.

Sie wußte nicht, warum dieser Junge sie wollte, und es drängte sie auch nicht, darüber zu spekulieren. Wilfredo, Wilfredo . . . Diliberto, ja, genau. *Aber sie konnte Wilfred zu ihm sagen.* Mit seinen schrägen Augen und den winzigen Füßen, seiner olivenfarbenen Haut, ein Ton wie der Bauch einer Eidechse. Sie hatte keine Ahnung, was er im Sinn hatte. Doch sie wußte, wie Verlangen roch.

Immerhin, mal was anderes. Während der letzten Jahre war sie sich wie unsichtbar vorgekommen. Die Männer bemerkten sie nicht, andere Frauen konkurrierten nicht mit ihr. Eine kleine

Schlampe wie Anna Crow blickte sie kurz mal im Vorbeigehen an und ließ sie dann auflaufen. Alte Jungfer, spätes Mädchen. *Eine alleinstehende Frau am Äquinoktium.* Als wäre sie geschlechtslos. Als gäbe es sie in der letzten Konsequenz gar nicht.

Anna wie Anathema, Crow wie Crack, woher nahm die sich das Recht? Zwei gescheiterte Ehen, ein Tripper, ein paar Dutzend Male oder auch hundertmal was nur für eine Nacht? Kate selbst war achtmal verlobt gewesen.

Nie verheiratet, das stimmte. Doch achtmal versprochen, angelobt oder sonstwie vorehelich gebunden, in fünf Städten und drei Staaten und mit anerkannten Freiern aus allen Schichten und Stellungen im Leben. Einem Konditor, einem Augenarzt, einem abgefallenen Priester, einem Eisenflechter, einem Posaunisten, einer Anwaltshyäne, einem Friseur, einem Pfandleiher. Allesamt hatten sie sie geliebt, jedenfalls hatten sie dieses Wort benutzt. Und sie wiederum hatte sie allesamt gemocht.

Auf lange Sicht konnte das natürlich nicht gutgehen. Früher oder später kriegten sie heraus, wer sie war und was sie machte, was genau sie getrieben hatte, und dann war der Käse gegessen. Entweder sie verloren die Nerven. Oder, was schlimmer war, viel schwerer zu ertragen, sie wurden anhänglich. Psychogroupies, die ihr ständig mit Fertigvisionen wie Mirakel-whip in den Ohren lagen, bis sie es nicht mehr aushielt und sie abservieren mußte.

Die fünfte Dimension? So doll ist die auch wieder nicht. Damit jedenfalls hatte Madame Vronsky recht. Fest stand, daß die fünfte Dimension einem den Orgasmus versaute. Wobei Kate aber auch gehört hatte, daß Scharfrichter denselben Ärger hatten. Das Elend hielt sich eben doch die Waage, vermutete sie. Die Kirschen in Nachbars Garten.

Aber so viel Geschwätz. So ein Getue und Theater, bloß weil sie das Zweite Gesicht hatte. Eine Fähigkeit, für die sie gar nichts konnte, die sie nicht einmal beherrschen konnte.

Es machte ihr Kissen auf beiden Seiten warm.

Es weckte in ihr den Wunsch, Verkäuferin oder Kellnerin zu sein, die Freiheit zu besitzen, an jedem Abend, an dem sie der Trieb packte, aus dem Fenster zu springen und in die nächste Tanzbar zu rennen und den nächstbesten Fremden, auf den das

Licht fiel, aufzureißen und zum Hinterausgang zu zerren. Auch eine Cocktailbar hätte es getan. Mit so einem blauen Neonschild mit Sektglas und Bläschen. Oder sogar nur eine Bowlingbahn.

Es war der einzige Sex, von dem sie je feucht geträumt hatte. Als Teenager, damals in Jeanerette, hatte sie sich zwischen ihren Visionen immer zur Hintertür hinausgeschlichen und war den Highway 90 langgetrampt. In New Iberia gab es so ein Lokal, den Club Why Not, von dem sie gehört hatte, er sei ein wahres Sündenbabel. Doch Charley Root hatte sie immer wieder eingeholt und sie intakt zurück nach Hause geschleift. Oder wenigstens annähernd, wie Ferdousine sagen würde. Für Kate gab es keine besinnungslose Hingabe. Solches Glück hatte sie verdammt noch mal nicht.

In dem Jahr, als *Rubber Ball* ein Hit war.

Bobby Vee, oder war es Bobby Vinton? Und jetzt war es Snoop Doggy Dogg. Und sie hatte Fettwülste in den Kniekehlen. Und dennoch wurde sie begehrt.

Es tat ihr fast schon leid, das sie ihn nicht ihrerseits begehrte. Wilfredo Diliberto. Den kleinen Wilfred. Es war fast ein Verlust. Aber was konnte man als Mädchen da tun? Sie fand ihn nun mal nicht attraktiv. Er brachte bei ihr nichts zum Klingeln. Sagte man das noch? *Nicht die Sahne in meinem Kaffee, nicht die Kirsche auf meinem Eis. Nicht die saure Sahne auf meiner Backkartoffel.* Nein, wirklich nicht. *Nicht, nicht, nicht.*

Am Morgen aber, als sie aufwachte, hatte sie wieder ihre Zuckungen. Die frühen Sonnenstrahlen fielen schräg über die weißen Wände und färbten sie arsengelb, verwandelten Fred Roots schiefes Grienen in ein mordlüsternes Grinsen. Wie hatte sie nur schlafen können, wo sein Bild so abartig schief hing? Oder vielmehr, wie hatte sie nur wach liegen und solche Gedanken haben können, ohne zu kotzen? *Nicht die saure Sahne auf meiner Backkartoffel. Aber was konnte man als Mädchen denn tun?* Sich ein Klistier setzen, wenn sie noch das richtige Loch fand.

Alle ihre Sinne waren aus der Bahn geworfen, die Nervenenden blank und empfindlich, so wie Ex-Junkies es beschrieben, wenn sie einem ihre Entzugsgeschichten erzählten, wenn man sich nicht rechtzeitig von ihnen absetzte. Keine Reserveschichten Haut mehr da, kein Schutz. Jeder Ton war wie ein Fingernagel, der über eine Tafel kratzte, jede Berührung hinterließ einen neuen blauen Fleck.

Das Gewicht war das schlimmste. Die gewaltige Tonnage ihrer Vergangenheit. Ihr war, als müßte sie gleich platzen, als wäre sie davon aufgebläht wie ein verwesender Fisch. Am Fenster probte sie nach umlaufenden Winden, doch es gab keine. Rauch verwehte nicht, Papier auf der Straße flatterte nicht auf. Rein gar nichts, was Kate sah, bewegte sich.

Ein guter Tag für ein Feuer.

Schnaufend quälte sie sich auf der Treppe, ihr Nachthemd kratzte wie ein Büßerhemd. Und die Begegnung mit Anna Crow machte die Sache auch nicht besser. Zumal mit einer Anna Crow, die einen langen, schleifenden Morgenrock aus azurnem Samt trug, eine blonde Perücke, die sich ihren Rücken hinabringelte, Seidengänseblümchen, die ihr Haar bekränzten, und Seidengänseblümchen als Reife an beiden Handgelenken. »Ophelia?« fragte Kate.

»*La Belle Dame Sans Merci*.«

»*Oh, was mag beöln dich, Ritter stolz, allein in quietschend Harnisch?* Hatte ich in der Schule, war blöd. Miß Etheridge in der Neunten, Seidenstrümpfe trug die. Echte Seide. Heiratete einen Heizer bei der Handelsmarine, aber der ist untergegangen.«

»Wie *triste*«, sagte Anna. Sie wirkte nervös, und Kate konnte es ihr nicht verdenken, aufgetakelt wie sie war als wandelnder Blumenladen mit diesem Ringelblumengürtel um die Taille, der schon fast auseinanderfiel. »Das ist mein Duftgürtlein«, erklärte sie. »Du weißt ja: *Wand ihr ein Kränzlein für ihr Haupt, Armbänder und auch ein Duftgürtlein; / Sie blickt' mich an, als liebte sie, und seufzte fein*.«

»*Sie führte mich zu ihrer Elfengrott'*.«

»Ja, ich weiß, widerlich, aber so ist es eben bei Verse-o-Gram; 's steht uns nicht an, uns drüber zu beklagen, was sie uns sagen, müssen uns betragen und nur schön vortragen«, sagte Anna. Als sie sich an Kate vorbeidrücken wollte, streiften sie sich an den Armen. Einen Herzschlag lang sah Kate sie im Rollstuhl, eingemummt in Decken, von einer uniformierten Krankenschwester einen weißen Gang entlanggeschoben. Dann war sie wieder auf der Treppe und übte ihre gebeugte Haltung. »*Das Schilf am See dahingewelkt, / Kein Vogel singt«*, sagte sie und ging wie der Tod an ihr vorbei und hinab.

Ein häßlicher Verlauf, doch Kate war nicht völlig geschockt. Gleich beim Erwachen hatte sie etwas Derartiges vermutet. Dieses Kribbeln in den Fingerspitzen, das Summen in den Ohren – sie kannte die Symptome nur zu gut. Im Ansonia hatte sie davon gelebt.

Zwecklos, davonzulaufen, sinnlos, sich zu verstecken. Und zudem hatte sie das Verlangen, entflammt zu werden. Also trat sie, ohne zu klopfen, in Ferdousines Wohnzimmer, wo dieser gerade beim Frühstück saß. *Patum pepperium*, so sah's aus. Toast Melba und angebrannte Seville-Orangenmarmelade, dazu die Cricketergebnisse in den englischen Zeitungen. »Ich brauche meine Akten«, sagte Kate.

Der Mann protestierte nicht. Betrachtete sie nur mit wie immer seitlich geneigtem Kopf, die Vogelaugen neugierig, aber nicht bestürzt. Er wischte sich die Finger an einer gestärkten Serviette ab, einen nach dem anderen. Hielt sie prüfend gegen das Licht, und da war er wieder achtzehn. Ein Westminsterschüler in den Ferien, der auf einem Gitterbalkon stand, ganz wie die Dekoration in einem Sabu-Film, *Der Dieb von Bagdad* oder so, und auf einen von Öllampen erhellten Innenhof hinabsah.

In diesem Hof fand ein großes Gelage statt. Anscheinend eine Hochzeitsgesellschaft mit Musikanten und Jongleuren und Akrobaten. Alle Gäste trugen weite Umhänge, die Männer Dschellabas und die Frauen den Tschador, Ferdousine selbst hingegen war, wie er von da oben herabsah, mit einer weiten Hose, einem Fair-Isles-Pullover und einer Krawatte angetan.

Bei ihm stand eine Frau. Ein gesichts- und formloses schwarzgewandetes Bündel, das über den Balkon gelehnt war, das *schalwar qamies* hochgeworfen, so daß ihre nackten Gesäßbacken entblößt waren. Rund und verfettet wie holländischer Käse, jedoch gedellt und wabbelig, breiig geworden. Kein appetitlicher Anblick, fand Kate, doch Ferdousine schien das nicht zu stören. Im Gegenteil, er drückte und kniff sie mit Genuß.

Die Frau zeigte keine Reaktion. Schien gar nichts anderes wahrzunehmen als das Hochzeitsgelage unten im Hof, eine Szene wie aus einer Anzeige für türkischen Honig, überall flackernde

Öllampen und eingelegter Marmor: die Gäste in ihren Umhängen, die auf Kissen mit Pfauenmuster lagerten, die Geiger, die unter den Granatapfelbäumen umherschritten, die Bauchtänzerinnen und Akrobaten, der Adschund mit seinem hennaroten Bart und den langen bemalten Fingernägeln wie Krallen, der beim Goldfischbecken Gebete sang, der Bräutigam, der Arak aus einem silbernen Kelch trank, die verschleierte Braut in ihrem juwelenbesetzten Kopfputz, und natürlich die Pfauen, Pfauen en masse.

Neben dem Becken waren Hochzeitsgeschenke auf prunkvollen Teaktischen aufgehäuft – eine Seidendecke, zusammengesetzt aus tausend Teilen, Trinkgefäße aus Messing und Kupfer, Teller aus Lapislazuli –, und die gesichtslose Frau auf dem Balkon beugte sich immer weiter in den Raum hinaus, mühte sich um eine bessere Sicht, bis es aussah, als würde sie jeden Moment das Gleichgewicht verlieren und hinabflattern wie ein großer schwarzer Vogel, der vom Baum geschossen worden war.

Unmittelbar unter ihr stand ein Magier, der gerade anfing, einen Eisvogel durch einen Samtreif zu locken, der nicht größer war als ein Vorhangring. Es war, als hätte der Eisvogel keine Knochen, keine Masse, und als führte der Zauberer ihn durch eine Folge immer kleiner werdender Kreise, zunächst durch die gebleichte Augenhöhle eines Schädels, dann durch den Hals einer Weinflasche und schließlich durch den Eingang seines eigenen Ohrs, der den Eisvogel spurlos verschluckte, und als er verschwunden war, versetzte Ferdousine der Frau einen Klaps auf die Hinterbacken und stieß sich in ihr Gesäß. Nahm die weniger bereiste Straße, und Kate erstickte fast.

Die Drecksau; dieses miese Schwein. Auf der Straße brüllte ein Mann mit Megaphon: *Versiegle, was die sieben Donner geredet haben; schreibe es nicht,* während Ferdousine an seinem Toast knabberte. »Etwas Blutorangenmarmelade?« sagte er.

»Nur meine Akten, das reicht schon«, blaffte Kate, und als er sich nicht rührte, holte sie sie selbst. Drei prallgefüllte Manilahefter waren es, mit Querverweisen und in Gruppen eingeteilt, komplett mit Bibliographie, und die trug sie hinauf aufs Dach über dem Zimmer des armen Godwin, wo sie ihren Garten hatte.

Geschützt in einem Sonnenwinkel, bevölkert von Betonrehen, trug dieser Garten Möhren und Zwiebeln und Kürbisse, grüne Tomaten, an Vorhangstangen gebunden, Reihen schlaffer dicker Bohnen. Wildblumen rankten sich um Kräuter, und über allem wucherte Unkraut. Nepeta und Schwarzwurz, Helmkraut und Pfennigkraut. Als Kate dort hinaustrat, heftete sich geschmolzener Teer wie Treibsand an ihre Füße.

Vandalen hatten das schmiedeeiserne Kohlebecken geschändet, in dem sie verwelktes Laub verbrannte. Es stank muffig nach Pisse und Feuerzeugbenzin, und auf einem Bett aus verkohltem Gummi verweste ein Sperling. Doch dieses Sakrileg bestärkte sie nur noch in ihrer Entschlossenheit. Wahllos riß sie Papier aus den Mappen und schleuderte und stopfte es in den Schlund des Beckens, stampfte auf den Haufen, damit er fest wurde, verfluchte die Blätter, die danebenfielen. Zeitungsartikel, Reklamezettel, Bildtelegramme. Traktate und Pamphlete. Das Manuskript einer Dissertation auf deutsch. Hochglanzmagazine auf italienisch, spanisch, griechisch. Und Schachteln voller Souvenirs. Katerina-Rhute-Schlüsselanhänger, -Brieftaschen, -Haarspangen und -Gebetbücher, Katerina-Rhute-Puppen in Erstkommunionskleidchen. Gestempelte Autogramme und *Ich gebe Zeugnis*-Duftkerzen. Abziehbildchen und Buttons mit Katerina Rhute drauf. Deodorants und Mundwasser. Kaugummi.

A stand für Amarillo.

Jede Menge Kühe in Amarillo. Damals, 1959, hatte sie nur über Kühe und Kirchen geschrieben, und Charley Root hatte, wiedergeboren als Bruder Karl Rhute, in einer Kirche ein Geschäft aufgemacht. Ihre Mutter war inzwischen schon auf ihrem Christentrip gewesen, und in Palmetto wollte sie keiner mehr sehen. Zwischen ungedeckten Schecks und rivalisierenden Buchmachern, die ihm an die Kniescheiben wollten, hatte Charley Root keine Manövriermasse mehr gehabt. Also hatten sie den Greyhound gesattelt und waren abgedüst. Tallahassee und Port St. Joe und Pensacola, Mobile und Biloxi, Pass Christian, Zachary und Opelousas, Nachitoches und Nacogdoches, Waxahachie und Cisco, Sweetwater und Lubbock, bis es so aussah, als wäre nur noch Amarillo übrig. Zumal als Charley Root die Skyline der Kirchtürme und Kreuze erblickte und all die Sünder, die mit herausstehender Brieftasche ihren Weg durch die Kuhfladen bahnten. Da schmiß er seine Wettblätter auf den Müll und erkannte den Herrn.

Er war ohnehin schon in diese Richtung geschlittert. Eigentlich seit jener Nacht in Tarpon Springs. Nicht daß Kate ihm alle Einzelheiten erzählt hätte; eine Plaudertasche war sie nie gewesen. Doch Charley hatte immer ein Näschen, wo was zu holen war. Irgendwie hatte er Geld gerochen. Also behielt er sie im Auge, und als die Sache mit dem roten Toupet vor McMurdos Eisenwarenladen passierte und sie mit verbundener Hand nach Hause kam, da wußte er, daß das Glück ihm lachte.

Es mußte ihm wie eine Rettung in letzter Minute erschienen sein. Als bekäme er ein nagelneues Ticket. Abel Bonder hatte seine Messer, Gott hatte seine Frau, und nun konnte er seine Geschäfte unter dem Namen Rhute betreiben, der hatte schon ziemlich Klasse und roch nicht nach einer blöden Runkelrübe.

In Amarillo, wenn er nicht gerade mit Heilen beschäftigt war, klebte er an Kate wie Reis auf Eis. In der Stadt gab es einen Park mit einem See zum Bötchenfahren, den Buddy-Holly-Park, wo sie gern nach der Schule Rad fuhr, und da strampelte Karl Rhute direkt hinter ihr, sein Atem wie ein Auspuff, der ihr giftige Schnapsabgase ins Genick blies.

Frühabends wurde hinter einem Bootshaus immer gewürfelt, wobei sie mit einem Eis, mal einem Rocky Road, mal mit Schokomintsplittern, bestochen wurde, während Karl zu seinem neuen Freund da oben auf den Knien um eine schwierige Sieben betete. Weiter gab es noch einen Baseballkäfig und Minigolf, auf dem Teich waren Ruderboote. Und Kate sah das Mädchen zum dritten Mal.

Es war im Spätfrühjahr, die Aprilsonne versank gerade im Teich, als es in Bluejeans und Sweatshirt mit einem Strandball über den Baseballplatz getrabt kam. Es ließ ihn auftippen und warf ihn in die Luft, zog ein bißchen eine Schau ab. Machte Kunststückchen, ließ ihn den Rücken hinunterrollen, stupste ihn dann mit ihren vier Buchstaben, ließ ihn auf dem Absatz landen. Oder tippte den Ball schnell, schneller, am schnellsten auf, bis seine Streifen verschwammen und zu einer wirbelnden Sonne wurden wie ein Kreisel, auf der Schulter des Mädchens, dann auf dem durchgedrückten Hals, dann auf dem Rücken der ausgestreckten Hand.

Je schneller der Ball wirbelte, desto schneller rannte das Mädchen hinterher. Wenn es an dem Bootshaus und dem Würfelspiel vorbeisauste, hatte es kaum Zeit für einen Blick in Kates Augen. Nur einen ganz flüchtigen, dann war es auch schon vorbei, sprang über das schimmernde Gras aufs Teichufer zu, hinein in die Flamme der untergehenden Sonne, und als es das Wasser erreichte, schien es weder hineinzutauchen noch darüber zu schweben, sondern es verband sich einfach damit, verschwand darin mitsamt dem Ball. Und Kate starrte auf den Raum, den das Mädchen verlassen hatte. Starrte in die Sonne, die ihr nicht die Augen verbrannte – sie spürte sie nicht einmal. Stand nur entrückt da, während ihr Eis schmolz und auf ihren Rock tropfte, bis es sogar Karl Rhute auffiel, und er brüllte zu ihr hin, sie solle zu sich kommen. »Was treibst du denn da?« schrie er, und Kates Stimme antwortete ohne Erlaubnis, als spräche eine Fremde durch sie: »*Sancta Virgo Virginum*«, sagte sie.

Da war das Spiel also aus, sie war aufgeflogen. Karl Rhute trug sie halb bewußtlos nach Hause, flößte ihr eine Tasse heiße Schokolade ein, und dann rief er auch schon beim *Clarion* an, der einen Jungreporter vorbeischickte. WUNDER IM BUDDY-HOLLY-PARK? lautete am nächsten Morgen die Schlagzeile. Seite fünf, Spalte drei; kaum mehr als ein Füllsel. Doch Karl Rhute hatte einen kurzen Blick auf Zion erhascht, und er war ein Pitbull, keine Macht der Welt konnte ihn abschütteln.

Kate selbst war das zutiefst peinlich. Das Mädchen war in gutem Glauben zu ihr gekommen, gratis als Geschenk. Allein schon über es zu reden war für sie ein Verrat, die schlimmste Form spiritueller Prahlerei. Es zu Geld zu machen schien ihr eine Todsünde.

Seltsamerweise aber schien sich das Mädchen selbst daran nicht zu stören. Nicht nur, daß es nicht eingeschnappt davonzog – es erschien sogar öfter. Zunächst wöchentlich, dann beinahe täglich. Bald war es Kates beste Freundin.

Ein Hund kam auch noch, ein Straßenköter, den das Mädchen irgendwo auf seinen Reisen aufgelesen hatte, teils Terrier, teils Border-Collie, die anderen Teile Gott weiß was. Das eine Ohr oben, das andere unten, schwarzes Fell mit weißen Flecken, dazu ein unregelmäßiger weißer Kreis um das linke Auge wie ein zerlaufenes Monokel, was ihm ein komisches Aussehen verlieh. Das Mädchen ließ ihn in Kates Obhut zurück, und Kate taufte ihn Pompey, warum, wußte sie nicht.

Charley Root versuchte, die Promenadenmischung zu verjagen; er gehörte zu denen, die alle Hunde haßten und verachteten. Schmierige, sabbernde Plagen, das waren sie für ihn; sie zu lieben war eine Krankheit. Dennoch war er nicht in einer Position, sich zu streiten. Da er Katerina brauchte, konnte er es sich nicht leisten, Kate zu verärgern. Und so wurde Pompey aufgenommen und gefüttert, ein Tier ohne Manieren, ohne Hirn, ohne jedwede Eigenschaft – außer Eifrigkeit. Sein Gesicht mit dem einen Schlappohr verlor nie seine Wachsamkeit, nicht einmal im Schlaf. Er war zum Warten und zum Dienen auf der Welt, weiter nichts. Das Mädchen besuchte ihn jedes Wochenende.

Inzwischen hieß sie in der Presse die Jungfrau von Amarillo, doch so erschien sie Kate nicht. Das Mädchen hatte nichts Mütterliches, man hätte nie geglaubt, daß es ein Kind hatte. Vom Alter her hätte sie Kates große Schwester sein können, doch das paßte auch nicht richtig; sie gab sich nicht tyrannisch oder sarkastisch wie eine große Schwester. Wenn überhaupt, dann war sie am ehesten wie ein Aufsichtsmädchen in der Schule, eins von der Art, für die man eine tödliche Schwärmerei entwickelte, liebenswürdig und heiter, ein wenig distanziert, was nur natürlich war, aber unendlich geduldig.

Als sie sich nicht mehr in der Öffentlichkeit sehen konnten, ohne von der Presse gehetzt zu werden, kam das Mädchen privat zu Kate, in ihr Schlafzimmer oder in den Garten, häufig ins Bad. Manchmal brachte es eine Tafel Schokolade oder einen Lutscher mit; einmal ein Roggensandwich mit Schinken und Käse. Oft wirkte es müde, vielleicht von den vielen Reisen ausgelaugt. Und immerzu umgab es etwas leicht Melancholisches, wenngleich es sich nie beklagte. Eine Sehnsucht, dachte Kate. Ein Gefühl der Verlorenheit.

Vielleicht war das Mädchen unglücklich verliebt gewesen.

Vielleicht war es in einem Dorf oder auf einer Farm aufgewachsen, und eines Tages war ein Herzensbrecher aufgetaucht.

Etwa ein Handelsvertreter oder gar ein Verbrecher auf der Flucht. Der das Herz des Mädchens gewonnen hatte, und dann waren sie zusammen getürmt; sie waren nachts gefahren wie Bonnie und Clyde, hatten von Liebe und ihrem Einfallsreichtum gelebt, bis sie eines Tages von der Polizei gestellt wurden und der Liebhaber im Kugelhagel starb, mit Blei vollgepumpt, so daß das Mädchen dann allein weiterziehen mußte, verfolgt von der Erinnerung an ihn, für alle Zeiten auf der Flucht.

Natürlich war das nur so ein Gedanke.

Aber er schien zu passen. Das würde die Ruhelosigkeit erklären, mit der das Mädchen, nie ganz entspannt, auf einem Fensterbrett oder Baumstumpf oder gar auf dem Toilettensitz hockte, ohne jeden falschen Stolz, das Gesicht halb abgewandt vom Licht, als horchte es, als wartete es unaufhörlich, obgleich nie etwas kam.

Das heißt, nichts als Touristen. Denn was als kleine Meldung auf Seite fünf des *Clarion* begonnen hatte, hatte Karl Rhute zu einem Kult hochgeschürt. Fernsehteams versammelten sich nun vor dem Gartenzaun, auch Journalisten von der überregionalen Presse. Ein Artikel erschien in *Newsweek*, und ein Hollywood-Agent mit einem Zahnbürstenbärtchen warf Kiesel gegen ihr Fenster, Irvin Lipschitz hieß der. Reisebusse entluden die Überzeugten und die bloß Neugierigen, und Karl Rhute baute einen Devotionalienstand auf: T-Shirts und Ansichtskarten, Katerinaburger im Sesambrötchen. Ein Aufklapp-Bilderbuch erschien, es ging die Rede von einem Plattenvertrag. Billy Graham schickte eine Weihnachtskarte.

Global gesehen waren das kleine Fische. Nicht zu vergleichen mit dem Kult um Conchita von Garabandal in den sechziger Jahren oder dem spirituellen Disneyland, das Marija aus Medjugorje in den Achtzigern errichtete – mit drei Millionen Pilgern jährlich. Auf ihrem Höhepunkt war Katerina gut für eine Busladung Ausflügler am Tag, vielleicht fünftausend Mäuse die Woche. Ein Klacks eigentlich. Aber nicht für Karl Rhute.

Und auch nicht für die Kirche, die beschloß, seinen Laden dichtzumachen. Ein Monsignor Beebe reiste aus Dallas an, ein rieddünner Mann mit einem gewaltigen Kopf, die Backen aufgedunsen und leicht violett, er sah aus wie ein Blutgerinnsel auf einem Stock, und er schwang ein schwarzes Buch mit dem Titel *Falsche Erscheinungen*. Hinterher jagten Wissenschaftler in weißen Mänteln Kate durch eine Batterie Tests, Elektroenzephalogramme und Elektrookulographen, dazu viele Schläge mit einem Gummihämmerchen auf die Kniescheibe. Und alle waren sie unisono der Meinung, daß sie eine Betrügerin war, eine freche Hochstaplerin. Es gab keine Jungfrau von Amarillo, es gab gar nichts. »Das Böse ist eine Abwesenheit«, sagte Monsignor Beebe.

Kate hätte ihm das auch so sagen können. Das Mädchen, das sie kannte, entsprach überhaupt nicht dem Typus, nach dem sie suchten. *Falschen Erscheinungen* zufolge war die Jungfrau eine Dame in langen weißen Gewändern, die nie die Füße zeigte und unbeschreiblich schön war, und wenn sie den Mund aufmachte, dann nur für Seligpreisungen. Ihr Mädchen dagegen trug Turnschuhe oder Stiefel mit Plateausohlen, man mußte davon ausgehen, daß es darin Füße hatte, und es sagte immer nur das Nötigste, schien lieber zuzuhören. Schwer zu sagen, was es wirklich dachte, doch Ehrfurcht und Getue machten es nur nervös, das war ganz deutlich, Erzählungen hingegen schienen es zu entspannen. »Sag Mary zu mir«, sagte es, und am glücklichsten wirkte es, wenn Kate von Elvis erzählte.

Manchmal zeigte es sich den Ausflüglern, die sich über den Zaun reckten und Instantfotos schossen. Das schien es nicht zu stören, es zuckte nur lächelnd die Achseln; und dann blendete das Licht aus seinen Augen. Kate beschirmte die Augen mit der Hand vor dem Gleißen, und alle Ausflügler fingen an zu schreien: *Seht nur die Sonne! O Gott, seht nur die Sonne!*

Danach behaupteten sie, sie hätten die Jungfrau von Amarillo selbst gesehen, eine fußlose Dame in weißen Gewändern, unsagbar schön. Wenn Kate mit deren Augen hätte sehen können, dann hätte Monsignor Beebe sie vielleicht in Ruhe gelassen. Doch sie konnte es nicht, und sie konnte auch kaum lügen. »Die Jungfrau hat keine Füße, keine Füße, keine Füße«, beharrte der Monsignor. »Aber Mary hat welche«, entgegnete sie darauf immer. Und so wurde sie in die Finsternis gestoßen.

Als der Amarillo-Report veröffentlicht wurde, folgte unmittelbar darauf ein Journalist von der *Washington Post* namens Steinwood, ein Mann, der Kate an einen Zentauren erinnerte und der wissen wollte, wo das Geld geblieben war. Jeder Dollar, den Karl Rhute verlangte, hatte in den Bau eines Schreins im Buddy-Holly-Park gehen sollen. Statt dessen fuhr er nun einen rosa Cadillac und besaß einen Poolsalon außerhalb von Odessa und einen Puff in San Angelo. Also schrieb Steinwood seine Geschichte, worauf sich das Finanzamt meldete. Katerina wurde exkommuniziert, Mary nahm Urlaub, Pompey kam ins Tierheim. Und Karl Rhute änderte erneut seinen Namen.

Das hätte eigentlich das Ende sein sollen; aber nein. Noch zwei Jahre klapperte Charley Root mit Kate den Südwesten ab, führte sie in immer kürzeren Spannen vor, zehn Tage in Tatum, ein Wochenende in Flagstaff, eine Matinee in Almagordo, bis die Geschichte durchgenudelt war.

Nicht einmal da gab das Mädchen ihr die Schuld; wenigstens sagte es nie etwas dergleichen. Es kam nur seltener zu Besuch und für kürzere Zeitspannen. Selbst wenn es da war, wirkte es zerstreut. Vielleicht vermißte es Pompey.

Als Kate fünfzehn wurde, war alles anders geworden. In jenem Herbst grasten sie Louisiana ab und waren gerade in St. Martinville. Auf dem Motelhof war eine Kinderschaukel, die zwischen zwei Johannisbrotbäumen aufgehängt war. Darauf schaukelte sie in der Abenddämmerung, und da kam das Mädchen ein letztes Mal, unterhielt sich eine Weile mit ihr, löste sich dann in der Luft auf und war weg.

Nun war nichts mehr übrig von Mary, nur billige Souvenirs und Gelumpe. Drei Hefter voller Müll auf einem Dach in New York. Eine Titelseite des *Clarion* mit der Schlagzeile JUNGFRAU VON AMARILLO ENTLARVT versuchte sich an Kates Morgenmantel festzuklammern, aber die ließ es nicht zu, sondern schleuderte sie zu den anderen Sachen in das Kohlebecken und zündete sie an. Goß die Minifläschchen Rum aus, die sie in der Nacht im Zoo gefunden hatte, seltsame Früchte, die der Gummibaum im Sommer trug, und schmiß eine halbgerauchte Camel drauf.

Wie aus einem Drachenmaul schoß die Flamme auf, und Kate taumelte zurück, drehte den Kopf weg. Die Morgenhitze war schon da, lastete wieder auf der Stadt. Den ganzen Block entlang und überall im Viertel brannten Feuer auf den Dächern wie bei ihr. Das gab Kate ein Gefühl der Zugehörigkeit, das Gefühl, Teil einer Gemeinschaft zu sein, und sie hob den Blick zur Sonne, die im gelben Dunst da hing, als wäre auch sie ein Feuer. Ein Zirkusreif, durch den Terrier hindurchsprangen. Oder der Cricketball, den sie damals mit Fred Root auf dem Feld hinter der Brauerei gesehen hatte. *Bellamy-Bier ist beliebt und belebt.* Als sie in dem hohen Gras saßen, das nach Barley Wine roch, und süßen Tee mit Milch tranken, stieg der Ball hoch auf und wurde zu einem rotgeflügelten Vogel.

Als der Ball wieder niedergestoßen war und ihr die Nase wie eine reife Pflaume gespalten hatte, hatte sie nicht das mindeste gespürt. *Ist ja gut,* hatte Fred Root gesagt und sie mit einem Space-Blaster-Bonbon bestochen, damit sie nicht weinte. Es war ihre Lieblingssüßigkeit, eine lange Karamelröhre in der Form einer Rakete, mit Zitronenpulver drin, überzogen mit einer dünnen Schokoladenschicht, und wenn man diese Schicht durchbiß, kam es zitronig herausgesprudelt, Fred Root nannte das Brause, es war aber eher wie Batteriesäure. So sauer, daß ihr die Tränen kamen, und das Wasser vermischte sich mit dem Blut von ihrer geplatzten Nase, es war eine einzige Sauerei. *Ist ja gut, ist ja gut,* sagte der alte Mann immer wieder hilflos, und sie wollte ihn trösten. *Es war das Licht,* sagte sie.

Das ist es immer, antwortete Fred Root.

Natürlich hatte er tief im Innern nicht den Hauch eines Zweifels, worin seine Pflicht bestand. Juice Shovlin war sein Freund, und mehr als das, sein Sponsor. Wäre seine Einladung an jenem Mittag bei Tigh Neachtain nicht so herzlich gewesen, John Joe wäre womöglich sein Lebtag nicht nach Amerika gefahren. Er hätte seine Tage gut und gern in Scath bis zum Tod dahingammeln können, ohne einen einzigen Auftritt auf der breiteren Bühne.

Das war die große Wahrheit, die er nicht vergessen durfte. In dieser Stadt gab es gewaltige Kräfte, die jeden auf Abwege bringen konnten, alle Arten der Verführung, doch er hatte eine Verpflichtung. Denn schließlich hatte Juice ihn zu dem gemacht, was er war.

Als er nach Scath gebracht wurde, legte Onkel Frank keinen besonderen Wert darauf, daß man ihn herumlaufen sah, also wurde er nicht in die Schule geschickt. Dann kam die Sozialarbeiterin auf den Hof geradelt, und in der Woche darauf wurde er in Blazer und Kniestrümpfe gesteckt und die Straße runter zu dem grauen Steingebäude mit den hohen Fenstern verfrachtet, in dem es so kalt war, daß er nicht mal seinen Füller halten konnte, und dann lief die purpurrote Tinte aus und bekleckste seinen Block, worauf der Lehrer ihn Gunga Din nannte.

Zu der Zeit hielt man ihn nur für Erdnüsse geeignet. Stout Mackeson brüllte wie ein Gorilla, wenn er vorbeiging, blähte den Mund wie die Schimpansen in den Anzeigen für PG Tips-Tee, ließ die Arme baumeln, so daß die Knöchel über den Boden strichen, und umkreiste John Joe mit Schielaugen. Es war furchtbar.

Und Juice Shovlin hatte ihn gerettet. Er war ein Jahr über ihm und schon ein Star. Nicht gerade der geborene Gelehrte, wohl aber ein großer Athlet. Handball, Fußball, Hurling – er beherrschte alle gälischen Spiele, prädestiniert, für Irland zu spielen, wenn eine Verletzung ihn nicht bremste. Ein lachender, lauter Junge, immer der Obermacker und so voller Saft, was bei dem raustropfte, damit konnte man einen Eimer füllen wie bei den Gummibäumen in den Tropen, aus dem hätte man für jedes Fahrrad und jeden Traktor in Kilmullen einen neuen Satz Reifen abzapfen können. Schrecklich aufbrausend, wenn ihm was querlief, das war nicht zu leugnen. Cuchulain selbst waren Wutanfälle nicht fremd gewesen.

Ein Schuljahr lang würdigte er John Joe keines Blicks, dann aber, am letzten Tag in der Mittagspause, trat er zu ihm, ohne eine Miene zu verziehen, lachte und kabbelte mit seiner Bande, Peter Tookey, Jocko Conlon, Bar McBride und wie sie alle hießen, und klatschte ihm auf die Schulter, von Mann zu Mann. »Wie isses denn so, 'n Nigger zu sein? Isses dunkel da drin?« fragte er.

»Bloß nachts«, sagte John Joe.

»Klasse Mann«, sagte Juice mit einem neuerlichen Schlag auf seine Schulter und mit einem Lachen, das eine Scheune weggefegt hätte, und von da an stand John Joe unter seinem Schutz.

Es war ein Unterschied wie Tag und Nacht. Statt außen vor zu stehen, durfte er nun bei jedem Spiel und jedem Ausflug mitmachen. *Der Große Maguire* taufte ihn Juice, warum, konnte er nicht sagen, und bei jedem Wort, das John Joe sagte, erhob sich großes Gelächter.

Er war also ein Maskottchen. So ein zappeliges Klappergestell, aber auch das hatte seine Härten. Als sein Auge verbrannt wurde, gab es eine Zeit, da wäre er viel lieber allein gewesen. Doch wo war die Kraft, sich einen Groll zu bewahren? *Passiert ist passiert.* Das sagte Juice Shovlin auch immer.

Und was waren denn die Alternativen? Zum Frühstück Blutwurst, nach dem Abendbrot die Liebesromane seiner Mutter. In jenen Jahren war sie bei Maeve Binchy und *Irische Freundschaften* gelandet. »*Johnny war verärgert, daß er nicht zur Hochzeit eingeladen worden war, doch Elizabeth blieb kühl und fest. Es war verlockend, sehr verlockend, ihn mitzunehmen. Der stattliche Johnny Stone würde allen die Schau stehlen, er wäre der Beweis, daß die kleine schüchterne Elizabeth White es zu etwas gebracht hatte. Er wäre ja auch so charmant*«, las John Joe, während Bernadette eine weitere Schachtel Black Magic leer fraß. »Hector Wall«, sagte sie und schob sich ein Orangenfondant in den Mund. »Der einzige, den ich je geliebt habe.«

»Und was ist mit Dad?«

»Hector konnte so charmant sein, er fuhr einen Humber Supreme, ich tanzte mit ihm im Kilburn Palais. Paso doble und Tango, und an dem Abend, als ich mein Organdykleid trug, taubenblau war das, mit einer weißen Seidenorchidee in der Corsage, Wiener Walzer. Wir waren wie geschaffen füreinander, die kleine, schüchterne Bernadette Maguire und der stattliche Hector Wall, ich glaubte, wir würden Partner fürs Leben. Nur hatte Hector eine Schwäche, und die brach mir das Herz.«

»Was für eine Schwäche?«

»Die Liebe, die auf öffentlichen Toiletten nicht ihren Namen sagen mag, und dann der Tag vor Gericht, wo alles herauskam, der Schwatte, der mich nach Hause fuhr, das war dein Vater in seinem Taxi.«

Ein paar von diesen Orangenfondants brachten bei vollem Magen ziemlich viel, zumal nach Zwiebeln. Mit Juice Shovlin als Mentor war er immerhin berechtigt, sich auf einem Fußballplatz den Schädel wie eine Eierschale einschlagen zu lassen oder später im Hollywood Ballroom Samstag abends an der Wand herumzustehen und Ann-Marie Tullys Schenkel zu betrachten, wenn sie swingend herumwirbelte und ihr Rock hochflog. Oder die von Eithne Ward, die waren fast genausogut geformt. Da sie nur kicherten, wenn er sie zum Tanz aufforderte, mußte Juice sie dazu überreden, und selbst dann rannten sie noch schreiend davon, wenn die All-Stars einen Stehblues anstimmten, für nichts auf der Welt wollten sie langsam mit ihm tanzen, nicht mal als Mutprobe. So daß John Joe hinterher bei jedem Wetter mit seinem Rudge hoch über die Schlucht zu Gilooleys Bumshütte in Killybegs strampeln mußte. Sonst wäre er noch gewalttätig geworden.

Es war auch Juice Shovlins Wort, das ihm die Stelle bei Muldoon verschafft hatte. »Leichtes Geld ist das«, sagte Juice, und das war die Wahrheit. Er mußte nur in einer großen Metalltrommel mit glitschigen Wänden, glitschig wie die Todeswand in Bundoran, herumstehen, von Kopf bis Fuß in Gummi, in Overall und Stiefeln bis zum Schritt, langen Handschuhen bis über die Ellbogen, dazu noch eine Duschhaube, und eine Ladung tote Fische überwachen, die zu Dünger verarbeitet wurden.

Er stand auf einer Plattform über dem Bauch der Trommel und führte Fischgedärm und Fischkadaver einer großen rotierenden Schraube zu, die das alles zu einem Brei zermanschte. Nach ein paar Wochen fühlte er sich dort so heimisch, daß er die Fische gar nicht mehr sah, nur die Spiralen der Schraube, wie sie sich ausdehnten und zusammenzogen. »Der unersättliche Schlund«, wie Juice sie oben in seinem Büro mit dem Namensschild aus Messing auf seinem Schreibtisch und dem kunstledernen Drehstuhl nannte. »Die Fotze der Schöpfung.«

Doch John Joe sah keine Fotze, sondern das andere, und das war auch noch schmutzig. Der Fischgestank ließ sich nicht mehr abwaschen. Seifen und Scheuern minderten den Gestank nur, überzogen ihn mit einem Saccharinfilm, der rasch verflog, und dann bestand er zu drei Teilen aus Katzenfutter und zu einem aus Mensch.

Er glaubte, Ann-Marie Tully und Eithne Ward würden mit ihrem Gewürge nie mehr aufhören. Dann kam Briege daher, und die genoß ihn wie ein Stout.

Sie war wissenschaftliche Assistentin am Trinity in Dublin und hatte ein Stipendium, sammelte Volksmythen und dergleichen für *Roinn na neacha neamhbeo agus nithe nach bhfuil ann,* die Abteilung für leblose Wesen und Dinge ohne Existenz, und sie zeigte ihre Vorzüge im 2001 Odyssey in Ballybofey, praktisch nackt, was die da anhatte, damit konnte man kaum ne Krücke beziehen.

Sie war am Morgen nach dem besagten Abend gekommen und hatte Juice Shovlin mitgeteilt, sie sei an Lokalkolorit interessiert. Als John Joe dann von seiner Schicht kam, wartete sie schon vor Muldoon's auf der Straße. »*Buachaill buí*. Gelber Junge«, sagte sie.

Es war sein erster Kuß bei Tageslicht. Um ehrlich zu sein, es war sein erster Gratiskuß überhaupt. In ihrem Civic auf der Fahrt zu ihrem Zimmer schob sie ihm vor dem Davenish Memorial Marble ihre dicke rosa Zunge in den Mund. »*An de bheoibh nó de mhairbh thú*?« fragte sie. »Gehörst du zu den Lebenden oder den Toten?«

»Zu den Lebenden, würde ich sagen.«

»Dann küß mich todesmäßig«, sagte Briege.

Drall wie ein Otter war sie und auch so glitschig, glitt ihm immer zwischen den Fingern durch, wenn er sie anfaßte. Auf dem Rücken liegend erfuhr er, daß sie eigentlich gar keine Wissenschaftlerin war, sondern Journalistin, ihre erste Liebe galt dem TV, und im Grunde wollte sie Dokumentarfilme machen und in die Staaten gehen, sie glaubte wirklich, dort gehöre sie hin, das sei ihre geistige Heimat, und sie fand Marvin Gaye echt super. Er auch? Na, aber sicher. Atmete ihn bei jedem Abwärtsstoß in tiefen Zügen ein wie Fischleimelixier, verdrehte bei jedem langsamen Zurückziehen die Augen. »Und auch James Brown«, sagte sie und sank auf seine Brust. Als sie stiller wurde, wurden aus den Atemzügen Schlückchen. »Und natürlich Jimi Hendrix«, sagte sie und schlief ein.

In der Nacht aber wachte sie hampelnd auf. »Ich bin zu überdreht. Wenn ich nicht mein Yoga mache, dreh ich durch«, sagte sie. John Joe wischte ihr die Tränen weg, die sich wie Lebertran anfühlten und auch so rochen. »Zu sensibel«, sagte sie, sprang, noch immer nackt, aus dem Bett und machte auf dem Bettvorleger einen Starburst.

Sie schleuderte die Beine über die Schultern und verschränkte sie hinterm Hals, ihr babyspeckiges Kinn ruhte auf dem Unterleib. Dann war die ihre gesamte Körperenergie in ihrem Anus konzentriert. Winzige Wellen breiteten sich auf ihren Hinterbacken aus, liefen über Bauch und Rumpf, breiteten sich immer schneller und weiter aus, bei jedem Krampf intensiver, bis es so aussah, als würde sie gleich auseinanderfliegen. Was aber nicht geschah. Im Augenblick der Auflösung ließen die Krämpfe nach, liefen die Kreise wieder zurück. Bis kein anderer Muskel, kein anderer Nerv sich mehr regte, nur noch diese eine Knospe pulsierte. »Mußt du auch mal probieren«, sagte sie. »Davon kriegst du Haare auf der Brust.« Dann fuhr sie wohlbehalten wieder nach Hause, nach Dublin.

John Joe nahm das alles gleichmütig hin, er hatte darüber in schmutzigen Büchern gelesen. Nur eine Frage quälte und bestürzte ihn: Warum sollte er Marvin Gaye lieben?

Als er es Juice Shovlin fragte und Juice es ihm erklärte, war er baff. Sein ganzes Leben lang hatte man ihn Nigger genannt, Darkie, Dschungelaffe, aber nie hätte er gedacht, daß ihn das zum Schwarzen machte. Nicht so richtig. Schwarze, das waren Leute, die man im Fernsehen bei Krawallen in Südafrika oder irgendwo anders beim Verhungern sah oder auch in Ballerfilmen im Eureka, *Shaft* und *Superfly* und *Uptown Saturday Night*, wo in Harlem die Sau rausgelassen wurde, scharfe Autos, große Hüte, Mädels in engen roten Kleidern, jede nur erdenkliche Artillerie. In den Filmen schienen sie so richtig Spaß zu haben, doch so wie diese Männer konnte er nicht sein, mit deren Rasse hatte er doch gar nichts zu tun.

Oder etwa doch? Vielleicht hatte er da etwas nicht ganz kapiert. *Schwarz*. Vielleicht war ihm da doch etwas entgangen. *Schwarz zu sein*. Was bedeutete das?

Der einzige Schwarze, den er persönlich kennengelernt hatte, Dad, war nicht da, der konnte es ihm nicht sagen. Zudem wäre der ja auch bestimmt voreingenommen. Im nachhinein wünschte er, er hätte sich freigestrampelt und versucht, Briege festzunageln, sie nicht in einen Starburst entkommen zu lassen. Die hätte es ihm sofort gesagt. Oder ihm ein gutes Buch genannt, wo er es nachlesen konnte. So aber hatte er keinen Schimmer.

Bis jetzt nicht. Seit er in New York auf der Erde gelandet war, empfand er seine Haut als Fehlfarbe. Schwarze auf der Straße redeten in einem Code mit ihm, setzten einen Bezug voraus, doch ihm fehlte der Schlüssel. *I'm chilling* und *you be illing* und *he's down with that*, und wer war nur diese Momma, um die es immer ging, was mochte sie ihnen Schlimmes angetan haben? Er hätte gern Crouch befragt. Frag ihn, von Mann zu Mann: *Ist es dunkel da drin?* Doch er wollte nicht aufdringlich sein.

Und jetzt stand das Dach wieder in Flammen.

Erst dachte er, es sei eine Illusion, die Macht der Suggestion, weil Mr. Ferdousine oben in seiner Tanzstunde *Smoke Gets in Your Eyes* spielte. Dann fiel eine brennende Papierschlange flatternd und taumelnd wie ein geflügelter Vogel vor der Zootür herab, wo John Joe gerade die Zebrina goß. N AMARILLO ENTLARVT lautete der Rest der Schlagzeile.

Für einen kurzen Augenblick war er drauf und dran, hinaufzurennen und die Flammen zu bekämpfen. Aber nein, er würde sich nicht ausbeuten lassen. Sollte diesmal doch ein anderer reinpissen; schließlich war er nicht als Feuerwehrmann angestellt.

Er hatte auch so schon genug am Hals. Jeden Tag ein neuer Auftrag, so sah es doch aus. Und dabei wartete und wartete Juice Shovlin einunddreißig Stock über der Park Avenue, völlig umsonst. Doch wie sollte John Joe wegkommen? Wo Miß Root ihn doch im Zoo brauchte und er für Anna Crow Sachen erledigen und sie bedienen mußte und Bani Badpa ihn als Nachtbarmann brauchte. Und dann natürlich noch die Schwarzen Schwäne, die hatten auch ihre Bedürfnisse. Diese Leute verließen sich auf ihn.

Seit jenem ersten Mal im Tunnel sah er sie nun doch in einem besseren Licht. Meister Maitland hatte sich, als er ihn näher kennenlernte, als gar nicht so übel herausgestellt, obwohl er auch ein klein bißchen unbeherrscht war. Ihm war in seinem Leben großes Leid widerfahren; das mußte man auch bedenken. Sobald man versuchte, die Dinge mit den Augen des Meisters zu sehen, gab es viel, was man als hart arbeitender Mann lernen konnte.

Was die Schwäne selbst betraf, so lebten sie in einem Raum, den sie Mount Tabor getauft hatten, obwohl er tief unter der Erde lag, fünf Ebenen unter der Grand Central Station.

Crouch zufolge gab es Hunderte, sogar Tausende von Bürgern, die in ähnlicher Weise existierten, verstreut in Tunneln und abgesperrten Kammern im ganzen U-Bahn-Netz. Manche waren obdachlos und manche Verbrecher, manche nicht ganz richtig im Kopf, doch die meisten suchten nur Zuflucht vor dem Tageslicht. Die Wachen und die Presse nannten sie »Maulwurfsleute«, doch das stimmte nicht ganz. Sie waren einfach nur Unterirdische.

Solche Bewohner hatte es schon seit vielen Jahren, vielleicht sogar Jahrzehnten gegeben. Aber erst vor kurzem war man auf sie aufmerksam geworden, nachdem eine Frau von der Universität ein Buch über sie geschrieben hatte. Jetzt hefteten sich Zeitschriftenjournalisten und Fernsehteams auf ihre Spur. Inzwischen trugen die U-Bahn-Wachen schon blankpolierte Schuhe und ordentliche Frisuren in der Hoffnung, für einen Augenblick ein Star zu sein. Weniger erfreulich war, daß sie nun auch ihre Pistolen ölten.

Auf dem Weg zum Mount Tabor passierte John Joe nun das

Drehkreuz zum Bahnsteig des Times Square Shuttle und ging einfach immer weiter.

Die Gleise führten ihn in eine Schwärze. Wenn die Züge auf ihn zugedonnert kamen, klammerte er sich an die Wand, verbarg das Gesicht, bis die Gefahr vorüber war und er die geheime Öffnung suchen konnte, die ihn tiefer führte, wo er dann auf dem Bauch durch eine Stahlröhre robbte, die ihn in eine hallende Kammer führte.

So wie in dem Tunnel unter dem Riverside Park, wo er Meister Maitland zum ersten Mal begegnet war, sah er weder Gesichter noch Körper, nur Augen. Ziemlich lange ging er auf einem hohen Sims über stillgelegten Gleisen, bahnte sich den Weg an Schlafsäcken und Matratzen und menschlichen Exkrementhaufen vorbei; dann stieg er eine verrostete Eisentreppe hinab, die vor einer nackten Steinmauer endete; und schließlich hangelte er sich an einem Kabel zu einem letzten Tunnel hinab, der ihn ans Ziel brachte.

Es war genau wie in einem Spionagefilm, als er in diesem Tunnel auf halber Strecke stehenblieb, mit seinem Schlüsselbund an ein metallenes Dampfrohr klopfte und ihm ein zweimaliges Klopfen antwortete. In der Steinmauer schwang eine Tür auf, und er hatte Mount Tabor erreicht.

Dreiundzwanzig Schwarze Schwäne und elf ihrer Kinder waren in einer von zwei Gaslaternen erhellten Betonlichtung gruppiert, einige aßen Egg McMuffins, andere schlürften Coke. Zwei Frauen hängten Wäsche auf, ein Mann reparierte ein leckendes Wasserbett. »Du kommst spät«, sagte Meister Maitland.

»Der Amazonenpapagei ist krank geworden. Mauser.«

»Ananias«, sagte der Meister. Seine Schultern wölbten sich und bebten vor Zorn, und der große Bullenkopf, der unmittelbar aus seiner gewaltigen Brust aufragte, war wie zum Angriff gesenkt. *»Und es geschahen Blitze und Stimmen und Donner«*, rief er mit seiner hohen Mädchenstimme. Doch so schnell seine Wut aufgeflackert war, so schnell legte sie sich auch wieder. *»Und Erdbeben«*, seufzte er. *»Und ein großer Hagel.«*

Er hatte diesen Unterschlupf selbst entdeckt und ausgegebaut, vor zwei Jahren zu Pfingsten. Oder, um genau zu sein, wiederentdeckt, denn er hatte von dessen Existenz schon lange vorher gewußt. Bevor er der Meister war, war er der ganz normale Luscious Maitland gewesen, Angestellter der Manhattan Transport Authority (MTA), der sein Geld damit verdiente, die U-Bahnen zu vermessen.

So wie John Joe die Geschichte von Crouch gehört hatte, war Luscious Maitland der kommende Star bei der Authority gewesen, dem alle Großes prophezeiten, bis ein Effizienzexperte namens Randall Gurdler auf seine Abteilung losgelassen wurde. Dieser immerzu lächelnde, aalglatte Experte mit dem eingerollten Seidentuch in der Brusttasche und Veilchenduft im Atem hatte gewisse Unregelmäßigkeiten finanzieller Art aufgedeckt. In Wahrheit war alles ein Mißverständnis, ein dummer Fehler, doch Gurdler weigerte sich, das so zu sehen. Statt dessen hatte er die Fakten entsprechend seinen eigenen unsauberen Zwecken frisiert und sie als Bausteine zur Beförderung seiner Karriere benutzt, mit der es immer weiter aufwärts ging, vom Effizienzexperten zum PR-Funktionär, vom Sprecher zum Rechnungsprüfer und schließlich zum Vorsitzenden der ganzen MTA. Währenddessen schmorte Luscious Maitland im Gefängnis. Drei Jahre Attica, und Crouch war sein Zellengenosse gewesen.

Ein anderer an seiner Stelle wäre vielleicht zerstört gewesen, seelisch vernichtet, doch Maitland ließ sich nicht so leicht kleinkriegen. Statt über das ihm widerfahrene Unrecht zu brüten, suchte er nach den Gründen, die dahinterlagen. Studierte Tag um Tag seine Bibel, und nachts las er ein anderes Buch. *Joachims Tode* war der Titel dieses zweiten Buchs, und auf seinen Seiten erkannte er endlich die ganze Wahrheit. Sein Sturz war kein Zufall gewesen. Ebensowenig hatte sich Randall Gurdler nur zufällig eingemischt. Die ganze Geschichte war vorhergesagt gewesen.

In seiner Zelle hatte er des Nachts eine Vision von Gurdler in einer Telefonzelle, wie er eine siebenstellige Nummer wählte, und diese sieben Stellen lauteten 666-TIER. In dem Moment fiel es Maitland wie Schuppen von den Augen, und er sah den Heuchler mit dem Veilchenatem in seiner wahren erschaffenen Gestalt, sein Körper war gleich einem Parder und seine Füße wie Bärenfüße und sein Mund wie eines Löwen Mund. Dann sah er sein lächelndes Haupt tödlich wund, und seine tödliche Wunde ward heil, und da wußte er, daß der Antichrist gesund und munter war, und zwar in der Jay Street, Brooklyn, in der Zentrale der MTA.

Was ihn an dieser Offenbarung zunächst verwirrte, war die Funktion der U-Bahnen. Warum hatte Gurdler sie als sein Schlachtfeld gewählt? Was mochte ihre verborgene Kraft sein? Dann besann er sich der feurigen Flut, welche beim Fall Babylons kommen sollte, weil sie alle Nationen von dem Wein des Zorns ihrer Hurerei trinken ließ. Und da paßte alles zusammen. Indem Gurdler die MTA unterwanderte, hatte er sich eine Position im Innersten des Nervensystems der Stadt verschafft. In dem befohlenen Augenblick brauchte er nur einen Schalter umzulegen, und die Gleise würden vom Feuer verzehrt, von einem Holocaust, der von unten hervorbrechen würde, von ganz unten aus dem Bauch des Tiers, und die Metropole darüber verschlingen, alle sündigen Geschöpfe in einem Flammenstrom vernichten würde; in einer Flut.

Was konnte einfacher oder verheerender sein? Und Luscious Maitland, der einzige, der den Mut und das Wissen besaß, Gurdler entgegenzutreten, der hoffen konnte, dessen Vorhaben zunichte zu machen, war in sicherem Gewahrsam. Die Wachen und selbst sein Wärter lachten, als er sie darüber informierte, der Bürgermeister beantwortete keinen seiner Briefe. Der einzige, der ihm überhaupt zuhörte, war Crouch, und der hatte keine andere Wahl.

Crouch war damals gelernter Steptänzer und von Beruf Fälscher. Seine Stärke war schon immer die grafische Gestaltung gewesen, und er hatte ihre Zelle mit vielerlei Malereien verziert. Unter Maitlands Einfluß zeichnete er nun eine Gestalt auf einem Thron, das Gesicht war gleich Jasper und Sarder, um den Thron herum ein Regenbogen, anzusehen wie ein Smaragd. Und mitten unter sieben Leuchtern eine weitere Gestalt, die war angetan mit einem groben Gewand, welches ihr bis zu den Füßen reichte, und begürtet um die Brust mit einem goldenen Gürtel. Und Rosse mit Häuptern gleich den Löwen und Schwänze gleich den Skorpionen, und deren Reiter wie Engel des Abgrunds hatten bläuliche und schwefelige Panzer. *Du hast meine Geschichte erzählt. Du bist meine Augen*, sagte Meister Maitland. *Meine Augen sind wie eine Feuerflamme.*

Am Tag seiner Entlassung kehrte der Meister zu den U-Bahnen zurück, die sein Leben waren, und suchte das Labyrinth darunter nach einer Zuflucht ab. Crouch fand es verrückt, daß er dort unten, so nahe bei der Höhle des Tiers, nach einer Bleibe suchte. Doch Crouch hatte eben keine Ahnung von Physik. Begriff nicht die schlichte Tatsache, daß eine Flamme aufwärts lodert und daß der sicherste Ort unmittelbar unter ihrer Quelle ist. Wenn die zum Untergang verdammte Stadt darüber dann brannte, würden die befreiten Seelen fünf Ebenen weiter unten allenfalls angenehm gewärmt werden, hätten es so richtig gemütlich. Und wenn das Feuer dann zur Flut würde, kein Problem, dann würden sie sich in schwarze Schwäne verwandeln und davonfliegen.

Als Crouch dann selbst auf Bewährung freikam, fand er den Meister von vierundzwanzig Ältesten mit ihren Familien umgeben. Manche waren schon Unterirdische, als er sie fand, andere hatten auf ein Zeichen gewartet. Einer war Krankenpfleger, einer Lehrer. Es gab einen Klempner und einen Imbißkoch, einen Elektriker und eine Hure. Alles Lebensnotwendige, konnte man sagen, bis auf die Kunst, und da kam dann Crouch ins Spiel.

Eines Tages stieß er am Straßenrand auf einen Posten Schaufensterpuppen, die wohl von einem Laster gefallen waren. Sie waren Supermodels und Hollywood-Ikonen nachgebildet; er verwandelte sie in Prophezeiungen. Cindy Crawford und Elle Macpherson und Madonna wurden in drei unreine Geister verwandelt, die aus dem Munde des Drachen und aus dem Munde des Tiers und aus dem Munde des falschen Propheten gegangen waren, gleich den Fröschen. Ava Gardner wurde zu einem starken Engel, der vom Himmel herabgekommen und mit einer Wolke bekleidet war. Und Brigitte Bardot wurden zwei Flügel gegeben wie die eines großen Adlers, daß sie in die Wüste flöge.

Diese Erscheinungen waren nun im Mount Tabor aufgestellt, als John Joe in seiner Verspätung vor sich hin murmelte und Schwarze Schwäne grienend zuschauten. Von den ursprünglichen vierundzwanzig waren noch alle da, bis auf drei, die irgendwohin verschwunden oder von der Bahnpolizei, Randall Gurdlers Männern, gekidnappt worden waren.

Die waren die große Gefahr dort – die Schlägerschwadronen

mit Schußerlaubnis, die in manchen Nächten mit gezogener Waffe durch die Tunnel schwärmten, unterschiedslos Cracksüchtige, Diebe und befreite Seelen zusammentrieben und Köpfe einschlugen. Manchmal schossen sie um sich, ohne auch nur zu zielen, feuerten auf Ratten und alles andere, was sich bewegte. Jerzy Polacki, der Klempner, hatte so einen Daumen verloren. Marvella Crabtree ihren Sohn.

Obwohl dieser Mord für alle eine schwere Prüfung gewesen war, so waren sie doch im Glauben fest geblieben und sogar noch fester geworden. Die Brüder Boniface, Brulant und Toussaint, hatten ein paar Flinten requiriert. Luther Pratt und Joe Easter hatten sechs Beretta 9 mm, 92F, sowie zwei Dutzend stupsnasige .38er dazugetan, und Burdette Merryweather hatte eine Uzi beigesteuert. Mount Tabor, das als Asyl begonnen hatte, war zu einer Zitadelle geworden: *Das Neue Jerusalem*, wie Meister Maitland sagte.

Dennoch, John Joe fühlte sich dort aufgehoben. Vielleicht nicht gerade dann, wenn der Meister ihn Ananias nannte, aber im Grunde fühlte er sich dort in seinem Element. Und nicht wegen Randall Gurdler und dem TIER und 666, das war wohl ziemlich großer Mumpitz. Aber wer konnte das schon sicher sagen? Jedenfalls war es ihm egal. Ihm gefiel daran, Zitadelle hin oder her, daß es wie ein geselliger Verein war und er ein willkommenes Mitglied.

Mehr als willkommen, geehrt. Gleich vom ersten Mal an, als Crouch ihn mitgebracht hatte und ihn sein Muttermal hatte vorführen lassen, war er dort ein besonderer Gastkünstler. Obwohl jeder Blinde sehen konnte, daß es keinen Schwan darstellte, sondern eher, wenn überhaupt etwas, eine Krähe, hätte man meinen können, er sei der wiederauferstandene tapfere Robert Emmet. Was er sich auch wünschen mochte, eine Tasse Tee, einen Ingwerkeks, Liebe, es wurde ihm auf dem silbernen Tablett serviert, er brauchte nur zuzugreifen.

Eine andere Art Maskottchen.

Natürlich wußte er das nur zu gut; er war ja nicht blöd. Immerhin lag diesmal kein Spott darin, er wurde nicht als Monstrosität betrachtet. Hier war er nur eine Kuriosität unter vielen, und was war daran schlimm?

Überdies war er gar nicht bloß ein Maskottchen, sondern auch ein Zeichen. *Ein offenkundiges Omen*, wie der Meister ihn nannte. Wie angekündigt und geweissagt in *Joachims Tode*.

Dieses Werk war das heilige Buch der Schwäne. Ein ramponiertes, in Sackleinen geschlagenes Buch, das die Geschichte eines Märtyrers erzählte.

Seinem Text zufolge wurde Joachim 1522 als Sklave geboren. Als Mulattensohn eines venezianischen Kaufmanns, als Bastard in Tunis geboren, war er am Hof eines dortigen Potentaten aufgewachsen, zeigte eine Begabung für Sprachen und Musik und wurde nach einiger Zeit an einen anderen Kaufmann verkauft, diesmal einen Genuesen, der ihn nach Italien mitnahm. Als sein Herr dann plötzlich starb, machte er sich auf die Wanderschaft durch ganz Europa, verdingte sich zuweilen als Landarbeiter oder Tagelöhner, bettelte auch oder musizierte auf der Straße.

Seiner Musiktalente waren viele, er beherrschte Pfeifen und Saiteninstrumente und eine Art Xylophon, doch seine größte Liebe galt der Trommel, und als Trommler verdiente er sich denn auch in Würzburg sein Auskommen, spielte täglich auf dem großen Platz der Stadt, wobei ein weiterer Nordafrikaner, ein einbeiniger Bettler namens Emico, ihn auf der Querpfeife begleitete.

Der Winter 1545 war bitter kalt, und die beiden Musikanten waren fast am Verhungern. Ein gewaltiger Sturm heulte durch die Stadt und ließ alles Leben erstarren. Joachim und Emico drückten sich vor dem Schneesturm in den Eingang des Würzburger Doms und bereiteten sich aufs Sterben vor. Auf dem Höhepunkt des Sturms aber, gerade als Joachim das Bewußtsein verlor, erschien ihm die Jungfrau.

Sie trug ein weißes Gewand und war von einem himmlischen Leuchten umgeben, doch ihre Füße waren in die Lumpen einer Bittstellerin gehüllt, und ihre Botschaft war karg. Sie sprach zu ihm von der feurigen Flut, die kommen sollte, und daß die Schwarzen Schwäne sie überleben sollten, und sie sagte ihm, was seine Rolle dabei sein solle. Statt seine Trommel dazu zu benutzen, die Menschen zum Tanzen zu bringen, sollte er sie als das Instrument Gottes einsetzen. Und das tat er denn auch sogleich. Er erwachte aus seiner Benommenheit und merkte, daß sich der Sturm gänzlich gelegt hatte, und damit auch sein Hunger. Völlig wiederhergestellt, schnallte er sich die Trommel um und begann, durch die schlafende Stadt zu marschieren und das reine Wort Gottes zu verkünden.

Viele Bürger beschimpften ihn und überschütteten ihn mit Kot, andere verspotteten und verlachten ihn. Nur einer, ein abtrünniger Priester namens Nikolaus, erkannte die Wahrheit seiner Vision. Gemeinsam bildeten sie die Urbrüder der Schwarzen Schwäne und begründeten ihren Mount Tabor in einer Färberei. Tag um Tag zog Joachim durch Stadt und Land und trommelte die Letzten Tage, und immer mehr Anhänger schlossen sich ihm an. Schäfer und Müllergesellen und stellungslose Knechte, Wanderarbeiter und Bettler, sie alle folgten seinem Ruf und warteten darauf, daß die Flammenflut einsetzte.

Anfangs predigte Joachim lediglich Buße, ein Leben in Askese. Doch auf Betreiben Nikolaus' hin wetterte er auch gegen die Kirche. Er beschuldigte den örtlichen Klerus der *Avaritia* und der *Luxuria* und prophezeite furchtbare Strafen im kommenden Holocaust.

Den Bischof von Würzburg, so sagte er voraus, würde es am schlimmsten von allen treffen, worüber der Bischof nicht sonderlich erfreut war und befahl, ihn zu verhaften. Doch der Trommler war nicht so leicht zu fassen. Den ganzen Sommer 1546 hindurch bereiste er weiter das Maintal, trommelte und predigte. Erst als er zum Mount Tabor zurückkehrte, vermochten die Häscher des Bischofs ihn zu stellen. Eine wilde Schlacht folgte, auf den Straßen flossen Blut und Farbe, und endlich war Joachim gefangen und seine Trommel zerstört.

Die Folter vermochte nicht, ihn zum Widerruf zu bewegen. Erzürnt vor allem durch die Beschreibung der Füße der Jungfrau als in Lumpen gehüllt, spielte der Bischof von Würzburg ihm so übel mit, daß der Trommler dreimal für tot erklärt wurde und dreimal wieder zum Leben zurückfand, bis er schließlich auf dem Scheiterhaufen verbrannt wurde, wo er noch immer seine Vision vortrug.

Doch das war noch nicht das Ende der Geschichte. Der Priester Nikolaus hatte einen umfassenden Bericht über Joachims

Kreuzzug verfaßt, und als er seinerseits gefangen und verbrannt wurde, gelangte das Manuskript zu Emico, der es mit nach Afrika nahm. Über Generationen hin blieb die Geschichte verschollen, blieb Gerücht und Phantasie. Das Manuskript selbst war verloren oder vernichtet, und auch von Emico verschwand jede Spur. Doch irgendwie lebte die Überlieferung weiter und breitete sich sogar aus, gelangte von Tunis nach Tlemcen und Meknes, Rabat und Mogador und schließlich bis an die Elfenbeinküste. Von dort brachten die Sklavenschiffe Joachims Andenken in die Neue Welt, und auf den Plantagen dieser Welt hielt es sich als ein kleiner Kult unter vielen, aber dennoch unzerstörbar.

Es bedurfte eines gewissen Hosea Tichenor, ein befreiter Farbiger, daß der Kreis sich schloß. Von Beruf Barbier in Natchez und leidenschaftlicher Verfechter der Sache der Neger, war er mit dieser Geschichte aufgewachsen und erkannte ein Potential darin. Und so schrieb er *Joachims Tode*, ein Bezug auf dessen drei Wiederauferstehungen von der Folter.

Als Privatdruck erschienen, verkaufte es sich nicht besonders, und bald darauf fand man den Barbier mit durchschnittener Kehle. Doch sein Werk wurde nicht vergessen. Frederick Douglass beispielsweise war mit den *Toden* vertraut; später war Marcus Garvey dafür bekannt, wörtlich daraus zu zitieren, und bei Hannah Bradenton, der Patin Luscious Maitlands, lag das Buch immer auf dem Nachttisch.

Damals hatte es dem Meister noch nichts bedeutet. Es war nur ein Geschichtenbuch, und dazu auch noch altmodisch mit seinem Sackleineneinband und der krakeligen Schrift wie Spinnenspuren. Das einzige, was ihn daran beeindruckte, war das Frontispiz – ein Holzschnitt von Joachim auf dem Scheiterhaufen, überall leckten die Feuerzungen an ihm, und seine Arme und Beine waren schon zu Stümpfen verkohlt. Doch schon damals beeindruckten ihn nicht die Leiden oder der Stoizismus, mit dem der Märtyrer sie ertrug, sondern die prallen Muskeln an Schultern und Hals, die aufgequollenen Beutel unter den Augen. Man brauchte ihm nur eine Turnhose und Handschuhe anzuziehen, und man hätte schwören können, er sei Joe Louis, und der Braune Bomber war unter allen lebenden Männern Luscious Maitlands Gott.

Erst als er, drei Jahrzehnte später, nach Attica abserviert wurde, erkannte er einen Sinn in dem Text. Randall Gurdler, der Bischof von Würzburg – waren sie letztendlich nicht doch nur die beiden Seiten einer Medaille? Joachims Tode waren die Tode einer jeden befreiten Seele in einem versklavten Körper: »Sieh dir die Geschichte an«, sagte er zu Crouch und wurde Schlagzeuger in der Gefängniskapelle.

Doch da war noch mehr. Auf Seite 63 hatte Tichenor geschrieben: »Sehet den Mann, welcher das Zeichen tregt, er kommt in HITZ, in Glans kommt er mit gewaltigem Gebrill. Erkennet ihn also an seinem MAL im Fleische, meine Schwäne. Macht ein ENDE bei seiner Ankunft und seiet somit befreit.«

Sehr konkret war das natürlich nicht. Und ehrlich gesagt, als John Joe versuchte, den ganzen Text zu lesen, hatte er ihn als ziemlich schwere Kost empfunden. Dieses ganze Sündigen und Büßen und die eigene Wertlosigkeit zu bedenken, das war doch das glatte Protestantentum.

Die Schwäne aber, Gott hab sie lieb, die gerieten davon in Verzückung. Jedes Wort, das Joachim gesprochen hatte, war für sie wie die Heilige Schrift.

Vor allem seine Vision von Armageddon. In einer seiner letzten Predigten hatte der Trommler DAS ENDE als eine wilde Party dargestellt. Mount Tabor werde von einer Plage ungeladener Gäste heimgesucht, die laute Musik und die schreiendsten Gewänder sowie alle möglichen überdrehten Spiele mitbrächten. Dann gebe es Turnierkämpfe und Bodenakrobatik, Zechgelage, Orgien der Unzucht. Diese Festlichkeit aber sei vorgetäuscht. Unter ihrem ausgefallenen Aufzug trügen die Gäste tödliche Waffen. Die Diener des Antichrist würden auf ein verabredetes Zeichen hin ihre Masken abwerfen und die feurige Flut auslösen. Viele befreite Seelen würden dann umkommen, darunter vielleicht ihre Anführer. Doch das sei kein Grund zur Bestürzung. Wenn sie dessen würdig seien, würden sie, tot oder lebendig, alle gerettet. Als schwarze Schwäne würden sie davonfliegen.

Da stand es also, klar und deutlich. Jeden Augenblick würde Randall Gurdler nun also losschlagen, den Schalter umlegen, und dann müsse man die Tür schnell verrammeln. *Viele Erdbeben werden sein,* sagte Meister Maitland, *und auch Morden auf der Welt, und der Himmel, der ganze Himmel wird rot sein, und der blinde Regen wird sich auf die Wüste ergießen, und im Osten wird ein Stern in Gestalt des Mondes aufgehen, und die Männer werden wie Rennpferde tänzeln, und die Frauen werden wie Männer auf sie wetten.*

Was Wunder, daß die Zunge des Meisters unter diesen Umständen zuweilen scharf wurde. *Und in den Tagen werden die Männer den Tod suchen, und nicht finden; werden begehren zu sterben, und der Tod wird vor ihnen fliehen.* Das war kein Spaziergang.

Dennoch verspürte John Joe keine Angst. Wenn er sich im Vereinshaus in Mount Tabor umblickte, fiel ihm nur zu Hause ein. Welches Behagen es ihm bereiten würde, hierzubleiben, tief unter der Erde, wo keine Sittiche oder Kakadus hinkamen. Dazusitzen und den Kindern zuzusehen, wie sie Power Rangers spielten, und den Frauen beim Wäscheaufhängen und Jerzy Polacki, wie er das Wasserbett reparierte. Selbst der Anblick des hochroten, über das Buch Hiob gebeugten Kopfs des Meisters gereichte ihm zum Trost. Ebenso Crouchs Whiskyatem.

Dieser Mann tanzte auf einer Leiter, schuf aus Fragmenten von Mamie Van Doren den siebten Engel. Klatschte Pappmaché als Körper darauf, Corn-flakes-Schachteln und Klopapierrollen als Gewand. Hüpfte die Sprossen mit seiner tänzelnden Leichtigkeit auf und ab, zwinkerte dabei über die Schulter. »Wie geht's dem offenkundigen Omen?« fragte er.

»Kann nicht klagen«, sagte John Joe.

Das bekam Meister Maitland mit, und sein Kopf hob sich ruckartig. »Wenn wir nicht klagen, wer dann?« sagte er.

»Anna Crow«, entgegnete John Joe.

Sogleich stach ihn die Schuld wie eine Hutnadel. Er hatte versprochen, für sie ein paar Einkäufe zu tätigen. Einen Strick zu besorgen, den sie für eine Dichterlesung am Abend brauchte. Sicher wartete sie im Sheherazade auf ihn, und er hatte es glatt vergessen. *Eine Dame läßt man nicht warten,* hatte seine Mutter immer gesagt. Oder auch Anna Crow. »Eine Frau wartet«, sagte er.

»Laß sie«, sagte Meister Maitland.

»Wenn ich's nur könnte«, sagte John Joe.

Im Freien, nachdem er die fünf Ebenen zurück ins Tageslicht gestiegen war, fühlte er sich ausgestoßen. Der Mann in dem Eisenwarenladen hatte eine Säufernase und einen fragenden Blick, man hätte ihn für einen Trottel halten können. »Haben Sie einen Strick? Passend für eine Schlinge?« fragte John Joe.

»Soll das für Sie sein?«

»Eine Freundin.«

So wie der Mann die Augenbrauen schief legte, sah man gleich, daß er seine Zweifel hatte. »Eine junge Dame«, erklärte John Joe.

»Verstehe«, sagte der Mann. »Geht das bar oder auf Kreditkarte?«

Das Sheherazade am Nachmittag, die Stühle verkehrt herum auf den Tischen und in jeder Ecke Kakerlakenfallen, wirkte trostloser denn je. Nicht einmal Bani Badpa war da. Nur Anna Crow stand da in Leopardentrikot und Ballettschuhen, die roten Haare unter einem Wust gelber Ringellöckchen verborgen, einen Arm zur Stütze straff an der Stange, auf der Spitze des linken Fußes stehend, das rechte Bein zur Decke gereckt. »Hast du ihn?« fragte sie.

»Es gab bloß Hanf, keine Seide.«

»Schwere Zeiten allenthalben.« Sie atmete tief und regelmäßig, warf das Bein hoch, einmal, zweimal, dreimal, und wandte sich dann zu John Joe, der sie anstarrte. Seine Augen verrieten Begehren, das spürte er. »Was ist mit dir?« fragte Anna Crow gar nicht unfreundlich.

»Hast du eigentlich einen Starburst auf Lager?«

Du lieber Gott, so ein gequälter Blick, da dachte man doch gleich an Nierensteine oder zumindest an einen Bruch, wo er doch nur was Süßes wollte, und dazu nicht mal einen anständigen Schokoriegel wie einen Snicker oder einen Baby Ruth, sondern bloß einen lächerlichen Starburst. »Nein«, sagte Anna, »aber du kannst gern einen Kaugummi von mir haben.«

Immerhin hatte er den Strick gebracht. Irgendwie war sie zu zimperlich gewesen, um einfach selbst in den Laden zu gehen und Mister Man nach der besten Schlinge zu fragen. Ein bißchen so, wie wenn man den ersten Tampon kaufte, es war einfach peinlich, auch wenn man wußte, daß es was ganz Natürliches war. Obwohl die Natur ja fies sein, einen total runterziehen konnte. Doch darum ging es nicht; aber worum dann?

Immerhin hatte er den Strick gebracht. Darum ging's.

Bloß nicht ins Reden kommen, so wie jetzt hatte sie sich schon seit Tagen im Kreis bewegt. Ein trüber Gedanke schlängelte sich in ihr Gehirn und richtete sich dort häuslich ein. Machte sich in einem Sessel breit, die Häschenpantoffeln an, und weigerte sich, wegzugehen. So wie diese gräßlichen Lieder, die einen zum Wahnsinn treiben, Ohrwürmer wie *Feelings* oder *Raindrops Keep Falling on My Head* oder dieser entsetzliche Jingle im Fernsehen, *Dr. Pepper, du bist ein Teil von mir*. Das machte sie völlig fertig. Doch welcher Teil wäre das genau? Ein Muskel, ein Nerv, vielleicht ihr Schließmuskel? Dennoch summte sie ihn immerzu unter der Dusche, sie konnte einfach nicht anders, verlor sie jetzt den Verstand?

Vielleicht. Eine Geistesschwäche lag ja weiß Gott in der Familie. Man brauchte nur ihren Bruder Leon anzusehen, der Apollo verehrte. Oder ihren Vetter Driskill, der Pantomime geworden war. Einer dieser weißgesichtigen Irren, die so taten, als wären sie eine Statue auf dem Oglethorpe Square, bei denen kriegte sie das

Kotzen, gottseidank gab es Tauben. Doch darum ging es ja nicht. Es ging um Wahnsinn und die Crows, darüber konnte man ein ganzes Buch schreiben. Und sie damals im Shalimar. Großer Gott, das klang genauso schlimm wie diese Ohrwürmer. *Und ich damals in Shalimar auf frischer Tat ertappt, na klar,* aber das war was anderes, ein Zusammenbruch mit allem Drum und Dran, da hatte sie den Mond angeheult. Jetzt aber war es weniger wie schierer Irrsinn, eher wie Strunzdummheit, und wo war das Mittel gegen Blödheit? Konnte man denn zu einem Weißkittel gehen und ihm erklären: *Ich bin ein Schwachkopf, Herr Doktor, ein hoffnungsloser Trottel, können Sie mir dagegen Pillen geben?* Der würde einen bloß komisch ansehen.

Aber darum ging es gar nicht.

Es ging darum, daß sie den Strick hatte, jetzt, und Klappe. Zeit also, in die Puschen zu kommen und sich an die Arbeit zu machen und sich für den bevorstehenden Abend zu kostümieren. *Der Schwindlerbub,* dieses Gedicht hatte sie noch nie gebracht, und Umgangssprache war nie ihre Stärke gewesen, da mußte sie tief Atem holen, bevor sie sprang. Zumal nach dem Fiasko heute vormittag mit *La Belle Dame Sans Merci.*

Sie hätte den Braten riechen sollen, als sie ihr bei Verse-o-Gram sagten, es sei ein Geburtstagsgeschenk. Denn was für ein Freund oder Liebhaber würde so ein Gedicht schicken, nur ein sitzengelassener Freund, der damit seinen Nachfolger verscheuchen wollte. Jedenfalls hatte sie dann vor so einem Hengst rezitiert, der aussah wie der junge Marlon Brando, nur ohne den fetten Hintern, und einer Dame in den Auen, die sich in ein Laken gewickelt hatte, und dem Geruch nach zu urteilen hatten sie's wie läufige Karnickel getrieben, als diese Schnepfe reinmarschiert kam und deklamierte: *Ich sah ihre hungernden Lippen in der Düsternis mit grauser Warnung klaffend weit.* Perfektes Timing. *Ah! Weh ihr!* Das Scheppern am Fenster war ihr Trinkgeld, das gerade rausflog.

Als sie auf der Treppe Kate Root begegnete, hätte sie natürlich gleich wissen sollen, daß sie Ärger kriegte; diese Frau war der Untergang in blauen Pantoffeln. Wenn überhaupt, dann war ihr neuester Tick, diese Plaudernummer, noch unheimlicher als das Basiliskenauge von Anno dunnemals. Wenn sie einem offen den bösen Blick zuwarf, wußte man wenigstens, daß es einen erwischt hatte. Doch heute morgen war es noch unheimlicher gewesen. Alles viel zu munter, das gerötete Gesicht und dieses vogelhelle Leuchten in den Augen – Anna roch schmutzige Tricks voraus, da braute sich dampfende Kacke zusammen.

Doch darum ging es gar nicht.

Es ging darum, daß sie einen Auftritt vor sich hatte, ein Kostüm anlegen mußte. Sie führte John Joe durch die Küchen in den Lagerraum mit den verschmutzten Tischtüchern und den Kichererbsendosen, zog das Trikot aus und kühlte ihre Haut mit einem Fön. »Und wie ist es dir ergangen?« fragte sie, während sie sich streckte.

»Der Meister hat mich Ananias genannt.«

»Du armes Lämmchen.« Doch sie besaß nicht die Geduld, sich die schaurigen Einzelheiten anzuhören. Was sie betraf, waren die Schwarzen Schwäne eine einzige Nerverei, die brachten nichts als Kummer. Diese Sekten und Jahrtausendkulte, die endeten immer in Tränen, wenn nicht gar in Schlimmerem. Da brauchte man sich nur Leon anzusehen, gestern noch Anlageberater, und heute verteilt er Flugblätter auf dem Oglethorpe Square, eine knallrote Sonne auf die Stirn gestempelt, gleich neben Vetter Driskill, und das war noch gar nichts gegen Jim Jones in Guinea, oder war's Guyana, oder gegen diesen Rockgitarristen in Waco. Warteten in der U-Bahn darauf, daß die Verzückung zuschlug, das konnte doch nicht gesund sein. Hygienisch schon gar nicht. Was die wohl als Toilette nahmen, das hätte sie doch gern gewußt, auch wenn es, wo DAS ENDE doch so nah war, vielleicht keine respektvolle Frage war, trotzdem mußte man sie stellen, jedenfalls sie, oder hatte sich deren Scheiße in Lavendelöl und Safran, Kalmus und Zimt aufgelöst, da sie ja befreite Seelen und so weiter waren?

Es hätte sie ja nicht gestört, nur machte sie sich Sorgen um John Joe, was seltsam war, um das mindeste zu sagen, doch Tatsache war, sie hatte einen Narren an ihm gefressen.

Erstaunlich, wenn sie es sich überlegte. Auch in Anbetracht ihrer Reaktion, als sie ihn das erste Mal vor die Glupscher gekriegt hatte da im Zimmer des armen Godwin an dem Abend, als das Dach in Flammen stand, *na, was hat die Katze denn da ange-*

schleppt? Das war noch milde ausgedrückt, obwohl er auch schon da friedlich gewirkt hatte. Aber nie hätte sie sich vorgestellt, wie nützlich er sich erweisen würde, der Mann war der geborene Kuli.

Ganz anders dieser bescheuerte Willie D. Komisch, oder vielmehr bizarr, daß sie diesem Wichser in so einer abgrundtiefen Lust verfallen gewesen war. Für diesen aufgeputzten oberfaulen autowaschenden Penner, gut, einen knackigen Arsch hatte er, schon, na ja, und seine Haare natürlich, aber sonst absolut null dran, und dennoch hatte sie sich seinetwegen die Nägel bis auf die Knöchel abgekaut, war die Wände hochgegangen. *Anna will ein Küßchen.* Das hatte sie an dem Abend vor dem Hahnenkampf gesagt, hatte diese Worte doch tatsächlich vor Gott und aller Welt ausgesprochen. Warum die Erde sich nicht unter ihr aufgetan hatte, würde sie wohl nie begreifen, wahrscheinlich konnte die sie nicht vertragen.

Die Lust gab Laut, und vom Gegurr erwacht' die Sünde mit Geknurr, von wem war das, nicht Longfellow, aber von einem mit einem L, vielleicht Lowell, na, egal. Nicht jetzt, wo sie nur ein frisches Bett und ewigen Schönheitsschlaf wollte. Vielleicht hatte diese endlose Hitze ihr sämtliche Hormone ausgesaugt, oder die Dumpfheit in ihrem Kopf lief ständig im Kreis, *worum ging es, worum, verdammt,* hatte ihr die Muschi leergeräumt, doch beim Gedanken an Sex mußte sie gähnen, und bei der Vorstellung davon kam ihr das Essen hoch.

Natürlich würde die Flaute nicht anhalten, das war nie so. In einem Tag oder einem Monat oder einem Jahr säße ihr der Fluch wieder im Nacken, doch jetzt, in diesem Augenblick, in diesem Lagerraum wollte sie nur einen Keks und den Trost, daß John Joe ihr zusah.

Das tat er auch ganz prima, saß einfach auf dem Fußboden, die Knie hochgezogen, um die Ameisenstraßen nicht zu blockieren, und sah sie aus seinem verbrannten Auge an, als wäre sie eine Diavorführung, wie sie da nackt rumrannte und sich streckte und die Zehen mit ihren geplatzten Äderchen vom vielen Rumlatschen in geleasten Pumps anfaßte, sich dann für *Der Schwindlerbub* in das beste Becky-Sharp-Kleid von Verse-o-Gram warf, ein knöchellanges weißes Satinkleid, das an der Taille hoch und am Busen tief geschnitten war, dazu eine scharlachrote Schärpe und weiße Satinpumps, und sie pirouettierte um seine Billigung, wobei sie dachte: *Was er wohl sieht,* was sie seltsam fand, da sie normalerweise gedacht hätte: *Wie ich wohl aussehe*, aber das war wieder mal typisch, sogar das Pronomen erste Person Singular war ihr verschüttgegangen, daher sagte sie einfach und ohne jede Pose: *Der Schwindlerbub ist zur Falltür gangen, / Am Strangholz sollt ihr ihn finden; / Den Hanfstrick schon hat er am Hals empfangen, / Auf den Rücken die Händ' sie ihm binden. / »Meiner Treu!« ruft da der rauhe Gesell, / »Mag auch dein Feinsliebchen dich foppen, / Bekümmre dich nicht, stirb kühn und fidel, / Und dankbar wird man dich loben!«*

Der Akzent war das Hauptproblem, es klang einfach nicht wie richtiges Cockney, eher nach einer Mischung aus Birmingham, England, und Birmingham, Alabama, eigentlich ein bißchen wie Kate Root, und dazu noch lahm wie ein Schluck Wasser; »*Meiner Treu, meiner Treu*«, sagte sie wie ein Showmaster, der ein störrisches Mikrofon ausprobierte, Test, Test, »*Am Strangholz*«.

»Das ist gut«, sagte John Joe. »Es reimt sich.«

»Das tun anonyme immer.«

»Weil sie nichts zu verbergen haben? Oder sich im Nichts verbergen?«

Das wußte sie nun wirklich nicht. Solche Bemerkungen machte er manchmal, und dann fragte sie sich, ob er einen feinen Sprung in der Schüssel hatte, *nicht ganz gebacken* war, wie Yeats sagen würde, aber darum ging es jetzt nicht. Mr. Sheridan wartete, sie hatte einen Auftrag zu erledigen, also zog sie sich ein Fahrradcape über das weiße Kleid, stopfte sich den Strick in den Ärmel. »*Die Klappe, sie fiel*«, sagte sie. »*Ein Sturz, ein Ruck! Die Sheriffs starr vor Schreck; / Der Schwindlerbub tat den letzten Zug, / Denn sie zogen die Beine ihm weg. / Da muß er nun hangen für alle Zeit, / Ein Abbild von Liebe und Tapferkeit*, Tapferkeit, Tapferkeit ...«

»*Abbild von Liebe und Tapferkeit*«, sagte John Joe.

»*Und Tapferkeit,* genau«, sagte sie und starrte ihm ins Gesicht. Als läge darin die Antwort. Als trüge er die nächste Zeile mit sich herum wie eine Ersatzzahnbürste, so durcheinander war sie, so verwirrt und dann wieder klar. »*Ach, daß ein solcher das Opfer sei*«, sagte sie. »*Des Gesetzes und dessen Schurkerei.*«

Brinsley Sheridan, wenn das sein richtiger Name war, hatte eine Adresse in Alphabet City in einem jener öden Blocks, die noch nicht luxussaniert waren und die aussahen wie ein Trümmergrundstück, wie Berlin oder Wien am Ende des Zweiten Weltkriegs in einer alten Wochenschau, doch auf seiner Klingel stand Handelman, und er sah auch aus wie ein Handelman, als er die Tür im vierten Stock öffnete, ein kleiner grauer Mann in grauer Kordhose und einem flickenbesetzten grauen Pullover, randlose Brille, dünne Haare, ganz wie ein Bibliothekar.

Sein Zimmer war ein hohes Loft mit einer hübschen Traverse, die aussah wie massive Eiche, doch die Luft war muffig, es wimmelte von Mücken, lebenden wie toten. Auf Tischen und Stühlen und auf den Bodendielen waren Bücher hoch aufgestapelt, alte und neue Bücher, Taschenbücher und gebundene, auf einem Stapel *Die Anatomie der Melancholie*, auf einem anderen *Der gute Soldat*, auf einem dritten *Gib mir Halt, gib mir Trost*, und auf *Scaramouche* ein ungespülter Teller mit Würstchen und festgebackenen Bohnen, die schon grün wurden und phosphoreszierten und bei deren Anblick Anna fröstelte, als sie ihren schwarzen Umhang abstreifte. »Sind Sie der Schwindlerbub?« erkundigte sie sich.

»Ich habe die Ehre«, sagte Brinsley Sheridan.

Er saugte durch die Zähne, gelb waren sie, etwas Derartiges hatte sie überhaupt nicht erwartet. Als Verse-o-Gram ihr diesen Auftrag erteilte, da hatte sie sich einen Speiseclub vorgestellt, vielleicht ein Rudel junger Spunde von einer Edeluni, Elis oder Crimsons, bei einem Saufgelage, die den Geburtstag des Great Cham oder von sonstwem mit einem Champagnerfrühstück wie weiland Johnson und Boswell feierten, als sie von einem gemieteten Zimmer aus den Hinrichtungen am Tyburn zusahen. Ein Tisch von Mini-Garricks und -Oliver Goldsmiths in Perücken und Strümpfen und Samtröcken, die Schnupftabak und Portwein kreisen ließen. Nicht aber diese vertrocknete Scheibe Limburger, die da an ihrem Dekolleté rummäkelte und -zickte und abwechselnd saugte und schniefte. »Sie sind nicht passend gekleidet«, greinte er. »Ich habe klar und deutlich Vor-Regency verlangt.«

»Würd's ein Schönheitspflästerchen bringen?«

»Lydia Languish, sagte ich.«

»Oder ein Scheißfächer?«

»Mit dieser Einstellung kommen Sie nicht weit«, sagte Brinsley Sheridan. »Überhaupt nicht weit.«

Nun, natürlich hatte er recht, weit kam sie damit nicht, war sie auch nie gekommen, jedenfalls nicht seit Charleston, als sie zu dem Cop in der King Street gesagt hatte, er solle seine dreckigen Pfoten wegnehmen, sonst würde er seinen Schwanz als Fliege tragen. Doch sie durfte nicht noch ein Trinkgeld sausenlassen, wirklich nicht, also riß sie sich zusammen, lächelte geziert und nahm Anweisungen entgegen, lammfromm wie ein Schulmädchen, während Sheridan sie an einem Fenster aufstellte, das mit Toile zugehängt und verdüstert war. »Entspannen Sie sich«, sagte er.

»Und was ist mit dem Strick?«

»Welcher Strick? Ich weiß von keinem Strick.« Seine Stimme zuckte, und er riß ihr den Hanf aus der Hand, warf ihn wie etwas Unreines von sich. »Ich habe keinen Strick verlangt, niemals«, sagte er. »Ein Strick ist mir nie in den Sinn gekommen.«

Also laß ihm seinen Willen. Berühr ihn mit scheuen Fingerspitzen an den Handgelenken und mach kleine Gurgelgeräusche, vielleicht gingen die ja als Reue oder wenigstens Willfährigkeit durch, während sie auf das Stück Ödland voller schwelender Feuer zwischen einer chinesischen Wäscherei und einer ausgeweideten Bodega hinabblickte und auf die drei Männer, die in dem Schutt hinter einem ausgebrannten Auto kauerten, das sie von der Straße abschirmte, aber nicht von oben, und reihum an einer Pfeife zogen, und als sie da versuchte, sich den Galgen vorzustellen, war das gar nicht so sehr schwierig. »Dann los«, sagte Brinsley Sheridan. »Los.«

»*Der Schwindlerbub ist zur Falltür gangen.*«

»Nicht so schnell. Ganz langsam.«

»*Am Strangholz sollt ihr ihn finden.*«

»Mehr Ausdruck. Legen Sie mehr Gefühl hinein.«

»*Den Hanfstrick schon hat er am Hals empfangen.*«

»Korrekt«, sagte Sheridan.

Er war nun hinter ihr und schien beruhigt, bis auf ein paar herabfallende Bücher und ein leichtes Knarren wie von einem Ruderboot war es still, nichts regte sich, nur die Fliegen an der Fensterscheibe, *Mag auch dein Feinsliebchen dich foppen, / Bekümmre dich nicht, stirb kühn und fidel,* sagte Anna und hörte ein Seufzen, konnte das ein unterdrücktes Schluchzen hinter ihrem Rücken in dem weißen, tief ausgeschnittenen Satinkleid sein, ihre Schultern waren zu knochig, das wußte sie, dennoch ein anmutiger Hals, *Und dankbar wird man dich loben,* sagte sie und riskierte einen Blick auf die Würstchen in ihren pelzigen Fäustlingen, obwohl sie wußte, daß sie das nicht sollte, wirklich nicht, und das Schluchzen wurde lauter, auf der anderen Straßenseite stand einer der Männer schwankend auf den Beinen, drohte mit der Faust, *Die Klappe, sie fiel,* sagte sie und hörte ein Ächzen, ein veritables Krächzen, auf das hin sie den Kopf umwandte wie Persephone wider besseres Wissen und Sheridan von der Traverse hängen sah, der Strick hatte sich so tief in seinen Hals eingegraben, daß nur noch die Enden sichtbar waren, sein Kopf ein puterroter Ballon mit randloser Brille kurz vorm Platzen, und aus seiner Kordhose ragte ein bescheidener Beitrag, der aussah wie ein rotköpfiger Goldfisch, bis er spritzte. »Also ehrlich«, sagte Anna und packte ihr Regencape, um sich zu bedecken. »Schneiden Sie mich ab«, sagte Brinsley Sheridan aus dem puterroten Ballon heraus, doch sie konnte nicht bleiben, es ging einfach nicht.

Auf der Straße, wo sie ziellos rannte und rannte, lachte eine Frau auf einer Türschwelle, und aus einem Souterrain schoß ein Hund heraus und schnappte nach ihren Knöcheln, ein Jack Russell, dachte sie, und der schwankende Mann bei dem ausgebrannten Auto brüllte etwas von Katzen, vielleicht war es auch Karren, das hätte sie nicht beschwören wollen, und dann war sie in einer Bar, da rannte sie dann nicht mehr.

Der Mann hinter den Zapfhähnen war ein bulliger Kerl, sah aus wie ein Pole. Es gab ein Dartboard. Die Röhre in der Bud-Reklame war am Ende, das Licht flackerte immerzu. Jemand rauchte Pfeife.

Der Hund war ein Skye-Terrier.

Überhaupt kein Jack Russell. Ein Skye.

Da war sie sich fast sicher.

Die Bar war lang und dunkel, die Sonne kam bis zu den ersten beiden Hockern, die schräge Helle war voller Stäubchen. »Du siehst wie ein Pole aus«, sagte sie zu dem Barmann. »Bist du verheiratet?«

»Drei Kinder.«

»Wie heißen die?«

»Caithleen, Sinead, Sean Timothy.«

»Sind sie in Sicherheit?«

Der Schnappschuß, den der Mann über die Theke schnickte, zeigte drei Kinder, die eben wie drei Kinder aussahen, die irgendwo an einem Strand posierten. Nach dem Zustand der Holzpromenade und den drei Radfahrern zu urteilen, die am Geländer lümmelten, mochte es Coney Island sein. »Sind sie auch bestimmt in Sicherheit?« fragte Anna.

»Caithleen hat ein Stipendium«, sagte der Barmann, und er sagte noch eine ganze Menge, aber da folgte sie ihm schon nicht mehr. Als er ihr Mann war und sie beschimpfte, hatte Padgett immer behauptet, andere Leute interessierten sie einen Scheißdreck, sie kümmere sich nur um sich selbst. Völlig wahr, und welcher normale Mensch konnte ihr das übelnehmen? »Ich habe meinen Freund erschossen. Ich habe meinen liebsten Schatz getötet«, sagte sie.

Der Mann war Barmann, er fragte nicht, wie oder warum, schenkte ihr nur noch einen ein und machte sich wieder daran, Gläser zu polieren. Sie trank Mescal, sie mochte es, daß in jeder Flasche ein mumifizierter Wurm schwamm, sie mochte die Stäubchen, die in dem Sonnenstrahl durch die Bar trieben, sie war glücklich, daß sie hier war.

Doch darum ging es nicht; es ging um etwas anderes. Eines Morgens im Camp Pocahontas, wenigstens glaubte sie, daß es morgens war, in einem Faß voller Federn ließ sich das nie so genau sagen, hatte Chase geschlafen, den Kopf auf ihren Bauch gebettet, hatte vielleicht sogar geträumt. Und als sie sich hinabbeugte, um ihn hinters Ohr zu küssen, damit er auftauchte, als sich sein Gesicht ihr zuwandte, da sah er genauso aus wie ein Ertrunkener, der an die Oberfläche gespült wird. Oder gezogen wird. Und das Kranke in seinem Blick, so zurück ans Licht gezerrt, da hatte sie geglaubt, er würde es ihr nie verzeihen.

Sein Fleisch nicht braun, sondern schimmernd, wie etwas

Wildes, vielleicht Gefährliches. »Was bin ich schuldig?« fragte Anna.

»Was kannst du dir leisten?« erwiderte der Barmann.

Wieder auf der Straße, ging sie mit gesenktem Kopf, die Augen auf den Gehweg geheftet, und sah das Stück Strick, das da lag, erst, als sie fast darüber gestolpert wäre. In Sheridans Fenster war ein Gesicht mit einer Brille, doch die Sonne war zu hell in ihren Augen, sie konnte nicht erkennen, wem es gehörte. Der Strick unter ihrem Schuh war weich und matschig, ausgelaugt. Scheiß drauf, er war ein Souvenir, sie steckte ihn in die Tasche.

War das Diebstahl? Sie hoffte es.

An dem Tag in Savannah, nachdem Chase aufgewacht war, hatte sie in den Federn gelegen, deren Farben wie Tropenkrankheiten waren, und versucht zu ruhen, aber von wegen, einer, der nicht Posaune spielen konnte, spielte auf der anderen Seite des Bötchenteichs Posaune, wahrscheinlich ihr Bruder Leon, und ein anderer fällte mit einer Kettensäge Bäume. Sie konnte nicht schlafen und auch nicht wach liegen bei diesen unertrunkenen Augen, die sie vorwurfsvoll ansahen, im Grunde konnte sie überhaupt nichts machen, konnte sich nur in ihre Sachen schmeißen und die Kurve kratzen, mit ihrem Fahrrad in die Stadt zum City Market und zum Franklin Square düsen, wo die Hafenarbeiter unter den immergrünen Eichen vor der First African Baptist auf Arbeit warteten, und in einem Straßencafé trank sie Stingers, ließ sich langsam, aber gründlich vollaufen und hörte bei den beiden Frauen am Nebentisch mit, zwei starken, stattlichen Damen in Carmen-Miranda-Hüten, die ein Mädchen namens Sistra kannten, deren Mann sie mit ihrer eigenen Mutter betrogen und dann ihr Bingogeld gestohlen hatte, und als Sistra ihn erwischte, war er gerade beim Würfelspielen hinter dem Paradise Club, und sie nahm ihre Pistole und schoß auf ihn, bis keine Patronen mehr übrig waren. *Und damit, meine Herren,* hatte sie dann gesagt, *wäre der Spaß für heute zu Ende.*

Genau Annas Meinung. Wie sie so im Broadway Local in der Rush-hour nordwärts rumpelte, wußte sie nicht, was sie getan hatte, sie wußte nur, daß sie fertig war. Nie mehr Verse-o-Gram, nie mehr Zenaide aus Zonguldak, nie mehr Schwindlerbuben jedweder Art. *Nie mehr kostenloses Mittagessen,* dachte sie und machte sich schlaff, aufrecht gehalten nur noch von den dichtgedrängt stehenden Fahrgästen, so daß sie, als die Türen aufgingen, hinausgespült wurde wie ein Gummidingi, das sich widerstandslos von der Flut hinwegtragen ließ.

Das war leicht, das war gar nicht so schrecklich. *Fort brüllt die Flut,* kam ihr in den Sinn, John Clare, als er in der Anstalt war. *Fort tost die Flut – strebend, bis sie sich befreit,* sie wurde die Treppe hoch- und über den Broadway hinweggetragen, *Wie Mühsal wandernd bis in alle Ewigkeit,* die Straße lang und hinein in den Zoo. Wo Kate Root saß, das Bulldoggenkinn auf die Faust gestützt, den neuen kecken und vogeläugigen Blick auf nichts gerichtet, was Anna sehen konnte, und sich mit frisch lackierten, ganz feucht glänzenden Fingernägeln am Knöchel kratzte.

Fuchsie, nichts weniger.

Müde sah sich Anna nach etwas um, worauf sie sich setzen und sich ein bißchen ausruhen konnte, doch kein Hocker war frei, auf einem saß dieser perlmuttgescheckte Nymphensittich und über den anderen war eine fleischrosa Strumpfhose drapiert, da gab es keinen Platz für sie, um ihre Knochen auszuruhen, also machte sie sich auf den Weg nach oben zu ihrem Zimmer, auch wenn das ein schwaches Bild machte, als würde sie nachgeben.

Nach einem Tag wie diesem konnte sie es einfach nicht ertragen, wie ein geprügelter Hund davonzuschleichen. Auch wenn sie einer war. Und dann hielt sie auch noch etwas anderes zurück, was, konnte sie aber nicht sagen. »Ist irgendwas anders?« fragte sie. »Hast du die Käfige umgestellt?«

»Der Fernseher ist aus.«

Natürlich, das war's. Kein *Macmillan and Wife,* oder was um diese Zeit gerade lief, kein Ton, nur die Schlangen und Vögel, das machte alles ganz unnatürlich. Fast gespenstisch. Dann, als sie zu Kate hinsah, hatte sie ein sehr eigenartiges Gefühl, einen Moment lang mochte sie sie fast, irgendwie war da eine Verbindung.

Das ergab doch keinen Sinn, es mußten die Nachwirkungen des Schocks sein, wie ein Schleudertrauma. Das aber wollte sie nicht, Gott behüte, und sie tat, was sie konnte, um es zu unterdrücken. Doch es ging nicht. Ausgerechnet jetzt fehlte ihr die

Kraft dazu. Irgendein bescheuerter Drang, zu teilen und zu geben, verhängnisvolle Worte, hatte sie am Wickel, und sie kramte die Schlinge hervor, warf sie auf den Ladentisch, breitete die Arme in einer Gebärde des Verzichts aus. »Da, nimm«, sagte sie. »Kannst du haben.«

DAS VIERTE

An jenem letzten Abend in St. Martinville, als Mary sich verabschiedet hatte, war Kate ganz schlechter Laune. Monatelang hatten sie und Charley Root die Nebenstraßen von Louisiana abgegrast und Ansichtskarten und Restbestände von Duftkerzen aus dem Kofferraum eines ramponierten Plymouth verhökert. Das Geschäft ging mau, die Aussichten waren gleich Null, und erst an dem Nachmittag hatte sie Charley Root dabei erwischt, wie er im Badezimmer einen Schub Amarillo-Jungfrauentränen im Waschbecken zusammenmixte.

Sie hatte laut aufgeschrien. Nicht wegen der Handlung als solcher, die inzwischen fast schon Routine war. Doch in dem Moment, als sie ihn entdeckte, hatte er sie über die Schulter mit genau demselben Gesichtsausdruck angesehen, den er an jenem ersten Abend in Tarpon Springs gehabt hatte, da, als er mit seinem Korsettreißverschluß hängenblieb. Der Blick einer alten Tunte, die bei ihrer Toilette überrascht wird, verschämt und kokett zugleich.

Das konnte Kate nicht ertragen, nicht noch einmal. Also kreischte sie und trommelte mit geballten Fäusten auf ihn ein, er wiederum zerkratzte ihr mit offenen Klauen das Gesicht. Ein paar Sekunden lang hatten sie gerungen und aufeinander eingedroschen, zwei Katzenweibchen in einem fauchenden Kampf, dann hatte sich Charley Root befreit. Er packte seinen Krug mit den Jungfrauentränen und wollte ihn ihr schon wie Säure ins Gesicht schütten. Doch er bremste sich. Schließlich war das ja bares Geld.

Sie wohnten im Acadia Motel, eine Meile vor der Stadt, nachdem sie am Nachmittag von Eunice und Ville Platte hergefahren waren. St. Martinville war die Kleinstadt, in der sich in irgendeinem Gedicht Evangeline einmal mit ihrem Liebhaber unter einer Eiche getroffen hatte, heute aber stellte sie scharfe Soße her, und die Luft war so scharf mit Kapsikum gepfeffert, daß Kate die Augen brannten, entzündet und rot wurden.

Auf dem Rasen vorm Motel war zwischen zwei Johannisbrotbäume eine alte Kinderschaukel gespannt, und darauf schaukelte sie, bis das Brennen aufhörte. Die Schaukel war völlig verzogen und verrottet, das Seil halb erodiert, und so war ihre Schwingbewegung hoffnungslos krumm und schief. Statt eines glatten Pendels beschrieb sie einen wackligen Kreis, zerrte Kate in jeden Winkel, nur nicht den richtigen.

Am einen Ende des Kreises war ein Busch mit scharfen roten Stacheln, wie er hieß, wußte sie nicht, doch die Zweige waren wie dornenbewehrte Streitwagensporen, und immer wenn der Lauf der Schaukel Kate dahin führte, scheuerten diese Dornen an ihren Beinen, ihren nackten Knien.

Zunächst versuchte sie, sich davon fernzuhalten. Sie zog die Beine bis an die Brust, wich bescheiden aus. Doch mit jedem Ausschwung ließen ihre Bemühungen nach. Normalerweise bereitete Schmerz ihr keine Lust, das war das letzte, was sie wollte. Doch dieser Abend war nicht normal. Das Bild von Charley Roots wackelnden Hüften, dazu der Pfeffer, der sie quälte, das machte sie übermütig, und so stieß sie sich immer höher. Um sich darzubieten, um sich von den Dornen ritzen und peitschen zu lassen, bis ihre Beine mit Stichmalen übersät waren.

In ihrem blinden Streben gestattete sie sich die Vorstellung, wie das Blut schmecken würde, salzig und süß zugleich, und wie es wie Balsam auf ihren brennenden Lidern wäre. Also schaukelte sie stärker, und sie schwang so heftig hinein, daß ein Dorn das Fleisch über ihrem Knöchel aufschlitzte. Von dem Schock riß sie die Augen auf, und da saß Mary am anderen Ende des Hofs in einer immergrünen Eiche.

Es dämmerte schon, und das Mädchen trug ein dunkles Kleid von derselben Farbe wie das Licht, so daß nur das Weiß ihres Gesichts und ihrer Hände deutlich zu sehen war und auch das Leuchten ihrer Augen. Dieses Leuchten aber war von Kummer getrübt. Einen Moment lang glaubte Kate, das liege an ihr selbst, und war zutiefst beschämt. Dabei erwischt zu werden, einen Busch zu besudeln, das war obszön, sie konnte nicht begreifen, was in sie gefahren war. Dann brannte der Pfeffer nicht mehr in ihren Augen, sie konnte klar sehen, und sie erkannte, daß Schuld unwichtig war, daß dieses Leid die Scham weit übertraf.

Das Mädchen war gekommen, um zu gehen, so einfach war das. In ihrer Herzensgüte hatte Mary Kate nicht ohne ein Wort oder Zeichen verlassen oder einfach fallenlassen wollen, doch im Grunde lief es auf dasselbe raus. Wahrscheinlich waren die Jungfrauentränen der letzte Tropfen gewesen, vielleicht hatte sie sich ja auch vorher schon entschieden. Zu viele Geschmacklosigkeiten, ein Betrug zuviel, sie konnte den Gestank einfach nicht mehr ertragen, und wer wollte es ihr verdenken? Kate jedenfalls nicht.

Die Trennung war nicht dramatisch, das war nie Marys Stil gewesen. Sie saß einfach in den Zweigen der großen Eiche, in der spanisches Moos hing, und blickte über den Hof hinweg zu Kate, die nun reglos auf der Schaukel saß, auf den staubigen Busch mit seinen abgerissenen und zerbrochenen Dornen, den verdorrten grauen Grasbüscheln darum herum, auf ein paar Hühner, die im Dreck pickten, und auf einen alten blinden Hund, der sich totstellte, die Augen milchigweiß vom grauen Star. Und sie machte ihrem Herzen Luft. Obwohl sie selten sprach, lieber zuhörte, sagte sie Kate nun alles. *Verliebe dich nicht in das Leiden, das ist die tödlichste Krankheit*, sagte sie, und das war nur der Anfang, da kam noch viel mehr, das merkte man.

Nur war Kate nicht dazu berufen, es zu hören. Bevor Mary noch die Gelegenheit hatte, ein weiteres Wort zu sagen, setzte die Musikbox in der Motelbar ein, ein Ausbruch kruden Lärms, der so gewaltsam war, daß die Hühner kreischend davonflatterten und sogar der blinde Hund den Kopf hob.

Es war natürlich Charley Root. Sie brauchte ihn gar nicht dabei zu erwischen, um seine Handschrift zu erkennen oder die Bosheit zu spüren, mit der er einen Elvis wählte: *Are You Lonesome Tonight?* Über den Hof hinweg konnte sie sehen, wie sich Marys Lippen bewegten, doch die einzigen Worte, die zu ihr drangen, waren *Does your memory stray To a bright, sunny day?*, und dann erhob sich der Hund und wackelte zu ihr hin, wo sie noch immer saß, auf der Schaukel, wie gelähmt. Ein abstoßendes, flohverseuchtes Geschöpf, das sabberte und schnüffelte und mit seinen weißen Augen ins Nichts starrte, Welten entfernt von Pompey, und er mußte das Blut an Kates Beinen gerochen haben, er blieb stehen und schnupperte, fing dann an zu lecken. *Is your heart full of pain?* sang Elvis, sonst war das eigentlich Kates Lieblingslied, sie konnte es die ganze Nacht lang hören, aber jetzt im Moment wirkte es albern, es machte alles kaputt. Mit jeder Zeile wurde die Erscheinung des Mädchens in der Eiche schwächer, durchscheinender, bis Kate durch Marys Kleid und ihre weißen Hände hindurch ins Dunkel sehen konnte. Die Hundezunge war rauh wie Schleifpapier auf ihren Schienbeinen, sie roch nach Sumpf, und das milchweiße Starren schmerzte schlimmer als der brennende Pfeffer. *Will you come back again?* sang Elvis, ohne zu wissen, was er tat, und Kate hielt es nicht mehr aus, sie schloß die Augen. Nur ganz kurz, kaum länger als ein Blinzeln, aber als sie wieder hinsah, war das Mädchen weg.

Dann war nur noch zunehmende Dunkelheit da und diese nutzlose, elende Schaukel. Als das Stück vorbei war, blieb die Musikbox stumm, die Hühner pickten weiter, der blinde Hund wackelte von dannen, und Charley Root stand, von hinten erhellt, in der Tür zur Bar, gluckerte Dixie-Bier aus der Flasche. Er hatte gesiegt.

Als Kate am nächsten Morgen erwachte, war sie krank. Drüsenfieber, sagte der Arzt und schickte sie ins Krankenhaus nach Lafayette, wo sie hoffte, sie werde sterben, was ihr aber nicht gelang.

Sie blieb dort sieben Wochen, und das war ein Segen, weil sie die Ruhe brauchte, doch bis zum Abend vor ihrer Entlassung geschah nichts weiter. Zum Abendessen bekam sie Champignoncremesuppe und Cracker und Cornedbeefsalat, Huhn in Sahnesoße mit Rahmspinat, Limonenwackelpeter mit Schlagsahne und einer Kirsche obendrauf, dann schlief sie gleich ein, und als sie aufwachte, war es mitten in der Nacht.

Jemand rasselte.

Erst dachte sie, es sei der Mann im nächsten Bett, der an etwas starb, was sie nicht aussprechen konnte, doch der schnarchte friedlich. Zudem kam das Rasseln auch nicht von Westen, es hing direkt über ihrem Bett. Ein Knispeln, ein trockenes Röcheln, das in ziellosen Kreisen wie ein Plastikboot in der Badwanne zu treiben schien, und jedesmal wenn sie versuchte, es zu lokalisieren, hüpfte es wie auf kleinen Wellen weiter.

Die Störung hielt sie wach. Sie brauchte Ruhe für ihre Nerven, es ging ihr nicht so besonders. Ehrlich gesagt hatte sie womöglich zuviel gegessen. Die viele Sahne lag ihr im Magen wie Blei, sie fühlte sich aufgebläht. Dann bekam sie plötzlich Krämpfe. Ihre Gedärme grummelten, sie mußte auf die Toilette, doch ihr Bett war so kuschelig, so warm, es kam ihr ganz undankbar vor, es zu verlassen. Die Füße auf die kalten glatten Fliesen zu setzen und ins Dunkel zu gehen. Und dann war da ja auch noch dieses Rasseln.

Lange Zeit lag sie da mit geschlossenen Augen, wollte die Krämpfe und das Krächzen wegzwingen, doch es war sinnlos, keines von beiden wollte vergehen. Also machte sie sich auf den Weg durch die Station, vornübergebeugt wegen der Krämpfe. Und das Rasseln begleitete sie. Es hing über ihr wie der falsche Heiligenschein eines Gotteslästerers, plapperte und röchelte, und kein Wort, das Kate kannte, hatte die Macht, es zum Schweigen zu bringen.

Charley Root nannte Toiletten »das Notwendige«, und dies eine Mal hatte er damit nicht unrecht. Sie gelangte in Sicherheit, öffnete die Tür einen Spalt, drückte sich seitlich hinein und drehte fix den Schlüssel, doch das Rasseln ging durch das Holz wie nichts, es holte vorher nicht einmal Luft. Es klang höchstens noch lauter und aggressiver. In dem geschlossenen Raum schien es zu hallen, und der Hall war spöttisch, bewußt beleidigend. Und zwar so überheblich, daß die Krämpfe eingeschüchtert wurden und nachließen, und statt dessen mußte Kate sich übergeben.

Sie kotzte ihr Abendessen in der exakten Reihenfolge heraus. Suppe und Salat, Huhn in Sahnesoße und Spinat, Limonenwakkelpeter und die Kirsche obendrauf, bis sie entleert war, völlig ausgepumpt, während sie in die Schüssel hinabstarrte auf das, was eben noch ein Teil von ihr gewesen war, und das Rasseln ihr über die Schulter spähte. Sie kniete unter ihm und konnte spüren, wie sein triumphheißer Atem ihr übers Genick strömte, das Krächzen fast ein Krähen, und da kannte sie seinen Namen.

Natürlich kannte sie ihn. Sie hatte ihn schon die ganze Zeit gekannt, es nur nicht zugeben wollen, nicht einmal vor sich selbst. Nun aber sagte sie seinen Namen laut und belegte ihn dabei mit einem Fluch, während sie sich von ihrer Kauerhaltung erhob und alles wegspülte, den Namen und sein Rasseln und ihr Abendessen, alles zusammen fort in einem großen Rauschen. Nun war sie also davon befreit. Sie ging zurück zu ihrem Bett und schlief zwölf Stunden lang den Schlaf der Gereinigten, ohne einen einzigen Traum, und am nächsten Tag holte Charley Root sie ab, er brachte sie von dort weg.

Danach lebten sie in Jeanerette, die Reisen und auch das Verkaufen waren vorüber, der Studebaker blieb in der Einfahrt. Kate war noch keine sechzehn, sie war noch ein Schulmädchen. Elvis war in der Armee, und dann war da ein Junge namens Acie Dotson, der hatte ein ganz süßes Lächeln, und etwas weiter am Highway 90 war der Club Why Not. Doch Charley Root wollte sie da nicht hingehen lassen, und er schoß auf Acie Dotson mit dem Luftgewehr, wenn Acie zu lange übern Gartenzaun hing. Obwohl Charley da ja schon ein kranker Mann war, der Ärmste. Die Venen in seinen Beinen schwollen an und bildeten Gerinnsel, ein Pilz wucherte in seinen Lungen, und er bekam kaum mehr Luft, er röchelte immer. Rasselte, konnte man sagen, bis er eines Morgens auf »dem Notwendigen«, wo er gerade die Baseballergebnisse las, hinter sich langte, spülte und steif wie ein Brett umfiel.

Wenn das kein Mord war, was dann?

Oder wenigstens Totschlag. Doch Kate war sich keiner Schuld bewußt gewesen und auch jetzt nicht, als sie im Zoo vor dem Zenith saß und an der Stelle überm Knöchel, wo der Dorn in St. Martinville sie gezeichnet hatte, träge herumkratzte; es hatte sie schon den ganzen Tag gejuckt.

Apropos Rasseln – Pearl rüttelte und zupfte unablässig an seinen Gitterstäben wie ein Penner in der Ausnüchterungszelle, damit hatte er auch schon die anderen Vögel aufgewiegelt, der ganze Zoo war in Aufruhr. Als Kate durch die Gänge ging, versuchte, die Ordnung wiederherzustellen, war ihr, als schlüge ein tosender Brecher über ihr zusammen. Die schwitzenden Wände, die Hängepflanzen, die ihr naß ins Gesicht klatschten, die Gasöfen, die in ihren Ecken grinsten, der Begräbnisduft der Orchideen, das Getöse der Aras und Arakangas, das Zischen der Tannennatter und das sumpfartige Quatschen unter ihren Füßen – es war ein einziges Tollhaus, das erkannte sie nun, und sie war überrascht, daß es ihr früher nie aufgefallen war.

Der Tumult war zum Teil ihre eigene Schuld. Den ganzen Tag war sie herumgetigert, ein einziges Nervenbündel gewesen. Hatte sich auf nichts richtig konzentrieren können, war ein dutzendmal die Stunde die Gänge rauf und runter gegangen, war herumgeflattert, hatte herumgefuhrwerkt und geschwitzt wie ein Schwein. Wobei Schweine ja nicht schwitzten, sie glaubte nicht, daß die wußten, wie das geht. Nicht einmal bei Billy und Bo konnte sie stillsitzen, die Handlung war völlig konfus. Ehrlich gesagt waren diese Seifenopern manchmal schon ein bißchen dumm, gingen ihr auf die Nerven. Was wiederum den Tieren auf die Nerven ging. Dann war die Luft zum Schneiden dick.

Sie wußte, daß sie sich beruhigen sollte, doch wo konnte sie Ruhe finden? Wohin sie auch sah, überall herrschte Anarchie. Anna Crow im Rollstuhl, eingehüllt in Decken und Federn. Dieser Junge, Wilfred, von einem U-Bahn-Zug überrollt. Ein Kunde mit einem Gasleck in seiner Kellerwohnung und eine Kundin mit schleichendem Schimmel in ihrem Silberfuchs, eine weitere binnen eines Jahres stocktaub geworden. John Joe Maguire und ein Topf mit kochender Milch.

Vor allem aber überwältigte sie die schiere Fülle. Nach all den eingefrorenen Jahren nun von so vielen Bildern überschwemmt zu werden, einer solchen Bilderflut, da kam sie einfach nicht mehr mit. Sehen war ein Sport wie jeder andere, da mußte man in Form bleiben. Schaffte man das nicht, wurde man am Ende sonnenblind.

Nirgends fand sie Schutz davor, nie kam sie auch nur zum Atemholen. Als sie sich nach oben in Ferdousines Zimmer auf ein Stück Shortbread verkroch, hatte sie noch keine zweimal abgebissen, da sah sie schon die Hochzeitsfeier wieder, die Granatapfelbäume und die Pfauen, den Aghound mit seinen hennaroten Haaren, die schlaffen gelben Hinterbacken wie schwitzender Holländerkäse unter dem *schalwar qamies*, und dann bekam sie den Kuchen in die falsche Röhre und mußte würgen.

Das war wirklich nicht anständig. Genauer gesagt, es war unprofessionell. Wenn sie auch nur einen Rest Verantwortungsgefühl gehabt hätte, würde sie sich schämen. Doch den hatte sie nicht, also tat sie es auch nicht. Anscheinend war ihr irgendwann die Gabe des Erstaunens abhanden gekommen. Bilder, die sie einmal schockiert oder ihr große Schuldgefühle bereitet hätten, wirkten nun wie kostenlose Vergnügungen.

Sie empfand eine Art Trunkenheit. Im Zoo verkaufte sie einem Pfarrer einen Kanarienvogel und sah ihn nackt bis auf sein Bäffchen, an Händen und Füßen ans Bett gefesselt, während eine Frau in schenkelhohen PVC-Stiefeln ihn mit einem Staubwedel kitzelte. Diese Vision hielt sie so sehr in Bann, daß sie vor lauter Hinsehen das Wechselgeld nicht zählen konnte, worauf der Handel platzte.

In tausend Stücke platzte, aber das war ihr egal. Zwei Minuten nachdem der Pfarrer gegangen war, trat ein Rasta mit hüftlangen Dreadlocks an seine Stelle. Und den sah Kate im freien Fall von einer Bühne in ein Pogo-Getümmel springen, wo er sich dann das Rückgrat brach. Aber sie konnte immer nur daran denken, wie schön er im Flug aussah und wie seine Dreadlocks im Schein der Bogenlampen wie Schlangen schimmerten.

Was hatte sie in all den Jahren gefürchtet? Warum hatte sie so verzweifelt darum gekämpft, blind zu bleiben? Als sie abends dann den Zoo zumachte, war ihr, als hätte sie einen Marathonlauf in Betonstiefeln hinter sich, sie konnte kaum den Kopf aufrecht oder ihre sehenden Augen offen halten, sie war schweißgebadet, benommen, erschöpft, und immerzu mußte sie *Stuck on You* summen.

Verliebe dich nicht in das Leiden. Das war ein guter Rat, sie hätte ihn befolgen sollen. Als sie sich in ihr Schlafzimmer einschloß und anfing, sich auf die Unterrichtsstunde mit Wilfred vorzubereiten, wühlte sie tief in ihrem Schrank und förderte einen Paradiesvogel zutage. Es war natürlich nicht dasselbe Kostüm, das sie für Charley Root getragen hatte, aus dem war sie schon lange herausgewachsen. Doch Charley Root war nicht der einzige Messerwerfer, für den sie sich damals hingestellt hatte. Jahre nach seinem Tod war sie wieder in Florida gewesen, hatte sich nach Sarasota verirrt, wo sie dann einem Messerwerfer namens Eddie begegnete.

Er war kein Geprüfter, nur Lehrling, doch er warf eine raffinierte True-Bal-Drehung, 40-cm-Axt, Stielgriff, man sah gleich, der hatte Potential.

Und Kate war zu haben gewesen. Seit St. Martinville und dem Acadia Motel war sie nicht vom Fleck gekommen. Ein Jahr in England bei Fred Root, um wieder gesund zu werden, mehr oder weniger, und seitdem war sie ohne Ziel gewesen. Hatte auf Feldern und in Fabriken gearbeitet, hatte Lohnschecks abgeholt, das war's. Hatte sich die ganze Golfküste lang abgeplackt. In Pensacola Erbsen eingedost, in Mobile Austern geschält, war auf dem Flohmarkt in Bay St. Louis. Immer nur irgendwelche Kleckerjobs. Doch nirgendwo faßte sie Fuß, fand nicht die kleinste Aufgabe. Sie konnte nichts, sie war nichts. Sie hatte keine Freundinnen, und sie wollte auch keine. Nach Mary waren alle anderen Mädchengespräche öde.

Sie nahm es also für gegeben, daß sie nie wieder sehen würde. Monsignor Beebe zufolge gab es Visionen der Jungfrau mit einem Exklusivvertrag versehen. Man sah, was man zu sehen bekam, und zwar so lange, wie man dazu für würdig erachtet wurde. Aber war die Vereinbarung einmal abgelaufen, die Gabe des Sehens entzogen, war man für den Rest des Lebens draußen.

Das war eine schwere Enttäuschung. In Sarasota ließ sich Kate, wenn sie nicht gerade kellnerte, entweder vollaufen oder flachlegen. Doch in beidem war sie nicht besonders gut. Der billige Kick des Alkohols, den der Körper nicht wollte. Und dito der noch billigere Kick des Sex. Also trieb sie sich beim St. Armand's Circle herum, Richtung Lido Beach, und dort sah sie dann das Schild.

The Sarasota School of Impalement stand darauf, und als sie hineinging, fand sie sich in einer umgebauten Kegelbahn wieder, die jetzt als Akademie für Messerwerfer fungierte.

Die Wände hingen voll mit den Porträts der Meister, der vergangenen wie der gegenwärtigen. Frank Dean und Paul LaCross, Sylvester Braun und der große Skeeter Vaughn. Die Gibsons, die das erste Todesrad nach Amerika brachten. Und Adolfo Rossi, der unvergleichliche Argentinier, der mit einer spezialgefertigten Machete einen Apfel oder eine Kartoffel auf dem Nacken seiner Frau spaltete. So weit, so vielversprechend, doch die Einrichtung erwies sich als verlottert. Wo früher Kegelbahnen waren, hingen nun krumme und schiefe Zielscheiben, und die Studenten warfen mit ungleichen Messern. Es gab kein Sägemehl, um die Griffe trocken zu halten, weder Alaun noch Salzwasser, nicht einmal Pferdepisse, wie Charley Root sie verwendet hatte, falls es Schnitte gab. *Amateure,* dachte Kate, und sie wollte schon gehen, als Eddie erschien.

Er hatte gute Hände, schön langsame. Greiffinger, die perfekte Balance, er brachte alles mit. In einer Kneipe in der Orange Street, wo die Musikbox Merle Haggard spielte, tranken sie Bier. *It's Not Love (But It's Not Bad)* hieß der Song, und Kate hatte schon immer einen Wink verstanden.

Er brauchte eine Partnerin, sie brauchte Übung. Also bauten sie einen neuen Paradiesvogel auf und fingen mit ein paar Vorstellungen in der näheren Umgebung an, Nokomis und Gulfport, Zephyr Hills, sogar Tarpon Springs, weil's so schön pervers war. Alles nur Kleinkram, aber besser als Arbeiten. Bis zu jener Nacht in Dade City, als Eddie eine Dreifachkombi hinterm Rücken hervor warf, *sing, Sing, SING,* und Kate im Wirbel der Klingen eine Katze auf der Main Street sah, keine schwarze, sondern eine getigerte, einen Kater, der vor Sylvester's Saloon von einem Bierlaster überfahren wurde.

Soviel zu Monsignor Beebe. Am Morgen ließ sie sich neue Visitenkarten drucken: *Ihre Zukunft ist Ihr Kapital, Kate Root sieht alles. Streng vertraulich, konkurrenzfähige Honorare,* dann flog der Paradiesvogel mit den Füßen voraus in den Schrank.

Er sah inzwischen ein bißchen kränklich aus, wie ein Vogel ohne Appetit. All die Jahre ohne Tageslicht hatten ihm eine Gefängnisblässe verliehen, und ein paar Federn waren angeschimmelt, doch im wesentlichen war er intakt geblieben. Nicht daß sie vorgehabt hätte, am Abend im Kostüm zu arbeiten. Lebende Ziele waren in der ersten Stunde nicht empfehlenswert, auch nicht bei stumpfen Messern. Dennoch juckte es sie, ihn anzuprobieren. Nur um zu sehen, ob er noch paßte. Ob er noch ging.

Der Paradiesvogel bestand aus dreizehn Teilen, je zwei für Ellbogen, Schultern, Hüften, Seiten, Brüste und Hals sowie einen als Kopfputz. Unterhalb der Taille zu werfen war zu Kates Zeit nicht erlaubt gewesen, daher hatte das Kostüm keine Beine, nur eine fleischfarbene Strumpfhose, die so viele Laufmaschen hatte und an den Knien ausgebeult war, daß sie nicht mehr zu gebrauchen war und die Beine also nackt bleiben mußten.

Ein Blick in den Spiegel, und sie sah, daß es nicht gehen würde. Ihr echtes Fleisch war zu weiß und rosa, viel zu schrundig, um in welchem Licht auch immer den Anforderungen zu genügen. Also machte sie sich mit Schminke und Pinsel, Puder und Salbe an die Arbeit, bis sie von Knöcheln bis zum Schritt sonnenuntergangsorange war. Dann nahm sie eine Augenbrauenpinzette und rupfte die langen roten Haare, die immer wieder auf der Narbe über ihrem Knöchel sprossen, wie Unkraut aus. Obwohl sie wußte, daß das eitel war. Eigentlich ein bißchen erbärmlich. Trotzdem, man mußte sich schließlich pflegen.

Vielleicht würde davon das Jucken weggehen, die Hitze aber, die würde von nichts weggehen. Von allen sengenden Tagen dieses Schlachtfelds von einem Sommer war heute wohl der brutalste. Der allerletzte Tag, an dem man ein Gefieder anlegen wollte. Doch ums Wollen ging es nicht. Es war eine Sache der Ehre.

Zwanzig Pfund, wenn nicht gar eine Tonne, schienen die Federn zu wiegen, als sie sich daranmachte, sie festzustecken. Erst eine Grundierung aus gefärbtem Huhn und Truthahn, dann an den Hüften Eichelhäher und Drossel, Seemöwe an den Seiten und, langsam aufsteigend, über den Brüsten Kardinal, über den Schultern Kanarienvogel und Grünfink, Pfauenfedern natürlich als Kopfputz. Und je mehr das Kostüm Gestalt annahm, desto weniger störte sie das Gewicht. Sie nahm die Hitze und den Schweiß, der sich zäh wie Schlamm Bauch und Rückgrat hinabwälzte, gar nicht mehr wahr. Sie spürte nur noch, wie sie verwandelt wurde. Alter und Schmerzen und Beschädigungen waren wie weggefegt, statt dessen war nur noch dieser edle Vogel da.

An den Ellbogen orangegeflügelte Amazonen, an den Schlüsselbeinen weißäugige Araraunas und am Hals, Gott vergib ihr, ein Tupfer perlmuttgescheckter Nymphensittich. Dann war sie fertig, und sie plusterte sich ganz auf, wedelte mit den Flügeln, warf einen Blick in den Spiegel.

Sie sah Mutter Gans.

Eine untersetzte Gestalt von unbestimmtem Geschlecht, verkleidet als Frau mit ausdrucksstarken Hüften und falschem Busen, verkleidet als Federvieh.

Eine halbe Stunde fürs Anziehen, fünf Sekunden fürs Ausziehen. Vögel flogen Hals über Kopf durchs Schlafzimmer, warfen sich gegen die Fenster, es war ein solches Geflatter und Gezappel, daß die anderen Vögel unten im Zoo es mit der Angst zu tun bekamen und erneut zu lärmen anfingen. Auf dem Plattenspieler in Ferdousines Zimmer lief *Tea for Two*, und die Gestalt im Spiegel war nun ein gerupftes Huhn, eine Maispoularde, an deren Haut noch ein paar vereinzelte Federn hingen und an deren Ohr Flaumreste wehten.

Gott gebe ihr Kraft.

Oder wenn schon nicht Gott, dann Brandy. Sie genehmigte sich ein Schlückchen von Ferdousines Courvoisier, den sie in einer alten Flasche Magie Noir für Notfälle aufbewahrte. Der Kick teuren Alkohols erschien ihr nicht viel besser als der von billigem, doch er beruhigte den Magen, war super bei Blähungen. Das hatte ihr Fred Root erzählt, also mußte es wahr sein. *Medizinische Zwecke*, dachte sie in seiner rostigen Stimme, und dabei sah sie ihr Pferd Baloney Breath, wie es in seiner Box Hafer mampfte. Sein Fell sah dicht und glänzend aus, seine Augen waren scharf. Für ein altes Hinkebein sah es noch gut aus, sie hätte nichts gegen einen Ausritt gehabt.

Nichts zu Stürmisches, nichts Protziges. Nur ein lockerer Kanter durch den Wald oder vielleicht einen Bach entlang, das hätte ihr jetzt gut gepaßt. Doch jetzt war natürlich nicht der rechte Augenblick. Sie hatte ja nichts an.

Um effektiv mit Messern zu arbeiten, sollte sie entsprechend gekleidet sein, mußte sie professionell aussehen. Sie zog den grünen Tweedrock heraus, vernünftige Schuhe und die gestärkte Bluse, die sie zum Begräbnis des armen Godwin getragen hatte. Darin sah sie aus wie eine Lehrerin, eine Frau, die nicht schrill wurde. Sicherheitshalber warf sie noch ein paar Magenpillen ein. Ließ ihren Hüftgürtel weg. Und bekreuzigte sich. Als sie, verwandelt, in den Zoo runterging, erkannte kein Tier sie. Und wenn doch, ließ es sich das nicht anmerken.

Der Junge Wilfred kam aufgetakelt wie ein Flamencotänzer in schwarzer Torerohose mit Seidenschärpe, einem weißen Rüschenhemd und schwarzer Satinweste. »Du bist spät dran«, sagte Kate, obwohl das nicht stimmte, und führte ihn durch den Samtvorhang in den Frisierladen. »Zeig mal deine Hände«, sagte sie.

Als er sie von sich weg hielt, die Handflächen nach unten wie ein Schuljunge, dessen Nägel auf Trauerränder überprüft werden, erhaschte Kate einen Hauch von Christian Brothers. Oder Holy Martyrs, genau. Eine der Schwestern hatte große rote Hände, die zu einem Holzfäller gepaßt hätten. Was mehr war, als man von diesen zierlichen Dingern sagen konnte, die kaum zu einem Pudelfigaro gepaßt hätten. Schmale Mädchenfinger, frisch manikürt, die Spanne wie bei einem verhätschelten Kind. Ein Skeeter Vaughn war er nicht gerade. Nicht einmal ein Charley Root. »Sind das die besten, die du hast?« fragte sie, doch er glotzte sie nur an, als hätte es ihm die Sprache verschlagen.

Als sie ihn nun von oben bis unten betrachtete, sah sie einen Dorftrottel. Anfangs hatte sie sich von seinem funkelnden Aufzug täuschen lassen, auch von dem vergehenden Licht im Zoo. Hier aber, im rotierenden Licht der Barbierstange, sah er grauenhaft aus. Die Pfeilspitze auf seinem Nasenrücken glomm bleifarben; an einer Schläfe zuckte unablässig ein Nerv. Schlechte Haltung und blutunterlaufene Augen, schleppender Gang – er sah aus wie einer auf dem Weg zum elektrischen Stuhl.

Nur nicht beachten, dachte Kate. Einfach mit der Lektion weitermachen, als wäre alles wunderbar. Sie richtete ihm die eingefallenen Schultern gerade, schlug ihm aufs krumme Kreuz. Dann strich sie ihm die Tolle zurück, die ihm weich und schimmrig wie eine Rabenschwinge in die verhangenen Augen fiel. »Die Haare müssen ab«, sagte sie.

Ihre Finger rubbelten grob über Wilfreds Kopfhaut, wuschelten ihn durch, und er ließ sie gewähren. Haareschneiden hatte sie nie richtig gelernt, das gehörte zu den Kursen, die sie eigentlich immer belegen wollte, aber sie hatte nie so recht Lust dazu gehabt. Unsachgemäßes Schneiden brachte ohnehin mehr Erfüllung. Das gab ihr die Freiheit, die Schere nach Belieben schnippeln und haken zu lassen und nicht vom Schädel darunter abgelenkt zu werden.

Der von Wilfred war klein geraten, aber gut geformt, es mangelte ihm an Ehrerbietung, Erhabenheit, Fröhlichkeit und Ehestand, dafür war er reich gesegnet mit Selbstachtung und Geselligkeit. Alles nicht weiter überraschend, doch ihr eigentliches Ziel lag wie bei jedem Phrenologen tiefer, geschützter, in den Untiefen hinter seinen Ohren.

Kaum daß sie sie berührte, sah sie ihn ausgestreckt auf einem Messingbett, umgeben von Entenjägern, und seine Haut war blau und grün wie die eines Fisches unter Wasser.

Komisch, es so zu machen; irgendwie ein bißchen irritierend. Doch zum Grübeln war keine Zeit. Die juckende Stelle an ihrem Knöchel machte ihr wieder ziemlich zu schaffen. Ohne einen Gedanken an Sitte und Anstand hob sie das Bein und kratzte sich so heftig, daß es fast blutete. Dabei spürte sie, wie der Junge erschauerte, und ein Duft wie von verbranntem Toast, vielleicht auch Scones, drang zu ihr.

Rätsel, sie haßte sie, sie raubten einem die Seele. In ihrer Verwirrtheit hatte sie keine Lust, ihn weiter zu analysieren. Seinen Ernährungstrieb und seine Stetigkeit konnte er mit sich und seinem Schöpfer ausmachen, sie hatte genug gesehen.

Zugegeben, der Haarschnitt des Jungen war nicht ihre beste Leistung. Eine Seite war sträflingskurz, die andere dagegen wies noch Büschel auf, als hätte sie willkürlich darin gewütet. Es war wohl besser, ihm nicht gleich den Spiegel hinzuhalten, befand Kate, und so legte sie die Schere weg und griff nach den Messern.

Die Schießstandform des Frisierladens war ideal für diesen Zweck. Sie hatte das Ziel an die rückwärtige Wand genagelt, ihre Ersatzmatratze bildete den Hintergrund. In einer idealen Welt wäre das Ziel natürlich eine Spezialanfertigung von Crouch gewesen, etwas in der Richtung von Larry Cisewskis »Devil's Doorway«. Doch Crouch war wie immer auf Achse, weshalb sie mit einem Toilettensitz vorliebnehmen mußte.

Sehen wir ihn als Hufeisen.

Immerhin war er aus Weichholz, aufnahmefähig. Ein ernsteres Problem war das wirbelnde Licht, das einen Whirlpool-Effekt hervorrief, ständig wechselnde Schatten. Aber es war ja auch nur die erste Lektion. Feinheiten von Konsistenz und Beleuchtung konnten warten. Jetzt war es nur wichtig, überhaupt einmal anzufangen.

Fünf Meter vom Ziel entfernt stellte Kate den Jungen in Wurfstellung auf, in der Grundhaltung, den linken Fuß vor und den rechten nach hinten, halb in Kauerhaltung. Ihre Hände huschten ihm flink über Schultern, Rückgrat und Hintern, um ihn korrekt auszurichten. Doch sein Körper weigerte sich, geformt zu werden. Je stärker sie an ihm zerrte und drehte, desto mehr stemmte er sich dagegen. Selbst mit Sanftheit vermochte sie ihn nicht zu steuern.

Als letztes Mittel hielt sie ihm ihren Einführungsvortrag übers Messerwerfen. Damals in Florida, als sie ihre Seminare abgehalten hatte, galt diese Rede als vorbildlich in ihrer Art. »Jeder ehrgeizige Sportsmann, der die alte Kunst des Messerwerfens wirklich beherrschen will, braucht nur mit der Fähigkeit zu beginnen, einen Baseball zu schleudern, eine Angelrute oder einen Dartpfeil spielerisch zu werfen oder auch mit einer Peitsche zu knallen«, fing sie an. Ein paar zwanglose Worte, mit denen sie bislang noch jedem Novizen die Befangenheit hatte nehmen können. Diesmal aber scheiterte sie auf der ganzen Linie. Der Junge schien sie kaum zu hören. Verharrte einfach da, wo sie ihn hingestellt hatte, war angespannt und steif. So verkrampft, daß er nicht einmal den eigenen Schatten hätte werfen können, geschweige denn ein Harvey McBurnette.

Ungeduld peinigte sie, machte sie ganz verrückt. Allein die Vorstellung, daß sie diesen ganzen Tag und die endlose Nacht davor im Delirium verbracht hatte, Wände hochgegangen war und Gift und Galle gespuckt hatte. Von Granatapfelbäumen und Pfauen, schwitzenden gelben Hinterbacken, Frauen in Ketten, Rastamännern mit Dreadlocks wie fliegende Riesenschlangen bombardiert worden war. Sich erniedrigt und gedemütigt hatte, sich in Mutter Gans hatte verwandeln lassen. Und wofür das alles? Für diesen zitternden, bibbernden Kackhaufen da.

Diesen erbärmlichen Messerwerfer.

Dennoch wollte sie ihre Niederlage nicht eingestehen. Kapitulation war nicht ihr Stil. »Die Wissenschaft des Messerwerfens basiert und gründet auf einem elementaren physikalischen Vorgang«, fuhr sie fort, und als sie auch darauf keine Reaktion bekam, packte sie den Jungen an der Schulter. »Einem elementaren Vorgang«, sagte sie und rüttelte ihn. »Nämlich?«

»Weiß nicht.«

»Loslassen«, sagte Kate.

Am Morgen war Willie D als geheilter Mann erwacht. Als hätte er ein Fieber gehabt und wäre davon wieder genesen. Als der Zug im ersten Morgenlicht in sein Zimmer eingefahren war, hatte er Willie nicht niedergewalzt oder unter den Rädern zermalmt wie während seiner Beschwerden, sondern ihn erfrischt aufgerichtet. Er hatte nur ein paar Stunden geschlafen, doch er fühlte sich wie neugeboren.

Er fühlte sich nicht nur der Konfrontation mit Kate Root gewachsen, er war bereit, Welten zu erobern. *Friß ein Pfund Roheisen und spuck's als Rasierklingen wieder aus.* Das hatte Deacon Landry gesagt.

Genau wie bei jeder anderen Krankheit, jetzt, wo er sie hinter sich hatte, erschien sie ihm überwiegend als viel Lärm um nichts. Er war vorübergehend indisponiert gewesen, weiter nichts. Lag bestimmt an der Hitze.

Das soll nicht heißen, daß er nicht nervös war. Natürlich war er das. Wie bei jedem anderen Darsteller vor einer bedeutenden Premiere lehnte sich sein Magen auf, sein Mund war schmirgelpapiertrocken, und hinter seinen Augen brannte es. Ziellos tigerte er durch Ivanas Zimmer, empfand sich ein wenig aus dem Gleichgewicht, und bei jedem Schritt mußte er aufpassen, daß er nicht vom Kurs abkam und über einen verirrten Entenjäger stolperte.

Doch Hibbeligkeit war nicht schlimm; jedenfalls nicht sehr. Er hatte schon Boxer in ihrer Garderobe vor dem Golden-Gloves-Kampf gesehen, die waren wie vom Veitstanz besessen. Zippelten und zappelten, rannten aufs Klo, bollerten gegen die Wand. Jeder, der nicht Bescheid wußte, hätte gemeint, die seien blind vor Angst. Wie Schweine vor der Schlachtbank. Und jeder hätte total schiefgelegen. *Ready to rumble*, das waren diese Kämpfer. Heiß auf den Fight.

So war es auch bei Willie. Wie er es sah, lief alles, was er während des vergangenen Monats durchlitten hatte, unter Training. Lauftraining, Sparring, die ganze Schleiferei. Wie ging dieser blöde Spruch von Jane Fonda noch mal? *Ohne Qual kein Pokal.* Na, vielleicht war der doch nicht so blöd. Für ihn war es die Hölle auf Erden. Nackt bis aufs Hemd, halb auf dem Rad zerschmettert. Aber er hatte es durchgestanden. Jetzt lag es hinter ihm, und wenn man ihn um seine bescheidene Meinung bat, ihm konnte keiner mehr.

Woher kam diese Gewißheit? Es lag auf der Hand. Alles, was gestern abend im Zoo abgegangen war, war eine Offenbarung. So wie die Schlange ihn angestarrt hatte, herausfordernd. Und wie er darauf reagiert hatte. Nicht eingeschüchtert, alles andere als verlegen, nämlich mit verdoppelter Energie. Wild entschlossen, Welten zu erobern. Es mit jeder Spezies mit roten Haaren aufzunehmen, die es wagte, ihn anzumachen, und sie zu zähmen. Und Kate Root, die hatte das natürlich gespürt. Hatte die Änderung bemerkt. In dem Moment, als sie die Treppe runterkam und mit dieser Kanone fuchtelnd ins Zimmer trat, hatte sie gewußt, daß er ein anderer war. Kein Weichei, das war vorbei. Kein Schlappmann, kein Klemmarsch, sondern ein Kämpfer. Ein Steher.

Sie hatte nicht einmal versucht, ihm Druck zu machen. Welchen Sinn hätte das gehabt, wo sie doch beide die Wahrheit wußten? Wie sie sich mit der Hand an den Hals fuhr, ihr Nachthemd zusammenraffte. Wie sie ganz rot im Gesicht und am Hals wurde und ihr die Kanone aus ihren Fingern rutschte, so was konnte man nicht spielen. Auch nicht den Blick, den sie ihm hinterm Ladentisch hervor zuwarf, als sie sich bückte und ihm die Messer gab. Hat nicht durch ihn hindurchgesehen, nein. Nicht so, als hätte sie nichts gesehen, wo auch nichts zu sehen war. Sondern als wären sie irgendwie verbunden. Bundesgenossen oder Komplizen. »Sieben Uhr«, hatte sie gesagt. Oder geflüstert, um genau zu sein. Und Willie war wieder frei.

Wenn er nun auf die ganze Zeit vom Morgen danach zurückblickte, fand er das alles fast lustig. Die Vorstellung, daß sein Leben noch vor wenigen Stunden von drei verbrauchten, abgenutzten und nicht einmal sauberen roten Haaren abhing. Da sah man's mal wieder.

Halb war er versucht, einfach wegzugehen. Die alte Kuh sitzenzulassen, rein, raus, ratzfatz und ab. Das wäre der Bringer gewesen, kein Thema; kein Mensch im Chez-Stadion hätte ihm das übelgenommen. Dennoch wollte er nicht gern unhöflich sein. Der wahre Machtmensch rennt nicht davon, er geht nicht mal schnell.

Zudem war die Geschichte ja nicht zu Ende. Er war nicht nachtragend, aber da stand noch eine Rechnung offen. Das Bild von Kate Root in rosa Strumpfhosen und Fischbeinkorsett, hilflos an einer Wand klebend, während er ihr die Messer wie Hornissen um die Ohren summen ließ, reizte ihn noch immer. Das war das mindeste, was er verdiente.

Natürlich würde er neue Schuhe brauchen.

Schwarze Stiefel beispielsweise.

Schwarze Stiefel, wadenhoch, aus Veronaleder. Schwarze Veronastiefel, matt glänzend, mit Plateauabsatz und spitz zulaufender Kappe, von zeitloser Eleganz, die in einen verstärkten Keilabsatz ausliefen und mit einem kräftigen, aber dennoch geschmackvollen Motiv verziert waren. Ein klassischer schwarzer Stiefel mit aufgeprägter Silberklinge.

Das würde natürlich an die Finanzen gehen. Diesmal würde er seine Treter auf die altmodische Weise verdienen müssen; alles andere wäre schlechtes Karma. Und so besprengte er seine Zehen mit Sandelholzpuder. Um sich mit der nötigen inneren Stärke zu versehen, während er Mrs. Muhle über sich ergehen ließ.

Heute bereitete sie ihm ein schlichtes, aber nahrhaftes Mahl aus angebratener Hühnerleber mit Blaubeeressig, die herbfruchtige Soße war die ideale Ergänzung zu der deftigen Leber. »Ein Pfund Leber, halbiert, geputzt und trockengetupft, vier Eßlöffel süße Butter, vier Lauchstengel einschließlich der grünen Stiele, gehackt, Essig, Crème fraîche sowie je eine große Prise gemahlenen Ingwer, Piment, Muskatblüte, Muskatnuß und Nelken«, sagte Mrs. Muhle.

Willies Essen kostete sie 300 Dollar.

Und danach, als Willie A Shoe Like It betrat, lächelte Mariella nicht und zuckte auch nicht zusammen, sondern senkte lediglich den Kopf. Begab sich hinter den Schirm des langen schwarzen Schleiers ihrer Haare. »Was habt ihr an Halbstiefeln da?« fragte er.

»Bar oder auf Klau?«

Genau das Modell, wie er es sich ausgemalt hatte, war nicht am Lager: keines mit Silberklingen. Statt dessen sah er sich gezwungen, sich in einen Retro-Beatle zu bequemen. Die Kappe war zu spitz, die Absätze waren zu klobig und das Leder lediglich Padua, aber wenigstens waren sie nicht mit Schnallen verunstaltet. Als er sich vorbeugte, um sie anzuprobieren, roch er die Pferde in Flaschen, die in Mariellas Haaren wild herumtobten, und er merkte, wie er größer wurde und anschwoll, steif wurde.

Und da wußte er, daß er wirklich gerettet war. Doch er nutzte es nicht aus. Im Augenblick genügte es ihm, Mariellas Hände auf sich zu spüren, die Berührung war wie ein erhörtes Gebet, und den Geruch jungfräulichen Schuhleders einzuatmen, und das war überhaupt das süßeste Aroma.

Deacon Landry zufolge hatte der Tänzer Bojangles seinen Sarg mit den Bühnenschuhen ausgestalten lassen, die er im Leben nicht mehr tragen konnte. Sie waren seine Vorstellung vom Duft der Ewigkeit, vom Paradies.

So ein Gedanke, der ließ einen innehalten, zwang einen, sich über tiefere Dinge klarzuwerden. »Wollen Sie sie gleich tragen?« fragte Mariella.

»Frag lieber«, sagte Willie D, »ob die mich tragen wollen.«

So wie das Mädchen ihn daraufhin ansah, hätte man meinen können, er habe ihr einen Selbstmordpakt angetragen. Position eins: Mund weit offen; Position zwei: Mund noch weiter offen. Offensichtlich überstieg die spirituelle Ebene ihren Horizont, dahin konnte sie ihm gar nicht erst folgen.

»Das ist eine Konzeption«, erklärte er lässig. »So was hab ich ständig.«

Was stimmte. Kam er erst so richtig in Fahrt, war sein Gehirn wie 007, Lizenz zum Töten. Schwester Teresa mit dem Schnurrbart hatte mal zu ihm gesagt, wenn er mit seiner Schlauheit nicht halblang mache, würde noch mal jemand zu Schaden kommen. Vielleicht sogar er selbst. »Bist du krank, machen dich deine eigenen Gedanken krank«, hatte sie gesagt. Doch das war nur ihre

Blödheit. Schlau sein hatte so seine Tücken, genau wie alles andere auch.

Immer einfach bleiben, das war's.

Es gab da einen alten Film, den Titel wußte er nicht mehr, aber ein paar Sätze waren ihm im Gedächtnis geblieben, die trafen die Sache auf den Kopf. »Mach's nur nicht zu kompliziert«, sagte die Figur. »Wenn ein Mann kompliziert wird, dann wird er auch unglücklich. Und wenn er unglücklich wird, hat er kein Glück mehr.«

Diese Worte müßte mal jemand irgendwo in Marmor meißeln.

Aber genug der Philosophie. Hier war Praxis gefordert, alles rein geschäftlich. Seine neuen Stiefel erwiesen sich im Straßeneinsatz als zäh und streng, aber auch belebend; kurz: als hart, aber fair. Ihr Gang hatte etwas, das war meilenweit entfernt von dem schwülen Schleichen seiner Gürteltiere. Er kam sich darin vor wie ein Konquistador. Wie der geborene Krieger, und er hatte die Messer dabei, mit denen er es beweisen konnte.

73,26 Dollar netto schmiegten sich noch in seine Gesäßtasche, doch Willie nahm kein Taxi, er ging zu Fuß. Damit die Beatles sich an ihn gewöhnen konnten und er sich an sie. Damit eine echte Partnerschaft entstehen konnte, ohne schmutzige Geheimnisse, und nichts verborgen blieb.

Den ganzen Broadway hoch fühlte er sich überhitzt, wundgescheuert, aber in Hochstimmung, ein Vollblüter unter Strom. Jede Zicke, an der er vorbeikam, hatte anscheinend Beine bis zu den Achselhöhlen. *Lang, gelenkig, luziferisch*, welcher Mann hatte das gesagt? Mit ihren harten Hintern und den stupsigen Titten, erste Sahne. Und die Pussis, oh, die Pussis; diese seidigen Zuckerschlitze. Kükenfleisch stakste übern Zebrastreifen, das grüne Licht bedeutete: »Ran.«

An der Ecke 42nd sah ein Mädchen in abgeschnittenen Jeans seine Stiefel und zeigte ihm ihre Narben. Rasiermesserschnitte, danach sah's aus, vielleicht auch das eine oder andere Zigarettenbrandmal.

Wenn was bei Willie reinknallte, immer schon, dann war es eine klasse Verunstaltung, und die da sahen obergeil aus. Dennoch ging er stur weiter. Konzentrierte sich auf den Kugelfisch und niemanden sonst. Weil sie ihm gehörte. Jawohl. Deshalb.

Erst als die Uhr der Chemical Bank in Sicht kam und Sweeney's und Blanco y Negro, gerieten seine Därme wieder ins Schlingern. Und wer wollte es wohl wagen, ihn deswegen runterzustufen? Schließlich war das kein Vergnügungstrip; es war sein Lebensziel. *Töten oder getötet werden*, wie es so schön hieß. Selbstvertrauen war eine Sache, Arroganz eine andere. Wie bei einem Golden-Gloves-Kampf. Jeder Kämpfer, der in den Ring trat, zog sich unter den Scheinwerfern nackt aus und kam nicht auf den Gedanken, daß er vielleicht im Leichensack rausgetragen würde – das war kein Mut; das war die pure Strunzdummheit.

Vor dem Wettbüro blieb er stehen und versuchte zu pfeifen, doch heraus kam nur tote Luft. Also probierte er es mit einem Liedchen. *We Are the World*, versuchte er zu singen. Vergiß es.

Zehn vor sieben, fünf vor: er lief um den Block, dann noch mal. Ein Wort schepperte unablässig wie ein Blechhammer im Off-beat. *Love*, so ähnlich klang es. Das konnte doch nicht stimmen.

Als Kate Root die Tür aufmachte, erinnerte sie ihn an jemanden, den er nicht einordnen konnte. Nicht Elvis, auch nicht George Washington. Die Freiheitsstatue, das war's. War aber unsinnig. Realistischerweise sahen sie aber gar nicht blutsverwandt aus, nicht mal entfernt. Aber da war was in ihrer Haltung. Die breiten Schultern gestrafft, den Kopf hoch, der Anflug eines spöttischen Lächelns. »Du bist spät dran«, sagte sie.

Und Willie D war machtlos. Stand wieder ganz am Anfang. Weg der ganze Kram mit den Golden Gloves und den Kämpfern, die bereit sind, loszuschlagen. Er war wie gelähmt. War noch gar nicht in ihre Nähe gekommen, ein ungleicher Kampf. Unter ihrem stumpfen, toten Blick war er erledigt, bevor es überhaupt losging.

Mit einem Schlag war die letzte Nacht weggefegt. Vielleicht hatten Osains Gaben ihm die Sinne getrübt, vielleicht hatte ihm ja auch das Licht einen Streich gespielt. Egal, er war reingelegt worden. Hier gab es keine Partnerschaft, würde es nie geben. *Du stehst in ihrem Bann, na dann.* Das hatte Sandman Ames gesagt.

Er kriegte kaum Luft. Gefangen in den Retro-Beatles, waren seine Füße schlaff und schleimig wie Schnecken, und als er die

Hände ausstreckte, damit Kate sie prüfen konnte, hatte er ein ganz ekliges Verlangen danach, als unzulänglich befunden zu werden. Mit einem Lineal auf die Knöchel geschlagen zu werden, sich auf den schwitzenden Handflächen rote Striemen abzuholen. Sogar, in den Arsch getreten zu werden.

Nur einen Anlaß, um zu weinen.

Eines aber war ihm bisher nicht aufgefallen: die Höhlung unten an ihrem Hals. Eine glatte Rundung wie eine flache Tasse, und darin war ein Saftfleck, der ganz so aussah, als würde er süß schmecken. Raus die Zunge, mal dran lecken, das wäre bestimmt erfrischend. »Die Haare müssen ab«, sagte Kate, und schon lag er hingestreckt auf dem Frisierstuhl, sie hatte die Gewalt über seinen Kopf. Die Harvey McBurnettes in ihrem weinroten Saffiankasten lagen kuschelig auf seinem Schoß, ein warmes Gewicht wie eine fette Katze, fast hörte er sie schnurren. »Erhabenheit«, sagte Kate Root.

Die totale Kapitulation. An diesem Ort, zu dieser Zeit war das keine Schande; wenn überhaupt, war es wie ein Aufschub. Dann trat sie einen Schritt zurück und stellte einen Fuß auf die schmiedeeiserne Fußstütze, kratzte sich am Bein wie eine Zehn-Dollar-Hure. Und da war nur Haut. Ein weißer, von Kratzern durchzogener Fleck. Toter Boden, auf dem keine Haare wuchsen.

Und danach? Willie wußte es nicht genau. Hätte keinen Eid darauf schwören können. Im Augenblick war er zu fassungslos, um das abschätzen zu können. Thronte einfach da wie ausgestopft und draufgeschraubt, bis die Frau ihn wieder runterpumpte. Die alte Kuh.

Ihre Hände waren überall auf seinem Körper, zogen an ihm, drehten ihn, walkten ihn wie Knete. Sie redete auf ihn ein, die Worte hörte er deutlich, ihnen zu gehorchen vermochte er aber nicht. »Basiert und gründet«, sagte sie, und dann war in seiner rechten Hand ein Messer, und sie plazierte ihm die Finger auf den Griff. »Ein elementarer Vorgang«, sagte sie und drückte seinen Arm auf gleiche Höhe mit seinem Kopf, die Klinge zeigte geradeaus nach vorn.

Willie roch Scheuerpulver.

Die halbe Nacht hatte er mit diesen Messern dagesessen, sie

von Rost und Dreck befreit, mit Stahlwolle geputzt, poliert, gewienert, geschliffen; und jetzt wirkte der scharfe, ziegenartige Geruch der Metallpolitur auf ihn wie Riechsalz. Sein Gehirn schaltete sich langsam wieder ein, er spürte, wie er anfing zu zittern. Dann löste sich ein einzelner Gedanke ganz deutlich aus dem Nebel. *Ich bring ihn um*, lautete er.

Das machte ihn sogleich ruhig.

Das gab ihm seinen Verstand zurück, einen Ast, an den er sich klammern konnte, bis die dunkle Flut zurückwich und er ruhig, rhythmisch denken konnte *Ich bring ihn um, umbringen werd ich ihn*. Er probte ihn wie einen Jingle, *umbringen werd ich ihn, ich bring ihn um, totmachen werd ich ihn*.

Woher wußte er, daß es ein Mann war? War doch logisch. Keine Frau würde so etwas mit sich machen. Diese Haare waren das Einzigartige an Kate Root gewesen, die würde sie nie kaputtmachen. Ein Mann, ein verschmähter, eifersüchtiger Mann dagegen schon. Das heißt, nein, kein eifersüchtiger, sondern ein besitzergreifender. So ein schwanzloses Wunder, das glaubte, wenn er die Schönheit nicht selbst besitzen könnte, dann hätte die Schönheit kein Lebensrecht.

Und die ganze Zeit machte Kate Root nun an seinem Körper rum und redete dabei unaufhörlich. »Faß den Griff fest und ganz natürlich, genau wie einen ganz normalen Hammer. Dabei liegt die Klingenfläche vertikal zum Daumen, der an der oberen Seite entlang ausgestreckt ist und als Richtungsgeber dient«, sagte sie, und da sah er sie auf einem Bett ausgestreckt, man konnte es eine Vision nennen. Es war Nacht, auf dem Nachttisch brannte eine Kerze. Ihr Gesicht war in ein Kissen vergraben, ihr Oberkörper von einem Laken bedeckt, ihr linkes Bein aber war in das flackernde Licht hinausgestreckt. Wo sich der dicke Schenkel wölbte, kniete ein Mann am Bett, seine Hände hantierten mit einem offenen Rasiermesser. Die drei roten Haare wirkten im Schein der Kerze bronzen. Ein Luftzug zauste sie, und die Haare wiegten sich träge. Das Rasiermesser zuckte, die Klinge blitzte, die drei Haare verschwanden. Kate Root regte sich nicht. Murmelte nur im Schlaf, als der kniende Mann aufstand und sich zu erkennen gab.

Er hatte die Farbe der Gelbsucht.

Er trug eine hüftkurze Barmannjacke, eine fleckige Fliege, und er sah aus, als hätte ihm jemand ein Brenneisen aufs Auge gedrückt, wahrscheinlich seine Mama.

Dieser rote Ire. Der Geistesgestörte. JoJo oder wie der hieß. Drückte sich im Dunkeln rum wie der schleichende Jesus, sagte nie einen Ton, man konnte meinen, er wär ein Chorknabe, ein ausgeflippter Eunuch. Und dabei hatte er die ganze Zeit etwas ausgeheckt, hatte auf der Lauer gelegen. Ein untreuer Diener. »Der Werfer sollte immer daran denken, auch das leichteste Abknicken des Handgelenks zu vermeiden. Die Klinge sollte losgelassen werden, als wäre sie heiße Butter«, sagte Kate Root. Doch Willie hatte nicht den Mut, ihr zu folgen, er hatte jeglichen Antrieb verloren.

Sein erstes Messer flatterte wie ein Papierflugzeug, und sein zweites stieg fast senkrecht auf, bohrte sich in die Decke des Frisierladens. »Verdammt noch mal«, sagte Kate Root und haute ihm eine runter. Knallte ihm voll ins Gesicht mit der flachen Hand. Er spürte das Brennen deutlich und hörte auch das Klatschen des Aufschlags, wenn es ihm auch weit entfernt vorkam, es hätte in einem anderen Zimmer sein können. »Greif doch richtig«, sagte Kate Root, und er versuchte, so gut er konnte, ihr zu gehorchen, riß die Augen weit auf, um sich zu konzentrieren. Doch das einzige, was sie sahen, war ihre auf dem Bett ausgestreckte Gestalt und dieser JoJo, der über ihr stand.

Diesmal war es ein anderer Winkel, er sah von oben zu. Eine viel bessere Sicht, sie verschaffte ihm Zugang zu jedem Detail. Und sogleich erkannte er, daß seine erste Warte nicht gestimmt hatte. Kate Roots Gesicht war doch nicht in das Kissen vergraben, sie lag halb zum Licht gewandt, blickte das Bett entlang zum Fußende. Fixierte das blitzende Rasiermesser in der Hand des Knienden. Wartete mit halb nervöser, halb erwartungsvoller Miene darauf, was er tat.

In dem flackernden Halbdunkel wirkten ihre grünen Augen ozeanisch, und die Lücke zwischen ihren Vorderzähnen schien weit genug, daß sich eine Zunge hindurchschlängeln konnte. Willie mußte nicht erst sehen, wie die Hände des Mannes sich bewegten, er erkannte den Moment, in dem das Rasiermesser zuckte, daran, wie Kate Roots Mund erschlaffte. Dann wurden ihre Augen trübe wie unter Wasser, wenn ein Taucher auf dem Grund aufsetzt. »Versuch's jetzt noch mal. Versuch's jetzt noch mal«, sagte sie.

»Stellen Sie sich auf«, sagte Willie.

Er hatte es nicht sagen wollen; es kam von selbst, witschte aus seinem Mund wie ein angelandeter Fisch und lag zappelnd da, während Kate der Mund offenstand. »Das will ich nicht gehört haben«, sagte sie.

»Nur ein Messer.«

»Du kannst nicht mal nen toten Präsidenten mit nem Dollarschein schlagen, und du willst richtig auf mich werfen?«

»Ein Messer, mehr nicht.«

»Nie im Leben.« Das Gesicht, das sie ihm zudrehte, war erhitzt und massig, die Lippen von Spucke weißgefleckt. »Das ist doch der totale Irrsinn«, sagte sie. Sie fegte die Haarsträhnen weg, die der Schweiß an ihre Wangen gepappt hatte, und wischte sich den Mund am Handrücken trocken. »Das ist ja wohl der Gipfel«, sagte sie.

Erst als sie den Raum der Länge nach durchschritten und sich aufgestellt hatte, erkannte Willie das Ziel, das er bis dahin anvisiert hatte, und war dann froh, daß er sich nicht damit abgequält hatte, es zu treffen. Das wäre nicht würdig, das wäre eine Farce gewesen.

Apropos Farce. Nun, da Kate Roots Hände ihn nicht mehr nervös machten, jede seiner Bewegungen kontrollierten und er wieder frei stand, spürte er, daß mit seinen Haaren etwas nicht stimmte. Fuhr mit der messerlosen Hand hoch und entdeckte das Massaker.

Ruiniert.

Das rotierende Licht der Barbierstange beschien nur eine Seite von Kate Roots Gesicht, die andere lag tief im Schatten. »Die Flugbahn sollte fest und flach sein, wobei zu beachten ist, daß die Klingenfläche beim Verlassen der Hand senkrecht bleibt«, sagte sie. Das ursprüngliche Ziel war entfernt worden, und jetzt stand sie da, die Füße zusammen, die Arme eng an die Seiten und den Rücken an die als Hintergrund dienende Matratze gepreßt. »Der Durchschwung ist die Fortsetzung der Wurfbewegung, nachdem man das Messer losgelassen hat und es auf sein Ziel zuwirbelt«, sagte sie, und sie erstarrte in ihrer Haltung, den Blick auf Willies Hand geheftet. »Und nicht daneben«, sagte sie. »Du mußt wirklich versuchen, nicht danebenzuwerfen.«

Die frische Klinge, die er aus dem Lederkasten wählte, fühlte sich kühl und dankbar an, glitt in seine Hand, als gehörte sie dahin. Also machte Willie sich sogleich ans Werk. Er hob das Messer auf Augenhöhe, peilte daran entlang wie an einem Gewehrlauf. Der Ölfilm darauf schimmerte und schlierte vor seinem Auge, und er blickte direkt auf Kate.

Ihr Körper in dem grünen Tweedrock und der gestärkten Bluse war unförmig, hoffnungslos ausgebeult. Zu ihren Gunsten konnte man auch stämmig sagen, dennoch fand er da kein Ziel.

Und offenbar auch nicht in ihrem Gesicht. Die eine Hälfte, die deutlich sichtbar war und immer wieder in das rotierende Licht geriet, war voller Hubbel, Schlaglöcher und Riefen. Über so eine Fläche wollte man nicht mit dem Spyder fahren, schon gar nicht eine Klinge darin vergraben. Um eine klarere Sicht bemüht, kniff Willie die Augen zusammen. Erst schloß er das eine, dann das andere. Dann versuchte er es umgekehrt und riß sie so weit auf, wie es ging. Er merkte, wie seine Brauen sich wölbten und spannten, seine Pupillen von Licht überflutet wurden. Er spürte ein Brennen wie von Chlor. Doch er sah klar.

Das Gesicht, das er dann sah, war ganz nah. An einem Ort, der ihn nicht interessierte, war er sich darüber im klaren, daß Kate Root nach wie vor am andern Ende des Raums, in fünf Meter Entfernung war, doch sie wirkte so nahe, daß er sie hätte berühren können. In aller Ruhe studieren und erforschen, sogar ohne zu zielen.

Das Licht, das in Wellen auf ihr rotierte, erhellte bei jeder Drehung ein anderes Teilstück. Eine geplatzte Ader an der Schläfe, einen Nasenflügel, zwei Windpockengruben. Den gezackten Kreis einer Verfärbung, eichelbraun auf pink, auf der Kieferkurve unterhalb des Ohrs. Wahllos verstreute Sommersprossen, schmutziges Konfetti. Ein unterer Schneidezahn mit einer Stahlfüllung. Ein Blutfleck am Haaransatz.

Das Ohr war fein geformt, das überraschte ihn. Er hätte nicht geglaubt, daß die Muschel so zart war und sich so eng an den

Schädel schmiegte oder daß das Ohrläppchen das Licht wie eine Rose durchließ. Wenn er es nicht selbst gesehen hätte, er hätte es nicht für möglich gehalten.

Oder der Liebreiz der halbmondförmigen Linie, die den Mundwinkel umfing. Das war vermutlich eine Falte, doch es sah aus wie eine Mondsichel. Und das Eiterfleckchen, das an einer Seite der Unterlippe hing, in einer senkrechten Ritze steckte, so wie Moos sich in einer Felsspalte festsetzt. Das wäre Schmadder, eine Art Schmiere. Es sah aus wie Glaswolle.

Und der Schatten unter der Nase, mattblau. Und die Augenhöhle, fast purpurn. Und die Spalte zwischen den Schneidezähnen, ein schwarzes Loch.

Darin konnte einer ertrinken.

Da konnte einer reinfallen und nie wieder hochkommen, er konnte seine ganze Zeit auf Erden hinter sich bringen und dennoch nicht zu Ende sein. Seine ganze Lebensspanne gereist sein und dennoch nie beim Auge ankommen.

Der hätte er selbst sein sollen. Wenn er auch nur einen Funken Verstand gehabt hätte, dann hätte er sein Zelt an einem geschützten Fleckchen aufgestellt, vielleicht im Grübchen ihres Kinns oder dem weichen, von dem Überhang beschatteten sanften Gefälle unter ihrem Mund, und es gut sein lassen. Aber nicht Willie D. Nein, nicht Willie D. Ausreichend reichte ihm nie, er mußte weiter vorstoßen und drängen. Also riskierte er das Auge, jenes grüne Meer.

Etwas stimmte nicht damit. Es sah zerschrammt und gerötet aus, es sah furchterregend aus. Als wäre es etwas Schreckliches gewesen. Eine Vision, zu widerwärtig, um sie zu ertragen. Etwas ganz Gräßliches.

Doch was gab es da zu sehen? Nur ihn selbst, und das war ja unsinnig. Da konnte etwas nicht stimmen, das war unmöglich. »Mach schon, Herrgott noch mal. Bringen wir's hinter uns«, rief Kate Root, und Willie riß die Hand abwehrend hoch. *Ich bring ihn um,* dachte er und warf das Messer; er ließ es los.

Hätte er nur keine randlose Brille aufgehabt, warum hatte sie auch randlos sein müssen? Nicht daß ein puterroter Ballon mit einer Sonnenbrille oder Schildpatt oder auch nur einem Metallgestell unbedingt ein Mode-Statement oder ein erfolgsorientiertes Outfit gewesen wäre. Randlos aber war schlicht abartig, die ganze Nacht hatte sie daran denken müssen, hatte sich damit geplagt und gequält, kein Auge zubekommen, keinen Schlaf gefunden in diesem Raum mit den vergoldeten Spiegeln und den chinesischen Pantoffeln, hatte es immer wieder in allen Einzelheiten durchleben müssen, ekelhaft, wo sie doch nur ein bißchen Anstand verlangte, einen Hauch von Klasse, und was hatte sie serviert gekriegt? Einen randlosen Sack.

Für Sheridan sprach nur, daß er ihre Gedanken gebündelt hatte. So war das eben, wenn einer sich erhängte, das brachte einen in Schwulitäten, und seit dem Broadway Local hatte der Zugrhythmus in ihrem Kopf immerzu *Nicht mehr, nicht mehr, nicht mehr* wiederholt, während der Gegenrhythmus *Was nun, was nun, was nun?* echote.

Sie hatte nicht den leisesten oder blassesten Schimmer. In einem Film wäre sie nach Hause zu ihrer Familie gegangen, in deren doofen Schoß, doch zu Familienwerten waren ihr immer nur Discountmärkte eingefallen, Ace is the Place für Mülleimer und Schulgebete, und zudem lag fast ihre ganze Verwandtschaft auf dem Friedhof Bonaventure bei Chief Wigwam, und der Rest hätte auch da hingehört. Sie konnte sich nicht vorstellen, wie sie mit ihrem Bruder Leon Flugblätter für den Sonnengott verteilen oder die Blechbüchse für Vetter Driskill herumgehen lassen sollte, und ihre Schwester Mignon hatte geschworen, sie auf der Stelle zu erschießen, obwohl das ehrlich nicht Annas Schuld war, sondern bloß die Natur von Ehemännern, da sah man keinen Unterschied, wenn man denen im Dunkeln begegnete. Oder auch am hellichten Tag, was das betraf.

Damit schied Blut also aus, und vielleicht war Savannah auch nicht so eine Superidee, nicht nach der kleinen Unannehmlichkeit auf dem Monterey Square mit der Tunte und der Wüstenspringmaus, ganz abgesehen von allem anderen hätte das nach Niederlage gerochen, nein, verdammt, da würde sie nicht hingehen.

Doch was dann? *Jüngling und Jungfrau goldgehaart, zu Essenkehrers Staub geschart*. Und Anna hing der Kram schon zum Hals raus. Brachte die Miete nicht zusammen und nichts Ordentliches zwischen die Zähne, kriegte sozusagen kein Bein auf den Boden, haha, und stand dazu auch noch im Begriff, die einzigen beiden Rettungsanker, die sie noch hatte, über Bord zu werfen. Verse-o-Gram und Sheherazade hinzuschmeißen, und wie sollte sie sich dann über Wasser halten, mit Hoffen und Beten, oder den Bach runtergehen wie Stevie Smiths Tigerin Flo, *sie fiel, sie jaulte, klammerte vergeblich*? Na ja, war immerhin ein Gedanke.

Raum auf dem Bonaventure schaffen, für einen mehr war da immer noch Platz. Aber nein. Ein Abgang war jetzt nicht drin, nicht solange Bani Badpa ihr einen Wochenlohn plus Zusatzleistungen schuldete. Mochte die Unschuld auch hinter Gittern sein, deshalb war das noch kein Schwachsinn, und außerdem hatte John Joe ihr einen nagelneuen Schleier gekauft, den hatte sie noch gar nicht getragen.

Der vernünftige Plan war, eine Sarah Bernhardt zu machen, einen letzten, aber definitiv meinen letzten und endgültigen Auftritt abzureißen, mitsamt dem jungfräulichen Schal, dann der Abgang mit einem Bären auf den Fersen.

Nun, vernünftig war sie ja, wenn sie überhaupt etwas war, dann vernünftig, und zu ihrem Nickerchen kam sie ohnehin nicht mehr, und wenn sie alle Schafe auf der Weide zählte. Also sprang sie aus dem Bett oder stützte sich wenigstens auf einen Ellbogen. Und sie wäre auch jeden Moment aufgestanden, doch, ehrlich, es klingelte schon bei ihr, nur wurde sie von einem plötzlichen Tumult unten auf der Treppe davor bewahrt. Kate Root schrie *Sinnlos! Völlig sinnlos!* in ihrem Barschlampen-Singsang, ganz die Schnalle mit Herz in einem alten Film, klang eher nach

Australien als nach Texas oder Louisiana oder dem Traumstaat, aus dem sie sein wollte. *Und du willst ein Messerwerfer sein,* kreischte Ma Root, und sie klang richtig stinkig, Rumpelstilzchen war nichts dagegen. Wobei sie das durchaus auch drauf gehabt hätte, die war ja so ein gerissenes Luder, da mußte man immer ein Auge auf den silbernen Löffeln haben. Doch dann folgte ein Rums wie beim Weltuntergang oder bei einer Melone, die gespalten wird. Eine Tür knallte am andern Ende des Flurs, und noch bevor das Echo verhallt war, klopfte ein Knöchel den Code an Annas Tür. »Obhut«, sagte Willie D.

Oder das, was von ihm übrig war. Was nicht viel war, als Mensch wäre er nie durchgegangen. Zitternd wie ein Alki, das Hemd hing ihm hinten raus, das Oberleder eines schwarzglänzenden Stiefels durchbohrt, als hätte ihn ein dahergelaufener Dackel gebissen, und die Haare, die armen Haare, statt der schimmernden schwarzen Mähne nur nackter Fels, mit Büscheln und Gestrüpp durchsetzt, er sah aus wie eine Geröllhalde.

Wie konnte sie ihn da abweisen? Sie konnte es nicht. Welchen Sinn hätte das gehabt? Schließlich hatte sie Willie D zum Sopranisten machen wollen, aber nicht dieses Wrack mit dem kaputten Blick. »Dann komm schon rein, wo du schon da bist«, sagte sie.

Ihr Zimmer war ein Saustall, ganz was Neues, alles voll mit ausgestopften Pandas und burmesischen Tüchern, und im Waschbecken ein Charles Jourdan, Tarotkarten auf dem Teppich verstreut, und die verräterische Flasche Crème de Cacao allzuleer auf dem Nachttisch, na, wenigstens kein Wacholdertod, das war doch schon was, obwohl Willie das gar nicht zu bemerken oder zu interessieren schien, überhaupt schien er gar nichts, nur ausgehungert, wie er sie so rückwärts durchs Zimmer zum Bett drängte, sie gar nicht mit den Händen anfaßte, sondern hindirigierte, sie anstupste und sie umkreiste wie ein Hirtenhund, der ein streunendes Schaf einfängt, Nötigung konnte man es nicht nennen, nicht so kraß wie Körperverletzung, o nein, auch wenn sie nicht wegkam, keine Chance, aber gewaltsam konnte man es eigentlich kaum nennen.

Erst mal war sie wehrlos, und dann wehrte sie sich auch gar nicht. Irgendein Idiot auf der Straße schmiß einen Knallfrosch, sie sah den Blitz hüpfen und wirbeln, hörte den Knall wie die Fehlzündung eines Autos, und plötzlich fielen ihr ein paar Zeilen ein aus *Mad Tom's Song*: »*Der Mond ist mein steter Begleiter, / Die liebe Eul' mein Geleit, / Der flammende Drach' und die Krähe der Nacht / Machen die Musik zu meinem Leid*«, doch Willie schien sie nicht zu hören, er stieß sie nur immer weiter zurück. »Obhut«, sagte er wieder.

Anna hörte ihn deutlich. Vielmehr nicht ganz so deutlich, sein Mund war gegen ihr Schlüsselbein gepreßt, und Artikulation war nie seine Stärke gewesen, dennoch hörte sie ihn. Murmeln, nicht eigentlich stöhnen, und welches andere Wort konnte es auch sein? *Blut* ergab keinen Sinn, wo seine Stimme doch um Erbarmen flehte und seine Finger sich in ihre Brüste krallten wie Pepe LePew, das kleine Zeichentrick-Stinktier, wenn es in einen Abgrund stürzte.

Selbst verschwommen und gesprenkelt war es das allerliebste Wort, sie konnte nicht so tun, als wär's das nicht, und seine Kraft trug sie, sterbend hinsinkend, wie gewichtslos, zum Bett. Wobei sie wohl wußte, daß es nicht in Ordnung war, daß sie es ihm nicht so leicht machen sollte, doch sie tat es eben. Und Willie kam zu ihr wie eine Jungfrau. Nein, wirklich. Als wäre es das erste Mal für ihn und er machte sich vor Angst in die Hose, wie er so blind herumfummelte und stieß, sie mußte ihm hineinhelfen, obwohl sie sich die Mühe hätte sparen können. Drei Stöße, schon spritzte er, mit einem erstickten Blöken wie ein Schaf, dem man die Kehle durchgeschnitten hatte, und er nannte sie nicht einmal Mutter.

Männer und Sex, wie ungleich beide waren, wie wenig sie zusammenpaßten, das verstörte sie immer wieder. Wie in dem Restaurant in Augusta, als sie mit Waycross Martin unterwegs war, als auf der Karte *konfuses Huhn* stand, da wußte sie auch genau, wie dem Huhn zumute war. Wie sie so dalag, zu den Knallfröschen über der Straße hinaussah und über das Geröll strich, wo zuvor Willies Haare gewesen waren, es leicht kratzte, als wäre er irgendein Straßenköter und sie die letzte Station vor dem Hundezwinger, und dann vögelte er sie wieder, diesmal tief und langsam, roboterhaft, fast kam sie sich wie eine Pflegerin vor.

Vielleicht war das doch ihre wahre Berufung. Vielleicht war

sie letztlich doch nicht zum wilden Mädel geboren, nicht mal zum Dirty Dancing, sondern zum gestärkten barmherzigen Engel in weißer Uniform mit Gesundheitsschuhen, die Absätze flach wie nur was und in der Brusttasche ein Thermometer, wie damals im Shalimar. Es waren schon seltsamere Nachrichten aufgezeichnet worden, siehe Nostradamus. Und sie hatte schon immer ein Talent fürs Heilen gehabt. Waycross Martin war praktisch schon mausetot, als sie sich zusammengetan hatten, zwei Überdosen auf der Latte, Arme und Beine und sogar die Fußsohlen mit Einstichen übersät wie ein Außenklo mit Termiten, und dazu auch noch Diabetes. Aber heute, zwölf Jahre später, konnte man Sonntag vormittags nicht den Fernseher anstellen, ohne daß er einen geschniegelt und gebügelt und wiedergeboren anglotzte, die Haare adrett geschnitten wie Büffelgras, und sein *Schieß mich Jesus durch die Torpfosten des Lebens* sang, neben sich seine barbieblonde Frau und ihre drei Kinder, Heilige, bewahrt uns vor Heiligen, wer hätte das wohl gedenkt?

Sie jedenfalls nicht, nicht in den Nächten in Athens und Valdosta, Milledgeville und Calvary, schon gar nicht im Ramada Inn in Tuscaloosa, gegenüber vom Burger King mit dem riesigen Neon-Hot dog und dem Schild, auf dem *Für einen Whopper braucht man beide Hände* stand. In jener Nacht und am nächsten Morgen, als er schwitzend und schnaufend dalag und versuchte, es zu bringen, da war an einen Whopper nicht zu denken, schon ein Winzling wäre da ein Fortschritt gewesen, das Komische aber war, es machte ihr nichts aus, fast hatte sie es gemocht. Wie sie ihn im Arm hielt und in den Schlaf wiegte und anschließend den Text für einen neuen Song auf ein Snicker-Papierchen schrieb.

Waycross Martin and the Crosscut Saws. Die schärfste Südstaaten-Band seit den Allman Brothers, jedenfalls hatte das sein Manager gesagt, und der Song hatte *Wichserwelt* geheißen, die ersten Zeilen konnte sie noch immer hersagen: *Willkommen in der Wichserwelt, wo jeder ihn im Griffel hält,* gut, Dante war das nicht gerade, aber immerhin reimte es sich, und sie hatte ihn dazu inspiriert, sie war dabeigewesen.

Und jetzt war sie hier, war das nicht ein Zufall, sah an ihrem kalkweißen Körper entlang auf diesen olivenfarbenen Menschen, der da über ihr hing, unpersönlich wie ein brunftender

Androide, wenngleich er sich naß und warm anfühlte. Ihre Brustwarzen waren hart und schmerzten, und da unten versuchte ständig jemand, sie abzulenken, versuchte, sie von ihrem Gedankengang abzulenken, aber von wegen, so schnell ließ sie sich nicht sabotieren. Sie befreite ihren Arm, der Bizeps war schon ganz zerquetscht, wahrte so ihre Distanz, verharrte im Ramada Inn von damals, Zimmer 202, wenn sie sich recht erinnerte, als Waycross noch einmal ein Dutzend Snickers zum Nachtisch bestellte, was anderes aß der gar nicht, und eine Tätowierung der Bulldogge von der Georgia State University hatte er auf der Schulter, die, je nachdem, wie er sie hielt, knurrte oder sabberte, und ein glattes glänzendes Grübchen in der Magengegend, wo ein Roadie ihm hineingeschossen hatte, und sein Gesicht, nachdem er sich einen Schuß gesetzt hatte, war wie der schlafende Jesus, hingegossen auf der Gesundheitsmatratze wie eine Marmorplastik auf einem Grabmal, während Anna wachte, war sie da glücklich gewesen?

Schwer zu sagen, und es war ihr auch nicht besonders wichtig, die Frage war nicht von Belang. Wenigstens hatte sie eine Funktion gehabt, sie hatte nicht bloß nutzlos rumgelegen wie bestellt und nicht abgeholt und ihren eigenen Körper beäugt, wie der sie aus purer Bosheit betrog. »Bring mich nicht zum Reden«, sagte sie, und sie nahm die Hand aus Willies ruinierten Haaren und warf sie hoch in die Luft, so daß sie mit den Knöcheln gegen die Fensterscheibe knallte und das Glas sprang.

Willie schaute von dem Knall auf, wirkte überrascht, hier zu sein, eine Spur verlegen. »Wie geht's dir denn so?« fragte er.

»War schon schlimmer«, sagte sie.

»Viel zu tun?« fragte er.

»Kann nicht meckern«, sagte sie.

»Schön zu hören«, sagte er, und bald war er Rauch, und sie hatte das Boudoir und den ganzen Schamott wieder für sich allein. Nur sie und die Vetiverduftkerzen, die elfenbeinernen Gewürztöpfchen aus Nagaland und die Fin-de-siècle-Schuhleisten, die mundgeblasenen venezianischen Glaspantoffeln.

Was man in gut dreißig Jahren nicht so alles anschleppte, keineswegs nur Krankheiten, wenngleich John Joe natürlich genau dieses Alter erreicht hatte, ohne sich bis auf einen schwachen

Geruch nach Fischleim etwas zuzulegen, aber John Joe zählte ja nicht. »So viel Ballast«, sagte sie laut, und das war die schlichte Wahrheit, man betrachtete die ganzen Sachen ja gern als Besitztümer, angesammelte Schätze, vielleicht sogar als Dokumente eines Lebens, aber im Grunde waren sie nichts weiter als Ballast.

Nicht leicht, sich jetzt zu erinnern, wie sie so die Claddagh-Ringe, die Sepia-Postkarten und kaputten Feuerzeuge begutachtete, woher sie die alle hatte oder warum. Ihr ganzes Leben lang schien sie jeden toten Gegenstand, der ihr unter die Augen kam, an sich gerissen zu haben, ohne zu fragen, was er war, wozu er gut sein mochte oder ob er ihr überhaupt gefiel, wenn er nur Geld kostete, mußte sie ihn einfach haben. Und ebenso Menschen. Padgett hatte sie, als sie noch verheiratet waren, immer eine sexuelle Mikrowelle genannt, Zementmühle wäre treffender gewesen, man brauchte ihr nur die Knochen hinzuwerfen, sie zermalmte sie. Verschlang sie mit einem Satz und nannte es dann Liebe. Obwohl sie damit nur Action meinte. Was Neues, von dem sie eigentlich die Finger lassen sollte. Etwas, worauf sie herumkauen, woran sie zerren, was sie verdrehen und zerfleischen und verbrennen konnte, und ein anderer hatte dann alles an der Backe. Wie hieß die Stelle bei Philip Larkin? *Welchen Sinn hat es, Liebe zu sagen und Übergriff zu meinen?* Der hatte wohl gespickt.

Im Shalimar hatte sie selbst ein Gedicht geschrieben, jedenfalls die ersten Zeilen: *Weißfleisch hat kein Arschloch*, begann es. *Und wenn, dann würdest du's nicht merken.* Dr. Bone fand das nicht gut, er meinte, es sei kindisch, doch später hatte es Waycross Martin ziemlich gut gefallen, er wollte es dann auch vertonen, was er natürlich nicht tat, was sie wiederum auch nie geglaubt hätte, aber was hatte das nun mit Liebe zu tun?

Woher sollte sie das wissen?

Doch man wurde müde, oh, wie müde man wurde, man wurde so furchtbar müde, daß man sich gar nicht vorstellen konnte, nicht müde zu sein, so müde wurde man. »Ach, halt doch die Schnauze«, sagte sie und bedeckte ihre Blöße. Zog eine Strumpfhose an und ein Danceteria-T-Shirt und das tiefgeschnittene Samtkleid, in dem sie für den nächsten Tag als *My last Duchess* gebucht war, aber das war v. She., vor Sheridan, wie sie es nannte. Sie mußte sich keine falschen Bezüge mehr antun und schon gar nichts Hängendes, sie würde nie mehr reimen. Nur noch vor dem Spiegel posieren, etwa so: *Da steht sie als wie lebendig*, und Fig-Newtons essen, bis sie platzte. *Doch sieh Neptun da*, sagte sie und steckte ihren neuen Schleier ein. *Als Rarität erachtet*.

Nur durch den Griff nach ihren Schuhen fiel ihr Willie wieder ein, sein durchstochener Stiefel, und da erinnerte sie sich, daß sie vergessen hatte, sich zu waschen.

Das schien kaum möglich. Und dennoch war es so. Kein Platscher und auch kein Spritzer, nicht mal ein Wisch mit einem Kleenex, wo sie bei Hygiene doch so pingelig war. Miß Zahnseide von Savannah, Miß Duschhaube, doch dazu hatte man sie gemacht, randvoll und überfließend mit Körperflüssigkeiten war sie, am liebsten wollte sie ihren Lunch auskotzen.

Was sie tat.

Erst erbrach sie den Nachmittag. Den puterroten Ballon mit der randlosen Brille, die pelzigen Würstchen, den Mann, der bei dem ausgebrannten Auto schwankte, den Hund, der aus dem Souterrain heraufsprang und nach ihren Knöcheln schnappte, und dann erbrach sie die Nacht. Würgte und spuckte, bis nichts mehr übrig und sie völlig entleert war, hohl wie eine hohle Trommel, und als sie spülte, gingen ganz zuletzt Willies geschorene Haare runter, sie sah, wie sie herumgerissen und -gewirbelt, hinuntergezogen wurden, auf einen letzten Japser hochstiegen, dann endgültig hinabgesogen wurden und weg waren. Wiedersehn, sie war befreit.

Na gut, auf Bewährung. Auf Hafturlaub, wenigstens genügend Platz, um da rauszukommen. Nun ein letzter Schluck aus der Crème-de-Cacao-Pulle, dann überließ sie ihr Zimmer dem gesprungenen Fenster, den Spiegeln und dem Müll. Dann die Straße langgeschlampt zu Sweeney's und dem ersten Schluck aus der Mescal-Pulle.

Ein Stück weiter an der Bar trank Crouch Rachenputzer, ein Bier, ein Kurzer, tanzte, ohne sich auf seinem Hocker zu bewegen. »*Denn es ist gekommen der große Tag seines Zorns*«, sagte er. Wieder diese Johannes-der-Offenbarer-Scheiße, davon kriegte sie die Krätze. Wäre der Mann näher an ihr dran gewesen, hätte sie ihm liebend gern eine gelangt, doch er war zu weit weg, da konnte sie nur grienen. »Ex«, sagte sie.

»Hoch die Tassen«, sagte er.

»Möge die Straße sich dir zum Gruß erheben«, sagte sie zähneknirschend, dabei allerdings lächelnd, während *Mad Tom's Song* ihr noch immer im Kopf hermschwirrte: *Vor der Hex' und dem hungrigen Kobold, die dir das Fleisch wollen ritzen, / Soll dich der Geist, der beim Nackten steht, im Buch der Monde schützen*, und sie kippte einen weiteren Mescal, auf dich, Prösterchen, Chinchin. »Obhut«, sagte sie.

Was konnte er damit gemeint haben? War es der Verlust seiner Haare, war ihr da etwas entgangen wie dem Privatdetektiv in dem B-Film im Carnegie, Dick Powell, dachte sie, vielleicht auch Victor Mature. *Ist das jetzt ein wahnsinniger Killer, oder haben wir es da mit was Tiefgründigerem zu tun?*

Das Dumme war, sie kannte den Jungen kaum, er gehörte nicht zu denen, die man kannte, seine Gewohnkeiten waren strikt andersgeartet, daher hatte sie keinen Kontext, keine Anhaltspunkte. Nur sein Gesicht dicht vor der Tür und dies eine Wort: OBHUT.

Ein Refugium, eine Zuflucht.

Wie das Shalimar.

Wo noch? Wieder durchstreifte sie die weißen Korridore und hörte das Knistern von Stärke, wenn die Schwester sich bückte, um das Laken des Patienten glattzuziehen, nur war die Schwester jetzt sie selbst, sie spürte das Scheuern der weißen Strümpfe mit den schnurgeraden Nähten, sie sah die Morgensonne auf dem Rasen vor den hohen hellen Fenstern. *Refugium und Zuflucht*. Sie roch die Bettpfannen und die Fichtennadelessenz von hier aus.

Anna Crow, Krankenschwester.

Es stimmte also. Das Gefühl, das sie hatte, als Willie sie unten stach, und die Knallfrösche, die über der Straße flogen, während sie ihn wie ein verletztes Hündchen hinterm Ohr kraulte. Und dachte: *Das bin ich. Dafür bin ich gekommen*.

Schwester A. Crow.

Sie konnte nun das Namensschildchen auf ihrem Busen sehen. Nur vier Silben, bitte nachzählen, aber so viele Echos dahinter.

Die Räume voller Licht und Obstkörbe, die sauberen weißen Laken, nachts die Balkone, wenn die Frösche im Chor quakten, und am Tag die Gärten in voller Blüte, Jasmin und Oleander, Sonnenhut und Cherokee-Rosen, sogar Bougainvillea. Obwohl sie zuerst wahrscheinlich eine gewisse Einarbeitung brauchte, den Smiley-Button kriegte man nicht so ohne weiteres. Trotzdem, Dr. Bone war immer so verständnisvoll gewesen, so leicht bewegt, kein Wunder, daß sie ihn Dr. Goodbone nannten, und sie konnte ihm auf so vielerlei Weise helfen. Ihm zu Diensten stehen wie jene russische Frau, die jahrelang Chruschtschows Geliebte war und die, als er auf ihr starb, sich um eine Staatsrente und einen Orden bewarb, den Großorden des Sowjetischen Irgendwas, aber nicht für sich selbst, sondern für ihre Möse, da konnte man mal sehen. Und natürlich nicht nur Sex, da gab es auch noch Heilen und Pflegen und Kümmern, Verabreichen und Aufmuntern, sogar Blumenbringen konnte manchmal Wunder bewirken. *Mit welchem sie phantastisch Kränze wand / Von Hahnfuß, Nesseln, Maßlieb, rote Orchideen*, halt, war das nicht Ophelia, *rote Orchideen, welche von zügellosen Schäfern anders wird genannt*, Gott im Himmel, *uns're Jungfrauen aber Totenfinger heißen*, sie und ihre große Klappe.

Nicht daß *Hamlet* an sich ein Grund gewesen wäre, sich zu schämen. Dr. Bone hatte immer großen Wert auf den künstlerischen Impuls gelegt. Dramatische Deklamationen und Fingermalen, Tanz, im Shalimar konnte man kein Streichholz anzünden, ohne ein Schöner Ding in Brand zu setzen, und wenn Anna ultrabrutal war, dann lag ihre Zukunft vielleicht dort, weniger bei Gummizelle und Fesseln oder gar Diagnosen oder einer Wand voller Diplome, bei Prüfungen hatte sie immer versagt, und wozu waren die überhaupt gut, zu rein gar nichts, wie der Krieg. Nein, ihre Stärke lag mehr im Kreativen. *Die Kunst des Heilens durch das Heilen der Kunst* vielleicht, das klang schon durchaus nach Geld, nicht daß Geld ihr wichtigstes Anliegen gewesen wäre, natürlich nicht, aber die Miete bezahlen zu können war kein Kapitalverbrechen, und gestärkte Uniformen wuchsen auch nicht auf Jacarandabäumen.

Tanz also. Ehrlich gesagt, war das immer ihr großer Traum gewesen. Mal mehr, mal weniger, aber meistens mehr, seit der Zeit bei Mrs. Sweetwater hatte sie auf eine solche Chance gewartet. Lange bevor Bani Badpa oder G-Strings mit Sternchen erträumt waren, als sie den *Feuervogel* und *Giselle* unter den Zwillingskronleuchtern getanzt hatte oder auch die Aurora in *Dornröschen*, da war sie vielleicht am besten gewesen. Das heißt, nein, nicht ganz, am allerbesten war sie in *Schwanensee* gewesen, darin war sie der Hammer. Eine Riesensensation.

Odette, der weiße Schwan, die konnte sie bestimmt noch heute tanzen. Oder auch Odile, sogar noch besser. Zugegeben, das würde viel harte Arbeit bedeuten. Ein Martyrium für die Schenkel, siedendes Öl für die Bi und Trizeps. Aber Odile, na ja, warum eigentlich nicht?

Der schwarze Schwan.

Einen Augenblick lang dudelten diese Worte über ihrem Kopf herum wie in einer Sprechblase. Blieben ganz für sich, nervten niemanden. Also sprach Anna ein weiteres Mal ihrem Mescal zu und dachte dabei an den mumifizierten Wurm, dann prallte der Alkohol in ihrem Magen zurück wie auf einem Trampolin, sprang hoch bis in ihren Hals, erstickte sie, und in diesem Augenblick machte es klick.

Und alles wurde klar. Das einzig Erstaunliche daran war, daß sie es nicht schon vorher gesehen hatte. Zu beschäftigt mit ihrem eigenen Kram, vermutete sie, zu fixiert auf das Shalimar und die blaue Ferne, und dabei hatte die Antwort, nach der sie suchte, die ganze Zeit unmittelbar unter ihren Füßen gelegen, in sechzig Meter Tiefe.

Die Schwarzen Schwäne. Na klar!

Komisch, aber sie hatte sie noch nie gemocht. Maulwurfsleute, Unterirdische, das klang alles nach einem schlechten Science-fiction-Film. Nur weil sie im Fernsehen kamen und die *New York Times* ständig über sie schrieb, bedeutete das nicht, daß sie sie zu sich nach Hause einladen mußte, wenn sie ein Zuhause gehabt hätte, so wie die Leute, denen man im Shalimar begegnete, einige der erlesensten Irren von Chatham County, auch wenn sie wie Hunde bellten, die wußten, wie man die Gabel hielt. Diese Schwäne dagegen, die rochen doch nur nach Unerfreulichkeiten und schmutzigen Fingernägeln, aber das mußte sie gerade sagen, ihre waren ja völlig abgekaut und der Lack total runter. Pfui!

Schämen mußte sie sich! Dennoch gab es so etwas wie Kinderstube, nicht nur Polopferde oder Backgammon, sondern auch noch etwas, was einem im Blut lag. Sie wollte ja kein Snob sein, Gott bewahre, aber dieses ganze Antichrist-Getue, dieser »Das-Ende-ist-nah«-Quatsch, das war noch nie ihr Ding gewesen. Doch das war vor heute und heute abend gewesen, bevor ihr die Augen geöffnet worden waren und sie erkannt hatte, daß sie nicht in die Welt gesetzt worden war, um erst flachgelegt und dann alt zu werden, sie hatte ein Ziel, eine Gabe, sie war hier, um zu helfen.

Was wurde von einer Krankenschwester auch sonst erwartet? Sie sollte sich unter die Verlorenen und Glücklosen begeben, die Häßlichen, die Dummen. Sich ihrer annehmen und sie nähren, ihr Leid lindern. Für sie tanzen, wenn aufgefordert, sogar Liebeshändel eingehen, wenn erforderlich, das war schließlich nicht zuviel verlangt, und wenn sie an das Glück dachte, das sie ihnen bereiten würde, Beistand mochte man's nennen oder auch Wohlbehagen, egal, wie man's formulierte, das Entscheidende war doch der Kick. Wenn sie Freude zukommen ließ. Und die Freude sie kommen ließ.

So gesagt klang das natürlich dämlich, alles klang so, wenn man's aus dem Herzen raus sagte, man denke nur an Liebe. Als sie aufstand, merkte sie, daß der Mescal ein falsches Spiel mit ihr getrieben hatte, sie nicht mehr völlig Herrin ihrer Gehwerkzeuge war, was aber nicht hieß, daß sie nun außer Betrieb war. Weit gefehlt, sie funktionierte perfekt, wie eine gutgeschmierte Maschine. Das heißt, nein, nicht geschmiert, besser gesagt, wunderbar ausgewogen, austariert – sie war ein wandelndes Wunder an Grazie, die geborene Pflegerin, und gleich beim ersten schwarzen Schwan, dem sie begegnete, würde sie es unter Beweis stellen, Scheiß auf die weiße Uniform und die Gesundheitsschuhe, Scheiß auf das gerahmte Diplom, wer brauchte das schon, und Scheiß auf die Bougainvillea, wo sie schon dabei war. Das alles deutete darauf hin, daß es schließlich auf den Geist ankam, und ihr Geist ließ sich nicht bestreiten, er sollte sie nur zu den fraglichen Geistesgestörten führen, denen würde sie schon helfen, die würde sie wieder hinkriegen. Weil sie ja eigentlich gar nicht gestört waren, nur unpäßlich, und eine Unpäßlichkeit nichts als eine Krankheit war.

»Nasdarowje!« sagte sie, doch Crouch reagierte nicht, er war gar nicht da, und sie auch nicht, sie war statt dessen auf dem Broadway, und die Nacht war heiß wie ein Backofen, nicht daß sie sich beklagte, wenn man an Georgias Küste aufgewachsen war, dann brachte einen eine kleine Sommerschwüle oder auch ein Wahnsinnsinferno nicht aus der Fassung, immerhin, ein bißchen sengend war es schon. Etwas Bedrängendes und Feistes lag in der Luft, etwas Bedrohliches, Bedrückendes, als habe sich der ganze letzte Monat zu einer Riesenmasse aufgebläht, als flöge einem gleich alles um die Ohren, und wie hieß das noch, ja, Hundstage, neun Buchstaben. Doch, genau, nur darum ging es jetzt nicht. Es ging darum, daß sie schon wieder spät dran war und Bani Badpa ihr Geld hatte. Doch sie hatte nicht Bani Badpa, der war meilenweit weg, versuchte bestimmt noch immer, das Klo zu reparieren, doch dieses Klo ließ sich nie reparieren, nicht so wie die schwarzen Schwäne, ihre Schwäne. *»Khar Kosseh«*, sagte Anna und winkte ein Taxi heran.

Vor dem Sheherazade ausgeladen, war sie stocknüchtern, wie das ging, weiß keiner, sie war es einfach, und noch nüchterner, als sie zu tanzen anfing, Zenaide von Zonguldak hatte im Leben keinen Tropfen geschluckt, cool bis in die Knochen war sie da, in ihrem hübschen neuen Schleier, ein feiner Goldton, besetzt mit feuerroten Zungen, die wie Flammen an ihr leckten, wenn sie sich wogend erhob, eingesperrt in dem Rundkäfig, als Mond ein fahler Spot.

Beim Auftritt war ihr seltsam zumute, dann noch seltsamer, jeder Nerv in ihr war wie ein summender Draht, die kleinen Muskeln an der Innenseite ihrer Schenkel flitzten umher wie ein Schwarm Silberfischchen, ganz beunruhigend war das, und das edelsteinbesetzte Stirnband, das ihr in den Schädel drückte, wie ein Stahlring war das, da stimmte was nicht, ganz und gar nicht, nicht einmal Bani Badpa und sein Geld waren dieses miese Gefühl wert, wie schlechtes Kokain war das, zuck, zuck, noch ein Hängen, obwohl sie versuchte, langsam und beherrscht zu bleiben, doch es war sinnlos, ihr Rosenbusen wippte, ihr Mund war weit aufgerissen, dann kam ein irrer Zug dazu, und wo zum Teufel war sie denn, wieder im Camp Pocahontas, am Tag von Chases Beerdigung, wo sie in der Betonpagode auf dem Balkon mit dem gußeisernen Geländer stand, der über dem Faß mit den Federn rumlief, Karneol, Gummigutt, Heliotrop, Kurkumin, Azulen, ganz weit weg in ihrem Geist, als sie eine Hand auf das Geländer legte und in die Leere sprang, mit rudernden Armen und Beinen in einer simplen Linie hinabtrudelte und ungeschnitten ohne kleinliche Unterbrechungen ohne jedwede Grenzen sagte: *Ich wünschte, ich wäre nie geboren, ich wünschte, ich wäre nie, ich wünschte, ich wäre, ich wünschte ...*

»Unpäßlichkeit ist nur eine Krankheit.«

»Und Zahnschmerzen?«

»Zahnschmerzen sind eine Infektion.«

»Und ein Furunkel?«

»Ëin Furunkel ist ein Fluch.«

Sie sah wahrhaftig leichenblaß aus. Als sie zu Ende getanzt hatte und an die Bar kam, wo er der schönen Tätigkeit nachging, Gläser zu polieren, sah sie aus, als wollte sie gleich aufgebahrt werden. Doch sie sagte, es sei alles im Kopf: »Gesundheit ist nur ein Syndrom«, sagte sie. »Aber Schwachsinn ist eine Verstimmung.«

John Joe hatte sie schon früher so erregt gesehen, es würde sich nicht auszahlen, Bemerkungen dazu zu machen. Klüger war es, wie er festgestellt hatte, sich wie bei einem Pferd, das durchgeht, zu verhalten: laufen lassen. Zügel weg, Augen zu und einfach beten, daß kein Baum im Weg stand. »Kein schlechtes Publikum heut abend«, sagte er.

»Kein schlechtes Publikum? Zwei Besoffene und ihr Hund? Im Leichenschauhaus hab ich schon ein lebhafteres Publikum gesehen, du hättest in Darien sein sollen, als Waycross Martin seine zweite Überdosis hatte, wo wir gerade von der Wichserwelt reden, die Penner im Bezirkskrankenhaus fanden doch keinen Puls, kein müdes Zucken, so war's doch, einen Dreck fanden die, die hätten keine Flöhe auf'm Straßenköter gefunden, also schafften sie ihn ins Eishaus und mich gleich mit, ich hab eimerweise geflennt und gleichzeitig gekichert, bloß blöde Schulmädchenwitze erzählt, *Ich würd mich hier nicht tot erwischen lassen*, wahrscheinlich die Nerven und der Formaldehydgestank. Wenn ich nur an die Fleischregale in den Gefrierschränken denke, die Tische mit dem ganzen rohen Fleisch, und dann Waycross unter seinem weißen Laken: ein Fuß ragte raus, eine limonengrüne Socke mit rosa Alligatorenmuster, da wußte man nicht, ob man lachen oder weinen sollte, als sein Zeh zuckte, dann richtete er sich auf in seinem Traum, *Every goodbye ain't gone*, sagte er und fing an, nach seinem Drogenzeug zu kramen«, sagte Anna und saugte durch die Zähne. »Findest du das nicht komisch?«

»Eher merkwürdig als komisch«, sagte John Joe.

Sie wirkte beruhigt. »Merkwürdigkeit ist kein Leiden«, sagte sie. Aber man sah, daß sie mit den Gedanken woanders war, sie sabbelte nur zur Tarnung. Ihre Blicke durchstreiften den Raum, als suchte sie nach einer Rettung, John Wayne auf einem weißen Pferd, und trinken wollte sie auch nichts. »Ich rühr das Zeug nie an«, sagte sie. Doch das entsprach nicht der Wahrheit.

Sie nippte an einem Fruchtsaft und stand in der Haltung da, die John Joe am liebsten hatte, Hohlkreuz, die Zehen nach außen. Dennoch war es nicht dasselbe, wenn sie nicht die Muskeln spannte, und ihr Kopf, der eigentlich schwanenhoch gehalten sein sollte, hing matt herab. »Ich hab gelogen«, sagte sie. »Ich war in meinem ganzen Leben nicht in einem Leichenschauhaus, ich hab auch noch nie Formaldehyd gerochen, ich könnte den Geruch nicht von Doublemint oder Hundescheiße unterscheiden, ich hab's einfach so gesagt, an so einem Tag, da mußte ich einfach irgendwas sagen, so ein Tag, das würdest du mir nicht glauben, wenn du das in einem Buch liest, würdest du sagen, ich hab gelogen.«

»Mottenkugeln«, sagte John Joe.

Daraufhin sah sie ihn von der Seite an, so wie früher, als hätte er ein Rad ab. »So riecht Formaldehyd«, erklärte er.

»Ich bin ein toter Mann«, sagte Mr. Badpa.

Er hatte sich unversehens an sie herangeschlichen, dieser Mann mit der Form eines Kanonenofens in Polyester, das Geschäftsbuch in der Hand, und kaum hatte er ausgeredet, wirbelte Anna zu ihm herum: »Du kannst mich mal, nach dem Essen bin ich weg, ich hab ein besseres Angebot, der Club Cleopatra will mich, die Chance meines Lebens, sagt mein Agent, und meine Manager sagen es auch, ich wäre verrückt, es abzulehnen, einfach verrückt, ich hätte was an meinem Spatzenhirn«, sagte sie. »Wo ist mein Geld?«

»Leih mir mal 'n Fünfziger«, sagte Mr. Badpa zu John Joe, was John Joe tat, und Mr. Badpa reichte ihn Anna Crow, die ihn auf den Boden warf, dann Richtung Küchen und Garderobe davonrauschte, wobei sie ihren neuen Schleier hinter sich herzog, altgold mit feuerroten Zungen, er paßte fast zu ihren Haaren. Ihre eigene Farbe aber war nicht gut, die Fieberpünktchen wie von Johannisbeerflecken waren wieder auf ihren Wangen. »Ein Wort für dich, Badpa«, sagte sie. »Furunkel.«

Der Lagerraum, in dem sie sich umzog, war John Joes Unterschlupf. Sein Zimmer im Zoo betrachtete er nicht recht als sein eigenes, zuviel Godwin war darin. Wobei das jedenfalls eine schreckliche Art des Abgangs war. Mit dem Kopf nach unten und ungesegnet in einem Faß voller Pizzateig zu ertrinken, das war ein tragisches Ende. Viele Nächte brachte er bis zum Morgengrauen kein Auge zu, malte sich immer die letzten Sekunden aus, die Beine des Mannes in die Luft gereckt, strampelnd, zunächst wild, dann immer langsamer, wie eine Wespe, die in einem Glas gefangen ist, und kein Priester weit und breit. *Er starb, wie er gelebt hatte*, sagte Anna, ein Gedanke, der jeden Raum vergiften konnte.

Dieser behagliche Ort dagegen war wie sein Zuhause. Er kannte jedes Etikett auf jeder Dose, die Frau in dem Umhang auf Demetrio's Palmherzen, die die Wüste durchquerte, das kniende Kamel auf Maravasti Entsteinte Oliven, die verschleierte Huri auf Jalaver's Nektar. Und die Schrittdiagramme, mit denen die Wände tapeziert waren, »Oasis Floor Lift« und »Derwischdreher«, »Türkische Reise« und »Beckenflatterer« und »Doppelter Brodler«. Und das Gedicht, das innen an die Tür geheftet war. *Die Bauchtänzerin*, das konnte er auswendig. *Ich kann stolz den Rücken wölben, in Demut das Rückgrat zusammenziehen, den Kopf in Kummer wiegen, die Arme schütteln wie eine Schlange*, das waren Zeilen, die er nie vergessen würde. Und die Musik, die in dem Club wehklagte, die zerdepperten Teller in der Küche und der fluchende Bani Badpa, seine kreischenden Schwestern, die Geräusche und Gerüche der Kerle nebenan.

Das alles zusammen bedeutete Anna Crow.

Das wackelige Tischchen, an dem sie sich schminkte, war über und über bedeckt mit Töpfchen und Fläschchen und Gläschen, und auch die hatte er sich eingeprägt. Für ihn bargen sie den Schlüssel zu allen Rätseln, allen Geheimnissen. Während der langen Nachmittage, wenn alle anderen weg waren und er das Sheherazade für sich hatte, las er ihre Namen laut ab und ließ ihre Beschreibungen auf der Zunge zergehen: Prinzessin Marcella Borghese di Nott Complex, Mango-Körperbutter, *spektakuläre Wimpern, die nahezu ewig halten, Farben, die kußecht sind, die kleinen Fältchen verschwinden im Nu, zusätzlich schimmernde Reflektierpartikel*, exklusive Dreifach-Alphahydroxyfruchtsäure.

Jedes einzelne dieser Wörter war ein kleines Wunder, *exfoliates* aber war das beste. Gott allein in seiner Größe wußte, was es bedeutete, und selbst Ihm würde es vielleicht nicht so ohne weiteres einfallen, doch der Klang, lang ausgezogen und am Ende langsam ersterbend, verströmte die Romantik der ganzen Welt.

Welche Worte aber liebte Anna Crow? *Das verfließende, unbefleckbare, flüsternde Meer.* Die waren ziemlich gut, schon zu ihrer Zeit spitze. Aber *exfoliates* schlug sie haushoch: »Steckt sie in die Tasche«, sagte er.

»Tasche ist gut, oder gar in den Sack«, sagte Anna, während sie Flaschen mit Velvet Cleansing Milk und Turnaround Cream vom Tisch fegte. »Stell mich in einem Betty-Boop-Kostüm an die nächste Straßenecke, und ich mach Spagat, dann nehm ich mehr ein als in diesem Ausbeuterbetrieb, diesem miesen schwarzen Loch von Scheiß-Isfahan. Wenn ich daran denke, was ich geopfert habe, ich hätte *première danseuse* sein können, der Star von Georgias Küste, mir hätte die Welt zu Füßen gelegen, hätte mir die Zehen gelutscht, und nun sieh sie dir an, für jedes Licht am Broadway eine geplatzte Ader, weinen könnte ich, einfach nur heulen.«

»Kalkutta«, sagte John Joe. »Das schwarze Loch von Kalkutta.«

Haarschaum, Wetgels, Hauttoner und Moisturizer flogen von dem bebenden Tisch und knallten gegen die Wand. John Joe hatte sie nie so außer sich erlebt, ihre bloßen Brüste flappten wie Zeltbahnen in einem Gewitter: »Martha Graham wollte mich«, sagte sie. »Wollte mich unbedingt haben, und bitte keine billigen Witzchen, auch Merce Cunningham, der sagte, so eine wie mich hat er noch nie gesehen.« Sie packte eine Tube New Lash Out Mascara und zielte damit auf den »Anatolischen Shimmy«, überlegte es sich aber anders. »Ich hab Hunger«, sagte sie.

»Ich hab bloß Erdnüsse.«

Die Nüsse waren noch in der Schale, und wenn Anna Crow sie schälte und knabberte, dann tat sie es nur mit den Vorderzähnen, wie ein Eichhörnchen. »Stevie Smith hatte mal nen Papagei, hat ihn Onan genannt«, sagte sie, während sie durchs Zimmer wanderte, dabei Rock und Stirnband und vergoldete Sandalen abstreifte und Erdnüsse in der Schale verstreute. »Ließ seinen Samen auf die Erde fallen«, sagte sie und stellte sich in Pose, Hand auf der Hüfte, inszenierte sich wie eine auf den schmutzigen Bildern in dem Buch, das Juice Shovlin mal aus England mitgebracht hatte.

Kunst hieß das, als John Joe fünfzehn war und Juice das Buch hinterm Fahrradschuppen rumgehen ließ. Die meisten abgebildeten Frauen waren alt oder ramponiert genug, um die eigene Oma zu sein, und eine der Drei Grazien sah Mrs. Kinsella, die den Kuttelladen in Killybegs hatte, verblüffend ähnlich, aber auf einem Bild immerhin gab es ein Mädchen, das noch knackig war. Ein dürres französisches Ding, das auf einem weißen Laken ausgestreckt lag, die Beine gespreizt und herabhängend, krückstocksteif, und ihr Geschlecht offen, daß es alle sehen konnten. »Seht euch mal die Muffe von der an! Eine Stadt für sich«, hatte Juice Shovlin gesagt, und alle hatten sie gelacht, einschließlich John Joe. Nur hatte er sich auch noch schnell bekreuzigt.

Der Titel des Gemäldes war *La Maigre Adeline*. Juice Shovlin hatte gesagt, das sei das französische Wort für Dose, vielleicht stimmte das ja, aber John Joe glaubte es nicht. Der Instinkt sagte ihm, daß das Mädchen alles andere als eine Professionelle war, nämlich Wäscherin. Das weiße Bettlaken mit den Kringeln auf der grünen Tapete hinter ihr und das Klappergestell, das da so schutzlos hingespreizt lag, die Beine dem Betrachter entgegengestreckt – aus irgendeinem Grund, den er nicht festmachen konnte, erinnerte ihn das ganze Drum und Dran an Schrubben, endloses Scheuern. »*Ich wasche meine Hände in Unschuld*«, sagte er.

»*Und halte mich, Herr, zu deinem Altar*«, gab Anna Crow ihm zurück, und sie hörte auf herumzutigern und starrte ihn an. »Gott sei mir gnädig, wo kam denn das her, von Johannes dem Täufer vielleicht, das Waschen von Händen, *Herr, ich habe lieb die*

Stätte deines Hauses und den Ort, da deine Ehre wohnt, der Kram, der sich einem im Kopf festsetzt, *Raffe meine Seele nicht hin, o Gott*, dieser wertlose Schrott.« Doch sie schien beruhigt. Immerhin warf sie nicht mehr mit Flaschen. »Noch ein paar Nüsse wären nicht schlecht«, sagte sie.

Alles andere als gewaschen war ihre Hand, als sie sie höhlte, um die Schalen darin zu bergen: sie war von verschütteten Lotions blau und kamillengelb gefärbt, und den Zustand ihrer schwarzen Fingernägel konnte John Joe gar nicht beschreiben. »*Meine Seele nicht hin mit den Sündern noch mein Leben mit den Blutdürstigen*«, sagte sie und legte den Mund auf seinen, und ihre Zunge leckte an seinen Zähnen.

Sie hatte ihn noch nie geküßt, nicht einmal ein kleiner Schmatz auf die Wange, und auch jetzt spürte er keine Lust bei ihr. Wie ihre Zunge forschte und wühlte, es war, als suchte sie nur. Als stellte sie womöglich nur eine Frage. Eine Zunge, weder dick noch geschmeidig, sondern federnd wie ein Iguana, als sie gegen seinen Gaumen zippelte, sich dann zurückzog und Luft leckte, zu überlegen schien, dann wieder in ihn eindrang.

Diesmal bewegte sie sich nicht, ihre Zunge lag flach und schlummernd auf der seinen. Er spürte, wie sie mit ihrem Atem pulste, der schnell und flach war wie bei einem Hund. Sie schmeckte salzig nach Nüssen und streng nach Schnaps und war schleimüberzogen. Eine schlafende Schnecke, ohne Geschlecht, bar jedweden Verlangens. »Bring mich runter«, sagte Anna.

»Wohin runter?«

»Zu den Schwarzen Schwänen.«

Das vernahm er mit Überraschung. Früher mal, als er diese auserwählten Personen erwähnt hatte, war ihre Reaktion ohne größere Wärme gewesen. *Giftmüll* war ein Wort, woran er sich erinnerte, *Bekloppte* ein anderes. Doch vielleicht hatten all diese Geschichten in den Zeitungen und nun auch im Fernsehen dazu beigetragen, ihre Zweifel zu dämpfen.

Mit jedem Tag, der verging, schienen die Maulwurfsleute zunehmend der Hit zu werden. Nicht nur Reporter und Buchautoren schwärmten jetzt durch die U-Bahnen, sondern auch alle möglichen Unterhaltungsdinge. Ein Mode-Shooting und Rock-Videos, sogar von einem Film war die Rede.

Mit dem Glamour kamen auch immer mehr Wachmänner. Randall Gurdler selbst war in den Nachrichten gewesen und hatte drastische Maßnahmen versprochen. Diese U-Bahn-Bewohner seien keine pittoresken Exzentriker, sondern Drogensüchtige, Asoziale, Gewaltkriminelle, eine Bedrohung für uns alle. Als Präsident der MTA verpflichtete er sich zu einer Säuberung.

Die Schwarzen Schwäne wurden nicht namentlich genannt, ebensowenig Meister Maitland. Doch keine befreite Seele ließ sich täuschen. Das ganze Gequatsche von Drogen und Gewalt war nur vorgeschoben, eine Taktik, um das wahre Ziel zu verdecken. Die Söldnerrudel mit ihren Gewehren, die für Gurdler durch die Schächte streiften, waren nur hinter einem her, und der hieß nicht Fu Man Chu.

Kein Ort, keine Verhältnisse für eine kultivierte Dame. John Joe wünschte, sie hätte nicht darum gebeten. Wünschte, sie hätte ihm Mount Tabor gelassen, als seine persönliche Rückzugsmöglichkeit. Natürlich wollte er alles, was er besaß, auch mit ihr teilen, gar keine Frage. Oder auch einfach ihr geben. Doch die Schwäne waren sein ganz eigenes Leben gewesen. Bei dem Gedanken, sie einem Außenstehenden zu offenbaren, selbst Anna Crow, mußte er die Hand heben und die Fältchen und Furchen um sein schlimmes Auge nachziehen.

Doch Widerstand war zwecklos. »Ich muß hin. Ich muß«, sagte Anna, dann ließ sie ihn stehen und begann wieder, auf und ab zu tigern, lief durch den Raum in ihrer Nacktheit mit dem dürren Knabenhintern und darunter den Grübchen hinten auf den Schenkeln wie Impfnarben, nie konnte er sich merken, wie die hießen, und ihren zu kurz gekommenen Brüsten, die nie einen Bleistift oder gar eine Zigarre festhalten konnten. In der Hand hatte sie eine Plastiktüte, in die warf sie blindlings ihre Besitztümer hinein. Die Mango-Körperbutter und den exklusiven Dreifach-Alphahydroxyfruchtsäurekomplex und das Exfoliating Gel; *Ex-Voll-Diät*: »Bring mich runter«, sagte sie wieder. Also tat er es.

Sie zog ein langes Samtkleid an und darüber den Regenmantel, den sie zur Tarnung benutzte. Schwarz glänzend wie ein Nachtwächtercape war er, und sein Inneres stank nach einem graugesichtigen Affen, nach Urin und Fäulnis, das wußte John Joe ganz genau.

Und ihren neuen goldenen Schleier mit dem feuerroten Besatz, den trug sie ums Handgelenk gewickelt wie ein Armband, wobei aber beide Enden flattern durften, ein Zwillingswimpel waren sie, als sie aus ihrer Garderobe hinaussegelte, dann durch die stinkenden Küchen in den Club, wo das fette Mädchen namens Yasmin in durchsichtiger Unterwäsche tanzte, in türkisfarbenem Scheinwerferlicht mit ihrer Blinddarmnarbe wackelte.

Der andere Barmann stand da und feilte sich die Nägel, war zu gelangweilt, um ein Wort zu sagen, als Anna die Kasse plünderte, mit beiden Händen Geldscheine herausschöpfte, sich in den Ausschnitt stopfte und dann ging.

Als sie quer durch Manhattan zum Grand Central marschierten, roch die Nacht nach Sturm, und die Gehsteige waren glatt vor Nässe, aber Regen fiel keiner, es gab nur Hitzedunst. Vor dem Bahnhof waren die Jungs mit ihren Megafonen noch immer schwer dabei, die gaben nie auf. »Würdest du sagen, ich bin schwarz?« fragte John Joe.

»Schwarz ist schön. Du bist gelb«, sagte Anna, und sie zog ihn hinein, durch die große Bahnhofshalle unter dem gemalten Nachthimmel und den flackernden elektrischen Sternen, hinein zu den U-Bahnen, sie brachte ihn unter die Erde.

Vergessen war *Bring mich runter*, das Bringen besorgte sie nun selbst. Für einen Mann gab es da nichts mehr zu tun, nur ihr in drei Schritt Abstand hinterherzuzockeln und ihr dahin zu folgen, wohin sie einen führte, Treppen hinauf und Rampen hinab, Bahnsteige entlang zu anderen Bahnsteigen, vorbei an den Arbeitern, die rote Teppichware und den Laufsteg für die morgige Modenschau verlegten, und an den zusätzlichen Wachleuten mit ihren kugelsicheren Westen, bis sie ganz verschwunden waren. Erst dann machte sie eine Verschnaufpause, sah ihm ins Gesicht. »Also meinetwegen narzissengelb. Vielleicht auch Safran«, sagte sie. Sie zog ihm mit dem Schleier den Wangenknochen nach, legte ihm eine Fingerspitze in die Augenhöhle, blies sanft auf die Brandmale. »Ein einnehmender Quittenton«, sagte sie.

Aus einem Grund, für den es keine Worte gab, fühlte John Joe sich unter ihrem Blick schuldig. Undurchdringlich war sie für ihn, nie würde er aus ihr schlau werden, also wandte er sich hastig von ihr ab, ließ sich von den Tunnels verschlucken.

Zu dieser Nachtzeit zum Mount Tabor hinabzusteigen war kein leichtes Unterfangen. Gesetzeshüter streiften in Trupps herum, Flüchtlinge rannten in Rudeln davon, eilten zwischen den Gleisen und entlang den Simsen, die darüberhingen, zerdepperten jegliche Lichtquelle, um im Dunkeln zu bleiben. So daß John Joe und Anna gezwungen waren, sich allein durch Tasten vorwärts zu bewegen, sich die Tunnelwände entlangzufühlen, über Müll und Schlafsäcke und vielleicht auch gestürzte Körper zu stolpern, unmöglich war es, die zu erkennen. »Das macht Spaß, das ist herrlich«, sagte Anna in dem Dunkel. »Ich bin schon immer gern hinuntergegangen, ich meine hinabgestiegen. *Wenn's gut lief, war ich so gut am Laufen*, das hat Waycross geschrieben, *war ich so gut am Laufen, daß ich vergaß, wie man kommt*, oder Hinabsausen – wie man's auch nennt –, Skifahren oder Schnorcheln oder sogar Bungee-jumping, oder Hinabtauchen in ein Faß voller Federn, was, wo wir schon dabei sind, sozusagen mein natürliches Element ist, der freie Fall, das kann ich am besten, und warum auch nicht, das mache ich auch schon am längsten, meine früheste Erinnerung, habe ich dir das schon mal erzählt?«

»Nein.«

»Muß mir entglitten sein, so wie ich Chief Wigwams Fingern entglitten bin, als er mich auf der Schaukel beim Bootsteich angeschubst hat. Da muß ich fünf gewesen sein, und mit jedem Schubs brachte er mich immer höher, fast bis über die Baumwipfel, bis schließlich das Seil riß und ich durch die Luft geschleudert wurde. Erst flog ich, dann fiel ich, und nie hatte ich solche Angst, war so erregt, und als ich wieder auf die Erde stürzte, rate mal, was ich da dachte, *Ich wünschte, ich könnte mich jetzt sehen*, dachte ich.«

»Hat's weh getan?«

»Bloß bei der Landung«, sagte Anna. Doch als sie diesmal aufschlug, schien es umgekehrt. John Joe hörte sie erleichtert aufseufzen, spürte ihre triefnasse Hand durch seinen Ärmel. »Meine Lippen sind versiegelt«, sagte sie, und er klopfte mit seinen Schlüsseln an das metallene Dampfrohr, bekam als Antwort zwei Klopfer, hielt dann die Tür im Fels auf, und sie schlüpfte hinein nach Mount Tabor.

Nur wenige Stunden waren vergangen, seit John Joe zuletzt dort gewesen war, doch die Stimmung war nun völlig umgeschlagen. Nicht mehr wie ein Clubhaus war es jetzt, sondern wie ein Bunker. Kein Kind spielte mehr Power Rangers, keine Frau hängte mehr Wäsche auf, und zu Füßen von Crouchs Skulpturen waren nun Gewehre aufgestapelt. Unter den Gaslaternen saß Meister Maitland, umringt von seinen Truppen, jeder bekränzt mit einem Munitionsgürtel.

Als der Meister Anna Crow sah, eine Fremde, erhob er sich nicht, um sie zu begrüßen. Massig in seinem schwarzen Gewand hingekauert, überflog er sie nur gleichgültig. »Wofür bist du gut?« fragte er.

»Ich kann tanzen«, sagte Anna. »Na, nicht nur tanzen, ich kann auch nähen und kochen, nichts Besonderes, wissen Sie, nur Hausmannskost aus dem Süden, panierte Schweinekoteletts, Hackrolle, mein gebratenes paniertes Hacksteak hat mir goldenes Lob eingetragen, und dann bin ich auch in der Schwesternausbildung, ich kann heilen, ich kann gesund machen.«

»*Wofür gut*, sagte ich.«

Doch Anna hatte keine Zeit mehr, ihm erneut zu antworten. Bevor sie ihre Gedanken ordnen konnte, erscholl ein Lärm wie bei einer Stampede. Es trampelte massenhaft durch den Tunnel draußen, Gewichte prallten gegen die Wände, ein Gebrüll und Gefluch, daß die Schwarzen Schwäne aufsprangen und sie allein zurückließen, während sie sich den goldenen Schleier mit den feuerroten Zungen immer wieder aufs neue ums Handgelenk wickelte.

John Joe regte sich nicht, stand nur an der Wand zwischen den drei unreinen Geistern, den Blick auf Meister Maitland gerichtet, der seinen Stierkopf wie zum Angriff gesenkt hatte, während Luther Pratt und Jerzy Polacki und Joe Easter nach den Handgranaten rannten und Mavella Crabtree sich die Hand vor den Mund hielt, um die Schreie drinzuhalten, als die Tür im Fels explodierte, als der erste Schuß fiel.

Er sah nicht, wer ihn abgefeuert hatte, wußte nicht, wer getroffen war. Das alles war ganz unwirklich, also war er auch nicht besonders beunruhigt. Als etwas den dritten Geist zerschmetterte und die Gaslaternen ausgingen und fette Knallgeräusche, als fielen Blutwurstbröckchen prasselnd in die Pfanne, ihm um den Kopf sausten, selbst als alles nach draußen stürmte, ließ er sich vom Strom mittragen, machte keinerlei Anstalten, sich dagegenzustemmen oder Schutz zu suchen, sondern suchte nur nach Annas Schleier. Und fand ihn. Unmittelbar vor ihm, ein paar Zentimeter außerhalb seiner Reichweite, trieben die roten Zungen in Richtung der geborstenen Tür, hinaus ins weiße Licht, das den Tunnel dahinter erfüllte. Einen Moment lang hätte er sie fast erwischt, doch dann glitt er zu Boden. Etwas Lebendiges bewegte sich unter ihm, zog an ihm. »Bring mich nicht zum Reden«, sagte Anna Crow, und dann wehte ihr Schleier davon.

DAS LETZTE

583: BESCHMUTZTES HEMD: Sie werden von Reue oder Gewissensbissen gepackt; und Achselschweiß bedeutete Scham. Du hast im Chez-Stadion gesessen, Aprikosenschnaps getrunken, um zu vergessen, doch die Achselhöhlen ließen es nicht zu. Jedesmal wenn du dich freizappeln wolltest, ließen sie die Handschellen wieder zuschnappen.

Er hätte duschen sollen, nur konnte er es nicht ertragen, sich anzufassen. Allein der Gedanke an sein eigenes Fleisch versetzte ihn wieder in den Frisierladen, wo er mit dem Messer auf Kate Root zielte.

Selbst jetzt begriff er nicht so recht, was da geschehen war. Gewisse Leute hatten ihm gesagt, bei Träumen sei es genauso, sie seien plausibel, solange man drin sei, aber wenn man dann aufwachte, sei alles verdreht. Bombo Garcia würde es wissen, doch Bombo war nicht da. Keiner war da.

Wie war nur alles so schiefgelaufen? Er war mit so einem Hochgefühl in den Zoo gekommen. Nervös, ja, aber voller Hoffnungen. Mit *Liebe* im Sinn, auch wenn das keinen Sinn ergab. Hatte sich innerlich schon damit abgefunden, sich aufzugeben. Sich ihr in die Hände zu geben, sich hinwegreißen zu lassen; sollte die fette Kuh doch ihren Willen haben, wenn es sie glücklich machte, Willie D würde sich nicht wehren.

Und sie hatte ihn zur Sau gemacht. Sie hatte den guten Glauben, in dem er zu ihr gekommen war, in den Staub getreten. Statt ihm Trost zu geben, hatte sie ihn wie der fleischgewordene Teufel angeblickt. Und so war ihm das Messer aus der Hand gerutscht und hatte seinen eigenen Stiefel durchbohrt.

Das konnte man nicht als Fairplay bezeichnen. Niemand konnte behaupten, daß sie sich da an die Spielregeln gehalten hatte. Die schlichte Wahrheit war, die Dame hatte sich einen

Vorteil verschafft. Wie Deacon immer zu ihm sagte, Willie war zu sanft mit ihr gewesen, und sie hatte ihn hinten und vorne beschissen. Zu vertrauensselig, zu großes Herz.

Genau wie bei Ivana.

Das war nur ein Beweis für den Gedanken, der ihm wie das Schriftband am Times Square unablässig durch den Kopf lief: *Ich bin nicht ich selbst.* Wenn er es gewesen wäre, dann hätte er diesen Quatsch nie mit sich machen lassen. Er hätte sie sofort wieder zur Zielwand geführt, hätte ihr eine seiner Camel als letzte Zigarette gegeben, ihr sogar angeboten, ihr die Augen zu verbinden, wenn sie das gewollt hätte; dann hätte er geworfen, bis alles zu spät gewesen wäre. Bis er seinen Willen gehabt hätte.

Sich bedienen und sie beglücken – das hatte Mouse Williams gesagt. Statt dessen hatte er das Gesicht gehoben wie ein Boxer, wenn er erledigt ist und insgeheim k.o. geschlagen werden will, er hatte die Brücke verlassen.

Aber Schluß jetzt. *Werd nicht zu kompliziert, Eddie. Wenn ein Mann kompliziert wird, dann wird er auch unglücklich.* Keine Selbsterniedrigungen mehr, kein Gerätsel und Theoretisieren, nicht mehr das Gehirn nach Erklärungen zermartern, die es nicht gab. *Und wenn er unglücklich wird, hat er kein Glück mehr.* Achselschweiß bedeutete Scham.

Und der Mann mit der Gelbsucht, JoJo, der Kerl mit dem Affengesicht. Wie hatte er zulassen können, daß so eine Mißgeburt in seinem Revier herumtrampelte? Ihm bei Kerzenschein Hörner aufsetzte? Einen Augenblick lang, nachdem er das zitternde Messer aus seinem durchstochenen Stiefel gezogen und Kate Root ihn auf den Gang hinausgestoßen hatte, glaubte Willie, den Scheißer oben zu hören, wie er mit dieser Scheiß Anna Crow rummachte, die feine Ausdrucksweise mal beiseite, Scheiß auf den Scheiß-Machtmenschen, wenn er diesen Scheißer in die Finger gekriegt hätte, dann wäre der jetzt Scheiß-Hundefutter.

Doch JoJo war zu raffiniert gewesen. Als Willie schließlich mit seinem verkrüppelten Stiefel die Treppe hochkam, hatte der Mann sich schon durchs Fenster, über die Mauer oder sonstwie davongemacht, und Anna war allein.

Natürlich hatte sie unschuldig getan. Als könnte sie sich nicht denken, warum er da war. Glotzte ihn so blöd und weggetreten an, fast verstört, als könnte sie nicht bis 69 zählen, und dann, dann wußte er gar nichts mehr.

Was hatte ihn wieder zu Bewußtsein gebracht? Die Fensterscheibe. Er hatte ein verdecktes, gedämpftes Geräusch gehört, wie von einem Vogel, der gegen eine Scheibe rappelt, und daraufhin die Augen geöffnet und Sterne gesehen. Anscheinend hatte jemand eine Rakete oder vielleicht auch einen Goldregen gezündet. Das Ding zerplatzte über den Dächern, verschoß silberne und goldene Leuchtspuren, sauste dann in einem Funkenregen davon, wurde schwächer und dunkler. Aus dem warmen Tiefrot wurde Qualm, und aus dem Qualm wurden Rauchfahnen. Binnen einer halben Minute waren die einzig noch übrigen Spuren drei mattrosa Rauchschlieren. Sie sahen aus wie ungeschnittene Haare.

Bei genauerem Hinsehen eher rot als rosa.

Es nahm also kein Ende. Und würde wohl auch nie eines nehmen. Er hatte diese Krankheit weg bis zum St. Nimmerleinstag. Krankheit, Besessenheit oder Liebe, die Wortwahl spielte keine Rolle. Das war das Ende, nun war seine Nummer dran, und sie lautete 223: TOTENBETT: Wenn Sie Zeuge Ihres eigenen Todes werden, werden Sie Melancholie erleiden.

Irgendwie war er fast schon erleichtert. Wo er nun das Schlimmste kannte, brauchte er wenigstens nicht mehr zu kämpfen. Sinnlos, noch einmal zu Tia Guadalupe zu gehen und um ein weiteres Opfer für Osain zu bitten oder zu Sly Sy Stein um ein weiteres Messer. Die Karten lagen nun offen auf dem Tisch, seine Lage war klar. Jetzt blieb ihm nur noch ein Schritt zu tun, und der war, sich sein Leben wiederzuholen, gleichzuziehen.

Daraufhin überfiel ihn eine Ruhe, ein zweischneidiges Gefühl des Friedens. Als er sich umblickte und erkannte, daß er mit Anna Crow im Bett lag, empfand er nichts als Müdigkeit. So viele Fallen gab es, der faule Zauber hörte nie auf. Die ganzen Schnallen, die da auf Eis lagen. Doch die juckten ihn jetzt nicht mehr. Sollte sie es mit ihm machen, solange sie noch konnte. Ihn melken und abpumpen, sich auf ihm einen abgeigen, wenn ihr das was brachte. Sogar mit seinen Haaren spielen.

Seinen Haaren!

Mit einem Schlag erinnerte er sich wieder an alles, den ganzen Schmutz. An den Frisierladen und die Messer und die Klobrille, das Licht von der rotierenden Stange, den Blick in Kates Augen.

Eine erstarrte Ruhe umhüllte ihn, dieselbe Neutralität, die er schon mal bei einem Autounfall erlebt hatte, als er auf der Brooklyn-Queens über die Mittelplanke geschossen war, da hing er kopfüber und fast reglos da, während er in vollkommener Gelassenheit dachte: *Gleich sterbe ich. Deacon Landry kann meine Schuhe haben*, und als der Wagen breitseits gegen die Mauer zimmerte und wieder zurück in den Verkehr prallte: *Der Blazer hat aber miese Stoßdämpfer*, und schließlich, als er zum Stehen kam: *Die Oxfords mit den Flügelkappen würden Sandman Ames besser stehen*.

Genauso jetzt. Im freien Fall waren seine Gedanken: *Sie hat mich. Ich bin erledigt*. Doch er würde seine Rache noch bekommen. *Nimm den A Train, steig dann an der 125sten in den D*. Er würde sich die Haare machen lassen, würde in neuen Stiefeln herumlaufen. Wenn ihn das umbrachte, wäre er wenigstens frei.

Raus an der Tremont Avenue, dann rüber zur Crotona, und schon war er bei Littles Fernando's. Fernando Littles hatte er noch geheißen, als er bei den Piscataway Pirates Shortstop spielte und Bombo Garcia im rechten Feld war. Jetzt war er ein ausgewachsener Haarkünstler, der selbsternannte Michelangelo der Köpfe, dessen Haarskulpturen einige der angesagten Schädel New Yorks zierten. Bobby Bo trug seinen Manhattan Skyline, Frankie Knuckles seinen feuerspeienden Drachen. »Was hast du für einen Mann mit einer Mission?« fragte Willie.

»Der Greif wär heiß«, entgegnete Littles Fernando. Also der Greif. Das Rasiermesser schnitt ihn, die Brennschere sengte ihn, dann machte die Schere ihn neu. Leib und Schwingen eines Adlers, Kopf eines Löwen, schwarz auf olivgrün geätzt wie ein Holzschnitt: »Macht vierzig Mäuse«, sagte Littles Fernando.

»Nimm hundert«, sagte Willie. »Und gib mir deine Schuhe dazu.«

Fernandos Treter waren alt und abgestoßen, die Absätze runter, aber wenigstens hatten sie kein Messer zwischen den Rippen und waren nicht am Verbluten. Willie verpaßte ihnen kurz eine Schönheitsoperation. Amputierte die Bommeln, polsterte den

Spann mit Schaumstoff, damit sie schnittiger wurden, tarnte ihre Risse und Runzeln mit Maskara. Dann lenkte er seine Schritte wieder Richtung Stadt.

Selbst der Anblick Ivanas konnte ihn nicht lange ablenken. Er hatte gedacht, er würde kurz mal bei Deacon Landry vorbeischauen, bißchen Neuigkeiten austauschen, doch als er bei Deacons Wohnung anlangte, kam das Mädel gerade die Haustreppe herabspaziert, von Kopf bis Fuß in schwarzem Leder, an jedem Finger dicke Klunker und in der fabrikneuen Nase einen herzförmigen Brilli. »Scharf-saure Suppe. Hier kriegst du deine gute Suppe«, sagte sie trotzig auf die Gefahr hin, daß er ihr eine langte. Doch diese Ehre ließ er ihr nicht zuteil werden. Warum sich besudeln? Seine ganze Kraft, sein ganzer Wille waren allein auf eines ausgerichtet. Willie Ds Letztes Gefecht.

Als er dann das Chez-Stadion erreichte und seinen ersten Aprikosenschnaps bestellte, kam er sich vor wie der Mann ohne Namen. Wie der, der allein reitet und keinem Mann und keiner Frau vertraut. Der kein Bedürfnis hat, nur das Bedürfnis selbst.

Mouse Williams, Warren White und Sandman Ames tranken zusammen in einer Ecknische, für einen war noch Platz, doch er zog es vor, sich nicht dazuzusetzen, das wäre nicht smart gewesen. Eines hatte er gelernt, man durfte seine Tour nicht ändern. Was man auch im Leben machte, man mußte es immer durchziehen. Entweder man war besessen oder man besaß, aber die Rolle wechseln, das ging nicht, das würden die Leute nicht dulden.

Er wartete lieber, bis er seine Sache zu Ende gebracht hatte und seine Gedanken wieder am richtigen Platz waren. *Arzt, hilf dir selber.* Das hatte Anna Crow gesagt. *Leichenbestatter, balsamiere dich selber.* Das hatte sie auch gesagt. Beides war gleichermaßen passend, da hätte man nicht gern wählen mögen. Was er im Moment wollte, war eine Mischung aus beidem, und alles wäre paletti gewesen.

Austrinken, dann los. Warten, bis Kate Root den Zoo abgeschlossen und sich in ihr Schlafzimmer verzogen hat. Warten, bis kein Warten mehr in ihm war, nur noch Handeln. Die Tat selbst.

Als Willie das Glas kippte, um es zu leeren, blickte er auf die Nylonschmetterlinge, die von der Decke herabhingen. Der Glitzerstaub auf ihren ausgebreiteten Flügeln war fast weg, er konnte ihre Plastikskelette darunter sehen. Also prostete er den Gerippen mit seinem leeren Glas zu, und genau in dem Moment ging die Bombe hoch.

Jedenfalls klang es wie eine Bombe. Ein tiefes unterirdisches Grollen und Beben, man hätte meinen können, eine Zeche sei eingebrochen, nur gab es hier keine Zechen. Willies Glas zitterte auf dem Untersetzer, und die letzten Reste des Glitzerstaubs rieselten als Schuppenwolke herab. Aber das war's dann auch. Kein Bruch, kein Blut. »Barry White hat gerülpst«, sagte jemand, es mochte Warren White gewesen sein, und alle lachten, so wie nach einem blinden Alarm gelacht wird. Mouse Williams rief nach einer frischen Runde, und Willie machte sich auf zu der Ecknische, um sich dazuzusetzen. Sein versautes Hemd war ihm egal, die Achselhöhlen juckten ihn nicht. Plötzlich war er in Feierstimmung.

Dann gingen die Lichter aus.

Der Strom war ausgefallen, die Musikbox stoppte, die Deckenventilatoren gleichfalls, kein Laut war zu hören. Die Stille war so tief, daß Willie einen Augenblick lang dachte, die Welt habe sich schlicht verabschiedet, der Planet Erde habe Schluß gemacht. Dann hörte er draußen eine Sirene jaulen. Ein Mann fing an zu brummeln, ein Körper stieß gegen seinen. Etwas Schweres fiel krachend um, klang wie ein Tisch, der umgekippt wird. Eine weitere Sirene folgte, dann noch eine. Eine nasse Hand faßte ihn an die Wange, und er ließ sich auf alle viere nieder. Legte sich auf den Bauch und kroch los. Ein Fuß trampelte auf seinen Arm. Dann wurde geschrien und geflucht, Glas splitterte. Seine Hand packte einen Knöchel. Weil die damit verbundene Person nicht versuchte zu treten, tippte er auf Shanda Lear. Eine Glasscherbe bohrte sich in seinen Schenkel, er spürte Blut rinnen. »O Scheiße Scheiße Scheiße«, sagte die Frau mit dem Knöchel. Die Sirenen jaulten nun nonstop, zu viele, um sie zu zählen. Seine Fingerknöchel schrammten gegen Holz, das Holz gab nach, es war die Tür, er war draußen.

New York war pechschwarz bis auf die roten Blitze, die sich auf den Dächern der Polizeiwagen drehten, doch auf den Straßen wimmelte es schon, die Gehwege füllten sich und quollen über. Der Strom der Menge trug ihn flußabwärts, er wühlte sich die Eighth Avenue entlang Richtung Busbahnhof, doch als er die 42nd Street erreichte, war es, als prallte er gegen eine Gummiwand. Eine unsichtbare Barriere warf ihn zurück und schleuderte ihn den hinter ihm Anstürmenden in den Weg, die ihn ihrerseits wieder zurückwarfen, und dann das Ganze noch einmal, wie eine menschliche Flipperkugel, und er schlackerte in seinen Schuhen herum, die zwei Nummern zu groß waren, ruderte mit den Armen, um wieder ins Gleichgewicht zu kommen, bis seine Hand endlich etwas Festes fand. Eine Metallröhre, senkrecht, konnte eine Straßenlaterne sein, und daran klammerte er sich, wich nicht mehr von der Stelle.

Zwischen dem Stromausfall und der Stampede konnte er nicht viel sehen. Nur einen schmalen Streifen Bordkante im Scheinwerferlicht zwischen zwei Rettungswagen und einen Bullen in Zivil mit einem Walkie-talkie. Willie stellte sich auf die Zehenspitzen, und da rannte ein Mann unablässig in seinem Blickfeld hin und her. Eine abgerissene schwarze Bohnenstange mit einem dunklen Fleck auf dem Hemd, konnte Blut oder Dreck sein, er wedelte mit den Händen und schrie, aber bei dem Sirenengeheul waren die Worte nicht auszumachen. *Schießen,* hörte Willie, oder war es *Scheißen*? Und etwas wie *Feueralarm*, es hätte auch *feuriges Mal* sein können. Dann packten zwei Cops den Mann, rangen ihn nieder. Dann war er nicht mehr zu sehen. »Schon gehört?« sagte eine Frau dicht hinter Willies Kopf. »Die haben Farrakhan erschossen.«

Das Gebrüll und Gefluche war nahezu verstummt. Die 42nd entlang brüllte jemand, den man nicht sah, durch ein Megafon, wiederholte unablässig eine kurze Lautfolge, und diese Laute waren wahrscheinlich Wörter, irgendeine Anordnung, das war nicht genau zu sagen. Durch den Sirenenlärm hindurch konnte Willie hinter sich die Herde schwer und abgerissen atmen hören. Jemand weinte, sagte *Farrakhan, o nein, nicht Farrakhan,* und jemand anderes stöhnte. Sonst standen alle still da, warteten ab.

Etwas roch hier schlecht.

Nicht Fleisch, auch nicht Furcht, sondern was Chemisches. Ein scharfer, geschmeidiger Geruch, den Willie nicht erkannte, aber auch nicht mochte. Plötzlich brannten ihm die Augen, er hob die Hände, um sie zu reiben, und dann rannte die Menge wieder, alle schrien sie dieselben Worte, und er wurde unsanft von seinem Halt weggerissen. Die warme, glatte Straßenlaterne rutschte ihm aus den Händen, und er wurde wieder dahin zurückgestoßen, woher er gekommen war, die Eighth hinaufgeworfen und -gewirbelt. *Ein Scheißhaufen im Malstrom,* das hatte Anna Crow gesagt. Seine Schulter wurde gegen eine Wand oder ein Tor gerammt, wie Stahl war das, und von dem Schmerzschock biß er sich durch die Unterlippe. Blut strömte ihm in den Mund, er boxte ins Dunkel. Etwas Breiiges zerspritzte unter seiner Faust, ein Körper ging zu Boden, das war gut. *Werd nicht zu kompliziert.* Das hatte Willie D gesagt.

Drei Straßen weiter, vielleicht vier, dann ließ das Gedränge nach, und er konnte standhalten. In ein paar Fenstern waren nun Kerzen und Taschenlampen zu sehen, es gab genug Licht, um Umrisse zu erkennen. Leute saßen auf der Bordkante, stöhnten. Ein paar hatte das Tränengas erwischt, die anderen stöhnten, nur um stöhnen zu können. Ein Mann in einem Hauseingang schwang einen Metallknüppel, trat dann heraus, ging zwei Schritte die Straße entlang und schlug ein Schaufenster ein. Glassplitter regneten über Willies Gesicht und Hals herab, erinnerten ihn an seinen verletzten Schenkel. Das Hosenbein war steif und filzig, bis zu den Schuhen hinab klebte alles. Die torkelnde Silhouette eines Mannes streifte ihn, etwas Großes und Eckiges in den Armen, vielleicht einen Fernseher. Willies Schulter schmerzte, sein ganzer Arm war taub. Eine Straße weiter Richtung Norden gingen Schüsse los.

An der Ecke 46th brannte es in einer Mülltonne, sie glomm wie ein Kohlenbecken. Und in dieser erstickenden Hitze hatten sich Männer darum versammelt, um sich zu wärmen, sie rieben sich die Hände. Andere Männer, vielleicht verletzt, lagen oder kauerten daneben.

Darunter auch der Kerl mit dem Affengesicht.

»Bring mich nicht zum Reden«, hatte sie gesagt. Ihr Schleier war weg, und sie war irgendwo an seiner Hand, und dann wurde er an ihr vorbeigerissen, nun war auch sie weg. Er versuchte stehenzubleiben, umzukehren, doch er hatte keine Chance, die Wucht des Fleischs, das ihn weitertrieb, war zu groß. Der Tunnel war in blendendweißes Licht getaucht, und eine Frau kreischte. Es war ein ganz entsetzliches Geräusch, schlimmer als ein pfeifender Wasserkessel.

Als John Joe sich diesem Kreischen zuwandte, sah er Meister Maitland in der Tür zu Mount Tabor stehen und mit geballten Fäusten auf seinen brennenden Körper einschlagen, sein schwarzer Umhang stand in hellen Flammen. Dann taumelte der Meister zurück, stürzte langsam um wie ein großer gefällter Baum und verschwand aus dem Blick.

Jenseits des weißen Lichts war nichts. Männer in Uniform und Gasmaske standen an der Grenze Wache, schnappten sich jeden Schwarzen Schwan, der ihnen in die Finger lief, und legten ihm Handschellen an. Randall Gurdlers Männer, vermutete John Joe. Die wirkten ziemlich finster, denen ging man am besten aus dem Weg, doch wie sollte er das anstellen? Das Volk, das hinter ihm nachdrängte, schob ihn direkt in ihre Arme, er glaubte schon, der Käse sei gegessen, als plötzlich ein gewaltiger Schlag erscholl. Der heftigste Knall, den man im ganzen Leben gehört oder gespürt hatte, und alles stürzte in einem Knäuel zu Boden, Schwäne und Wachmänner und alles, was sonst noch da lebte, man konnte nichts mehr auseinanderhalten.

Daraufhin entstand große Verwirrung, und alles redete hastig durcheinander. Eine Hand, scharf wie eine Stahlkralle, bohrte sich John Joe in die Rippen, versuchte wohl, ihn zu berauben, doch als er hinsah, war es nur Crouch, der ihm zu seinem Besten weh tat.

Ein Tritt, ein Kniestoß und ein kurzer Genickschlag, dann war er frei, und sie rannten den Tunnel entlang, tief gebückt wegen des grellen Scheins, wie Schwarzenegger oder Stallone oder einer dieser harten Männer. »*Daß ihr nicht empfanget etwas von ihren Plagen*«, sagte Crouch, und das weiße Licht erlosch wie eine ausgepustete Kerze. Dunkle Schwärze umhüllte sie zu ihrer Sicherheit. Oder vielmehr schwarzes Dunkel.

Crouch, von Beruf Hausmeister, führte eine kleine Taschenlampe mit sich. Ihr Strahl war schwach, nicht dicker als ein Jungfrauenfinger, genügte aber, um sie aus dem Hauptkanal, durch einen Spalt in der Tunnelwand und eine Metalleiter hoch zu einem Betonsims zu führen, weit entfernt von dem Hader. Die Schlacht- und Schmerzgeräusche drangen schwach zu ihnen hinauf, ganz unwirklich. »Das stört Sie doch wohl nicht«, sagte Crouch und zog eine Halbliterflasche aus der Gesäßtasche. »Verbindlichsten Dank«, sagte er.

Doch wie konnte John Joe dort Ruhe finden? Kaum hatte er aufgehört zu rennen, vergegenwärtigte ihm sein Geist wieder das Gefühl von etwas Lebendem, das sich unter ihm bewegt hatte, und den Anblick des goldenen Schleiers, der von ihm wegtrieb. »Ich muß zurück«, sagte er. »Meine Verlobte braucht mich.«

»*Polk-salad Annie?*«

»Sie hat mich gefragt. *Heirate mich, das wär doch was,* hat mir gleich am ersten Abend, als wir uns kennenlernten, einen Antrag gemacht, und im Herzen habe ich geantwortet: *Ja, ich will, ja.*«

»Willst du mich verarschen?«

»Ich weiß natürlich, sie hat ihren Beruf und so, ihr Publikum geht vor, doch die Belastungen, ein Star zu sein, können grausam werden, das Leben ist einsam da oben, und in Croaghnacorcragh steht, wie ich gehört habe, eine Pension zum Verkauf, bloß einen Katzensprung von Meenadreen entfernt; wäre bestimmt kein Fehler.« Doch seine Stimme kam ihm selber nicht ganz geheuer vor. In dieser schwarzen Höhle voller Echos klang sie wie die Stimme eines Abtrünnigen. »Nur keine Sorge. Eine Crow stirbt nicht so schnell«, sagte Crouch und setzte die Flasche locker an, doch John Joe war schon wieder die Leiter hinab, es war seine Pflicht, er rannte wie der Blitz.

Ohne die Stablampe hatte er zur Orientierung nur seine Sinne, und die führten ihn mitten ins Arschloch des Nichts hinein. Er versuchte, auf den lautesten Kampfeslärm zuzuhalten, doch welche Richtung er auch einschlug, der Krieg schien sich immer in seinem Rücken abzuspielen. Wie er sich so mittels Finger und Daumen an den Tunnelwänden vorantastete, hatte er nicht mal einen Fernseher oder auch nur ein Ausschau haltendes Auge, woran er sich hätte halten können, rein gar nichts, was diese Schwärze durchbrochen hätte, eine Schwärze, wie er sie noch nie erlebt hatte, keine Zobel-, Ruß- oder Rabenschwärze, keine Niggerschwärze, nicht mal Kohlenschwärze, sondern die Schwärze als solche, unendlich, schwarz, schwarz.

Er hatte das dringende Verlangen, auf die Toilette zu gehen. Die Anstrengung, sauber zu bleiben, zwang ihn, sich krabbenartig fortzubewegen, mit Babyschritten, und vertrieb alle anderen Gedanken. In Mount Tabor gab es einen Klocontainer, dort würde er sich erleichtern können. Nach seinen Berechnungen lag dieser Ort nun unter ihm und irgendwo links, also bewegte er sich gegen den Uhrzeigersinn voran, stieg in Spiralen und Schleifen hinab. Manchmal verschwand die Tunnelwand, dann spürte er leeren Raum. Dann wieder verlor er den Halt, stolperte über etwas Totes. Gewisse Wesen schlitterten ihm gegen die Beine, und Flugobjekte, die Fledermäuse sein mochten, flatterten ihm ins Gesicht. Das Röcheln und Rasseln seines eigenen Atems begleitete ihn bei jedem Schritt. Wenn er stehenblieb, um zu horchen, war dieses Atmen das einzige, was er wahrnahm.

Endlich sah er Licht. Kein Gleißen, aber immerhin ein Glimmen. Wo der Tunnel um eine Ecke bog, entdeckte er einen stehengebliebenen Zug voller Fahrgäste. In den Waggons gefangen, brannten sie Streichhölzer und Feuerzeuge an. Drinnen sah es aus wie bei einer Totenwache, einer Mitternachtsmesse. *Und ich halte mich, Herr, zu deinem Altar,* fiel John Joe ein. Doch die Augen, die ihn da ohne zu sehen anstarrten, waren schrecklich in ihrem Kummer, er hielt ihre Blicke nicht aus. Ein Totenschiff hätte es sein können. *Raffe meine Seele nicht hin, o Herr,* dachte er und rannte los.

Immerhin hatte die Furcht seine Blase erleichtert, und er konnte sich nun frei bewegen, konnte sich seinen Weg durch die

Schwärze so zielstrebig bahnen wie jedes andere Tier. Noch immer kreisend, traf er auf andere Lichter. Eine Kerosinlampe in einer Wandnische zeigte ihm einen schlafenden Mann und eine Frau, die eine Zeitschrift las. Die Frau betrachtete ihn teilnahmslos, als er vorüberging, und knabberte an einem Schokoriegel, und John Joe war sehr versucht, bei ihr haltzumachen. Doch das wäre nicht recht gewesen. Irgendwo hier war weißes Licht, und seine Aufgabe war, es aufzuspüren. Er startete zu einer weiteren Runde, vorbei an einem Mann mit zwei Kerzen und einer Familie, die im Schein einer Fahrradlampe aß, sowie ein paar Jugendlichen, die an einem Feuer standen und eine seltsame Pfeife herumgehen ließen, ihre Schatten riesenhaft an der Tunnelwand, dabei herumhampelten und lachten, als wäre dies eine Nacht wie jede andere und Schwarz die natürliche Farbe des Lichts. Kurz darauf gelangte er in eine Sackgasse.

Neben den Schienen war eine Nische, dort ruhte er sich aus. Als sein Atem ruhiger ging und er etwas anderes als sich selbst hören konnte, versuchte er erneut, den Schlachtenlärm zu lokalisieren, eine Spur von Randall Gurdlers Männern, doch da war nichts, nur tropfendes Wasser und trippelnde Ratten und weit darüber ein schwaches Tremolieren, das Musik sein mochte, wahrscheinlich aber Wind.

Und da erschien ihm Anna Crow, wie sie durch ihre Garderobe schritt mit ihren Brüsten und dem dürren Knabenhintern und darunter den Grübchen auf den Schenkeln wie Impfnarben, dann ihre Zunge in seinem Mund, eine schlafende Schnecke. »Exfoliate«, sagte er und weinte ein Weilchen. Dann ging er den gleichen Weg wieder zurück.

Die Hände über Kreuz, so bewegte er sich die Tunnelwand entlang, nur brachte ihn das irgendwie nicht wieder an die alte Stelle. Das Schwarz mußte seinen Orientierungssinn lahmgelegt haben, vielleicht war er aber auch nur erschöpft. So tief unten konnte er das nicht sagen, jedenfalls war statt der Jugendlichen und ihres Feuers das nächste Licht, das er erreichte, eine Sanifackel, von dort rannten drei Männer in Gummianzügen auf ihn zu, packten ihn mit fester Hand und stürmten mit ihm Ebene um Ebene nach oben und auf die Straße hinaus.

Die Helligkeit da oben blendete ihn, obwohl die Leute um ihn herum blind wirkten. Der Himmel leuchtete, die Häuserreihe entlang flackerte und blitzte es, auf einem Dach war ein gigantischer Suchscheinwerfer, und wohin man auch sah, loderten Feuer. Das Höllenfeuer konnte nicht heißer sein.

Um dieser Hitze zu entkommen, zog er davon, zockelte durch Seitenstraßen, bog immer wieder ab, nach links, bis die Füße ihn nicht mehr weitertragen wollten. Er merkte, daß er schon torkelte und im Zickzack lief, und als er ein Feuer erreichte, das ihm Schutz gab, fiel er zu Boden.

Wie lange er da wie ein Kind auf der Straße gelegen hatte, konnte er nicht sagen. Er wußte nur, daß das Feuer warm, daß es gut war. Eine Hand reichte ihm etwas zu trinken, und auch das war ein gutes Feuer. Dann trat ihn ein Fuß. Knallte ihm in die Rippen, doch das schmerzte kaum. Der Fuß trug einen Treter, an dem die Bommeln abgeschnitten waren, ein Schuh ohne Kraft. Nachdem er ihn getreten hatte, zog er sich zurück, schien zu überlegen, entfernte sich dann. An seiner Stelle erschien das Gesicht einer Frau. Das Gesicht war mit Ruß und Schmutz überzogen, es war John Joe unangenehm. Er dachte, er wollte lieber weiterziehen, woandershin. Dann schlief er.

Im Augenblick des Erwachens sah er Anna Crow, wie sie mit durchgedrücktem Kreuz in der Tür seines Schlafzimmers stand, das Gesicht nicht zu erkennen, doch das wilde Gewirr ihrer roten Haare war vom Treppenabsatz hinter ihr erhellt und der rechte Fuß war ausgestellt, seine lange Form zuckte und zippelte wie eine Wieselschnauze. »Vielleicht lieg ich ja falsch, ich lieg oft falsch«, sagte Anna. »Aber ich glaub, das Dach steht in Flammen.« Dann war John Joe wieder unterwegs, drängte sich durch die Massen, gegen den Strom, setzte dabei Ellbogen und Knie ein und sogar die Fäuste, wo nötig, bis er einem Polizeikordon in die Arme lief und ein Mann mit einer Waffe ihn zum Stehenbleiben zwang.

Die Querstraße vor ihm war verlassen, aber hell erleuchtet, zahllose Lampen und Fackeln, ein Fernsehteam mit Scheinwerfern, so daß diese Leere zeremoniell wirkte, wie eine Art roter Teppich. Es fehlte nur noch der Star des Ganzen, und dieser Star erschien auch bald. Von einer Phalanx Motorräder die Schneise hindurchgeleitet, kam eine schwarze Limousine ins Blickfeld, fuhr langsam und gemessen wie ein Ozeandampfer. Das hintere Fenster war heruntergelassen, und drinnen konnte man ein fleischiges Gesicht erkennen. Nur ein kurzer Blick darauf war zu erhaschen, dann war die Limo weitergerollt. Doch dieser eine Blick hatte genügt. Drinnen saß Juice Shovlin.

In der ganzen Aufregung und dem Getümmel hatte John Joe den Mann völlig vergessen. Die Shovlin Group und das Lagerhaus, das einen Nachtwächter brauchte – der ganze Kram war ihm völlig entfallen. Doch hier bot sich ihm nun die Gelegenheit, die Dinge zurechtzurücken. Er rief und gestikulierte und mühte sich, zu dem Wagen zu gelangen, doch der Mann mit der Waffe mißverstand seine Absicht und stieß ihn unsanft zurück.

Nach einigen Metern blieb die Limo aber ohnehin stehen. Die hintere Tür wurde weit aufgerissen, dann trat der Fahrgast hinaus ins Blitzlicht vor einen Pulk Mikrofone. Ein ansehnlicher Mann, er hatte genau Juice Shovlins Größe und Statur. Erst als er sich umdrehte, sah John Joe, daß er sich geirrt hatte. Die kräftige Farbe, die Großspurigkeit, die Zigarre wie ein kleiner Torpedo, alle Requisiten stimmten. Doch dieser Mensch hatte ein anderes Gesicht. Zunächst einmal hatte er sich die Zähne richten lassen, und seine Haare wirkten gefärbt. Wenn man ihn in Ruhe betrachtete, sah man, daß er überhaupt ein viel glatterer Typ war. Ein Gebrauchtwagenhändler. Und John Joe mußte gar nicht erst sein Vertreterlächeln sehen und auch nicht sein Gerede hören, um seinen richtigen Namen zu wissen.

»Es besteht kein Grund zur Panik«, begann Randall Gurdler. »Überhaupt kein Grund.«

Sie sah nichts. Nichts war zu sehen. Als sie durch den Frisierladen blickte, sah sie null, nur Raum und das rote Mal auf der Nase des Jungen.

Komisch, das hatte sie sich noch nie genauer angesehen. Aber warum auch? Viel war ja nicht dran, kaum größer als ein Pickel war es. Aber merkwürdig geformt, es erinnerte sie an einen Kulihut oder an das Vokalzeichen auf dem französischen ô. Wie war er zu diesem Muster gekommen? Konzentrieren, dann müßte sie es sehen können. Zwecklos. Sie konnte nichts sehen.

Sie war wohl zu angespannt, hatte zuviel im Kopf. Tja, das war's wohl. Stand da aufgebaut vor dieser Matratze wie eine Dose in der Wurfbude, die gleich von einem völlig Fremden weggeballert wurde. Zuviel im Kopf? Sie war wohl nicht ganz richtig darin.

Aber Scheiß drauf, es war mal was anderes. Praktisch eine Erholung, wie Fred Root sagen würde. Es belebte das Blut, verjüngte die Kutteln. *Action*, das war immer das schönste Wort. Man sollte ihr nur mal ein besseres zeigen, das ging gar nicht. Und was war ein Harvey McBurnette im Dünndarm, mehr oder weniger? Wenn jede Drehung der Barbierstange besagten Darm in heftige Bewegung versetzte wie bei der Fahrt auf dem Teufelsrad, wenn's runtergeht; wenn jeder Teil von ihr schmolz. Wenn sie spürte, wie der grobe Matratzendrell an ihrem Rückgrat scharrte und schabte, und dabei versuchte, nicht zu atmen, nur das rote Mal sah, auf das Messer wartete.

Und wartete. Lieber Gott, kam er denn nie zu Potte? Sogar Babys kamen da schneller. Vielleicht wollte er sie ja ärgern, vielleicht dachte er, wenn er sie lange genug zappeln ließ, würde sie zucken. Aber von wegen, vorher würde der sterben. Obwohl dann natürlich sie die Tote wäre; paß auf, was du dir wünschst.

Aber trotzdem, wirf das verdammte Ding endlich. Bring's hinter dich. Ach, Fred. Ach, Mary. Wirf einfach.

Wenn das rote Mal ihn schon nicht in Bewegung brachte, dann vielleicht das Messer selbst. Sie verschob den Blick um ein paar Zentimeter, richtete ihn auf die Spitze des Messers und versuchte, das Messer zum Fliegen zu bewegen. Von selbst, wenn nötig. Daß es dem Arschloch aus der Hand sprang und dahin flog, wohin es sollte. Aber wohin? Eine Hand wäre gut. Zwischen einem Daumen und einem Zeigefinger hineinfahren, damit sie das Heft greifen konnte, ohne sich erst bewegen zu müssen. Einfach die Faust drehen und es rausziehen. Ihr eigenes Messer. Lieben und ehren. Oder bei Nichtgefallen zurückwerfen.

Sie versuchte, dem Messer Druck zu machen. Verengte den Blick, bis nichts mehr da war, nur noch die Messerschneide und der Öltropfen, der sich an der Spitze gebildet hatte und nun langsam anschwoll. An Größe gewann. Immer fetter und voller wurde, bis er bestimmt gleich platzen müßte, sich keinen Augenblick mehr halten könnte, zu Atomen bersten würde. Was geschah. Er zerplatzte wie eine Sprechblase in einem Comic, und was war darin?

Nicht nichts, nein, sondern das Nichts.

So ein Ruck. Ohne Vorwarnung, ohne Anzeichen. Ihr erster Impuls war typischerweise, alles zu überspielen. Die Furcht mit Geschimpfe zuzuschütten und alles auf den Jungen zu schieben. Ihn nach Strich und Faden zu verprügeln und an die frische Luft zu setzen, dann sich selbst in Sicherheit zu bringen, sich ins Bett zu verkriechen. Versuchen, die Federn auf dem Schlafzimmerboden zu ignorieren, jetzt war nicht die Zeit für den Paradies- oder jedweden anderen Vogel. Einfach nur Tür zu, Licht aus und beten. Nur daß ihr gerade keine Gebete einfielen. *Agnus Dei, Agnus Dei.* Ihre Mutter im Hinterzimmer im Sterben liegend, der süßlich-kränkliche Arzneigeruch brennender Blumen. *Peccata mundi. Qui tollis peccata.* Zwecklos. *Miserere nobis. Dona nobis pacem.* Eine Ansammlung von Wörtern, und welche Wörter konnten die Leere überdecken? *Sehnsucht macht das Herz weit,* doch die galt der Liebe Gottes, nicht diesem ungeheuren Hunger. Hunger worauf? Nichts. Kein einziges verdammtes Ding, das einen Namen hatte.

Ach, aber wie trostlos war das, ein Schmerz ohne Ursprung und ohne Ziel, das hielt sie nicht aus. *Gottfickerei*, so hatte Fred Root das immer genannt, hatte gemeint, das sei unsportlich. Sogar schändlich, meinte er, wenn er ein paar Bier intus hatte, und hielt dazu die rechte Hand ins Licht. Wurstfinger, schuppig weich, und seine Charlie-Chaplin-Füße. *Quanten*. Wenn er ihr den Googly-Griff zeigte und sie an einem Space Blaster lutschte. Oder wenn er ihr im Garten Tennisbälle zuwarf und in seinen Pantoffeln von den Lobelienbeeten heranwatschelte, das war friedlich, da konnte sie noch schlafen. Heute nacht aber nicht. Zu viele Federn, da konnte sie sich nicht konzentrieren; selbst die Tennisbälle hatten Klingen. Billie und Bo heirateten, die Hochzeit war nun jeden Tag, doch sie würde nicht dabeisein. *Keine Ruhe für die Gottlosen*, sagte Fred Root. Keine, null. Nichts.

Stunden- oder tagelang lag sie untot dort. Dann kam das Erdbeben und rettete sie. Oder wenn es kein Erdbeben war, dann eine andere Erschütterung, die die Welt verwarf. Von dem abgrundtiefen Schauder erzitterten die Fenster und wirbelten die Federn auf, polterten die alten Ausgaben des Seifenoper-Blättchens von ihrem Nachttisch herab. »Schack Tschement!« sagte Kate und krallte sich ins Bettzeug, und da war sie an einem anderen Ort in einer anderen Zeit.

Wo das wohl war? Dade City, Highway 301. In einem Spitzenmotel mit Eddie the Blade, wo sie im Nachmittagsfernsehen Tweety Pie und Sylvester sahen.

Das Motel Malarkey, so hatten sie's genannt und sich voller Stolz als Smith eingeschrieben. Hatten Cola gesoffen und sich Junkfood reingeschoben und einander krumm und lahm gevögelt, so richtig gut, einen ganzen Nachmittag als Flitterwochen, bevor sie wieder weiter mußten, zu ihrer Abendvorstellung in Zephyrhills.

Genau in dem Moment gönnten sie sich gerade eine Pause. Kate lag auf dem Bauch, hing über der Matratzenkante, den Kopf nach unten, und Tweety Pie hatte Sylvester soeben volle Pulle in eine Backsteinmauer gedonnert.

Dieses Bild: das katzenförmige Loch in den Backsteinen, und wie die Barthaare rechtwinklig wie Drähte gebogen waren, als der Kater wieder ins Blickfeld kroch mit Augen, die in entgegengesetzte Richtungen rotierten. Auf dem Laken verschüttetes Popcorn, auf ihrem Bauch klebten aufgeweichte Karamelbonbons, und um ihre Titten Eddies gute Hände, die Hände des geborenen Messerwerfers. »Schiesch!« sagte Sylvester, und als Kate auf den Teppich unter ihr sah, begegnete sie dem Blick einer Kakerlake.

Wartete wohl auf ihr Abendbrot, vermutete sie, und leckte sich schon mal die Lippen. Die langen schwarzen, zuckenden Fühler, die wie ein Hufeisen von der Schnauze nach hinten gingen, wie die hießen, wußte Kate nicht. Tatsache war, bis dahin hatte sie nie so recht bemerkt, wie eine Kakerlake beschaffen war. Zu zimperlich, oder vielleicht hatte sie es auch immer zu eilig gehabt. Doch in Zimmer 43 war keine Eile angesagt, sie hatte den ganzen Tag Zeit. Nichts auf der Welt würde sie bei ihren Studien stören, und so schob sie sich vom Bett, stützte die Ellbogen gleichgewichtshalber auf dem Boden auf.

Die Kakerlake war nur Zentimeter entfernt, ein wundersamer Anblick. Das stumpfe Dreieck ihres Kopfes wie eine Pfeilspitze aus der Steinzeit; die Fühler, schief wie Pompeys Hängeohr, erweckten denselben Eindruck unermüdlicher Wachsamkeit; dann die gefiederähnlichen Härchen an den Vorderbeinen, das schwache Zucken der Flügel. »Du lieber Himmel, sieh dir das an«, hatte sie gesagt, doch Eddie wollte nicht, so einer war er nicht. Liebreiz entging ihm, und dann machte er sich über sie her, drehte sie auf den Rücken.

Da war die Kakerlake nun nicht mehr zu sehen, und als sie sich dann wieder darauf konzentrieren konnte, gab es nur wieder Sylvester zu sehen, diesmal, wie er von einem selbstgebastelten Katapult aus in den Weltraum geschossen wurde. »Schack Tschement«, hatte der Kater gesagt, und dann war Kate wieder bei sich im Bett, das Zimmer tanzte noch um sie herum, und die letzten Nachwehen des Erdbebens verebbten allmählich.

Die Straßenlampen waren offenbar ausgegangen. Vielleicht brannten aber auch die Feuer stärker. Wie auch immer, den Vögeln unten im Zoo gefiel das gar nicht. Viel Gejammer und Gequäke war zu hören, Käfiggerappel ohne Ende.

Was sie daran erinnerte, daß sie mit Maguire reden mußte. Ihn bewegen mußte, Pearls Schaukel zu reparieren, die hing nur noch an einem Faden. Obwohl, wenn sie bedachte, wie Maguire das wahrscheinlich vermasseln würde, konnte sie sich die Puste auch sparen.

Warum sie ihn nur ertrug, sie hatte keine Ahnung. Höchstwahrscheinlich Doofheit. Dazu das dumme Gefühl, ihn von irgendwoher zu kennen. Nicht in einer anderen Inkarnation, nicht so was Schwachsinniges, sondern was ganz Bestimmtes, sie war sich sicher, ihn mal gut gekannt zu haben. Entweder ihn oder sein Double. Nur konnte sie ihn nicht einordnen. Wie Rauch reizte er ihre Augen, nie konnte sie ihn klar sehen.

Aber warum wollte sie das überhaupt? Warum in aller Welt machte sie sich wegen Maguire einen Kopf? Und das auch noch mitten in einem Erdbeben und mit den Sirenen überall in der Stadt? Sie müßte eigentlich aufstehen, eigentlich gucken gehen. Doch ihr war nicht nach gucken. Erdbeben, Zyklone, Kataklysmen en masse, die konnten Kate gern haben. Sollten sie sie doch als Opfer fordern, wenn sie sie wollten, aber bitte ohne Sauerei.

Und sie in Ruhe lassen. Damit sie nach Dade City konnte, ins Motel Malarkey, Zimmer 43, und zu der Kakerlake.

Als die Cartoons vorbei waren, war sie weggedämmert, und danach hatten sie gepackt und waren hinaus zum Auto gegangen. Eddie fuhr gern, und sie ließ ihn. Quetschte sich neben ihn, küßte ihn aufs Ohr, das sollte Glück bringen, und dann hatte sie plötzlich einen Einfall gehabt. War zum Motelzimmer zurückgerannt, den Beutel mit dem Popcorn in der Hand. Und hatte es auf dem Zottelteppich verstreut. Hatte der Kakerlake ein bißchen was dagelassen.

Was der Rechner nicht alles zutage förderte! Achtundzwanzig Jahre her, so lange mußte es wohl sein, aber warum mußte das ausgerechnet heute abend wieder auftauchen? Egal, sie nahm es trotzdem. Es war nicht nichts, auch kein Nichts; sie nahm es eben und stellte keine dummen Fragen.

Wenn sie den Blick auf den glotzenden Kopf mit den Glupschaugen eines Marsmenschen und den Beinen einer Gottesanbeterin richtete, vielleicht würde ihr ja dann Ruhe gewährt. Eine Stunde Aufschub, vielleicht auch zwei: Sie starrte in die Amerikanische Nacht, als der Tag anbrach. Doch das Sirenengeheul rückte näher. Der Lärm formte sich zu einer Welle, die sich ballte und anschwoll. Nicht in einer geraden Linie rollte, sondern im Zickzack, als ein schlangenartiges Wogen, das sich den Broadway entlangwälzte, mit Dosen klapperte, Glas zerbrach. Sie hörte einen Schuß, das klang schon ganz nah, die Vögel waren empört, und da richtete sie sich fast auf. Dann noch ein Schuß, der aber gedämpft, irgendwo unter der Erde, dachte sie und ließ sich wieder zurücksinken.

Licht kroch über ihre Füße, ihr war nach was zwischen die Zähne. Ehrlich gesagt wäre Popcorn jetzt ganz nett gewesen. Schon gut; besser, die Kakerlake hatte es. Eine einzige gute Tat im ganzen Leben, die zurückzunehmen, das sähe nicht gut aus. Nicht jetzt, wo überall im Block die Feuermelder losgegangen waren. Nicht ausgerechnet jetzt, denn als sie den Kopf drehte, war der Junge wieder da, Wilfredo, direkt vor ihr stand er und hatte keinen Fetzen auf dem Leib.

Hätte, hätte, hätte. Vielleicht hätte er den Blödmann wegpusten sollen, so wie er dalag, es wäre sein gutes Recht gewesen. Dann hätte er da ein bißchen Frieden gehabt. Aber er trat keinen, der schon am Boden lag, das lief seinem Sportsgeist zuwider. Und überhaupt hatten sich seine Bedürfnisse weiterentwickelt.

Er war auf eine höhere Ebene gelangt, konnte man wohl sagen. Schon in dem Zeitraum dieser wenigen Stunden seit den Messern im Frisierladen hatte er es geschafft, die Dinge so zu sehen, wie sie waren. Kate Root war nun sein einziges Ziel, die einzige Rechnung, die er noch begleichen mußte. Was brachte da ein toter Ire mehr oder weniger? Der Mann war nur ein gedungener Mörder gewesen, nicht der Kopf dahinter. Der brauchte nur eines, Maßregelung, einen Tritt in die Rippen, um ihn Respekt zu lehren. Nur hatte sich Littles Fernandos Schuh dabei als ein wenig schwach auf der Brust erwiesen. Zu dick und zu langsam, kein Rhythmus, keine Balance. So wie wenn man es mit einem schlaffen Schwanz machte, dabei tat man sich nur selber weh.

Mit jeder Minute durchschnitten mehr Lichter das Dunkel. Wenn man so in die Nacht starrte, sah es aus wie ein Nigger mit Pest, eine schwarzblaue Haut, die von zahllosen wunden Stellen und Flecken verunstaltet war. Wohin Willie sich auch wandte, überall redeten die Leute darüber, daß Farrakhan erschossen worden war. Sie klangen sauer, sie wurden böse. Dann verbreitete sich die Nachricht, daß es gar nicht Farrakhan war, sondern ein anderer mit einem Namen, der genauso klang, nicht Farrah Fawcett, aber so ähnlich, und dann noch ein anderer Name, aber gar nicht ähnlich. »Mein Baby. Die haben mein Baby umgebracht«, kreischte eine Frau los, man konnte sie noch drei Straßen weiter hören, und bald darauf fing das Steinigen an.

Dann steckte Willie plötzlich in einem Wolfsrudel. Nicht aus eigener, bewußter Entscheidung, sondern er stand gerade an einer Ecke, als vermummte Plünderer vorbeizogen, und deren Nachstrom sog ihn ein, und er wurde mitgerissen. So richtig gerannt wurde nicht, erst nur getrabt, hin und her im Zickzack über die Avenue, je nachdem, wo Cops lauerten.

Die Bullen waren also machtlos: ihre ganzen Waffen und Schutzschilde brachten null. Sie konnten ja wohl kaum das ganze Rudel abknallen, das wäre schlecht fürs Image gewesen. Zudem veränderte das wechselnde Dunkel ständig ihre Ziele. Im Grunde blieb ihnen daher nichts anderes übrig, als sich aufzubauen. In einer Phalanx vorzurücken und zurückzuweichen, ostentativ ihre Waffen zu schwenken, Kaugummi zu kauen. Während das Rudel ungehindert weiterzog und jedes Fenster am Weg einwarf.

Angst hatte er keine, dazu hatte Willie nicht die Zeit. Seine ganze Aufmerksamkeit galt seiner momentanen Lage. Mit den kopflosen Rennern vorn Schritt zu halten, einen Sprung vor denen hinter ihm zu bleiben, nicht auszurutschen, nicht selbst niedergetrampelt zu werden. Adrenalin durchschoß ihn, er spürte seine Kraft. Wäre ihm der richtige Backstein vor die Füße gekommen, er hätte ihn geschnappt, und rein damit.

Wohin er auch kam, überall klafften Schaufenster, voll mit Zeug, das er brauchen konnte. *Kostenlos,* dieses Wort war eine unverschnittene Droge. Die schartigen Glaskanten blitzten auf im Schein von Taschenlampen, als zwinkerten sie ihm zu. Als lockten sie ihn, die Grenze zu überschreiten. *Ein Schritt.* Da drin war eine Satintrainingsjacke der Yankees. *Tu einfach den Schritt.* 7, das war Mickey Mantles Nummer gewesen. *Kostenlos.*

Aber dann überschritt er sie doch nicht. Er stand schon im Begriff, sein Fuß berührte die Schwelle, die Hand war schon ausgestreckt. »Tritt näher. Bedien dich«, sagte eine Stimme. Dann sah er plötzlich Kate Root vor sich, ihre Augen am Ende des Messers. Das versetzte ihm einen Schlag, schleuderte ihn zurück auf die Straße. Warf ihn fast zu Boden, so daß er sich an einem Hydranten festhalten, sich gegen den Druck stemmen mußte. Im nächsten Moment hatte das Wolfsrudel ihn weitergetragen, und er war wieder im Gleis.

Das war der Moment der Wahrheit gewesen, genau da. Nur ein Schritt hatte gefehlt, dann wäre er auf der Strecke geblieben, hätte sein wahres Ziel aus den Augen verloren. Seine Bestimmung, seinen Sinn. Noch einmal würde er sich nicht davon abbringen lassen.

Er reihte sich wieder ein und ließ sich von den Wellen nach Norden tragen. Über den Häusern war das Dunkel nun weniger dicht, bald würde der Morgen grauen. Schon spürte er, daß über ihm kein Himmel war, sondern nur Rauch. Und Rauch auch unter ihm. Überall, wo Licht war, sah er, wie sich aus Kanaldeckeln und Luftabzügen Rauchranken ringelten, sich aus Rissen im Gehweg schlängelten. Männer mit Kapuzen und Flammenwerfern legten Brände, fackelten geparkte Autos und verlassene Läden ab, rannten juchzend zwischen den massierten Feuerwehrautos, die sie nicht aufhalten, nur ihre Hinterlassenschaft löschen konnten.

Willie kannte sich mit Bränden aus, sein Vetter Felix hatte sich mit ihrer Bekämpfung seinen Lebensunterhalt verdient. Schwarzer Rauch bedeutete Großbrände, die außer Kontrolle waren, weißer Rauch bedeutete Feuer, die eingedämmt wurden. Doch weißer Rauch war nicht zu sehen, nikotingelber war noch das Beste im Angebot. Aus einem Schuhladen schlugen Flammen, und eine Drogerie spuckte schleimgrüne Wolken aus. Warum grün? Es war eben grün, und ein Burger King zerknitterte wie blaues Zündpapier.

Am Columbus Circle schwenkte das Wolfsrudel nach rechts, den Hotels im Osten entgegen. Reiche Ernte im Essex House und dem Plaza, Piratenschatz, doch Willie wehrte der Versuchung. Statt dessen zog er auf dem Broadway weiter Richtung Norden. Obwohl es nicht bergauf ging, kam es ihm vor, als gelangte er höher, aus einem Strudel auf festen Boden. Die Menge war nun nicht mehr so dicht gedrängt, und zwischen den Bränden gab es Lücken, fast konnte er sich frei bewegen. Da das Dunkel mittlerweile einem trüben Braun gewichen war, konnte er seine eigenen Füße in den Clownsschuhen erkennen und sehen, auf was und wen sie traten. Bei einem Supermarkt bildeten fünf Leiber einen krummen Kreis. Eine Horde Schneediebe offenbar, doch die weiße Pracht war wohl nicht ganz rein gewesen. Eine

Frau lehnte aufrecht in einem Hauseingang, die Nadel steckte noch in der Vene. Auf ihrem Schoß saß ein Säugling und schrie nach der Zitze, doch Willie konnte nicht stehenbleiben, er war schon spät dran. Kinder brachen mit Äxten und Pickeln Türen auf, schnitten mit Lötlampen durch Metalltore, ein Geistesgestörter im Kampfanzug schwenkte eine AK-47, und ein Brandopfer lag ausgestreckt auf einer rosa Decke, das schwarze Gesicht geröstet, ohne Augen. Häßlicher Abgang, dachte Willie, doch er war schon durch.

Ein Mercedes, neuestes Modell, war in Nature's Nurture gebrettert und stand nun zischend da. Der Fahrer machte noch Geräusche, aber die Reifen waren zerstochen, die Radkappen schon abgezogen. Während Willie Anna Crows Ersatzschlüssel herausfummelte, hörte er den Mann gurgeln, abnippeln. Dann war Willie drin, in Sicherheit.

Den Gang entlang und die schmale steile Treppe hoch, sechzehn Stufen; dort weiter, dann war er in Kate Roots Schlafzimmer. Der Fußboden fühlte sich von Federn schwammig an.

Er mühte sich, das Dämmerlicht zu durchdringen, und sah Kate Roots massige Form unter einem weißen Laken. Sie schien schwer und abgehackt zu atmen. Einen Moment lang glaubte er, sie weinte, doch das Geräusch war ein wenig anders, wahrscheinlich war es nur Angst. Oder Erwartung, wer weiß? Als sie sich umdrehte und ihn da hüllenlos stehen sah, als ihr klar wurde, weswegen er gekommen war. An ihrer Miene aber war nichts abzulesen, sie sah ihn völlig ausdruckslos an. »Was soll das?« sagte sie.

Was das sollte? Sie schuldete ihm etwas, weiter nichts. Ihre Rechnung war fällig geworden, und er war hier, um sie einzutreiben. Stumpfe Gegenstände hämmerten unten gegen die Stahltüren, dem Klang nach Baseballschläger, und Willie D schlug das Laken zurück, entblößte sie.

Gespreizt wie ein Seestern, der schwere Leib in dem rosa Schulmädchennachthemd mit den neckischen Blümchen um den Halsausschnitt, der Saum bis zu den Hüften hochgeschoben, so zeigte sie ihm alles, was sie hatte. Versuchte nicht einmal, sich zu bedecken, und was gab es da auch zu verbergen? Die drei Haare waren schon lange nicht mehr da, die würden auch nicht mehr nachwachsen. Obwohl er nicht umhinkonnte, einen Blick zu riskieren. Falls ein Wunder geschehen war: man konnte ja nie wissen. Doch der knochenweiße Fleck oberhalb des Knöchels war kahl. Leer.

Als er dann wieder den Blick hob, war das rosa Nachthemd hinuntergezogen, nichts war mehr zu sehen. Doch diese Abwesenheit stachelte ihn nur noch an. Eine Hand riß am Bauch der Frau, die andere drehte ihr den Kopf um. Ihre grünen Augen waren Zentimeter unter ihm, und der Spalt zwischen ihren Schneidezähnen war beinahe seiner: »Etwas Popcorn?« sagte Kate Root.

Und da war er am Boden.

Erledigt hatte ihn die Apathie. Kratzen und Spucken, damit konnte er umgehen, Wildkatzen waren ihm nicht fremd, doch Neutralität machte ihn fertig. Die Unbewegtheit, mit der Kate Root ihn musterte, ihn maß. Derselbe kühle Blick, den sie an jenem ersten Morgen ausgesandt hatte, als er sie vor die Linsen kriegte, während sie mit ihrem Papagei oder so auf dem Gehsteig spielte. Damals hatte ihn der Blick gelähmt, jetzt brachte er ihn um. »Tu das weg«, sagte sie, und es klang nicht einmal spöttisch, man hätte kaum meinen können, daß sie triumphierte. Fast beiläufig klang sie, und dann ging sie mit ihren dicken Fingern an Willies Gesicht, berührte seinen Nasenrücken.

Das Gehämmer unten wurde wütender, jetzt klang es, als ob Stahl auf Stahl einschlüge. Dennoch waren ihre Fingerspitzen ohne Eile, butterweich. Sie betasteten ihn, paßten ihn sich an. Und all seine Wut verflog. Sein Hunger, seine Rache. Hätte man ihn gefragt, warum er hergekommen sei, er hätte es nicht gewußt. Zum Ausruhen wahrscheinlich. Denn eine große Müdigkeit überfiel ihn. Als er diese dicken Finger spürte, wie sie ihn formten und erforschten, als er Kates Atem wie von warmem Brot auf seinen Augen roch. Zuhause spürte. Obwohl er keines hatte.

Megafone und Sirenen bewegten sich die Straße entlang. »Es war eine lange Nacht«, sagte Willie und war schon drauf und dran, sich auf dem zerwühlten Laken niederzulassen, dämmerte schon mit offenen Augen weg, als die Fensterläden des Zoos mit einem Donnerschlag nachgaben, das Bett bockte und erzitterte wie ein verschrecktes Pferd, und gleich darauf ging das Geschrei los. »Meine Vögel!« kreischte Kate Root und packte ihr Betäubungsgewehr. Dann mischte sich in die Schreie ein Ächzen, ein asthmatisches Japsen. »Meine Schlangen!« brüllte Kate und stürmte los.

Hielt sich nicht einmal damit auf, ihren Morgenmantel überzuziehen. Willie trug ihn hinterher, nur für den Fall, und folgte ihr auf dem Fuße die Treppe hinab. In diesem frühen Licht fiel ihm die Tapete auf. Drei goldene Blütenblätter auf einem cremefarbenen Schild, war das das sogenannte Fleur-de-lis? Dann bog er um die unübersichtliche Ecke in den Zoo. Und betrat einen Schlachthof.

Drei, vielleicht auch vier Kids, ganz in Schwarz wie Ninjas, schlugen mit Macheten nach allem, was sich regte. Die Käfige waren alle offen, und den Vögeln wurde der Kopf abgeschlagen, sobald sie herausflogen. Ihre Leiber übersäten den Fußboden, hingen von den Bäumen, lagen verkrümmt an den Wänden. Ein paar flatterten noch in der Luft umher, kopflose Federklumpen, aus denen das Blut schoß, andere lagen in einem Haufen in der Tür, wo sie zum Licht gesaust waren. Und noch immer schwangen die Ninjas ihre Macheten, hieben mal auf die Zebrina, mal auf die Schlangen ein, die über den Boden krochen, mal auf Vögel, die noch nicht sauber getötet waren, sondern nur verstümmelt.

Kate Root stürzte sich immer wieder auf sie, heulte ohne Wörter, und sie verhöhnten sie, fuchtelten ihr mit den Waffen vor der Nase herum, schlitzten ihr bei ihrer Jagd Rippen ins Nachthemd. Wie ein geblendeter Bär war sie, schlug in die Luft, schlitterte durch das Blut, das an ihren bloßen Füßen leckte. Blut, das die Kids wie Gischt umherspritzen ließen, ihr damit Schenkel und Unterleib besprühten. Sie tobten umher wie kleine Baseballer, schleuderten die abgetrennten Köpfe von Königsnattern und Peitschenschlangen kreuz und quer durch den Zoo, als trainierten sie Schläge. Und Willie konnte nicht eingreifen. Er wußte, daß das von ihm erwartet wurde, doch in diesen Blutsee konnte er nicht treten. Stand nur am Rand und gaffte, während Kate mit einem letzten verzweifelten Satz einen der Ninjas in den Trümmern der Stahltür einzwängte, seinen Kopf gegen eine verbogene Strebe hämmerte, Fleisch und Glibber herauskratzte, ihn mit einem Body-Slam zu Boden warf und dabei unablässig heulte. Sie ließ sich nicht von ihm wegzerren, selbst als einer der Homeboys des Jungen sie an den Haaren packte und riß, ihr sein Messer über die Kehle zog.

Ihre Zähne, weiß in Rot, waren wie ein Grinsen, als sie zu Willie an der Tür hinsah; dann warf jemand eine tote Schlange. Sie wirbelte durch die Luft wie ein Lasso, flog Willie vor die Füße und bespritzte Littles Fernandos Treter. Und Willie drehte durch. Auch wenn sie nur geliehen waren, so waren es doch immer noch Schuhe. Etwas Schweres geriet ihm in die Hand, und er stürzte los. Schwang den rechten Arm einmal, schwang ihn zweimal, dann wieder und wieder, spürte Knochen krachen und Fleisch matschen, hörte Schreie, die nicht von Vögeln kamen, bis die Schläge nur noch Luft trafen.

Die Ninjas waren davongerannt, nur noch Kate war da. Sie lag in verdrehtem Metall und geborstenem Glas, heulte nicht mehr, gab überhaupt keinen Ton mehr von sich. Um sie herum zuckten noch ein paar Vögel, ein, zwei Schlangen lagen aufgerollt da. Willie erkannte die Peitschenschlange, die ihn in jener Nacht von Osains Grab geärgert hatte. Ihr gelbumrandetes Auge fixierte ihn noch, ironisch, doch es hing kein Körper mehr daran.

Das Gewicht in seiner Hand zog an Willies Arm. Als er hinabblickte, um zu sehen, was er sich da als Waffe ausgesucht hatte, war es der Toilettensitz aus dem Frisierladen, der, auf den er mit dem Messer gezielt hatte. Und so war alles miteinander verbunden, selbst hier, und er half Kate auf, beide rutschten ein wenig in dem Sumpf, und ihre Körper rempelten einander ungeschickt an Hüfte und Knie.

Als sie ihn packte, um nicht das Gleichgewicht zu verlieren, hinterließ ihr Handteller ein rotes Gegenstück auf seinem Hemd: ein perfekter Abdruck, Schicksalslinie, Venusring; man hätte ihr die Zukunft daraus lesen können.

Wie zwei besoffene Penner torkelten sie, klammerten sich aneinander, um nicht umzufallen. Der Ladentisch war ein paar Schritte entfernt, er erschien ihnen wie eine ferne Küste, und als sie ihn erreichten, hielten sie sich schaudernd, um Atem ringend daran fest.

Gleich neben dem Zenith lag ein Kakadu, das reine Weiß, das

Gefieder aufgefächert wie ein Schirm. Auf den ersten Blick wirkte er unversehrt. Nur ein Tropfen Blut befleckte seine weiße Brust, ein Tropfen seinen Schnabel. Und endlich begann Kate Root zu weinen. Verbarg sich in Willie, und er nahm sie auf. Gewährte ihr Zuflucht, warum auch nicht? Schließlich war sie eine alte Frau.

Später steckte sie sich eine Camel an, reichte sie ihm, doch es war Blut daran wie verschmierter Lippenstift, das stieß ihn ab. Unter diesen Umständen war Rauchen doch nicht so befriedigend. Und Kate Root mußte es ähnlich ergangen sein. Jedenfalls wischte sie sich die Augen, schneuzte sich die Nase. Blut, Rotz und Tränen: »Ich brauch was zu trinken«, sagte sie.

»Das Bedürfnis beruht auf Gegenseitigkeit.«

»Wenn es das täte, wäre es kein Bedürfnis.« Doch sanft, nicht auf Streit aus. »Ich muß mir mal die Nase pudern«, sagte sie und ging.

Willie D legte keinen Wert darauf, allein dort zu bleiben. In dieser Abdeckerei. Klumpfüßig in den Schuhen eines anderen, tappte er zu dem klaffenden Loch, das einmal die Zootür gewesen war, und sah auf die Straße hinaus. Der Hauptstrom der Plünderer war schon vorbei, jetzt waren nur noch die Aasgeier da. Die Sirenen und das Wüten des Mobs drangen von einigen Straßen weiter nördlich heran, brandeten im Zickzack auf Harlem zu. Willie sah, daß das Ansonia brannte, es sah aus wie eine Hochzeitstorte, deren Kerzen in Flammen standen. Ein Schwarm schwarzer Vögel rauschte von seinen lodernden Türmen. Und darin eine hellere Farbe. Ein Flirren, Zinnoberrot auf Türkis, es sah aus wie ein Kakadu.

Bestimmt der Ausbruchskünstler. Hatte es wohl zu schnell und stürmisch durch die Tür geschafft, als daß die Ninjas ihn über die Klinge hätten springen lassen können. Willie kam der Gedanke, sich auf die Suche nach weiteren Überlebenden zu machen, doch weder die Kraft noch der Wille dazu war ihm geblieben. Und außerdem hatte er genug getan. Weiß Gott. Mehr konnte keiner leisten.

Durch den Samtvorhang ging er in den Frisierladen, hockte sich auf den Hochstuhl wie auf einen Thron und ruhte sich aus, sah der gestreiften Stange an der Wand zu, wie sie sich drehte. Wieder überfiel ihn die Müdigkeit, dasselbe langsame Wegdämmern, das er in Kates Bett verspürt hatte. Das Gefühl, zu Hause zu sein, ohne jeden Sinn.

Es lullte ihn in den Schlaf.

Und endlich träumte er.

Er war in der Kirche, es war mitten in der Nacht, eine schwarze Sturmnacht voller Lügen, und er war hergekommen, um zu beten. Doch seine Gebete kamen alle ganz durcheinander heraus, von hinten nach vorn, und er war zu müde, um sie richtigzustellen. Er fühlte sich ausgelaugt, ohne jeden Funken Energie.

Saß allein in dieser leeren Kirche, nur ein einsamer Priester leistete ihm Gesellschaft. Doch dieser Priester beachtete ihn nicht. Er kniete vor dem Altar, mit dem Rücken zu ihm, mit Kutte und Kapuze wie ein mittelalterlicher Mönch aus *Robin Hood*. Von Willies Platz aus war das Gesicht des Priesters verborgen, doch schien er mit den Händen geheime Zeichen zu machen. Betete vielleicht den Rosenkranz oder sprach einen Bann. Dann stand Willie auf, trat näher heran, und da drehte sich der Priester um. Das Licht war schlecht, und der Saum der Kapuze verdeckte seine Augen, doch seine Haltung war starr, einschüchternd, wie der Vater von jemand anders.

Als Willie genauer hinsah, erkannte er, daß der Priester einen Banditenschnurrbart trug und unter seinem Umhang wie Zorro gekleidet war, und da sah man, daß er doch nicht so hart und kalt war, daß es nur seine Fassade war. Willie linste unter seine Kapuze, und die Augen des Priesters blickten neckisch, kokett. Es war offensichtlich, daß er keinen Rosenkranz gebetet und auch keinen Bann gesprochen hatte; mit seinen Händen hatte er nämlich ein Papierflugzeug gebastelt. Eine hervorragende, unbeschreiblich knifflige Arbeit. Willie beugte sich näher hin, um die Details in Augenschein zu nehmen, und da sprach der Priester mit leiser Stimme zu ihm.

Die Worte selbst waren nicht auszumachen, doch sie veränderten alles. Statt das Papierflugzeug zu untersuchen, flog Willie nun darin, First Class, und der Priester trank einen Whisky Sour. Ganz der vollendete Gentleman, fragte er Willie, was er gern haben wolle, und so wie er lächelte, als er ihm das anbot, wußte Willie, daß er um alles, was es überhaupt nur gab, bitten konnte. Er brauchte es nur auszusprechen, und es war seins. Doch kein einziges Wort kam ihm in den Sinn; anscheinend brauchte er gar nichts. Nicht jetzt, nicht mehr. Also schüttelte er den Kopf, nein, worauf eine Schüssel mit klarer Brühe erschien. Dann hob der Priester Willie am Hals hoch, nicht grob oder unfreundlich, aber unwiderstehlich, und drückte ihm das Gesicht unter die Oberfläche.

Sogleich war jegliche Müdigkeit wie weggewischt. Er erhaschte einen Blick auf den Priester, der sich in der Suppe spiegelte, und der Priester hatte sich in ein junges Mädchen verwandelt, der Banditenschnurrbart aber war geblieben. Als er sah, daß Willie herblickte, streifte er die Mönchskutte ab, um ihm seine Brüste zu zeigen. Sein ganzer Körper war entblößt, bot sich ihm dar. Willie bettete das Gesicht auf den Rundhügel der Möse des Priesters. Die roten Haare rochen wild wie Dschungelblumen.

Als er aufwachte, fühlte er sich ausgeruht, aber zappelig; seine Aufgabe hier war zu Ende. Als er auf die Straße trat, hatte es angefangen zu regnen. Noch nicht sehr stark, aber man roch, daß ein Guß bevorstand.

Der Broadway bei Tageslicht war ein Niemandsland. An jeder Ecke erhob sich ein riesiges Gewirr aus Stacheldraht, das die Seitenstraßen absperrte, und die Flächen dazwischen waren Minenfelder. Getarnte Kanalschächte, schwelende Schrottfeuer, nichtexplodierte Tränengasdosen. Eine Vipernatter und ein Gecko faulenzten vor der Chemical Bank. Die Uhr über ihnen zeigte 9.43 an, dann 40°.

Das neueste Mercedesmodell war vom Eingang von Sweeney's entfernt worden. An seiner Stelle war nun der Mann, von dem Anna Crow ihm erzählt hatte, der, der in der Mansarde wohnte. Squat, glaubte er, hieß der. Jedenfalls Tänzer, und jetzt eben tanzte er auch. Sturzbetrunken, eine offene Halbliterflasche in der fleischigen Hand, tanzte er einen Softshoe-Shuffle. Weit vorgebeugt dabei, als lausche er nach etwas von weit her aus der Innenstadt, schwankte vor und zurück, fiel fast vornüber. Dennoch waren seine Füße flink; man sah, daß er die Schritte kannte. Ein Sand-drag, ein Pigeonwing, dann eine lange, langsame gummibeinige Drehung, wobei er wie ein schwachsinniger Flamingo mit den Armen wedelte: »*Sie ist gefallen, sie ist gefallen, Babylon, die große*«, sagte er.

Das konnte man so sehen. Klang ziemlich vernünftig, wenn man sich die Zeit nahm, darüber nachzudenken. Doch Willie hatte keine Zeit, den Luxus konnte er sich nicht leisten. Es war sein Tag, den durfte er nicht vertrödeln.

Auf der anderen Straßenseite stand ein Schuhgeschäft sperrangelweit offen. Die Wölfe waren schon durchgezogen, hatten es praktisch leergeräumt. Ein Paar aber hatten sie übersehen. Ein Paar kalbslederne Schnürschuhe, glänzendes Niggerbraun, total schlicht. Kein Gürteltier- oder Echsenleder, kein Straußenbesatz und auch keine spanische Lasche. Nur eine Handvoll Linien, ein paar Kurven. Vielleicht waren sie deshalb verschont geblieben, sie waren so einfach und schlicht, daß sie niemandem aufgefallen waren. Nur Willie. Der einen Blick darauf warf und verzückt dastand, fast noch zu verblüfft war, um sie für sich in Besitz zu nehmen. Auf das Etikett spähte, um zu sehen, welcher Designer es wohl sein mochte, Manzio oder Berkeley Musser, Roscoe de Llama, Miami Mort Amity vielleicht, doch es war keiner davon, der Schöpfer war nicht einmal angegeben. *Dunkelbraun*, mehr stand nicht auf dem Etikett. *Herrenschuh*.

Das waren die Vogelnamen: *Sternelfe, Arielschwalbe, Prachtelfe, Swainsons Zweifelhafter Goldkehltukan, Rotkäppchentimalie, Brauenmotmot, Malachitnektarvogel, Sapphokolibri*.

Die Stufen waren begraben unter ihren Federn, auch ihr Zimmer war voll davon. *Blauer Rhabdornis, Ameisentangare, Weißfußpapagei*. Hier konnte sie nicht bleiben. In dem Bett würde sie nie wieder schlafen können. Eine Feder steckte sogar an Fred Roots Porträt. *Purpurner Topaskolibri*. Sie wischte sie weg, doch dann haftete sie dafür an ihrem Nachthemd, so wie andere an ihren Armen und Beinen hafteten. *Sudanhornrabe, Mexikanischer Hakenschnabel,* hier konnte sie nicht bleiben.

Vor Ferdousines Tür lag statt einer Welcome-Matte ein Gewölle, das sie auch als Mop hätte nehmen können. *Königsparadiesvogel: Roter Kopf, weiße Brust und grüne Halskrause; weiße und rehbraune, grüngesäumte Flügelfedern, welche sich fächergleich nach unten spreizen können; und zwei fadenartige Schwanzfedern, die einander überkreuzen und an den Spitzen grüne schneckenartige Adern besitzen. Sein Ruf klingt wie das Miauen eines Kätzchens.*

Sie hatte gute Lust, an der Mahagonitür zu klopfen, bei einer Tasse Earl Grey Zuflucht zu suchen, doch dies war nicht der Morgen für einen Toast, und Ferdousine würde sie ohnehin nicht klopfen hören. Die letzten Tage und Nächte war er von Cricket in Anspruch genommen gewesen, war nur über sein Kurzwellenradio gebeugt, hatte über Kopfhörer das Test Match in London verfolgt. England und Australien im Lords, aus seinem Mund klang das wie eine Kathedrale, und bis das Spiel vorüber war, kriegten ihn weder Erdbeben noch die pure Apokalypse davon weg.

Hier war kein Trost zu erwarten, keine Hoffnung, also stieg sie weitere Stufen hinauf, steil und schmal waren sie, über die Federgrenze hinauf, bis sie bei Anna Crow ankam.

Seit Anna eingezogen war, hatte sie dieses Zimmer nicht mehr betreten. Warum auch? Eine oberflächliche Person, das. Ständig dieses Geschmeichle und Gewackle, dieses Gegeiere nach einer neuen Hose. *Bedürftig*, das war das häßlichste Wort überhaupt. Aber was war sie denn selbst? Was sonst hatte sie hierhergeführt, wo sie nun an der Tür dieser armen Kuh herummachte und, als sie nachgab, hineinschlich, um zu schnüffeln? Wobei sie genau wußte, daß Anna gar nicht zu Hause sein konnte, eine solche Nacht hätte sie nie im Leben durchgestanden. Eine Frau, die bei jedem Streichholz, das man anriß, *Feuer!* schrie. Das Mädchen hatte eine innere Stärke, mit der man keinen Floh ficken konnte. Trotzdem, ein paar hübsche Sachen hatte sie schon hier. Gott vergib ihr die vielen Selbstporträts, und diese handkolorierte rosa Brautjungfer, die war obszön. Doch die Zierstücke sahen, na ja, zierlich aus. Die Gewürztöpfchen und die chinesischen Pantoffeln. Ein Claddagh-Ring, so einen hatte sie schon seit Jahren nicht mehr gesehen. Ein französischer Schuhleisten, der würde auch gut in ihr Zimmer passen. Und diese Seidentücher. Und ...

Heilige Hose Gottes, vergib mir.

Wie konnte sie nur so grob sein? So pervers? Die letzten Wochen und Monate, da war ihr jegliches Gefühl für Anstand abhanden gekommen. *Gravitas*, das war das richtige Wort. Apropos oberflächlich, darauf hatte sie ja selbst ein Patent. Notwehr, trotzdem keine Entschuldigung. Anna Crow so nachzuspionieren, sie hätte vor Scham in den Boden versinken können. Und so schlich sie über den Flur und spionierte statt dessen bei Maguire.

Das war auch so ein Zimmer, in dem sie nicht verkehrte; es war zuviel Godwin drin. Der arme Kerl, irgendwie fühlte sie sich verantwortlich, sie hätte niemals zulassen dürfen, daß er diese Arbeit annahm, aber woher hätte sie das wissen sollen? Es war die Zeit, als sie nicht sah, sie hatte keinen Verdacht gehabt. Und er war so glücklich mit seiner Arbeit gewesen, die lange weiße Schürze, die Kochmütze und so weiter. Wie viele Mitternächte hatte sie in diesem Zimmer verbracht und darauf gewartet, daß das kleine Kugelbäuchlein mit der Pastete des Abends die Treppe hochgerollt kam. Chicagoer Topf oder die sizilianische, die mochten sie beide gern, aber nichts ging über die normale Brooklyner, zum Sterben gut, die Kruste leicht angekohlt, dazu eine Extraportion Pilze und Anchovis. Und dazu ein paar Bröckchen in der Tüte für Pearl. *Foccaccia* für den Vogel, jetzt aber Schluß. Keine Sentimentalitäten mehr. Sonst würde sie nie mehr aufhören.

Sie suchte das Zimmer nach Ablenkung ab, doch es gab nichts. Nur die Matratze auf dem eisernen Bettgestell neben dem verrammelten Fenster, ein gerahmtes Foto von einer Schnepfe, die in einem Ballsaal tanzte, ein Buch.

Das Foto war ihr unheimlich. Ohne besonderen Grund, nur wie die Frau in ihrem rückenfreien blauen Kleid so affektiert tat, sich auf ihren Stöckeln herumwirbelte, um mit ihren gestärkten Petticoats und ihren dürren Beinen anzugeben. Also wandte sie sich dem Buch zu.

Joachims Tode von Hosea Tichenor; davon hatte sie noch nie gehört. So ein angeschimmeltes Secondhand-Ding von einem Straßenkarren oder mit dem Müll rausgestellt. Voller Staub und Mehltau, roch es nach schmutzigen Geheimnissen, und sie schlug es wahllos auf einer Seite auf:

»Da nun das Feuer aus war & alle Mann sicher in der Ferberei 3 Tage vor dem letzten Kamf, wußte er nun, daß seine Stunden gezehlt waren, und Joachim fierte seine träuen SCHWÄNE etwa eine Meile vor das Stattor, wo sich ein Felt mit Kleh & Tümian befand. & dort hielt er seine lezte Predicht, O meine Schwäne, klaget und weinet nicht. Auch wenn dunkel Nacht vor uns liegt, sogar der TOD, bleibet guten Muts & heitern Hertzens. Denn die falschen PRIESTER werden hier triumfiern, aber nicht kinftig; & ihre listernen Herrn ebenso, doch ist's blos eine hole Vorstellung, ohne Wert. Ihr aber, meine Schwäne, ihr werdet alle Ewichkeit schmecken & kostn. Wenn auch jetz in Sklawerei & grausam misbraucht, am ENDE sollet ihr die große Freiheit haben, wenn ihr blos durchhaltet. O HALTET DURCH, meine Schwäne. O HALTET DURCH.«

Nicht ganz Kates Fall. So was zu lesen war wie harte Arbeit. Doch es gab ihr Stoff zum Nachdenken. Half ihr, den Zoo unten zu verdrängen. Und so blätterte sie weiter. »Denn ich habe ernäut mit der JUNGFRAU gesprochen, in der Nacht ist sie gekommen zu mir und hat gesagt: Firchte dich nicht«, las sie. »& ich widerum sage zu ihr; ich firchte mich nicht, doch frag ich:

Warum muß ich sterben. Warum enden durch KERPERVERBRENNEN, weil ich habe gesagt, DIE JUNGFRAU hat Fieße. Weil du gesegnet bist, antwortet sie mir. Weil du waar SIEST. Denn meine Fieße, die bewegen sich so schnell, ein falsch Auge kann da nicht folgen. & HIERIN allein ligt die tiefe Warheit: Meine Fieße, die VERSCHWINDEN, wenn du BLINZELST.«

Seltsam, daran hatte sie noch nie gedacht. All die Stunden, die sie im Streit mit Monsieur Beebe vergeudet hatte, als sie ihm die Sache mühsam erklären wollte, und hier war die Antwort gewesen. *Denn meine Fieße, die bewegen sich so schnell, ein falsch Auge kann da nicht folgen.* Doch sie war zu jung gewesen, hatte es nicht erkennen können. Alles, was damals gezählt hatte, war Elvis gewesen und Zehennägel lackieren und Pompey davon abhalten, ihr die Bluse vollzusabbern.

Das Frontispiz des Buches war ein Holzschnitt von Joachim auf dem Scheiterhaufen, wie er von Feuerzungen verschlungen wird. Doch er war nicht der übliche Märtyrer. Statt eines verängstigten Asketen, der die Augen gen Himmel richtet, war er wie ein Holzfäller gebaut, ziemlich kräftig und muskulös.

Sah eigentlich ein bißchen wie Fred Root aus. Nur schwarz.

Das erste Kapitel trug den Titel FALSCHE GELISTE DER UNGLEUBIGEN WELT. »& träumen tat ich von Mennern in Keten und gebunden, in ihrer Haut SKLAWEN, doch ihre SELEN floogen«, begann Kate, doch weiter kam sie nicht. Jemand stand in der Tür, sie blickte auf, es war Maguire. »Ich hab das da unten gesehen«, sagte er.

Und so wurde sie wieder zurückgezerrt. Und sah, daß die Dielen mit Camelkippen übersät waren, weil es keinen Aschenbecher gab; sah die rostigen Stäbe, die das Fenster einsperrten, das Glas war völlig verdreckt, sie konnte kaum ihr Spiegelbild erkennen; und am schlimmsten war Maguire selbst. Er sah aus wie ein Bergmann vom tiefsten Flöz, den man halbtot aus einem eingebrochenen Schacht gezogen hatte, die Kleidung zerlumpt und das Gesicht mit Gott weiß was überkrustet.

Angespannt und auf Anweisungen lauernd, angestrengt nach ihren Wünschen forschend, lag sein Blick gierig auf ihr wie von einem anderen Augenpaar. Schwarze Augen, eines umringt, den Kopf geneigt. Und da fiel ihr ein, wessen Augen das waren. Pompeys natürlich. In Erwartung, gefüttert zu werden. Und so schloß Kate das Buch. »Was ist mit dir passiert?« fragte sie.

»Gab ein bißchen Ärger.«

»Was für Ärger?«

»Sie haben Miß Crow umgebracht.«

Menschen, man konnte ihnen nicht trauen. Und die toten waren die Schlimmsten. Am Vormittag waren sie sich noch auf der Treppe begegnet. Gestern vormittag mußte es gewesen sein, wenngleich das unrealistisch schien. Als Anna La Belle Dame Sans Merci war in Samtumhang und blonder Perücke, *Wand ihr ein Kränzlein für ihr Haupt, Armbänder und auch ein Duftgürtlein.* »Sie liebte Worte«, sagte Kate.

Sie meinte, nach Einzelheiten fragen, die ganze Geschichte hören zu müssen. Doch eigentlich ging sie das ja gar nichts an, sie hatte keinen Grund, ihn auszufragen. Weit unten hörte sie etwas schlagen, es klang wie ein flatternder, gebrochener Flügel, und sie trappelte mit den Füßen, um es zu übertönen. »Ich muß weg«, sagte sie.

»Und das da unten?«

»Das regelst du sicher ganz wunderbar. Du hast doch eine natürliche Veranlagung für solche Sachen, das habe ich gleich gemerkt. Denk nur an das Öl in dem Gefäß, zwei Tropfen pro Schüssel, und vergiß nicht die Sonnenblumensamen.«

»Aber die Tiere sind doch alle tot, die fressen nichts mehr.«

»Morgens am besten Maisflocken und Körner, die Erdnußkerne am besten erst abends.«

Nun, da sie beschlossen hatte wegzugehen, gab es eigentlich keinen Grund für weitere Verzögerungen. »Gutes Buch, hat mir Spaß gemacht«, sagte sie. »O *HALTET DURCH*, darin steckt eine Menge Wahrheit.«

Was sie da zusammenlog! Wie konnte sie es nur mit sich aushalten? »Die Eidechsen mögen lebende Mehlwürmer, die kann man mit Weizenkleie mischen, oder sogar Termiten, wenn du willst. Oh, und als Abwechslung auch mal ein Kohlblatt oder eine halbierte Kartoffel. Und für die Peitschenschlangen sonntags bitte Mäuse. Die weißen sind die besten, finde ich immer«, sagte sie. »Aber Schlangen sind flexibel, die passen sich an. Zur Not tut's irgendeine Maus.«

»Und die Iguanas?«

»Dosenfleisch.«

Vorsichtig, als testete sie nach einem Sturz ihr Stehvermögen, ging sie die Treppe hinab zu ihrem Zimmer. Sie hatte den flüchtigen Eindruck, daß der arme Goodwin auf dem Absatz stand, eine Pastete in den Wurstfingern, doch bevor sie genauer hinsehen konnte, war er schon wieder weg, und sie wußte ohnehin, daß er falsch war. Sie war überanstrengt; sie brauchte Ruhe. Fünfzehn Hektar, frische Luft, jede Menge gesunde Spaziergänge. Vielleicht auch ein paar flotte Runden im Lake George, es war doch nichts erfrischender als ein morgendliches Bad. Natürlich würden die Busse heute womöglich gar nicht fahren, wegen des Erdbebens und so weiter. Nun ja, sie würde warten.

Quer durchs Schlafzimmer, ohne nach unten zu blicken. Zum Wandschrank und packen. Das einzige Gepäckstück, das sie besaß, war eine altertümliche Crickettasche. Die Riemen waren vermodert, der Reißverschluß verschloß nicht mehr, doch jetzt durfte man nicht kleinlich sein. Sie warf Wäsche zum Wechseln hinein, Fred Roots Porträt, alte Nummern des Seifenoper-Blättchens, ihr Nachthemd, ihre blauen Pantoffeln und den Morgenmantel. Zog ihr geblümtes Baumwollkleid an und ließ alle anderen Sachen liegen. Dann kramte sie die Seifenoper-Blättchen wieder heraus und ließ auch die zurück.

Federn bedeckten ihre Hände und Füße, sie hatte nicht die Zeit, sie abzuzupfen. Sah sich nur nach einem Gürtel oder einem Band um, um die Tasche zuzuschnüren. Am Fuß ihres Nachttischs, wo er irgendwann in dem Aufruhr während der langen Nacht heruntergefallen sein mußte, lag aufgeringelt der Strick, den Anna Crow ihr gegeben hatte. Er wirkte unsauber, aber das war jetzt egal. Das Mädchen war doch mal nützlich gewesen.

Sollte sie sich von Ferdousine verabschieden? Alles in allem lieber nicht. Seine Qualifizierungsrunde lief wohl noch immer, da wollte sie nicht stören. Selbst wenn das Spiel zu Ende gewesen wäre, hätte er sie nur mit Makronen und Fragen erdrückt. Eine Ansichtskarte aus dem sonnigen Saratoga Springs wäre bestimmt taktvoller.

Maguire war hinter ihr, schwebte noch immer herum und wartete auf Anweisungen. Sollte sie ihm einen Abschiedskuß auf die Wange drücken? Zweifelhaft, ob ihm das gefallen würde. Ihn umarmen?

Sie gaben sich die Hand.

»Haben Sie alles, was Sie brauchen?« fragte Maguire. Wieder dieses verfluchte Wort, es war eine verfluchte Seuche. *Falsche Geliste der ungleubigen Welt*. Nun, um nichts zu brauchen, gab es das Gegengift Glauben, das wußte jeder Idiot. Doch davon hatte sie so wenig zur Verfügung. Das einzige, woran sie an diesem Morgen sicher glaubte, war, daß Baloney Breath der Name ihres Pferds war und ein Pferd zu einem Hund führen konnte und ein Hund letztlich zur Leidensfähigkeit. Daß ihr also Gnade in kleinen Dosen gewährt wird, Kakerlake um Kakerlake. Hund Gottes, mache sie vollkommen.

Er war gerade mal eine Aushilfskraft. Nichts als ein Notbehelf, solange Miß Root in Urlaub war. Die Adirondacks, hatte sie gesagt, auch sehr nett, wenngleich er selbst der See den Vorzug gab. Sanfte Brisen, schimmernde Strände, es ging doch nichts über Eimerchen und Schaufel.

Ziemlich angeschlagen hatte sie gewirkt, als sie sich verabschiedete. War ja auch kein Wunder nach dem Horror, den sie durchgemacht hatte. Zehn Jahre Liebesmüh verwüstet, das würde jeder Frau die Rosen von den Wangen nehmen. Und dann hatte sie natürlich auch noch um Miß Crow getrauert.

Es war fast schon hell gewesen, als sie Anna nach oben brachten. Randall Gurdler hatte seine Erklärung abgegeben und für seine Fotos posiert, war schon lange nach Hause und ins Bett gegangen. Beziehungsweise in die Zentrale, wie er behauptete, doch John Joe glaubte diesem Mann kein Wort. Der geborene Schleimer, so einem Wichser würde man doch keinen gebrauchten Furz abkaufen. Obwohl, einige seiner Leute schienen ganz anständige Kerle zu sein. Meister Maitland hatte gesagt, man könne ihnen nicht über den Weg trauen, es seien allesamt Lustknaben des Antichrist. Aber diese Feuerwehrmänner und Sanitäter hatten sich in dieser Nacht öfter in die brennende Erde gestürzt, als man zählen konnte, und ihre Toten heraufgebracht.

Die meisten waren anscheinend dem Rauch zum Opfer gefallen. Zwei Bullen waren im freundlichen Feuer gestorben, ein Zivilist an einem Herzanfall. Die Mehrheit aber lebte noch. Auf Tragen festgeschnallt, waren sie im Licht der Scheinwerfer zu den Rettungswagen geschafft worden, die benommenen Gesichter dick mit Ruß und Öl überzogen. Schwarze wie Weiße sahen da unten alle gleichermaßen aus wie in Mitchell's Minstrels. In einer bruchlosen Kette zogen Fremde vorbei. Dann kam Joe

Easter, mit eingedrückter Brust. Dann Burdette Merryweather und Marvella Crabtree, beide Rauchvergiftung. Dann ein Körper in Jerzy Polackis Kleidern, den Kopf verbunden wie der Unsichtbare. Und Brulant Boniface, zu Fuß, in Handschellen. »Was ist mit dem Meister?« rief John Joe.

»Verduftet«, antwortete Brulant, dann führten ihn die Bullen weg. Der Rauch, der aus den U-Bahn-Ausgängen quoll, wurde von Minute zu Minute dichter, man mußte sich ein Taschentuch vors Gesicht halten, und auch dann erstickte man noch fast. Der Beton unter den Füßen erhitzte sich weiterhin, es war schon wie auf heißen Kohlen. John Joe war gezwungen, zu tänzeln und zu hopsen, ständig in Bewegung zu bleiben, sonst wären seine Trudgett's mit ihren Gummisohlen womöglich am Gehweg festgeklebt. Und noch immer kamen die Tragen, spritzten die Feuerwehrschläuche den Weg frei, bohrten die Scheinwerfer einem schwarze Löcher in die Augen. Inmitten all der Lichter und des Rauchs und der Müdigkeit vermißte er fast Anna Crow.

Sie wirkte völlig unversehrt. John Joes erste Sorge war es nachzusehen, ob sie gelitten hatte, doch dafür fand er keinerlei Anzeichen. Wie durch ein Wunder war ihr Gesicht nicht so schlimm verrußt. Bloß ein paar Schmierer und Flecken auf der Stirn, alles übrige war makellos. Als hätte der Einbalsamierer seine Arbeit schon getan, alle Furcht und Wut schon weggeglättet. Das also war nicht Anna. Dieser Mensch war woanders, verduftet wie Meister Maitland. Während an ihrer Stelle diese Wachsfigur lag, in einer Prozession vorbeigetragen, daß jedermann sie sehen konnte.

Alle Krankenwagen waren voll beladen, dahinter hatte sich ein Stau gebildet. Noch als Anna Crow vorbeigefahren wurde, drang ein weiteres mächtiges Grollen aus der Erde, und Wasser sprudelte schäumend aus dem Boden. Eine geplatzte Hauptleitung vielleicht oder irgendeine andere Flut. Binnen Sekunden schossen zahllose Fontänen aus den Hydranten und U-Bahn-Abzügen hervor, aus undefinierten Löchern im Boden. Im grellen Schein der Lampen, unter denen die Tragen langsam und gemessen vorbeiglitten, war es beinahe wie das Wasserballett beim *Son et lumière* im Schloß Kilmullen. John Joe hatte es einmal an einem Abend im Sommer mit Juice Shovlin gesehen, sie waren zum halben Preis reingekommen.

Schön war das damals gewesen, und hübsch war es jetzt: Annas Gestalt reglos und weiß, die Sanis, die sich über sie beugten und sich um sie bemühten. Sogar noch besser als das Schloß, es hätte der Bach des heiligen Conall sein können, die Nacht, in der die Wiesel ihr Weibchen begraben hatten. Schweigend hatten sie sich durch das Wäldchen und über den Strom bewegt, in den Schutz des Bullen, *Scaith-na-Tairbhe*. Das war ein anständiges Begräbnis gewesen, doch Anna hatte nur die Achseln gezuckt, als er ihr davon erzählte. Sie wolle Jazz, hatte sie gesagt; sie wolle Cocktails mit einer Kirsche. Doch hier hatte es keines von beidem gegeben, nur noch eine weitere Explosion unter der Erde, eine Fontäne, vor der die Menge um sich schlagend zurückwogte, und als John Joe sich seinen Platz wieder erkämpft hatte, waren die Türen des Krankenwagens zu, und Anna Crow war nicht mehr.

Dann machte er sich auf den Heimweg, so gut es ging. Er zockelte durch die heller werdenden Straßen, bis zu den Knöcheln im Wasser und über ihm das Feuer, und was er auf seinem Weg sah, die Unzucht und die Trunkenheit, das Plündern und Brennen, vom Rauch geblendet zu sein wäre ihm ein Segen gewesen. Auch als er an der grünen Minna vor dem Bullenrevier vorbeikam, die voller Schwäne war. Er erkannte unter anderem Valence Holt und Gladstone Rivers. Hilario Vargas und seine Frau Angelique, Clarence Codd, James Jeffries Word, allesamt in Handschellen, festgesetzt. Doch noch immer keine Spur von Meister Maitland.

Wo konnte er sich verborgen halten? *Verduftet*, das Wort sagte einem nicht viel. Abgehauen, getürmt, er konnte überall sein. Hatte sich womöglich noch tiefer in den Fels gegraben, sich ein neues Versteck gesucht. Oder war gen Himmel entrissen worden, so wie er es immer prophezeit hatte. Mit den Verzückten auferstanden, zur Rechten Gottes thronend. Als Schwarzer Schwan in der himmlischen Herrlichkeit, vielleicht hatte er doch noch zuletzt gelacht.

Nun, möge er stark sein, vielleicht doch. Aber John Joe war nicht sehr zuversichtlich. Ungeachtet dessen, daß die Geschehnisse dieser Nacht vorausgesagt waren, empfand er sie nicht als korrekt.

Wäre nur der Meister dagewesen, um sie ihm zu erklären. Vielleicht hatte John Joe das Programm ja falsch verstanden, und das war nur die Generalprobe. Der Glaube wurde auf die Probe gestellt, damit sich erwies, wer darin fest war und wer entbehrlich. Vielleicht würden sich ja die obersten Schwäne, die zum Überleben auserwählten, zu einem späteren Zeitpunkt zusammenfinden und einen neuen Mount Tabor begründen. Aber so gemütlich würde der bestimmt nicht werden. So angenehm für seine Seele. Er wünschte ihnen für ihr Unterfangen alles Gute. Dennoch müßten sie ohne ihn auskommen.

Jedenfalls verschwanden in dem Augenblick, als er den Zoo betrat, alle Gedanken an die Schwarzen Schwäne aus seinem Kopf. Unmöglich, sich in diesem Totenhaus wegen der Ewigkeit zu sorgen. Er sah Barnabus, den Affen, hinabgestoßen von der Eisenbahnbrücke, sah Rudkin verbrannt in kochender Milch. Er sah einen weißen Bullen mit durchschnittener Kehle knien; sein Blut versickerte in schwarzer Erde.

Wer gebar solches Leid? Welche Schmerzensmacht konnte einen so verraten? In ihrem Zimmer über Duchess Gardens hatte seine Mutter einst ein Gedicht an die Wand gepinnt. *Schmerz, der nicht vergessen kann,* lautete es, *Fällt Tropfen um Tropfen auf das Herz, / Bis durch unsere Verzweiflung Weisheit dringt / Durch die furchtbare Gnade Gottes.* Doch John Joe erlangte keine Weisheit, nicht einmal eine geregelte Verdauung.

Die Zeiten waren darin. Wie er so die Überreste dieser zerschlitzten Geschöpfe sichtete, sie in Plastiksäcke steckte, mußte er so lange und so heftig die Luft anhalten, daß sich sein Schädel mit Geknister und Gesumm füllte und er gar nicht hörte, wie Mr. Ferdousine die Treppe herabkam.

John Joe hatte kaum einmal ein Wort mit ihm gewechselt, nur gelegentlich einmal ein Nicken auf dem Treppenabsatz. Morgens, wenn der alte Mann hinausging, um sich seine englische Zeitung zu holen, oder Freitag abends, wenn er in seinen Schachclub ging. Ansonsten waren sie einander fremd. Doch Mr. Ferdousine zeigte keinerlei Hemmungen. Frisch und munter schritt er durch den Zoo, warf einen kalten Blick auf das Gemetzel, bahnte sich den Weg durch die Kadaverteile zum Ladentisch, wo er sich auf einen Hocker setzte. Obwohl das, was da im eigenen

Blute lag, sein Lebensunterhalt war, knabberte er nur an einem flachen Täfelchen, es sah aus wie Karamel. »Große Kunde aus London«, sagte er. »England ist vernichtet.«

Den Bestand aufzunehmen war keine leichte Aufgabe. Jedesmal wenn John Joe, wie er glaubte, ein Tier wieder zusammengesetzt hatte, fehlte doch noch ein Teil, oder ein fremdes hatte sich daruntergemischt. »Ganz beachtlich, die Prügel, die sie bezogen haben«, sagte Ferdousine knabbernd und knibbelnd. »Zu Beginn des Spiels sah es aus, als hätte England alles im Griff und könnte das Spiel nach Hause schaukeln. Aber jetzt sind sie nicht nur geschlagen, sondern am Boden zerstört. Das perfide Albion liegt im Staub.«

Ein hoffnungsvolles Zeichen war, daß es mehr Käfige als Kadaver gab. Zwei Skinks und ein Chuckwalla tauchten lebend hinter dem Samtvorhang auf, dann entdeckte John Joe auch noch den Lutino-Nymphensittich unter einer Macaranga, mit tiefen Schnittwunden zwar, aber atmend. Weiter fanden sich jedoch keine Überlebenden. »Verdroschen, vermöbelt, das Fell über die Ohren gezogen«, sagte Mr. Ferdousine, dann blickte er wie überrascht abrupt auf. »Wo ist Miß Root?« fragte er.

»Sie ist rausgegangen, frische Luft schnappen.«

»Aha.« Und der alte Mann fing ein neues Karamel an. »Eine ganz bemerkenswerte Frau; ich bin einmal ihrem Großonkel begegnet. Fred Root, der berühmte Cricket-Theoretiker. Zum Ende seiner Laufbahn kam er einmal eines Abends in die Westminster School, um ein paar Trainingstips zu vermitteln. Er hatte für Worcestershire gegen Surrey im Oval gespielt und war am Ende des Spiels dieses Tages erschienen. Erhitzt und verschwitzt von der Anstrengung, hatte er nicht einmal Zeit gehabt, seine Flanellhosen zu wechseln, sondern erschien in voller Montur. Leider war ich selbst nicht Cricketer genug, um seiner Aufmerksamkeit würdig zu sein. Allerdings stellte ich mich, während er warf, hinter seinem Arm auf, und die Brillanz seines Bewegungsablaufs werde ich nie vergessen. Zwei kurze Gehschritte, sechs beschleunigende Sätze, dann neigte sich der Körper leicht zurück. Der linke Arm wurde als Drehachse hochgeworfen, der Ball war in der nach hinten gereckten rechten Hand. Dann folgte mit einem letzten Satz der volle rhythmische Schwung seiner schweren Schultern. Root schoß ihn auf dem Scheitelpunkt ab, und indem er durchschwang, schien seine Hand schwer die Luft hinabzudrücken. Sein linker Fuß stampfte auf den Boden, und sein Arm sauste nach dem Wurf weiter, wobei er einen weiten Kreis beschrieb. So schön war das. Die vollendete Meisterschaft.«

Dem Pfaffenton nach zu urteilen, den Mr. Ferdousine anschlug, war klar, daß diese Geschichte Eindruck machen sollte. Doch Cricket entsprach nicht John Joes Vorstellungen von einem Spiel. Der Gälische Sportbund billigte es nicht, und Juice Shovlin hatte immer gesagt, daß das nur Schwuchteln spielten, ein Haufen Fifi la Plumes, die Schiß hätten, sich die Klamotten einzusauen.

»Und danach«, sagte Mr. Ferdousine, wobei er sich Karamelkrümel über seine flaschengrüne Samtweste bröselte, »und danach bin ich allein nach Hause gegangen. Ich war immer ein Außenseiter, bei den anderen Jungen nie beliebt. Deren unablässige Streiche und Schikanen verbitterten mich zutiefst, so daß ich, als Root seine Demonstration beschloß, froh war, der ungewollten Aufmerksamkeit meiner Confrères zu entkommen und mich in Einsamkeit auf den Heimweg zu begeben. Das Abendlicht war schon nahezu verblichen, die Nacht kam rasch. In Gedanken an den beispiellosen Auftritt versunken, dessen Zeuge ich so unlängst geworden war, ging ich dahin, meiner Umgebung nicht achtend. Daher war ich äußerst überrascht, als mir plötzlich eine Autohupe ins Ohr quäkte und ich, aufblickend, Roots lächelndes Gesicht im Fenster seines Morris Minor sah. Es war kein schönes Antlitz; keine Heldenverehrung der Welt hätte es dazu gemacht. Knorrig und dumm, trug es eher die Züge eines Wasserspeiers. Doch humorvoll, warm, unendlich freundlich. Und nun lächelte er mich an. Etwas an meiner Haltung mochte ihn über meine Einsamkeit in Kenntnis gesetzt haben, denn ohne ein Wort griff er in seine Crickettasche und zog einen kirschroten Ball hervor, der vom Schlagholz noch unberührt war. Er hielt einen Moment inne, um ihn an seiner Hose zu reiben, damit er mir Glück bringe, dann warf er ihn mir zu. Doch das Licht war schlecht, und ich war schon immer schwach im Fangen. Der Ball rutschte mir durch die Finger, fiel mit einem dumpfen Schlag aufs Pflaster und rollte davon. Als ich ihn aufhob, war seine Makellosigkeit angestoßen und befleckt, meine Demütigung vollkommen. In meiner Verzweiflung versuchte ich, die Schuld der zunehmenden Dämmerung zu geben. *Es war die Dunkelheit*, beteuerte ich. Doch Root lachte nur. *Die ist es immer*, sagte er und fuhr weiter.«

War das alles? Das konnte doch nicht die Pointe gewesen sein? Doch Ferdousine sagte kein Wort mehr. Wackelte nur mit seinem Vogelkopf hin und her, starrte John Joe aus seinen gelben Augen an, wischte sich dann die letzten Krümel von der Hand, stieg von seinem Hocker, nickte einmal lebhaft zum Abschied und ging nach oben in seine Gemächer. Ließ John Joe mit Besen und Eimer und zehn Plastiktüten zurück, die zum Platzen voll waren.

Vielleicht war ihm ja etwas entgangen. Vielleicht steckte hinter dieser wundersamen Geschichte doch ein verborgener Hinweis, den zu erfassen er zu müde war. Vielleicht hatte der alte Mann auch nur einfach sein Spiel mit ihm getrieben. So getan, als zöge er ihn ins Vertrauen, nur um ihn dann hängenzulassen. In jedem Fall war da Respektlosigkeit im Spiel, und verspotten ließ er sich nicht. Zu schuften und zu leiden wie er, bis zu den Eiern in Innereien, und dann zum Trottel gemacht zu werden, das konnte er auch von Juice Shovlin haben, das brauchte er nicht auch noch von anderen.

Eine Minute lang war er, auf seinen Besen gestützt, drauf und dran, sich zu verkrümeln. Den ganzen verdammten Laden hinter sich zu lassen. Aber wohin sollte er? Nach Scath zurück jedenfalls nicht, sein Zimmer wäre jetzt sicher schon vermietet. Und auch nicht nach London, England war ja vernichtet. Die traurige Wahrheit war, er hatte keinen Ort, wohin er paßte. Im Fernsehen hörte er manchmal einen Politiker oder Golfer in Polyesterhosen sich positiv über Patriotismus äußern. »Wie das wohl ist?« fragte er sich dann. »Die Worte *Mein Vaterland* aus dem eigenen Mund zu hören?« Doch er hatte keine Ahnung und keine Möglichkeit, das herauszufinden.

Wenn er ehrlich war, dann war der Zoo die beste Lösung. Die einzige, warum sich in die Tasche lügen? Und so machte er sich wieder ans Sichten und Eintüten. Es war gerade ein Uhr geworden, jetzt lief sicher *Days of Our Lives*. Billie sah klasse aus in ihrem Brautkleid, aber Bo, dem würde er nicht mal bei Randall Gurdlers Mutter trauen.

Draußen, jenseits der Trümmer, schüttete es, als er aufsah. Nein, gelogen, es war eher ein Tröpfeln als ein Schütten. Auf dem Broadway machten sich die letzten Plünderer auf den Heimweg. Ein Kind und seine Mutter kamen vorbei, sie trugen einen Toaster, eine Mikrowelle und einen CD-Player, und über den Armen hingen neue Kleider. Es war dasselbe Kind, das John Joe an dem Tag, als er zum ersten Mal Miß Root begegnet war, auf der Straße gesehen hatte.

Ein Goldjunge war es, zusammengerollt hatte er auf der Seite gelegen, die eine Hand ins Licht gereckt, die Finger gekrümmt, als bettelte er. Und seine Mutter an der Tür des Blanco y Negro, die dicken Finger voller Ringe. Und wie er auf Miß Roots Ruf hin aufgestanden war, wie ein Windhund auf einen Pfiff. Und jetzt gingen sie nach Hause mit ihrer Beute. In ihre Wohnung im fünften Stock. Zwei Zimmer, wie John Joe sah, mit einem Gang dazwischen, das Bad zu einer Seite. Über einem Bett sah er ein Bildnis der Jungfrau, einen Altar. Duftkerzen, Lucky-Kentucky-Gläser voll mit rosa Wasser, grünem Wasser und blauem, ein Halsband aus Pferdezähnen, Haarkringel, ein paillettenbesetztes Kruzifix und eine verschossene Kugel, umkränzt von bunten Lichtchen. Doch es gab keinen Grund zur Eile, sie konnten sich ihr Schuhleder auch sparen. Das Haus stand nämlich in Flammen.

Das Bild erschöpfte ihn schließlich. Er mußte sich auf seinen Besen wie auf eine Krücke stützen, sonst wäre er wieder umgekippt, so wie damals, nachdem Miß Root ihn rasiert hatte.

Zwischen Schlaf und Wachsein schwebend, ließ er die Augenlider zufallen. Dann war ihm, als rutschte er. *Ich bin schon immer gern hinuntergegangen,* hatte Anna Crow gesagt, während sie die Leiter hinabstieg. Das hatte etwas Witziges, das merkte man an ihrer Stimme, doch Witze hatte er noch nie gut verstanden. *Ein einnehmender Quittenton,* hatte sie gesagt, und nun sah er sie an dem Teich mit den Booten. Ihr Dad stieß sie immer höher, dann riß das Seil, und sie wurde in die Luft geschleudert, sie wirbelte, fiel dann, fiel, o meine Liebe, meine Liebe. *Ich wünschte, ich könnte mich jetzt sehen,* hatte sie gesagt. Fünf Ebenen unter der Erde, in dem verlorenen Land.

Staub und Schmutz, die sein Besen aufgewirbelt hatte, ließen sich auf seinen Händen und Haaren nieder, er leckte an der Schicht, die seine Lippen überzog. Ihre Zunge eine schlafende Schnecke. Auf der Straße hatte ein Dieb einen Ghettoblaster laufen, der schwere Baß wummerte den Takt wie Schläge, und John Joe begann, müde, wie er war, die Füße im Rhythmus zu bewegen.

Tanzen konnte er nicht, aber doch tänzeln. Ließ den Besen fallen und bewegte sich durch den Zoo. Die Hände fuhren hoch, ballten sich zu Fäusten; die Ellbogen stemmten sich in die Rippen. Der Mann in dem Ghettoblaster sang ein wütendes Lied. *Never hesitate to put a nigger on his back,* ging der Refrain, und John Joe drehte sich im Kreis. Ließ die Fäuste fliegen, wie sie wollten. Ein Jab, ein Haken, ein Jab aus dem Haken. Ein rechter Cross, ein Uppercut, Jab, Jab, Jab. Ein Schwinger, noch ein linker Haken, und da sah er sich selbst klar und deutlich, einen Farbigen, der, die Arme wie Kolbenstangen, herumwirbelte, der Staub flog von ihm wie Silbergischt und ein goldenes Schwert in Flammen.

Ein plötzliches Flattern hinter ihm ließ ihn herumzucken. Es war ein heimkehrender Vogel; der Vogel war Pearl. Anscheinend ohne jede Schramme, ohne eine zerzauste Feder. Er hüpfte auf den Ladentisch, sah sich Billie und Bo an. Natürlich war er halb verhungert. Hatte kein Frühstück gehabt, nichts. Also machte John Joe sich daran, ihm sein Futter anzurichten. Nektarpaste und Körner, ein Stück Schulp. Dann brachte er ihm die gefüllte Schüssel, wartete ihm auf.

Schließlich war das seine Pflicht.

DANKSAGUNG

Alle Figuren in diesem Buch sind meine Erfindung, mit einer Ausnahme. Es gab tatsächlich einen berühmten Cricketer namens Fred Root, der zwischen den Weltkriegen bei Worcester und für England spielte. Die Fakten seiner Laufbahn werden hier nach bestem Wissen wiedergegeben; viele habe ich seiner Autobiographie *A Cricket Pro's Lot* entnommen. Alles andere aber, was ich über ihn geschrieben habe – sein Leben nach dem Cricket, sein Süßwarenladen in Wolverhampton, seine Trinkgewohnheiten und insbesondere seine Beziehung zu Kate –, ist fiktiv. Ferdousines Beschreibung seiner Wurftechnik ist größtenteils John Arlotts Porträt von Maurice Tate entnommen, einem Zeitgenossen Fred Roots.

Während der Arbeit an diesem Roman habe ich eine kleine Bibliothek von Nachschlagewerken angehäuft. Aus einigen habe ich mir etwas geborgt, aus anderen schamlos gestohlen. Mein Dank gilt allen, also führe ich sie auch alle auf:

A Cricket Pro's Lot – Fred Root

The Who's Who of Cricketers

The Serena Technique of Belly Dancing – Serena

The Mole People – Jennifer Toth

Revelation Visualized – Dr. Gary Cohen und Salem Kirban

The Santeria Experience – Migene Gonzalez-Wippler

Knife Throwing: A Practival Guide – Harry K. McEvoy

King Mob – Christopher Hibbert

The Success Dream Book – Prof. De Herbert

The Pursuit of the Millenium – Norman Cohn

Western Reptiles and Amphibians – Robert C. Stebbins

Pet Birds for Home and Garden – Don Harper

The Book of the Sacred Magic of Abra Melin the Mage

The Prophecy Handbook – William E. Beiderwolf

The Rattle Bag – Hg. Seamus Heaney and Ted Hughes

Cockfighter – Charles Willeford

Nineteen Acres – John Healey

The Barber of Natchez – Edwin Davis and William Hogan

Shah of Shahs – Ryszard Kapuscinski

In Conall's Footsteps – Lochlann McGill

Powers of Darkness, Powers of Light – John Cornwell

Fast One – Paul Cain

N. C.

Der Übersetzer hat vielen zu danken. Ganz besonders Nik Cohn (Freundlichkeit), Günter Gränert (Schuhe) und Adly Kudsi (Messer).

E. S.